Romper el círculo

Bestseller

Biografía

Colleen Hoover empezó a escribir a los cinco años. Autopublicó su primer libro en enero de 2012 y en pocos meses estaba en la lista de los más vendidos de *The New York Times*. Hasta la fecha es autora de más de veinte novelas y cuenta con el reconocimiento y apoyo incondicional de millones de lectores en todo el mundo. Ha ganado el Goodreads Choice Award a la mejor novela romántica en tres ocasiones y su novela *Romper el círculo* se ha convertido en uno de los mayores fenómenos literarios globales de los últimos años. En 2015 Hoover fundó junto con su familia The Bookworm Box, una organización sin ánimo de lucro que promueve la lectura y cuyos beneficios son donados a distintas organizaciones benéficas.

Colleen Hoover

Romper el círculo

Traducción de Lara Agnelli

Planeta

PEFC Certificado

Este libro procede de
bosques gestionados
de forma sostenible

PEFC

PEFC/14-38-00305 www.pefc.es

Título original: *It Ends with Us*

Avda. Diagonal, 662-664, 08034 Barcelona (España)
www.editorial.planeta.es
www.planetadelibros.com

Adaptación de la cubierta: Booket / Área Editorial Grupo Planeta a partir de un diseño original de Laywan Kwan
Primera edición en Colección Booket: junio de 2024
Primera edición en esta presentación: julio de 2024

Depósito legal: B. 12.332-2024
ISBN: 978-84-08-29418-4
Impresión y encuadernación: CPI Black Print
Printed in Spain - Impreso en España

Se la dedico a mi padre, que intentó con todas
sus fuerzas no mostrarnos su peor versión.
Y a mi madre, que se aseguró de que
nunca viéramos esa versión

PRIMERA PARTE

1

Desde la baranda donde estoy sentada, con un pie a cada lado, miro la caída de doce pisos que me separa de las calles de Boston y no puedo evitar pensar en el suicidio.

No en el mío. Mi vida me gusta lo suficiente como para querer apurarla hasta el final. Estoy pensando en otras personas, en las razones que llevan a alguien a decidir acabar con su vida. Me pregunto si se arrepentirán; si durante los segundos que pasan entre que se sueltan de la cornisa e impactan contra la acera, miran hacia el suelo que se acerca a toda velocidad y piensan: «Mierda, la he cagado».

Diría que no.

La muerte es algo en lo que pienso a menudo, y hoy con más motivo, teniendo en cuenta que acabo de pronunciar —hace apenas doce horas— uno de los panegíricos más épicos que la gente de Plethora, en el estado de Maine, ha presenciado en toda su vida. Bueno, vale, tal vez *épico* no sea la palabra más adecuada para definirlo, tal vez sería más adecuado llamarlo *desastroso*; supongo que depende de si me lo preguntas a mí o de si se lo preguntas a mi madre.

«Mi madre, que probablemente no volverá a dirigirme la palabra hasta dentro de un año.»

El panegírico que he pronunciado no va a pasar a la historia, eso está claro. No ha sido como el que pronunció Brooke Shields en el funeral de Michael Jackson, o el de la hermana de Steve Jobs, o el hermano de Pat Tillman, pero ha sido épico igualmente.

Al principio estaba nerviosa. Al fin y al cabo, estamos hablando del funeral del prodigioso Andrew Bloom, el adorado alcalde de mi ciudad —Plethora, Maine—, que era también dueño de la agencia inmobiliaria más importante del municipio. Marido de la adorada Jenny Bloom, la auxiliar docente más venerada de todo Plethora, y padre de Lily Bloom, la chica rara con ese pelo rojo tan poco formal, esa que se enamoró de un sin techo para gran vergüenza de su familia.

Esa soy yo, yo soy Lily Bloom y Andrew Bloom era mi padre.

En cuanto acabé de pronunciar el panegírico, cogí un avión de vuelta a Boston y me colé en la primera azotea que encontré. Insisto, no tengo intención de suicidarme; no pienso saltar desde la azotea. Pero necesitaba aire fresco y un lugar tranquilo, y es imposible encontrarlo en mi apartamento, ya que vivo en un edificio de tres plantas sin azotea y, para empeorar las cosas, mi compañera de piso se pasa el día cantando.

No se me había ocurrido que haría frío aquí arriba. No es insoportable, pero tampoco es agradable, aunque al menos veo las estrellas. Los padres muertos, las compañeras de piso exasperantes y los panegíricos cuestionables no parecen tan terribles cuando el cielo está lo bastante despejado para apreciar la grandiosidad del universo.

Me encanta que el cielo me haga sentir insignificante.

Me gusta esta noche.

Espera, voy a escribirlo otra vez, porque va a ser más preciso si lo escribo en pasado.

Me gustaba esta noche.

Pero, por desgracia para mí, la puerta acaba de abrirse con tanta fuerza que espero ver aparecer a un humano disparado.

La puerta se cierra de un portazo y oigo pasos rápidos. No me molesto en mirar. Sea quien sea, dudo que me vea, porque estoy en un sitio muy discreto, en el murete que sirve de baranda, a la izquierda de la puerta. Ha entrado con tantas prisas que no es culpa mía si piensa que está solo.

Suspiro en silencio, cierro los ojos y apoyo la cabeza en la pared estucada a mi espalda, maldiciendo al universo por haberme arrebatado mi momento de paz e introspección. Lo menos que podría hacer el universo para compensarme es asegurarse de que la persona que ha entrado sea una mujer y no un hombre. Si voy a tener compañía, preferiría que fuera femenina. Soy bastante fuerte y podría defenderme de muchos hombres, pero estoy demasiado cómoda y no me apetece quedarme a solas con un desconocido en plena noche. Si me sintiera insegura, querría marcharme, y no me apetece hacerlo. Como acabo de decir, estoy a gusto aquí.

Finalmente, vuelvo la cabeza hacia la izquierda y mis ojos se posan en la silueta asomada al muro. Y no, no ha habido suerte, es obvio que es un hombre. Aunque está inclinado, se nota que es alto. Y ancho de hombros, lo que contrasta con la fragilidad que transmite al sujetarse la cabeza entre las manos. Desde donde estoy me cuesta distinguirlo, pero su espalda sube y baja cada vez que inspira hondo y suelta el aire.

Parece estar a punto de sufrir una crisis nerviosa. Me pregunto si debería hablar, o al menos carraspear, para que sepa que estoy aquí, pero mientras sigo dudando, él se da la vuelta y le pega una patada a una de las tumbonas de terraza que hay a su espalda.

Me encojo al oír chirriar la tumbona sobre el suelo de la terraza. Como el tipo no sabe que tiene público, no se conforma con un solo golpe, sino que sigue pateándola, una y otra vez. Pero la tumbona no se rompe; lo único que hace es desplazarse, cada vez más lejos.

«Tiene que estar hecha de polímero para barcos.»

Una vez mi padre topó con el coche contra una mesa hecha de polímero para embarcaciones y la mesa se rio en su cara. El parachoques se abolló, pero la mesa no sufrió ni un arañazo.

El tipo debe de haberse dado cuenta de que no va a ser capaz de derrotar a un material tan resistente, porque al fin deja de darle patadas a la tumbona. Se ha quedado quieto, contemplándola con los puños apretados a los lados. Francamente, me da un poco de envidia. El tipo acaba de descargar su rabia contra un mueble de jardín y se ha quedado tan pancho. Es obvio que ha tenido un mal día, igual que yo, pero mientras yo me lo guardo todo dentro hasta que acaba saliendo en forma de respuesta pasivo-agresiva, él ya se ha librado de todo.

Mi manera favorita de lidiar con la frustración es la jardinería. Antes, cuando me estresaba, salía al jardín y arrancaba todas las malas hierbas que encontraba. Pero desde que me mudé a Boston, hace dos años, no he vuelto a tener jardín. Ni siquiera un patio. Y tampoco malas hierbas.

«Tal vez debería comprarme una tumbona hecha de polímero para barcos.»

Me quedo mirando al tipo, preguntándome si piensa moverse en algún momento, pero sigue inmóvil, contemplando la tumbona. Al menos ya no aprieta los puños. Tiene las manos apoyadas en las caderas y por primera vez me fijo en que la camisa le queda pequeña a la altura de los bíceps. El resto de la camisa le va a la medida, pero tiene los brazos enormes. Se palpa los bolsillos hasta que encuentra lo que busca y se enciende un porro, me imagino que para acabar de calmarse.

Tengo veintitrés años, he ido a la universidad y he fumado un par de porros. No tengo nada en contra de que este tipo quiera colocarse en privado. Pero esa es la cuestión: que no está solo; lo que pasa es que todavía no lo sabe.

Da una calada larga y se vuelve hacia el murete. Me ve mientras suelta el humo. Cuando nuestros ojos se encuentran, se queda quieto. No parece sorprendido, pero tampoco parece alegrarse de verme. Está a unos tres metros de distancia, pero hay bastante luz para poder seguir el rumbo de su mirada. Me examina de arriba abajo, pero no soy capaz de adivinar qué está pensando. Este tipo es de los que no muestran sus cartas. Tiene los ojos entornados y la boca apretada, formando una línea fina, como si fuera una versión masculina de la Mona Lisa.

—¿Cómo te llamas? —me pregunta.

Su voz me retumba en el estómago. Mala cosa. Las voces no deben pasar de los oídos, pero, a veces —en mi caso, muy pocas veces—, una voz se cuela más allá y reverbera por todo mi cuerpo. Y él tiene una de esas voces. Profunda, la voz de alguien seguro de sí mismo, y al mismo tiempo suave como la mantequilla.

No le respondo, y él se lleva el porro a los labios y da otra calada.

—Lily —respondo al fin, y odio la voz que me ha salido, tan débil que parece improbable que le haya llegado a los oídos. Es imposible que le haya resonado por todo el cuerpo.

Alza la barbilla y ladea la cabeza, señalando en mi dirección.

—¿Podrías bajar de ahí, Lily?

Solo en ese momento me doy cuenta de que está muy tieso, rígido, como si temiera que fuera a caerme de aquí. No voy a caerme. El murete tiene unos treinta centímetros de ancho y estoy más cerca de la azotea que del vacío. Si perdiera el equilibrio, podría agarrarme y, además, tengo el viento a favor.

Bajo la vista un momento antes de devolverle la mirada.

—No, gracias. Aquí estoy bien.

Se da un cuarto de vuelta, como si no pudiera soportar mirarme directamente.

—Por favor, baja de ahí. —Aunque lo ha pedido por favor, su tono es más exigente—. Aquí tienes siete tumbonas vacías.

—Más bien seis —le corrijo, recordándole que ha estado a punto de asesinar a una de las pobres tumbonas, pero a él no le parece gracioso. Al ver que no le hago caso, da un par de pasos hacia mí.

—Te separan diez centímetros de la muerte y ya he tenido una ración demasiado grande por hoy. —Me pide que baje con la mano—. Me estás poniendo nervioso; así no hay quien se coloque.

Pongo los ojos en blanco antes de pasar la pierna al otro lado del murete.

—Por Dios, no; que no se malgaste un porro. —Bajo al suelo de un salto y me limpio las manos en los vaqueros—. ¿Mejor así? —pregunto, caminando hacia él.

Él suelta el aire, como si lo hubiera estado conteniendo todo ese tiempo. Paso por su lado mientras me dirijo a la zona de la azotea con mejores vistas sobre la ciudad, y no puedo evitar fijarme en lo remonísimo que es.

Aunque llamarlo mono es un insulto. No es mono, es belleza en estado puro. Va muy bien arreglado y rezuma dinero por todos los poros. Parece varios años mayor que yo. Se le forman arruguitas en las comisuras de los ojos mientras me sigue con la mirada. Parece tener los labios fruncidos constantemente, pero no es cierto; es su forma natural. Cuando llego a la otra fachada del edificio, la que da a la calle, me apoyo en el murete y contemplo los coches, tratando de que no se me note lo impresionada que estoy. Ya solo por el corte de pelo que lleva se nota que es uno de esos tipos que levantan pasiones, y paso de alimentar su ego. No es que de momento haya hecho nada que me haga pensar que tiene un ego exagerado, pero lleva una camisa Burberry y no es algo que pueda llevar todo el mundo en una situación informal.

Oigo pasos que se acercan por detrás y veo que se apoya en la baranda, a mi lado. Con el rabillo del ojo lo veo dar otra calada al porro. Cuando acaba, me lo ofrece, pero yo lo rechazo. Lo último que necesito es estar colocada cerca de este tipo; su voz es una droga en sí misma. Quiero volver a oírla, por eso le pregunto:

—Y ¿qué te ha hecho esa pobre tumbona para que te pongas así?

Él me mira. Me mira de verdad. Sus ojos capturan los míos y se queda observándome intensamente, como si pudiera leer todos los secretos que oculto. Nunca había visto unos ojos tan oscuros como los suyos. O tal vez sí; tal vez me parecen más oscuros porque van acompañados de un cuerpo y un rostro intimidantes. No me responde, pero no pienso darme por vencida. Si me obliga a dejar mi refugio en un murete la mar de cómodo, lo menos que puede hacer es entretenerme respondiendo a mis preguntas entrometidas.

—¿Es por una mujer? —insisto—. ¿Te han roto el corazón?

Él se ríe con desgana.

—Ojalá mis problemas fueran tan triviales. —Se apoya en la pared y me mira cara a cara—. ¿En qué piso vives? —Se chupa los dedos y pellizca la punta del porro antes de guardárselo en el bolsillo—. No te había visto nunca.

—Es que no vivo aquí. —Señalo hacia mi casa—. ¿Ves ese edificio de seguros?

Entorna los ojos hasta que lo localiza.

—Sí.

—Pues yo vivo en el de al lado. Desde aquí no se ve. Es demasiado bajo, solo tiene tres plantas.

Vuelve a acercase al murete y se apoya en un codo para seguir mirándome.

—Y si vives allí, ¿qué haces aquí? ¿Tu novio reside en el edificio?

Su pregunta me hace sentir incómoda. Es un intento de tirarme la caña demasiado obvio y sé que puede hacerlo mejor. Tengo la sensación de que no se ha molestado porque considera que no estoy a su altura.

—Tenéis una azotea muy chula —respondo.

Él alza una ceja a la espera de que añada algo más.

—Quería tomar el aire. Necesitaba un sitio donde poder pensar tranquila. Busqué en Google Earth y este es el bloque de viviendas con una azotea decente más cercano que he encontrado.

Él me dirige una sonrisa.

—Al menos eres práctica. Es una buena cualidad.

«¿Al menos?»

Asiento, porque al menos soy práctica. Y es una buena cualidad.

—¿Por qué necesitabas tomar el aire? —me pregunta.

«Porque hoy hemos enterrado a mi padre; he pronunciado un panegírico épicamente desastroso y ahora me cuesta respirar.»

Miro al frente y suelto el aire lentamente.

—¿Podríamos estar en silencio un rato?

Él parece aliviado por mi petición. Se apoya en la baranda con un brazo colgando sobre el vacío y la mirada fija en la calle, y permanece así un rato. Yo no dejo de mirarlo. Supongo que él se da cuenta de que lo estoy observando, pero no parece importarle.

—Un tipo se cayó desde aquí el mes pasado —dice.

De buenas a primeras su falta de respeto por mi petición de silencio me habría molestado, pero me ha dejado intrigada.

—¿Fue un accidente?

Él se encoge de hombros.

—No se sabe. Fue al atardecer. Su mujer contó que estaba

preparando la cena cuando él le dijo que subía a la azotea a sacar una foto de la puesta de sol. Era fotógrafo profesional. Sospechan que se inclinó sobre la baranda para obtener una mejor panorámica y resbaló.

Miro la cornisa y me pregunto cómo es posible que alguien corra el riesgo de caer por accidente, pero entonces recuerdo que hace un momento yo estaba sentada en el murete, con una pierna a cada lado.

—Cuando mi hermana me contó lo que había pasado, en lo único en lo que pude pensar fue en si logró sacar la foto o no. Deseé que la cámara no hubiera caído con él. Sería una pena, ¿no? Caer por culpa de tu amor por la fotografía y no lograr salvar la imagen que te ha costado la vida.

Su lógica me hace reír, aunque no estoy segura de que sea correcto reírse en esta situación.

—¿Siempre dices todo lo que piensas?

Él se encoge de hombros.

—A la mayoría de la gente no.

Sonrío. Me gusta que no me trate como a la mayoría de la gente, a pesar de que no me conozca de nada.

Apoya la espalda en el murete y se cruza de brazos.

—¿Naciste aquí?

Yo niego con la cabeza.

—No, nací en Maine, pero vine a vivir aquí cuando acabé la universidad.

Arruga la nariz e incluso así está sexy. Quién se iba a imaginar que acabaría el día contemplando a un tipo vestido de Burberry y con un corte de pelo de doscientos dólares haciendo muecas.

—Así que estás en el purgatorio, ¿no? Es una mierda.

—¿A qué te refieres?

Él sonríe de medio lado.

—Los turistas te tratan como si fueras de aquí y los de aquí te tratan como si fueras de fuera.

Me echo a reír.

—Caramba, lo has clavado.

—Yo solo llevo aquí dos meses, así que ni siquiera he entrado en el purgatorio. Me llevas ventaja.

—¿Qué te trajo a Boston?

—La residencia. Y mi hermana, que vive aquí. —Golpea el suelo con el pie y añade—: Justo debajo de nosotros, de hecho. Se casó con un bostoniano experto en tecnología y se han comprado la planta entera.

Miro hacia abajo.

—¿La última planta entera?

Él asiente.

—Y el muy cabrón trabaja desde casa. Ni siquiera tiene que quitarse el pijama y gana una millonada.

«Pues sí, menudo cabrón.»

—Y ¿qué tipo de residencia estás haciendo? ¿Eres médico?

Él asiente.

—Neurocirujano. Me queda menos de un año para acabar y ya lo seré oficialmente.

Es elegante, habla bien, es inteligente... y fuma marihuana. Si estuviera haciendo el examen de la selectividad, la pregunta sería cuál de las cuatro cosas no encaja.

—¿Es correcto que los médicos fumen porros?

Él me dirige una sonrisa irónica.

—Probablemente no, pero si no tuviéramos una vía de escape, habría más gente saltando desde los tejados, te lo aseguro.

Está apoyado en el murete, mirando al frente, con la barbilla sobre los brazos. Tiene los ojos cerrados y parece estar disfrutando del viento que le da en la cara. Tal como está ahora no resulta tan intimidante.

—¿Te cuento algo que solo sabe la gente de aquí?

—Claro —responde, volviendo a fijarse en mí.

Señalo hacia el este.

—¿Ves ese edificio? ¿El que tiene el tejado verde?

Él asiente.

—Detrás hay otro, que da a Melcher Street. Y en la azotea de ese edificio hay una casa, una casa de verdad. Desde la calle no se ve y el edificio es tan alto que mucha gente no sabe que la casa existe.

—¿En serio? —Parece que lo he impresionado.

—Sí. —Asiento con la cabeza—. Lo vi mientras andaba en Google Earth y busqué más información. Al parecer los dueños lograron la licencia de obras en 1982. Debe de molar mucho, ¿no crees? ¿Vivir en una casa en lo alto de un rascacielos?

—Tendrías toda la azotea para ti sola.

No lo había pensado. Si fuera mía, podría plantar un jardín ahí arriba. Tendría una válvula de escape.

—¿Quién vive ahí? —me pregunta.

—Nadie lo sabe. Es uno de los grandes misterios de Boston.

Él se echa a reír y me dirige una mirada curiosa.

—¿Cuál es el otro gran misterio de Boston?

—Tu nombre.

Cuando acabo de decirlo, me doy una palmada en la frente. Ha sonado tan forzado y patético que la única salida que me queda es reírme de mí misma.

Él sonríe.

—Me llamo Ryle. Ryle Kincaid.

Suspiro y me encojo.

—Es un nombre fantástico.

—Y ¿por qué lo dices en ese tono tan triste?

—Porque daría cualquier cosa por tener un buen nombre.

—¿No te gusta Lily?

Ladeando la cabeza, alzo una ceja.

—Es que me apellido Bloom.

Ryle guarda silencio, pero noto que se está aguantando la risa. En inglés, Lily significa «lirio» y Bloom significa «flor». Sin palabras.

—Lo sé. Está muy bien si eres una niña de dos años, pero para una mujer de veintitrés es un nombre espantoso.

—Un nombre es un nombre, tengas la edad que tengas. Los nombres no se nos quedan pequeños con la edad, Lily Bloom.

—Pues qué pena. Y lo peor de todo es que me encanta la jardinería. Adoro las flores, las plantas; cultivarlas es mi pasión. Siempre he soñado con montar una floristería, pero me da miedo que la gente piense que la abro por aprovecharme de mi nombre, y no porque ser florista sea mi auténtica pasión.

—Podría ser, pero ¿qué más da lo que piensen?

—Ya, supongo que no importa. —En un susurro, añado—: Lily Bloom's. —Él sonríe con disimulo—. La verdad es que es el nombre perfecto para una floristería. Pero es que tengo un máster en Administración de Empresas. Sería bajar de nivel profesional, ¿no crees? Estoy trabajando para una de las principales empresas de marketing de Boston.

—Tener tu propia empresa no es bajar de nivel.

Alzo una ceja.

—Siempre que no sea un fiasco.

Él asiente.

—Siempre que no sea un fiasco, efectivamente. Y, ya puestos, cuéntame. ¿Cuál es tu segundo nombre, Lily Bloom?

Cuando suelto un gruñido, él me mira interesado.

—¿Peor que el primero?

Asiento, tapándome la cara con las manos.

—¿Rose?

Niego con la cabeza.

—Peor.

—¿Violet?

—Ojalá. —Hago una mueca y murmuro—: Blossom.

Ryle, que sabe que esa palabra se refiere al capullo de la flor que empieza a abrirse, guarda unos segundos de compasivo silencio antes de murmurar:

—Joder.

—Pues sí. Blossom es el apellido de soltera de mi madre. Mis padres pensaron que era cosa del destino que sus apellidos fueran sinónimos. Por eso, cuando nací yo, me pusieron un nombre de flor.

—Tus padres deben de ser unos auténticos capullos —bromea.

Uno de ellos lo es.

«Lo era.»

—Mi padre ha muerto esta semana.

Él me mira de reojo.

—Buen intento; casi me lo creo.

—Lo digo en serio. Por eso he venido aquí. Necesitaba llorar y desahogarme.

Él me sigue mirando sin acabar de creérselo, hasta que se asegura de que no le estoy tomando el pelo. No se disculpa por la metedura de pata. En vez de eso, entorna un poco más los ojos, como si estuviera francamente intrigado.

—¿Estabais muy unidos?

«Qué difícil es responder a eso.»

Apoyo la barbilla en los brazos y bajo la vista hacia la calle.

—No lo sé. —Me encojo de hombros—. Como hija, lo quería; pero, como ser humano, lo odiaba.

Me observa unos momentos en silencio antes de comentar:

—Me gusta tu sinceridad.

«Le gusta mi sinceridad.»

Creo que me estoy ruborizando. Permanecemos en silencio durante un rato, hasta que él vuelve a romperlo.

—¿No te gustaría que la gente fuera más transparente?

—¿A qué te refieres?

Él toquetea un trozo de estuco del murete con el pulgar hasta que la pintura salta y la tira a la calle.

—Tengo la sensación de que todo el mundo finge ser quien no es, cuando, en el fondo, todos estamos igual de jodidos. La única diferencia es que unos lo disimulamos mejor que otros.

O el porro le está haciendo efecto o es que se ha puesto en plan introspectivo. En cualquier caso, me parece bien. Mis conversaciones favoritas son esas en las que es imposible encontrar respuestas.

—No creo que ser reservado sea algo negativo —replico—. La pura verdad no siempre es bonita.

Se me queda mirando unos instantes.

—La pura verdad —repite—. Me gusta.

Se da la vuelta y camina hacia el centro de la azotea. Ajusta la posición de una de las tumbonas que hay a mi espalda y se sienta en ella. Es de las que pueden ponerse completamente planas, así que coloca las manos detrás de la cabeza y se queda tumbado, mirando al cielo. Me acerco a él y ajusto la tumbona vecina hasta que queda en la misma posición que la suya.

—Cuéntame tu pura verdad, Lily, sin rodeos.

—¿Sobre qué?

Él se encoge de hombros.

—No lo sé. Sobre algo de lo que no te sientas orgullosa. Algo que me haga sentir que no estoy tan jodido por dentro.

Sigue con la vista clavada en el cielo, esperando mi respuesta. Yo observo la línea recta de su mandíbula, la curva de sus pómulos, la forma de sus labios y sus cejas fruncidas. No sé por qué, pero parece que necesita conversación. Pienso en lo que me ha pedido y trato de encontrar una respuesta sincera. Cuando la encuentro, dejo de mirarlo y vuelvo a concentrarme en el cielo.

—Mi padre era un maltratador. No, a mí no me maltrataba, pero a mi madre sí. Cuando se peleaban, se enfurecía y, a veces, la golpeaba. Cuando llegaba a esos extremos, se pasaba una o dos semanas tratando de compensarnos. Le compraba flores a mi madre o nos llevaba a cenar a un buen restaurante. A veces también me compraba algo a mí, porque sabía que yo no soportaba que se pelearan. De niña, alguna vez había llegado a desear que discutieran porque sabía que las dos semanas siguientes serían fantásticas. —Hago una pausa. Creo que nunca lo había admitido en voz alta, ni siquiera en la intimidad—. Por supuesto, si hubiera dependido de mí, me habría asegurado de que no volviera a ponerle la mano encima, pero el maltrato era algo inevitable en su matrimonio y se convirtió en rutina. Al crecer, me di cuenta de que, al no haber hecho nada por evitarlo, me había convertido en su cómplice. Pasé buena parte de mi vida odiándolo por ser tan mala persona, pero ahora no estoy tan segura de que yo fuera mejor que él. Tal vez los dos fuéramos malas personas.

Ryle me mira con expresión reflexiva.

—Lily, no hay buenos y malos —me dice con convicción—. Todos somos personas que a veces hacemos cosas malas.

Abro la boca para replicar, pero sus palabras me dejan sin habla.

«Todos somos personas que a veces hacemos cosas malas.»

Supongo que no le falta razón. Nadie es malo por completo ni totalmente bueno. Aunque algunas personas deben esforzarse más que otras en ocultar su parte mala.

—Te toca.

Por su reacción, sospecho que no va a querer jugar al juego

que él mismo ha inventado. Suspira con sentimiento y se pasa la mano por el pelo. Abre la boca, pero vuelve a cerrarla con fuerza. Piensa un rato más y finalmente dice:

—Hoy he visto morir a un niño pequeño. —Su voz suena abatida—. Solo tenía cinco años. Su hermano menor y él encontraron una pistola en el dormitorio de sus padres. El pequeño la cogió y se le disparó por accidente.

Se me retuerce el estómago. Esta verdad ha sido un poco demasiado descarnada para mí.

—Cuando llegó a la mesa de operaciones, ya no pudimos hacer nada por él. A mi alrededor, a todos los médicos y enfermeras se les rompía el corazón pensando en la familia. «Pobres padres», se lamentaban. Pero cuando me tocó salir a comunicar a esos padres que su hijo no había sobrevivido, no sentí ni una pizca de lástima por ellos. Quería que sufrieran; que sintieran todo el peso de las consecuencias de su imprudencia, por haber guardado una pistola cargada al alcance de dos niños inocentes. Quería que fueran conscientes de que no solo acababan de perder a un hijo; acababan de arruinarle la vida al otro, el que había disparado por accidente.

«¡Por Dios!»

No estaba preparada para algo tan intenso. No concibo cómo puede una familia superar eso.

—Dios mío, ese pobre hermano. No me imagino cómo va a afectarlo algo así.

Ryle se sacude algo de la rodilla de los vaqueros.

—Pues ya te lo digo yo: le va a destrozar la vida.

Me vuelvo de lado para mirarlo, y apoyo la cabeza en la mano.

—¿Es muy duro tener que ver cosas así todos los días?

—Debería ser mucho más duro, pero cuanto más contacto tengo con la muerte, más la asumo como una parte de la vida. Y no sé si eso es bueno. —Me busca la mirada—. Cuéntame otra. Mi verdad ha sido más retorcida que la tuya.

No estoy de acuerdo, pero igualmente le cuento lo que he hecho hace apenas doce horas, a ver si le parece lo bastante retorcido.

—Hace dos días mi madre me pidió que hablara en el funeral de mi padre. Le dije que no, que no quería ponerme a llorar delante de todo el mundo, pero era mentira. No quería hablar porque pienso que los panegíricos deben darlos personas que respetan a los fallecidos. Y yo no respetaba a mi padre.

—¿Hablaste al final?

Asiento con la cabeza.

—Sí, esta mañana. —Me siento y cruzo las piernas en posición de loto—. ¿Quieres que lo repita?

Él sonríe.

—Por supuesto.

Apoyo las manos en el regazo e inspiro hondo.

—No tenía ni idea de qué decir. Una hora antes del funeral le he vuelto a decir a mi madre que no quería hacerlo. Ella me ha dicho que era muy fácil y que mi padre habría querido que hablara yo. Me ha dicho que lo único que tenía que hacer era subir al estrado y contar cinco cosas buenas sobre mi padre. Y, bueno..., eso es lo que he hecho.

Ryle dobla el codo y apoya la cabeza, cada vez más interesado. Mi expresión le dice que las cosas van a empeorar pronto.

—Ay, Lily. ¿Qué has hecho?

—Lo repetiré.

Me levanto y me coloco al otro lado de la tumbona, como si me encontrara frente a los asistentes al funeral, en la sala abarrotada donde he estado esta mañana. Enderezo la espalda y me aclaro la garganta.

—Hola, soy Lily Bloom, hija del fallecido Andrew Bloom.

Gracias por acompañarnos en este día en que lamentamos su pérdida. Quería honrar su memoria compartiendo cinco cosas buenas sobre mi padre. La primera es... —Miro a Ryle y me encojo de hombros—. Ya está.

Él se sienta en la tumbona.

—¿Qué quieres decir?

Yo vuelvo a sentarme en la mía y me tumbo de espaldas.

—He permanecido ahí arriba dos minutos callada. No he sido capaz de decir nada bueno sobre ese hombre, así que me he quedado observando a los asistentes en silencio hasta que mi madre se ha dado cuenta de lo que estaba haciendo y le ha pedido a mi tío que me hiciera bajar de ahí.

Ryle ladea la cabeza.

—¿Me tomas el pelo? ¿Has dado un antipanegírico en el funeral de tu padre?

Asiento con la cabeza.

—No es que me sienta orgullosa; no demasiado, al menos. Si hubiera dependido de mí, mi padre habría sido mucho mejor persona y yo me habría pasado una hora ahí arriba, cantando sus alabanzas.

Ryle vuelve a tumbarse.

—¡Caray! —Sacude la cabeza—. Eres mi heroína. Te has burlado de un muerto en su funeral.

—Dicho así suena fatal.

—Ya, bueno, la pura verdad suele doler.

Se me escapa la risa.

—Te toca a ti.

—No puedo superar eso.

—Estoy segura de que, al menos, puedes igualarlo.

—Yo no lo tengo tan claro.

Pongo los ojos en blanco.

—Que sí. No me hagas sentir que soy el peor ser humano de

los dos. Cuéntame lo último que te haya pasado por la cabeza que la mayoría de la gente no se atrevería a decir en voz alta.

Cruza los brazos detrás de la cabeza y me mira a los ojos.

—Quiero follarte.

Me quedo boquiabierta. Al darme cuenta, cierro la boca. Me he quedado sin habla.

Él me dirige una mirada inocente.

—Me has pedido que te cuente lo último que me ha pasado por la cabeza y eso he hecho. Tú eres preciosa y yo soy un tío. Si te fueran los rollos de una noche, te llevaría a mi habitación y te follaría.

No me atrevo ni a mirarlo. Sus palabras me han despertado un montón de sensaciones a la vez.

—Ya, bueno. No soy de rollos de una noche.

—Me lo imaginaba. Te toca a ti —me suelta como si tal cosa; como si no acabara de dejarme sin palabras.

—Necesito un momento para recuperarme después de esto —replico, riendo.

Trato de pensar en algo escandaloso, pero no logro quitarme de la cabeza lo que ha dicho. En voz alta. Es neurocirujano y nunca me habría imaginado que alguien con estudios superiores usara la palabra *follar* con tanto desparpajo.

Me recupero un poco, lo justo para poder hablar.

—Vale. Ya que has sacado el tema... El primer tipo con quien me acosté era un sin techo.

Él me mira con renovado interés.

—No me dejes así, necesito saber más.

Estiro el brazo y apoyo la cabeza en él.

—Me crie en Maine. Vivíamos en un barrio bastante respetable, pero la calle que había detrás de nuestra casa estaba bastante dejada. El patio daba a una casa ruinosa y a dos terrenos abandonados. Me hice amiga de un tipo llamado Atlas que se metió en la casa en ruinas. Nadie sabía que vivía allí; solo yo. Solía llevarle comida, ropa y otras cosas, hasta que mi padre se enteró.

—Y ¿qué hizo?

Aprieto los dientes. No sé por qué he sacado el tema cuando no hay día en que no me obligue a no pensar en ello.

—Le dio una paliza. —Y eso es lo más descarnado que pienso admitir—. Te toca.

Él me contempla en silencio, como si supiera que hay mucho que no le he contado, pero no protesta. Apartando la mirada, dice:

—No quiero casarme. El matrimonio me genera un gran rechazo. Tengo casi treinta años y no quiero esposa y mucho menos hijos. Lo único que me interesa en la vida es el éxito, pero si lo digo en público me tachan de arrogante.

—¿Te refieres a éxito profesional o a estatus social?

—Las dos cosas. Cualquiera puede tener hijos y cualquiera puede casarse, pero no todo el mundo puede ser neurocirujano. Me siento muy orgulloso de haberlo logrado. Y no me conformo con ser uno bueno; quiero ser el mejor en mi campo.

—Tienes razón, suenas arrogante.

Él sonríe.

—Mi madre me dice que estoy malgastando mi vida porque no hago más que trabajar.

—¿Eres neurocirujano y tu madre está decepcionada? —Me echo a reír—. Qué locura. ¿Es que no hay manera de que los padres estén satisfechos con sus hijos? ¿Habrá alguno que piense que son lo bastante buenos?

Él niega con la cabeza.

—Mis hijos no estarían a mi altura. Hay muy poca gente que tenga mi nivel de motivación, así que traerlos al mundo sería condenarlos al fracaso. Por eso no pienso tener hijos.

—Me parece respetable, Ryle. Mucha gente se niega a admitir que es demasiado egoísta para tener hijos.

Él sacude la cabeza.

—Oh, a mí no me cuesta nada. Soy demasiado egoísta para tener hijos y demasiado egoísta para mantener una relación.

—Y ¿qué haces? ¿Nunca sales con nadie?

Él me mira y me dirige una discreta sonrisa.

—Cuando tengo tiempo, hay chicas que satisfacen esas necesidades. No tengo problemas en ese aspecto, si es lo que te preocupa. Pero el amor no me atrae. Lo veo más como una carga que otra cosa.

Ojalá yo pudiera verlo del mismo modo. Mi vida sería mucho más fácil.

—Qué envidia me das. Yo no puedo evitar pensar que en algún lugar existe el hombre perfecto para mí. Me canso enseguida de mis parejas porque tengo las expectativas muy altas. Siento que estoy en una búsqueda perpetua del santo grial.

—Deberías probar mi método.

—¿Cuál es tu método?

—Rollos de una noche. —Alza una ceja, como si más que una respuesta fuera una invitación.

Me alegro de que esté oscuro, porque me arden las mejillas.

—Nunca podría acostarme con una persona si no pensara que esa relación va a alguna parte. —Lo digo en voz alta, pero hasta yo me doy cuenta de que a mi voz le falta convicción.

Él inspira hondo, lentamente, y vuelve a tumbarse de espaldas.

—No eres de ese tipo de chicas, ya veo —replica, sin poder ocultar la decepción.

Decepción que yo comparto. No sé cómo reaccionaría si me entrara en serio, pero lo más probable es que haya acabado de cargarme la posibilidad de que lo intente.

—Me queda claro que no te acostarías con alguien que acabaras de conocer. —Se vuelve hacia mí—. Pero dime, concretamente, ¿hasta dónde llegarías?

No sé cómo responderle. Me tumbo de espaldas porque me está mirando de una manera que me hace replantearme mi teoría sobre los rollos de una noche. Supongo que, en realidad, no son tan malos. Lo que pasa es que, hasta ahora, los tipos que me lo habían propuesto no me interesaban.

Hasta ahora.

«Creo.»

¿Me lo está proponiendo en serio? Lo de ligar siempre se me ha dado de pena.

Agarra el borde de mi tumbona y, con un movimiento ágil que no parece costarle ningún esfuerzo, me atrae hacia él hasta que las dos sillas de terraza quedan pegadas.

Me tenso. Está tan cerca que noto el calor de su aliento abrirse paso entre el aire frío. Si me volviera hacia él, su cara me quedaría a escasos centímetros, pero no lo hago, porque probablemente me besaría y no sé nada de este tipo, aparte de un par de puras y descarnadas verdades. Sin embargo, mi conciencia deja de funcionar cuando él apoya una mano pesada en mi tripa.

—¿Hasta dónde llegarías, Lily? —Su voz es pura tentación, pura seducción, y me recorre el cuerpo por entero.

—No lo sé —susurro.

Mueve los dedos buscando el borde de mi camiseta y la va levantando lentamente hasta dejar un trozo de piel al aire.

—Ay, Dios —susurro, al sentir el calor de su mano que se desliza hacia arriba.

Dejando aparcada la sensatez, me vuelvo hacia él y quedo atrapada en sus ojos. En su mirada veo hambre, pero también esperanza que se transforma en confianza. Mordiéndose el labio inferior, sigue torturándome con los dedos por debajo de la camiseta. Estoy segura de que nota los latidos desbocados de mi corazón. Joder, probablemente pueda oírlo.

—¿Me he pasado de la raya? —me pregunta.

No me reconozco cuando niego con la cabeza y respondo:

—Ni te has acercado.

Sonriendo, roza la parte inferior de mi sujetador, deslizando los dedos sobre la piel, que se me eriza.

Cierro los ojos, pero, justo en ese momento, un ruido rompe el silencio. Se queda inmóvil cuando nos damos cuenta de que es un teléfono, el suyo.

Deja caer la frente en mi hombro.

—Mierda.

Frunzo el ceño cuando retira la mano de debajo de mi camiseta. Busca el móvil en el bolsillo, se levanta y se aparta unos pasos antes de responder.

—Doctor Kincaid —dice. Escucha atentamente, sujetándose la nuca con la otra mano—. ¿No puede ir Roberts? Ni siquiera estoy de guardia localizada. —De nuevo escucha en silencio y acaba respondiendo—: Vale, dame diez minutos. Voy para allá.

Cuelga y se guarda el teléfono en el bolsillo. Al volverse hacia mí, no puede ocultar la decepción. Señalando hacia la puerta de la escalera, me dice:

—Tengo que...

Asiento con la cabeza.

—Claro. No pasa nada.

Se me queda mirando un momento y levanta un dedo.

—No te muevas —me pide, mientras recupera el móvil.

Se acerca y lo levanta, como si quisiera sacarme una foto. Estoy a punto de protestar, aunque no sé por qué. Estoy vestida aunque, por alguna razón, me siento expuesta.

Me saca una foto tumbada en la tumbona, con los brazos

relajados por encima de la cabeza. No tengo ni idea de qué piensa hacer con ella, pero me gusta que me la haya sacado. Me gusta que haya sentido la necesidad de inmortalizar el momento para recordarme tal como estoy ahora, incluso sabiendo que no volveremos a vernos.

Se queda mirando la foto unos segundos y sonríe. Me siento tentada de sacarle una a él, pero no tengo claro que me apetezca tener la foto de alguien a quien no voy a volver a ver. Me parece un poco deprimente.

—Me ha gustado conocerte, Lily Bloom. Espero que desafíes las estadísticas sobre los sueños y hagas realidad los tuyos.

Sonrío, sintiéndome triste y confusa al mismo tiempo. Nunca había estado con alguien como él, alguien acostumbrado a un estilo de vida muy distinto, alguien con quien no comparto tramo fiscal. Y lo más probable es que no vuelva a coincidir con él nunca más, pero me ha sorprendido gratamente ver que no somos tan distintos.

«Prejuicio confirmado.»

Él baja la vista hacia el suelo y permanece en una pose indecisa, como si se debatiera entre las ganas de decirme algo más y la necesidad de marcharse. Me dirige una última mirada y esta vez no se molesta en poner cara de póker. Con la boca fruncida, prueba de lo decepcionado que se siente, echa a andar, alejándose de mí. Abre la puerta y oigo sus pisadas cada vez más lejos mientras desciende la escalera. Vuelvo a estar sola en la azotea, pero, sorprendentemente, ya no me alegro de estarlo.

2

Lucy —mi compañera de piso, esa a la que le encanta oírse cantar— va de un lado para otro del salón, buscando las llaves, los zapatos, las gafas de sol... Yo estoy sentada en el sofá, abriendo cajas de zapatos llenas de cosas que guardaba en casa de mis padres y que recogí cuando estuve allí por el funeral.

—¿Trabajas hoy? —me pregunta Lucy.

—No. Tengo permiso por fallecimiento de un familiar; hasta el lunes no he de volver.

Ella se detiene bruscamente.

—¿Hasta el lunes? —resopla—. ¡Qué suerte, zorra!

—Claro, Lucy. Es una suerte que se haya muerto mi padre. —Trato de decirlo con la máxima ironía, pero hago una mueca al darme cuenta de que, en realidad, no me parece tan irónico.

—Ya sabes lo que quiero decir —murmura. Coge el bolso con una mano mientras se balancea sobre un pie y se pone el zapato que le falta—. Hoy no vendré a dormir. Me quedo en casa de Alex.

Cierra dando un portazo y se marcha.

A primera vista, tenemos mucho en común, pero aparte de la talla de ropa, la edad, y de nuestros nombres de cuatro letras que empiezan por ele y acaban en i griega, somos simples compañeras de piso, sin más. A mí ya me va bien así; aparte de lo molesto que es oírla cantar sin parar, es una compañera bastante tolerable. Es limpia y pasa mucho tiempo fuera de casa, dos de las principales cualidades de un compañero de piso.

El teléfono suena mientras estoy destapando una de las cajas de zapatos. Alargo el brazo hasta la otra punta del sofá y lo cojo. Al ver que es mi madre, hundo la cara en uno de los cojines y finjo llorar antes de llevarme el teléfono a la oreja.

—Hola.

Hay tres segundos de silencio antes de que responda:

—Hola, Lily.

Suspirando, me echo hacia atrás en el sofá.

—Hola, mamá.

La verdad es que me sorprende que me dirija la palabra. Solo ha pasado un día desde el funeral. Eso son trescientos sesenta y cuatro días antes de lo que me esperaba.

—¿Cómo estás? —le pregunto.

Ella suspira con dramatismo.

—Bien. Tus tíos han vuelto a Nebraska esta mañana. Esta va a ser mi primera noche sola desde que...

—Estarás bien, mamá —la interrumpo, tratando de sonar segura y confiada.

Mi madre guarda silencio demasiado rato y finalmente me dice:

—Lily, solo quiero que sepas que no debes sentirte avergonzada por lo que pasó ayer.

Yo no digo nada.

«No me siento avergonzada. En absoluto.»

—Todo el mundo se bloquea de vez en cuando. No debería haberte sometido a tanta presión, sabiendo lo mal que lo estabas pasando. Debí habérselo pedido a tu tío.

Cierro los ojos.

«Ya estamos otra vez.» Como siempre, mi madre corre un tupido velo sobre lo que no quiere ver y carga con culpas que no le corresponden. «Por supuesto.» Se ha convencido de que ayer me quedé bloqueada y de que por eso no acabé el panegírico. «¿Cómo no?» Me siento tentada de aclararle que no me bloqueé, que simplemente no tenía nada bueno que decir sobre el tipo que eligió para que fuera mi padre.

El problema es que parte de mí se siente culpable por lo que hice —básicamente por hacerlo delante de mi madre—, así que acepto sus condiciones y le sigo el juego.

—Gracias, mamá. Siento haberme bloqueado.

—No pasa nada, Lily. Tengo que irme. Voy a la oficina del seguro a informarme sobre la póliza de tu padre. ¿Me llamarás mañana?

—Sí, mañana te llamo. Te quiero, mamá.

Cuelgo y lanzo el teléfono a la otra punta del sofá. Abro la caja de zapatos y saco lo que hay dentro. Encima de todo hay un corazón de madera, pequeño, hueco por dentro. Lo acaricio, recordando la noche en que me lo regalaron, pero en cuanto los recuerdos se abren camino, lo suelto. La nostalgia es algo muy curioso. Aparto varias cartas antiguas y recortes de periódico. Debajo de todo veo lo que buscaba en estas cajas, aunque una parte de mí confiaba en no encontrarlo.

«Mis diarios de Ellen.»

Los acaricio. En esta caja hay tres, pero diría que tengo ocho o nueve en total. No he vuelto a leer lo que escribí en ellos.

Me negué a admitir que escribía un diario porque me parecía muy vulgar. Preferí pensar que lo que yo hacía era mucho más molón, porque no era técnicamente un diario. Eran como cartas que le escribía a Ellen DeGeneres, porque nunca me perdía su programa.

Empecé a verlo el día en que empezó a emitirse, en el año 2003, cuando yo era pequeña. Lo veía cada tarde al volver del colegio; estaba convencida de que Ellen me adoraría si me conociera. Le escribí cartas regularmente hasta que cumplí los dieciséis, pero en realidad las cartas eran igual que las entradas de un diario. No es que me engañara; sabía que lo último que Ellen DeGeneres necesitaba eran las cartas de una adolescente. Por suerte, nunca se me ocurrió enviárselas de verdad. Pero me gustaba poner su nombre en el encabezado, como si realmente le estuviera escribiendo una carta; por eso seguí haciéndolo hasta que lo dejé.

Abro otra caja, en la que hay más cuadernos. Rebusco entre ellos hasta que encuentro el que escribí a los quince años. Lo hojeo, buscando el día en que conocí a Atlas. En mi vida no pasaban cosas interesantes hasta que lo conocí a él, pero, así y todo, llené seis libretas antes de que hiciera su aparición.

Juré que no volvería a leerlos nunca, pero la muerte de mi padre me ha hecho pensar mucho en mi infancia. Tal vez estos diarios me den la fuerza que me ayude a perdonar, aunque algo me dice que es más probable que encuentre nuevos motivos de resentimiento.

Me acomodo en el sofá y empiezo a leer:

Querida Ellen:

Enseguida te cuento lo que me ha pasado hoy, pero antes quiero comentarte una pasada de idea que he tenido para tu programa. Sería una sección nueva, llamada «Ellen en casa». Creo que a mucha gente le interesaría verte fuera del trabajo. Yo por lo menos siempre me pregunto cómo debes de ser en casa, cuando Portia y tú estáis a solas, sin nadie alrededor. Los productores os podrían dar una cámara y Portia podría espiarte de vez en cuando y grabarte haciendo cosas cotidianas como ver la tele, cocinar o cuidar del jardín. Podría grabarte unos momentos sin que te enteraras y luego gritar: «¡Ellen en casa!», y dar-

te un susto. Y no te quejes, porque a ti te encanta gastar bromas.

Vale, ya te lo he contado. (Hacía tiempo que tenía la idea en la cabeza, pero siempre se me olvidaba comentártelo.) Ahora ya puedo hablarte de ayer; fue un día interesante. Probablemente el más interesante de todos los que he escrito por aquí, si no cuentas el día en que Abigail Ivory le dio una bofetada al señor Carson por mirarle el escote.

¿Te acuerdas de que hace un tiempo te hablé de la señora Burleson, la que vivía en la casa de atrás, la que murió la noche de la gran tormenta? Mi padre dijo que tenía tantas deudas acumuladas por impuestos sin pagar que su hija rechazó la herencia de la casa. No me extraña. Está en tan mal estado que cualquier día se viene abajo. Habría sido una carga más que un regalo.

La casa ha estado vacía desde que la señora Burleson murió, hará unos dos años. Lo sé porque la ventana de mi dormitorio da al patio trasero de esa casa, y nadie ha entrado ni salido de allí durante este tiempo.

Hasta anoche.

Estaba en la cama, haciendo un solitario. Sé que suena raro, pero me gusta. No se me da bien jugar a las cartas, pero cuando mis padres discuten, los solitarios me permiten concentrarme en algo y también me ayudan a calmarme.

Volviendo al tema, ya era oscuro, por eso me fijé en la luz. No era una luz brillante, parecía una vela, pero venía de la casa abandonada, eso era evidente. Salí al patio trasero y, con los prismáticos de mi padre, traté de ver qué pasaba dentro de la casa. No distinguí nada y luego, al cabo de un rato, la luz se apagó.

Esta mañana, mientras me preparaba para ir al instituto, he vuelto a ver movimiento en la casa. Me he agachado bajo la ventana y he visto que alguien salía sigilosamente por la puerta de atrás. Era un chico, y llevaba mochila. Ha mirado a su alrededor, como si quisiera asegurarse de que nadie lo veía, ha salido por el pasadizo que queda entre nuestra casa y la del vecino y se ha ido a esperar a la parada del autobús escolar.

No lo había visto nunca antes. Era la primera vez que coincidíamos en el autobús. Él se sentó al final y yo por el medio, así que no hablé con él, pero lo vi bajar y entrar en el instituto, por lo que supongo que va a clase allí.

No tengo ni idea de por qué ha dormido en esa casa. Probablemente no haya ni luz ni agua. Primero pensé que habría sido una apuesta, pero al volver he visto que bajaba en mi parada. Se ha ido andando calle abajo, como si fuera a otra parte, pero he ido directa a mi habitación y lo he espiado. Poco después, lo he visto colarse en la casa abandonada. No sé si debería decirle algo a mi madre; odio meterme en las vidas de los demás, pero si ese chico no tiene adónde ir, tal vez mi madre podría ayudarlo, ya que trabaja en un colegio.

No sé, creo que le daré un par de días por si acaso se marcha solo y vuelve a su casa. Tal vez está harto de sus padres. A mí me pasa a veces.

Pues ya está. Esto es todo. Ya te contaré qué pasa mañana.

Lily

Querida Ellen:

Confieso que me salto la parte del baile del principio del programa. Antes te miraba cuando bailabas entre el público, pero ahora me aburre; prefiero oírte hablar. Espero que no te enfades.

Pues mira, he descubierto quién es el chico de la casa abandonada y, sí, todavía sigue ahí. Han pasado dos días y aún no se lo he contado a nadie.

Se llama Atlas Corrigan y está en el último curso. No sé más. Le pregunté a Katie quién era cuando se sentó a mi lado en el autobús. Puso los ojos en blanco antes de responder. Me dijo su nombre y luego añadió: «No sé nada de él, aparte de que huele mal». Arrugó la nariz como si le diera asco.

Sentí ganas de pegarle un grito y decirle que no puede evitarlo, que no tiene agua en la casa, pero, en vez de eso, me lo quedé mirando en silencio. Tal vez durante demasiado tiempo, porque él me pilló observándolo.

Al llegar a casa, salí al jardín trasero para cuidar de las plantas. Los rábanos estaban a punto, así que fui a recogerlos. Es lo único que queda en el huerto; empieza a hacer demasiado frío para plantar nada. Podría haber esperado unos días más, pero la verdad es que también salí a cotillear.

Mientras los recogía, reparé en que faltaban unos cuantos. Parecía que acabaran de arrancarlos. Yo no lo había hecho, y mis padres nunca se acercan al huerto.

Pensé en Atlas, lo más probable es que hubiera sido él. En ese momento caí en la cuenta de que, si no tenía acceso a una ducha, probablemente tampoco tenía comida.

Entré en casa y preparé un par de sándwiches. Saqué dos refrescos de la nevera, una bolsa de patatas fritas, y lo metí todo en una bolsa térmica, corrí hasta la casa abandonada y lo dejé junto a la entrada trasera. No sabía si me habría visto, por eso llamé a la puerta con fuerza, salí corriendo y me metí en mi habitación. Cuando miré por la ventana para ver si se asomaba a la puerta, la bolsa ya había desaparecido.

En ese momento supe que me observaba. Saber que él sabe que yo sé que vive allí me pone nerviosa. No sé qué haré si mañana me dirige la palabra.

Lily

Querida Ellen:

He visto la entrevista que le has hecho al candidato presidencial Barack Obama. ¿Te has puesto nerviosa? ¿No te impresiona entrevistar a alguien que puede tener el control del país en sus manos? Yo de política no entiendo, pero sé que me costaría mucho ser graciosa con tanta presión.

Madre mía, la de cosas que nos han pasado a las dos. Tú acabas de entrevistar al que podría ser nuestro próximo presidente, y yo he empezado a llevarle comida a un chico sin hogar.

Esta mañana, cuando he llegado a la parada del autobús, Atlas ya se encontraba allí. Al principio estábamos solos y ha sido un poco incómodo. Cuando he visto que el autobús asomaba por la esquina, he deseado que se diera prisa. Cuando se ha detenido ante nosotros, ha dado un paso hacia mí y, sin levantar la cara, me ha dicho:

—Gracias.

Las puertas se han abierto, y me ha dejado subir primero. No le he dicho «de nada» porque me he quedado pas-

mada por mi reacción. Su voz me ha provocado un escalofrío, Ellen.

¿Te ha pasado alguna vez con algún chico?

Oh, perdón. Quería decir si te ha pasado con alguna chica.

En el viaje de ida no se ha sentado a mi lado, pero al volver del instituto ha sido el último en subir. Casi no había plazas libres, pero por su modo de recorrer los asientos con la vista me he dado cuenta de que no buscaba sitio, me buscaba a mí.

Cuando nuestras miradas se han cruzado, he bajado la vista y la he dejado clavada en el regazo. Me da rabia ser tan tímida con los chicos. Tal vez lograré superarlo cuando cumpla al fin los dieciséis.

Se ha sentado a mi lado y ha colocado la mochila entre las piernas. En ese momento he notado el olor al que se refirió Katie, pero no lo he juzgado por ello.

Al principio ha guardado silencio mientras jugueteaba con un roto de los vaqueros. Se notaba que no era uno de esos rotos que los diseñadores ponen en los pantalones para que molen. Era un agujero auténtico, porque la tela está muy gastada. Además, le quedan un poco pequeños y se le ven los tobillos, pero como está tan delgado, le quedan a la medida.

—¿Se lo has contado a alguien? —me preguntó al fin.

Me he vuelto hacia él y he visto que me estaba mirando con preocupación. Ha sido la primera vez que he podido echarle una buena ojeada. Tiene el pelo castaño oscuro, pero me parece que, si se lo lavara, no sería tan oscuro. Sus ojos brillan, a diferencia del resto. Son muy azules, como los de un husky siberiano. No debería comparar sus ojos con los de un perro, pero es lo primero que me ha venido a la cabeza al verlos.

He negado con la cabeza y me he vuelto a mirar por la ventanilla. Pensaba que tal vez él se quedaría tranquilo y se cambiaría de sitio, pero no lo ha hecho. Tras varias paradas, me he armado de valor y le he preguntado, susurrando:

—¿Por qué no vives con tus padres?

Él se me ha quedado mirando en silencio, como tratando de decidir si confiaba en mí o no, y finalmente ha respondido:

—Porque no quieren que viva con ellos.

Cuando se ha levantado, pensaba que se había enfadado, pero entonces me he dado cuenta de que habíamos llegado a nuestra parada. He cogido mis cosas y he bajado tras él. Esta vez no se ha molestado en disimular. Normalmente da una vuelta para que no lo vea entrar, pero hoy me ha acompañado hasta el jardín de mi casa. Al llegar al punto en que habríamos debido separarnos, nos hemos detenido los dos. Él le ha dado una patada al suelo, levantando polvo y piedrecitas, y ha mirado la puerta que quedaba a mi espalda.

—¿A qué hora vuelven tus padres? —me ha preguntado.

—Hacia las cinco —he respondido. Eran las cuatro menos cuarto.

Él ha asentido y me ha dado la impresión de que quería decir algo más, pero no lo ha hecho. Ha vuelto a asentir y se ha dirigido hacia la casa abandonada, la que no tiene comida, ni electricidad, ni agua.

A ver, Ellen, ya sé que lo que he hecho ha sido una tontería; no hace falta que me lo digas tú. Le he llamado y, cuando se ha dado la vuelta, le he soltado:

—Si te das prisa, puedes darte una ducha antes de que vuelvan.

El corazón me latía desbocado porque sabía que, si mis padres llegaban a casa y se encontraban a un sin techo en la ducha, se iba a armar una buena. Probablemente no saldría viva de esa, pero no podía quedarme de brazos cruzados, viéndolo entrar en aquella ruina de casa, sin ofrecerle nada.

Él ha mirado al suelo y he sentido su vergüenza en mi propio estómago. Ni siquiera ha asentido; se ha limitado a seguirme en silencio mientras entrábamos en casa.

Mientras él se duchaba, yo estaba atacadísima. Me he pasado todo el rato pegada a la ventana, vigilando por si veía el coche de mi padre o el de mi madre, aunque sabía que faltaba al menos una hora para que volvieran. Tenía miedo de que alguno de los vecinos lo hubiera visto entrar, aunque tampoco tengo tanto trato con ellos y supongo que, si ven que llego con alguien, pensarán que es una visita y no le darán importancia.

Le había dado a Atlas una muda de ropa, así que no solo tenía que estar fuera de casa cuando llegaran mis padres, sino que más le valía irse lejos de aquí. Si mi padre viera a un adolescente por el barrio con su ropa puesta, seguro que la reconocería.

Además de mirar por la ventana y de controlar la hora, iba metiendo cosas en una de mis viejas mochilas. Comida que no necesita nevera, un par de camisetas de mi padre, unos vaqueros que probablemente le van a ir enormes y unos calcetines de recambio.

Estaba cerrando la mochila cuando ha aparecido en el pasillo.

Tenía razón. Incluso mojado, se notaba que el pelo era más claro que hacía un rato. Y sus ojos parecían aún más azules.

Probablemente se había afeitado también, porque parecía más joven que antes de entrar en la ducha. He tragado saliva y he bajado la vista hacia la mochila, sorprendida por el cambio. Tenía miedo de que pudiera adivinar lo que pensaba. Tras mirar una última vez por la ventana, le he dado la mochila.

—Mejor que salgas por la puerta trasera para que no te vea nadie —le he dicho.

Él ha cogido la mochila y se ha quedado mirándome a la cara durante un minuto.

—¿Cómo te llamas? —me ha preguntado, colgándose la mochila al hombro.

—Lily.

Me ha sonreído. Ha sido la primera sonrisa que me ha dirigido, y en ese momento me ha venido a la cabeza una idea espantosa, de lo más superficial. Me he preguntado cómo era posible que alguien con una sonrisa tan bonita pudiera tener esa mierda de padres. Me he odiado al momento por pensarlo, porque unos padres deberían amar a sus hijos siempre, sin importar si son monos o feos, gordos o flacos, si son inteligentes o si no dan para más. Pero no siempre se pueden controlar las ideas; a veces la mente va por libre. Aunque podemos tratar de adiestrarla para que no vaya por ese camino.

Él me ha ofrecido la mano y se ha presentado:

—Soy Atlas.

—Lo sé —le he dicho yo, sin estrecharle la mano. No sé por qué no se la he estrechado. No es que me dé miedo tocarlo. Bueno, sí me da miedo, pero no porque piense que soy mejor que él; es que me pone nerviosa.

Él ha bajado la mano y ha asentido una vez.

—Será mejor que me vaya —ha dicho.

Me he apartado para dejarlo pasar. Él ha señalado hacia la cocina, para saber si la puerta trasera estaba allí. He asentido y lo he seguido pasillo abajo. Antes de llegar a la puerta, se ha detenido un momento y ha echado un vistazo a mi dormitorio.

Me ha dado vergüenza. No estoy acostumbrada a que nadie vea mi dormitorio, por eso no me he molestado nunca en darle un aspecto más maduro. Sigo con la colcha rosa a juego con las cortinas que he tenido desde los doce años. Y por primera vez en mi vida he querido arrancar el póster de Adam Brody.

Él no ha prestado atención a la decoración. Le ha echado un vistazo a la ventana —la que da al patio trasero— y se ha vuelto hacia mí. Antes de salir me ha dicho:

—Gracias por no ser despectiva, Lily.

Y se ha marchado.

Por supuesto, no era la primera vez que oía la palabra despectiva, pero me ha extrañado que la usara un adolescente. Con Atlas todo es contradictorio. ¿Cómo es posible que un tipo educado, correcto y que usa palabras como despectiva acabe viviendo en la calle? ¿Cómo es posible que un adolescente, cualquier adolescente, acabe viviendo en la calle?

Necesito respuestas, Ellen.

Voy a averiguar qué le pasó, ya lo verás.

Lily

Estoy a punto de leer una nueva entrada cuando suena el teléfono. Repto por el sofá y no me extraña ver que es mi madre, otra vez. Ahora que mi padre ha muerto y se ha quedado sola, supongo que me llamará el doble de veces.

—Hola.

—¿Qué te parece si me mudo a Boston? —me suelta a bocajarro.

Cojo el cojín que me queda más cerca y hundo la cara en él, ahogando un grito.

—Em, guau —digo, y añado—: ¿En serio?

Ella guarda silencio antes de responder:

—Solo era una idea. Podemos hablarlo mañana. Ya estoy llegando a la reunión.

—Vale. Chao.

De repente quiero largarme de Massachusetts. No puede mudarse aquí. No conoce a nadie aquí. Querrá que esté todos los días con ella, entreteniéndola. A ver, que quiero a mi madre, pero me marché de Boston para vivir mi vida, y si ella residiera en la misma ciudad, me sentiría menos independiente.

A mi padre le diagnosticaron cáncer hace tres años, cuando yo aún estaba en la universidad. Si Ryle Kincaid estuviera aquí, le contaría una verdad pura y descarnada, sin rodeos. Le diría que sentí cierto alivio cuando mi padre perdió las fuerzas por culpa de la enfermedad y dejó de ser una amenaza para mi madre. La dinámica de su relación cambió por completo, y ya no me sentí obligada a quedarme en Plethora para asegurarme de que mi madre estaba a salvo.

Y ahora que mi padre ya no está y no tengo que volver a preocuparme por mi madre, me apetecía alzar un poco el vuelo, por decirlo de alguna manera.

Y ¿ahora pretende mudarse a Boston?

Siento que me acaban de recortar las alas.

«¿Dónde hay una tumbona de polímero para barcos cuando uno la necesita?»

Me estoy estresando bastante y no sé qué haría si mi madre se mudara a Boston. Aquí no tengo jardín, ni huerto, ni malas hierbas. Ni siquiera un patio.

«Necesito encontrar otra válvula de escape.»

Opto por limpiar y ordenar. Coloco las viejas cajas de zapatos en el armario del dormitorio. Luego ordeno el resto del armario: las joyas, los zapatos, la ropa...

«No puede venir a Boston.»

3

Seis meses más tarde

—Oh —es todo lo que dice mi madre. Da una vuelta sobre sí misma, examinando el local. Pasa un dedo por el alféizar de la ventana que le queda más cerca, llevándose el polvo y tratando de sacudírselo luego entre los dedos—. Es...

—Hay mucho trabajo por hacer, ya lo sé —la interrumpo. Señalando el aparador que tiene a su espalda, añado—: Pero fíjate en los escaparates. Tienen potencial.

Ella los examina, asintiendo. Tiene la costumbre de hacer un ruidito con la garganta. Como asintiendo, pero con los labios apretados. En realidad, cuando emite ese ruido lo que quiere decir es que no está convencida. Y acaba de hacerlo, dos veces.

Dejo caer los brazos desanimada.

—¿Crees que he hecho una tontería?

Ella niega con la cabeza.

—Todo dependerá del resultado, Lily —responde. El local era antes un restaurante y todavía está lleno de mesas y sillas viejas. Se acerca a una de las mesas, aparta una silla y se sienta—. Si las cosas salen bien y la floristería es un éxito, la gente dirá que fue una decisión valiente, atrevida; que tuviste buen instinto empresarial. Ahora bien, si fracasa y pierdes el dinero de la herencia...

—La gente dirá que fue una decisión absurda.

Mi madre se encoge de hombros.

—Siempre pasa lo mismo; ya lo sabes, eres diplomada en Empresariales.

—Hasta un máster tengo —murmuro, mientras ella lo observa todo lentamente, como si se imaginara cómo estará todo dentro de un mes.

—Asegúrate de que sea una decisión valiente y atrevida, Lily.

Sonrío. Me parece un buen consejo.

—Aún no me creo que lo haya comprado sin pedirte consejo antes. —Me siento a su lado en la mesa.

—Ya eres adulta; estás en tu derecho —replica, aunque no puede disimular del todo la decepción.

Creo que darse cuenta de que ya no la necesito la hace sentirse más sola. Han pasado seis meses desde la muerte de su marido y, aunque mi padre no era buena compañía, igualmente ha tenido que acostumbrarse a la soledad. Consiguió trabajo en un colegio de primaria de Boston y se mudó. Está viviendo en un barrio tranquilo de las afueras. Se compró una casita muy mona en una calle sin salida. Tiene dos habitaciones y un patio trasero enorme. Me gustaría plantar un jardín allí, pero eso requeriría que me pasara a cuidarlo todos los días y mi límite de visitas está en una a la semana; dos como máximo.

—¿Qué vas a hacer con todos estos trastos?

Tiene razón. El local está lleno de trastos. Tardaré media vida en despejarlo.

—No lo sé. Supongo que tendré que romperme la espalda vaciando el local antes de pensar en decorarlo.

—¿Cuándo dejas de trabajar en la empresa de marketing?

Sonrío.

—Ayer.

Ella suspira, sacudiendo la cabeza.

—Oh, Lily. Ojalá las cosas te salgan bien.

Nos levantamos y oigo que la puerta se abre. Hay estanterías enfrente de la puerta, así que ladeo la cabeza para ver quién es. Es una mujer, que mira a su alrededor hasta que me ve.

—Hola. —Me saluda, levantando la mano.

Se la ve maja. Va bien vestida. Demasiado. Lleva pantalones piratas de color blanco, un potencial desastre en este nido de polvo.

—¿Puedo ayudarte?

Ella se coloca el bolso debajo del brazo y me ofrece la mano.

—Soy Allysa —responde, mientras se la estrecho.

—Lily.

Señala con el pulgar por encima del hombro.

—Hay un cartel en la puerta. Pone que buscan personal.

Miro hacia donde señala y levanto las cejas.

—¿Ah, sí?

«Yo no he puesto ningún cartel.»

Ella asiente, pero se encoge de hombros.

—Aunque parece viejo. Probablemente lleva allí un tiempo. He salido a pasear y, al ver el cartel, me he asomado, por curiosidad.

Me ha caído bien desde el primer momento. Tiene una voz agradable y una sonrisa que parece sincera.

Mi madre me apoya una mano en el hombro y se inclina hacia mí para darme un beso en la mejilla.

—Tengo que irme —me dice.

—Esta noche lo celebramos —le recuerdo mientras sale. Luego me vuelvo hacia Allysa—. La verdad es que todavía no tengo previsto contratar a nadie. —Señalo a mi alrededor—. Voy a montar una floristería, pero tardaré un par de meses en abrir, por lo menos.

Sé que no debería dejarme llevar por los prejuicios, pero esta mujer no parece de las que se conforman con el salario mínimo. Ya solo su bolso debe de costar más que este edificio.

Se le iluminan los ojos.

—¿En serio? ¡Me encantan las flores! —Da una vuelta en redondo—. Este local tiene muchísimo potencial. ¿De qué color piensas pintarlo?

Cruzo un brazo ante el pecho y me agarro el codo. Balanceándome sobre los talones, respondo:

—No lo sé aún. Me han dado las llaves del local hace una hora, así que todavía no me ha dado tiempo a pensar en la decoración.

—Lily, ¿verdad?

Yo asiento con la cabeza.

—No tengo estudios de diseño, Lily, pero decorar es lo que más me gusta en la vida. Si necesitas ayuda, lo haré gratis.

Ladeo la cabeza.

—¿Trabajarías gratis?

Ella asiente.

—No necesito trabajar. He entrado por un impulso, porque reconozco que a veces me aburro. Me encantaría ayudarte en lo que necesites: limpiar, decorar, elegir colores. Soy una yonqui de Pinterest; estoy enganchada. —Señala hacia algo que queda a mi espalda—. Esa puerta rota, por ejemplo. Podría renovarla y quedaría espectacular. En realidad, casi todo lo que hay se podría aprovechar con un buen lavado de cara.

Yo miro a mi alrededor, sabiendo que el trabajo me queda grande. No voy a ser capaz de hacerlo sola. La mitad de los objetos son demasiado pesados para moverlos sin ayuda. Voy a tener que contratar a alguien antes o después.

—No voy a consentir que trabajes gratis, pero podría pagarte diez dólares la hora si realmente estás interesada.

Ella aplaude y estoy segura de que, si no hubiera llevado tacones, se habría puesto a dar saltos.

—¿Cuándo puedo empezar?

Bajo la vista hacia sus pantalones blancos.

—¿Te va bien mañana? Supongo que querrás ponerte algo más sufrido.

Ella hace un gesto con la mano, quitándole importancia, y deja el bolso de Hermès sobre una mesa cubierta de polvo.

—Tonterías. Mi marido está viendo un partido de los Bruins en un bar que hay más abajo. Si a ti te va bien, prefiero quedarme contigo y empezamos ya.

Dos horas más tarde estoy convencida de que acabo de conocer a mi nueva mejor amiga. Y no exageraba: es una yonqui de Pinterest.

Escribimos GUARDAR y TIRAR en pósits y los pegamos en todos los objetos del local. Como yo, es una firme defensora de reciclar de manera creativa, y acabamos con ideas para reutilizar el 75 por ciento de las cosas que dejaron en el restaurante. Dice que el resto lo tirará su marido cuando tenga tiempo libre. Una vez que hemos decidido qué vamos a hacer con las cosas, cojo una libreta y un boli, y nos sentamos en una de las mesas a anotar ideas para la decoración.

—Bien —dice, echándose hacia atrás en la silla. Me aguanto la risa porque tiene los pantalones pirata llenos de polvo, pero a ella no parece importarle—. ¿Te has marcado algún objetivo? —pregunta, mirando de nuevo a su alrededor.

—Sí, tengo uno: que sea un éxito.

Ella se echa a reír.

—De eso no me cabe duda: será un éxito, pero necesitas una idea de conjunto.

Pienso en lo que me ha dicho mi madre: «Asegúrate de que sea una decisión valiente y atrevida, Lily».

Sonriendo, enderezo la espalda.

—Quiero un local valiente y atrevido —le digo—. Quiero que sea diferente, quiero arriesgarme.

Ella entorna los ojos y mordisquea la punta de su bolígrafo.

—Pero vas a vender flores. ¿Cómo puede ser una floristería valiente y atrevida?

Miro a mi alrededor, tratando de expresar lo que digo en conceptos concretos, pero me cuesta porque ni siquiera tengo clara la idea. Me estoy poniendo nerviosa, como cuando estás a punto de tener una revelación importante.

—¿Qué palabras te vienen a la cabeza cuando piensas en flores? —le pregunto.

Ella se encoge de hombros.

—No sé. Son adorables, ¿no? Están vivas, así que me hacen pensar en vida. Y en el color rosa. Y en la primavera.

—Adorables, vida, rosa, primavera —repito, y un instante después, exclamo—: ¡Allysa, es genial, brillante! —Me levanto y camino de un lado a otro—. ¡Tomaremos lo que a todo el mundo le gusta de las flores y haremos justo lo contrario!

Ella esboza una mueca, dejándome entender que no me sigue.

—Vale, a ver. Qué te parece si, en vez de mostrar el lado bonito y adorable de las flores, destacamos su lado más canalla. En vez de elegir flores de color rosa, nos centramos en tonos más oscuros, como el púrpura o incluso el negro. Y en lugar de limitarnos a la primavera y la vida, celebramos también el invierno y la muerte.

Allysa abre mucho los ojos.

—Pero... ¿qué hacemos con los clientes que quieren flores rosas?

—Pues les damos lo que quieren, por supuesto, pero también les venderemos cosas que todavía no saben que quieren.

Ella se rasca la mejilla.

—Entonces, ¿tu idea es vender flores negras?

Parece preocupada, y no me extraña. Solo está viendo la parte oscura del proyecto. Me siento y trato de llevarla a mi terreno.

—Alguien me dijo una vez que no hay malos y buenos. Todos somos personas que a veces hacemos cosas malas. La frase se me quedó grabada porque es muy cierta. Todos tenemos nuestra parte buena y nuestra parte mala. Quiero que ese sea el lema de la tienda. En vez de pintar las paredes con tonos empalagosos, las pintaremos de color púrpura con toques negros. Y en lugar de colocar las flores de siempre en aburridos jarrones de cristal que hacen que la gente piense en vida, les daremos un toque provocador, atrevido y valiente. Mostraremos centros de flores más oscuras, o ramos atados con cuero o cadenas de plata. Y nada de jarrones de cristal; en todo caso de ónix negro o..., qué sé yo..., jarrones forrados con terciopelo púrpura y adornados con tachuelas plateadas. Las posibilidades son infinitas. —Vuelvo a levantarme—. Floristerías para gente que adora las flores hay en todas partes, pero ¿qué pasa con la gente que odia las flores? ¿Quién piensa en ellos?

Allysa niega con la cabeza.

—Nadie —susurra.

—Exacto, nadie.

Nos quedamos observándonos en silencio unos momentos, hasta que no puedo más. Estoy a punto de estallar de nervios y alegría, y me echo a reír como una niña pequeña. Allysa se contagia y ríe conmigo. Da un salto y me abraza.

—Lily, ¡es tan retorcido que resulta brillante!

—¡Lo sé! —Me siento cargada de energía—. Necesito un escritorio para poder ponerme a hacer el plan de negocio, pero ¡mi futuro despacho está lleno de cajas de verdura!

Ella se dirige hacia la trastienda.

—¡Pues venga, vamos a sacarlas de ahí y a comprarte un escritorio!

Nos apretamos en el futuro despacho y empezamos a sacar las cajas una a una. Me subo a una silla para apilar las cajas que sacamos y así tener más sitio para movernos.

—Estas cajas son perfectas para los expositores que tengo en la cabeza. —Me alcanza dos más y se aleja.

Me pongo de puntillas para colocarlas en lo alto de la pila, pero esta se vence y se me cae encima. Trato de agarrarme a alguna parte, pero el montón de cajas me desequilibra y me caigo de la silla. Al chocar contra el suelo noto que el tobillo se me tuerce y el pie me queda en una postura nada natural. Un instante después, el dolor me sube por la pierna.

Allysa vuelve corriendo y me quita un par de cajas de encima.

—¡Lily! ¡Ay, Dios! ¿Estás bien?

Me siento, pero ni se me ocurre apoyar peso en el pie. Negando con la cabeza, respondo:

—El tobillo.

Ella me quita el zapato y se saca el móvil del bolsillo. Marca un número y me mira.

—Sé que es una pregunta tonta, pero ¿no tendrás una nevera con hielo por aquí?

Niego con la cabeza.

—Me lo imaginaba. —Conecta la función «manos libres» y deja el teléfono en el suelo para levantarme la pernera de los pantalones.

Hago una mueca, no tanto de dolor como de rabia. No me creo que haya sido tan idiota. Si me he roto el tobillo, estoy jodida. Acabo de gastarme la herencia de mi padre en un edificio que ni siquiera podré renovar hasta dentro de meses.

—Eeeeh, Issa —murmura una voz profunda al otro lado del teléfono—. ¿Dónde estás? Ya ha acabado el partido.

Ella coge el teléfono y se lo acerca a la boca.

—En el trabajo. Escúchame, necesito...

El tipo la interrumpe.

—¿En el trabajo? Nena, tú no tienes trabajo.

Allysa sacude la cabeza.

—Marshall, que me escuches. Es una urgencia. Creo que mi jefa se ha roto el tobillo. Necesito que traigas hielo.

Él vuelve a interrumpirla riendo a carcajadas.

—¿Tu jefa? Nena, te recuerdo que no tienes trabajo —repite.

Allysa mira al cielo con resignación.

—Marshall, ¿estás borracho?

—Es noche de pijamas —responde, arrastrando las palabras—. Ya lo sabías cuando nos dejaste en el bar, Issa, cerveza gratis hasta...

Ella suelta un gruñido.

—Dile a mi hermano que se ponga.

—Vale, vale —murmura Marshall.

Salen ruidos del teléfono hasta que otra voz habla.

—¿Sí?

Allysa le da nuestra dirección.

—Ven aquí ahora mismo, por favor. Y trae una bolsa de hielo.

—Sí, señora. —El hermano también suena un poco bebido, francamente.

Se oyen risas y a alguien que dice «está de mal humor» antes de colgar.

Allysa se guarda el móvil en el bolsillo.

—Iré a esperarlos a la puerta; el bar se encuentra muy cerca. ¿Estarás bien aquí?

Yo asiento y trato de agarrarme a la silla.

—Tal vez debería probar si puedo caminar.

Allysa me empuja el hombro para que vuelva a apoyarme en la pared.

—No, no te muevas. Espera a que lleguen, ¿vale?

No sé qué van a poder hacer por mí dos tipos borrachos, pero asiento. Mi nueva empleada se ha puesto en modo autoritario y me da un poco de miedo ahora mismo.

Espero en la trastienda unos diez minutos y al fin oigo abrirse la puerta.

—Pero ¡qué demonios! —exclama una voz masculina—. ¿Qué haces tú sola en este edificio destartalado?

Allysa responde:

—Está ahí.

Se acerca a mí seguida de un tipo que lleva un pijama de una sola pieza. Es alto, más bien delgado, guapo, con cara de niño, ojos grandes de mirada sincera y el pelo oscuro, alborotado y bastante, pero bastante largo.

Ha traído una bolsa de hielo.

«¿He mencionado que lleva un pijama de una pieza?»

Un pijama que parece de bebé, pero en talla de adulto, con dibujos de Bob Esponja.

—¿Es tu marido? —le pregunto a Allysa, alzando una ceja.

—Desgraciadamente —responde ella, con expresión sufrida.

Se vuelve hacia él y, en ese momento, otro tipo —que también lleva pijama de una pieza— hace su aparición. No me fijo en él porque Allysa me está contando por qué van vestidos así un miércoles cualquiera.

—Hay un bar aquí al lado que sirve cerveza gratis a todos los que se presenten con pijama de una pieza cuando juegan los Bruins. —Se acerca más a mí y hace un gesto a los hombres para que la sigan—. Se ha caído de la silla y se ha hecho daño en el tobillo —le dice al que no es su marido.

Él rodea a Marshall y lo primero en lo que me fijo es en sus brazos.

«¡Joder! Yo esos brazos los he visto antes.»

Son los brazos de un neurocirujano.

«¿Allysa es su hermana?»

¿La hermana que es la dueña de la última planta entera de su bloque y cuyo marido trabaja en pijama desde casa y gana una millonada al año?

Cuando nuestros ojos se encuentran, su cara entera se transforma en una sonrisa. No he visto a Ryle desde hace —«Dios mío, ¿cuánto ha pasado ya?»— seis meses. Durante ese tiempo he pensado bastante en él, pero nunca me imaginé que volveríamos a vernos.

—Ryle, ella es Lily. Lily, mi hermano, Ryle —nos presenta—. Y él es mi marido, Marshall.

Ryle se acerca y se arrodilla ante mí.

—Lily —me dice, dirigiéndome una sonrisa—. Encantado de conocerte.

Es obvio que se acuerda de mí, se nota en su sonrisa, pero, al igual que yo, está fingiendo que es la primera vez que nos vemos. No me apetece nada explicar las circunstancias en que nos conocimos, y supongo que a él le pasa lo mismo.

Ryle me levanta el tobillo y lo examina.

—¿Puedes moverlo?

Yo lo intento, pero una punzada de dolor agudo me recorre la pierna. Inspiro hondo entre los dientes apretados y niego con la cabeza.

—Aún no; me duele.

Ryle le hace un gesto a Marshall.

—Busca algo donde poner el hielo.

Allysa sigue a Marshall cuando este sale de la trastienda. Cuando se van, Ryle me mira y sonríe.

—No te cobraré, pero solo porque estoy un poco borracho —me dice, guiñándome el ojo.

Ladeo la cabeza.

—La primera vez que te vi ibas colocado; ahora estás borracho. No sé si vas a llegar a ser un neurocirujano demasiado cualificado.

Él se echa a reír.

—Supongo que te he dado esa imagen, pero te prometo que no me coloco casi nunca y hoy es mi primer día libre en más de un mes. Necesitaba una cerveza. O más bien cinco.

Marshall regresa con el hielo envuelto en un trapo viejo. Se lo da a Ryle, que lo presiona contra el tobillo.

—Voy a necesitar el botiquín que tienes en el coche —le pide a Allysa.

Ella asiente y se lleva a Marshall de la mano.

Ryle me apoya una mano en la planta del pie.

—Empuja contra mi mano —me ordena.

Yo sigo sus instrucciones. Me duele, pero soy capaz de desplazar su mano.

—¿Está roto?

Él mueve el pie de un lado a otro antes de responder:

—No, no lo creo. Esperemos un par de minutos y probaremos a ver si aguanta tu peso.

Asiento y lo observo ponerse cómodo frente a mí. Se sienta con las piernas cruzadas y apoya mi tobillo en su regazo. Mira a su alrededor antes de volver a mirarme a los ojos.

—Y ¿este local? ¿Qué es?

Le sonrío con entusiasmo; tal vez excesivo.

—Es Lily Bloom's y será una floristería dentro de unos dos meses.

Te juro que su cara entera se ilumina de orgullo.

—No me lo puedo creer. ¿En serio? ¿De verdad vas a abrir tu propio negocio?

Yo asiento.

—Sí. He pensado que más me valía intentarlo ahora que soy joven y aún puedo recuperarme si sale mal.

Una de sus manos aguanta la bolsa de hielo, pero la otra la tiene alrededor de mi pie desnudo y me lo está acariciando con el pulgar, como si fuera lo más normal del mundo, pero no lo es. Noto con mucha más intensidad el contacto de su mano que el dolor en el tobillo.

—Estoy ridículo, ¿no? —pregunta, echándole un vistazo a su pijama de una pieza, que es rojo, liso.

Me encojo de hombros.

—Al menos el tuyo no tiene dibujos animados. Te da un aspecto algo más maduro que el de Bob Esponja.

Él se echa a reír, pero la sonrisa se le borra de la cara cuando apoya la cabeza en la puerta que queda a su lado. Me examina y dice:

—Eres aún más bonita a plena luz del día.

En momentos como este, odio con todas mis fuerzas ser pelirroja. Soy tan pálida que cuando me ruborizo no se me nota solo en las mejillas, sino en toda la cara, en el cuello y también en los brazos.

Apoyo la cabeza en la pared a mi espalda y le sostengo la mirada.

—¿Quieres oír la pura verdad?

Él asiente.

—He querido volver a tu azotea más de una vez desde aquella noche, pero tenía miedo de encontrarte allí. Me... me alteras.

Él deja de acariciarme el pie.

—¿Me toca?

Yo asiento.

Con los ojos entornados, baja la mano a la planta del pie, que me recorre desde la punta de los dedos hasta el talón.

—Sigo teniendo muchas ganas de follarte.

Alguien contiene el aliento y no soy yo.

Ryle y yo miramos a la vez hacia la puerta. Allysa está boquiabierta, con los ojos como platos, señalando a Ryle.

—Pero ¿qué...? —Mirándome a mí, se disculpa—. Lo siento mucho, Lily. —Le lanza a Ryle una mirada furibunda—. ¿Acabas de decirle a mi jefa que quieres follártela?

«Ay, madre.»

Ryle permanece en silencio, mordiéndose el labio inferior. Marshall se asoma por detrás de Allysa.

—¿Qué pasa? —pregunta.

Ella mira a Marshall y vuelve a señalar a Ryle.

—¡Acaba de decirle a Lily que quiere follársela!

Marshall nos mira a los dos. No sé si echarme a reír o si esconderme debajo de una mesa.

—¿Le has dicho eso? —le pregunta a Ryle, que se encoge de hombros.

—Eso parece.

Allysa esconde la cara entre las manos.

—¡Dios bendito! —exclama, y me mira—. Está borracho. Los dos lo están. Por favor, no me juzgues a mí por las gilipolleces de mi hermano.

Sonriendo, hago un gesto quitándole importancia a lo sucedido.

—No pasa nada, Allysa. Hay un montón de gente que quiere follarme. —Miro a Ryle, que sigue acariciándome el pie como si nada—. Al menos tu hermano es sincero. No hay muchas personas capaces de reconocer lo que están pensando.

Ryle me guiña el ojo y aparta el tobillo de su regazo con cuidado.

—Vamos a ver si puedes apoyar peso en ese pie. —Entre Marshall y él me ayudan a levantarme. Ryle señala una mesa situada a un par de metros, contra una pared—. Vamos a intentar llegar hasta esa mesa para que pueda vendártelo.

Me rodea la cintura firmemente con un brazo para asegurarse de que no me caigo. Marshall se coloca al otro lado, pero no hace gran cosa; solo me da seguridad con su presencia. Apoyo un poco de peso en el pie y me duele el tobillo, pero no es un dolor insoportable. Soy capaz de ir dando saltitos hasta la mesa con mucha ayuda de Ryle, que me levanta hasta que me siento a la mesa y apoyo la espalda en la pared, con la pierna estirada delante de mí.

—La buena noticia es que no está roto.

—Y ¿la mala? —le pregunto.

Mientras abre el botiquín, responde:

—Que vas a tener que reposar unos días, sin apoyar el pie en el suelo. Al menos una semana; tal vez un poco más según lo que tarde en curarse.

Cierro los ojos y apoyo la cabeza en la pared.

—Pero tengo tantas cosas que hacer —me lamento.

Él empieza a vendarme el tobillo con delicadeza. A su espalda, Allysa lo observa.

—Tengo sed —dice Marshall—. ¿A alguien le apetece beber algo? Hay una tienda CVS aquí enfrente.

—Yo nada, gracias —dice Ryle.

—Yo me tomaría un agua —respondo.

—Sprite —dice Allysa.

Marshall la agarra de la mano.

—Tú te vienes conmigo.

Allysa se suelta y se cruza de brazos.

—No voy a ningún lado; no me fío de mi hermano.

—Allysa, no pasa nada —le aseguro—. Estaba bromeando.

Ella me mira en silencio unos instantes antes de quedarse satisfecha.

—Vale, pero prométeme que no me despedirás si vuelve a hacer alguna gilipollez.

—Te prometo que no te despediré.

Convencida al fin, recupera la mano de Marshall y se marchan.

Sin dejar de vendarme el tobillo, Ryle me pregunta:

—¿Mi hermana trabaja para ti?

—Sí; la contraté hace un par de horas.

Él busca en el botiquín y saca esparadrapo.

—¿Eres consciente de que mi hermana no ha tenido un empleo en su vida?

—Sí, ya me ha avisado —respondo. Me fijo en que tiene los dientes apretados y no parece tan relajado como hace un rato. Se me ocurre que tal vez piense que he contratado a su hermana para acercarme a él—. No tenía ni idea de que era tu hermana hasta que te he visto entrar en la tienda. Lo juro.

Él me mira un momento antes de volver a concentrarse en el vendaje.

—No lo he pensado —me asegura, mientras coloca el esparadrapo sobre la venda.

—Ya lo sé, pero por si acaso. Odiaría que creyeras que quiero cazarte o algo así. Nuestros objetivos en la vida son distintos, no sé si te acuerdas.

Asintiendo, él deja el pie delicadamente sobre la mesa.

—Lo recuerdo. Yo soy de citas de una noche mientras que tú vas en busca del santo grial.

Me echo a reír.

—Tienes buena memoria.

—Cierto —me dirige una sonrisa lánguida—, pero también es cierto que no eres fácil de olvidar.

«Por Dios.»

Tiene que dejar de decir estas cosas. Apoyo las manos en la mesa y bajo la pierna.

—Se avecina una pura verdad.

Él se apoya en la mesa y dice:

—Soy todo oídos.

Me lanzo de cabeza.

—Me atraes mucho —admito—. No hay casi nada de ti que no me guste. Y teniendo en cuenta que tú y yo buscamos cosas distintas en la vida, si volvemos a encontrarnos te agradecería que dejaras de decirme cosas que se me suben a la cabeza. No me parece justo.

Él asiente una vez.

—Ahora yo. —Apoya la mano en la mesa, cerca de la mía, y se inclina un poco hacia mí—. A mí también me atraes mucho; no hay casi nada de ti que no me guste, pero prefiero que no volvamos a encontrarnos nunca, porque no me gusta pasar tanto tiempo pensando en ti. Que en realidad no es tanto, pero es más de lo que desearía. Así que, si sigues sin estar interesada en una sola noche, creo que será mejor que nos esforcemos en no volver a coincidir, porque no va a ser fácil para ninguno de los dos.

No sé cómo hemos acabado tan cerca. Su proximidad hace que me resulte difícil prestar atención a las palabras que salen de su boca. Él baja la vista hacia mis labios, pero en cuanto oye que se abre la puerta de la tienda, se aleja rápidamente. Cuando Allysa y Marshall llegan, se encuentran a Ryle apilando las cajas que se habían caído. Allysa baja la vista hacia mi tobillo.

—¿Y bien? ¿Cuál es el veredicto?

La miro poniendo morritos.

—Tu hermano, el médico, dice que no puedo apoyar el pie en el suelo durante unos días.

Ella me da el agua que les he encargado.

—Menos mal que me tienes a mí. Puedo ocuparme de despejar esto y limpiarlo mientras tú reposas.

Doy un trago y me seco la boca.

—Allysa, te nombro empleada del mes.

Ella sonríe y se vuelve hacia Marshall.

—¿Has oído eso? ¡Soy su mejor empleada!

Él la rodea con el brazo y le da un beso en la coronilla.

—Estoy orgulloso de ti, Issa.

Me gusta que use ese diminutivo para Allysa. Me pregunto si alguna vez conoceré a alguien que me ponga un diminutivo empalagoso y mono como Issa. ¿Illy? No, no es lo mismo.

—¿Necesitas ayuda para llegar a casa? —me pregunta.

Bajo de la mesa e intento apoyar el pie.

—Tal vez hasta el coche. Como es el pie izquierdo, supongo que podré conducir sin problemas.

Ella se acerca y me rodea la cintura con el brazo.

—Si quieres dejarme las llaves, cerraré la tienda y volveré mañana para seguir limpiando.

Los tres me acompañan hasta el coche, aunque Ryle deja que Allysa sea la que haga casi todo el esfuerzo. Casi parece que le dé miedo tocarme. Cuando estoy dentro del coche, Allysa mete mi bolso y mis otras cosas en la guantera y se sienta a mi lado, en el asiento del copiloto. Saca mi móvil del bolso y anota su número en él.

Ryle se asoma a la ventanilla.

—No olvides ponerte hielo en el tobillo tanto rato como puedas durante los próximos días. Los baños de agua fría también van bien.

Asiento.

—Gracias por la ayuda.

Allysa interviene.

—¿Ryle? Tal vez deberías acompañarla a casa y volver en taxi, por si acaso.

Él me mira y niega con la cabeza.

—No creo que sea buena idea. Puede volver sola. He bebido más de la cuenta; es mejor que no conduzca.

—Al menos podrías acompañarla hasta su casa —insiste Allysa, pero él vuelve a negar con la cabeza y, tras dar unos golpecitos en el techo del coche, se da la vuelta y se marcha.

Todavía estoy observándolo cuando Allysa me devuelve el móvil y me dice:

—Ahora en serio, siento mucho lo de mi hermano. Primero te tira los trastos y luego se comporta como un capullo egoísta. —Baja del coche, cierra la portezuela y sigue hablándome por la ventanilla—. Por eso se quedará soltero toda la vida. —Me señala el móvil—. Envíame un mensaje cuando llegues a casa. Y llámame si necesitas algo. Los favores no te los facturaré como horas de trabajo.

—Gracias, Allysa.

Ella sonríe.

—No, gracias a ti. Hacía mucho tiempo que mi vida no me parecía tan apasionante. Concretamente desde el concierto de Paolo Nutini al que fui el año pasado.

Se despide con la mano y se dirige hacia donde Marshall y Ryle la están esperando.

Los observo alejarse calle abajo por el retrovisor. Cuando dan la vuelta a la esquina, veo que Ryle se gira y mira en mi dirección. Cierro los ojos y suelto el aire.

Las dos ocasiones en que he estado con Ryle han coincidido con días que preferiría olvidar: el funeral de mi padre y la caída que ha acabado con un esguince de tobillo. Aunque, para ser sincera, su presencia ha hecho que las dos desgracias fueran más llevaderas.

«Odio que sea el hermano de Allysa. Sospecho que esta no será la última vez que nos veamos.»

4

Tardo media hora en ir desde el coche hasta el piso. He llamado dos veces a Lucy para pedirle que me ayudara, pero no me ha cogido el teléfono. Cuando entro en casa, me cabreo al verla tumbada en el sofá con el teléfono en la mano.

Solo cuando doy un portazo, levanta la cabeza y me mira.

—¿Qué te ha pasado?

Me apoyo en la pared para llegar saltando hasta el pasillo.

—Un esguince. Me he torcido el tobillo.

Cuando estoy entrando en mi habitación, la oigo gritar:

—¡Perdona que no haya respondido! Estoy charlando con Alex, pensaba llamarte luego.

—¡No pasa nada! —le devuelvo el grito antes de cerrar con un nuevo portazo.

Voy al baño y encuentro unos viejos analgésicos que había guardado en el armarito. Me tomo dos, me echo en la cama y me quedo mirando al techo. No me puedo creer que vaya a tener que pasarme una semana aquí metida. Cojo el teléfono y le escribo un mensaje a mi madre.

Yo: Me he hecho un esguince en el tobillo.
Estoy bien, pero ¿podrías traerme unas
cuantas cosas de la tienda?

Dejo el móvil en la cama y, por primera vez desde que se mudó a Boston, me alegro de que mi madre viva relativamente cerca. En realidad, las cosas han sido mucho más fáciles de lo que pensaba. Ahora que mi padre ha muerto, me gusta mucho más mi madre. Sé que es porque no le perdonaba que no lo dejara. Y aunque el resentimiento que sentía hacia mi madre casi ha desaparecido, no me pasa lo mismo con mi padre.

Sé que no puede ser bueno albergar tanto rencor, pero, maldita sea, se comportó de un modo horrible. Con mi madre, conmigo, con Atlas.

He estado tan ocupada entre mi madre, el trabajo y la búsqueda de locales comerciales que no he tenido tiempo de acabar los diarios que empecé a releer hace unos meses.

Me dirijo al armario patéticamente, aunque solo tropiezo una vez, lo que me parece todo un éxito, sobre todo porque consigo sujetarme a la cajonera. Con el diario en la mano, vuelvo a la cama y me pongo cómoda.

No tengo nada mejor que hacer ahora que no voy a poder trabajar durante una semana.

Puedo dedicarme a compadecerme de mi pasado mientras me compadezco de mi presente.

Querida Ellen:

Tu presentación de los Oscar fue lo más grande que se vio en televisión el año pasado. Creo que no llegué a decírtelo. Con la parte de la aspiradora casi me meo encima.

Ah, y ya tienes un nuevo seguidor. He reclutado a Atlas. Antes de que me juzgues por haberlo dejado entrar en casa otra vez, déjame que te cuente las circunstancias.

Después de que se duchó en casa ayer, no volví a verlo, pero esta mañana se ha puesto a mi lado en el autobús.

Parecía más contento que ayer porque, mientras se sentaba, me ha sonreído.

No te voy a mentir, me ha resultado raro verlo vestido con la ropa de mi padre, pero los pantalones no le quedan tan mal como pensaba. Te transcribo aquí lo que hablamos:

—¿Sabes qué? —me dijo, echándose hacia delante para desabrochar la cremallera de la mochila.

—¿Qué?

Sacó una bolsa de la mochila y me la dio.

—He encontrado esto en el garaje. He tratado de limpiarlos porque estaban llenos de polvo, pero no he podido hacer gran cosa sin agua.

Con la bolsa en la mano, lo he mirado con desconfianza. Nunca me había hablado tanto. Finalmente he mirado dentro de la bolsa y he visto que eran herramientas de jardín viejas.

—Te vi cavando con la pala el otro día. No sé si ya tienes herramientas de jardín, pero como estas no las usa nadie, pues...

—Gracias —le dije muy sorprendida. Antes tenía una pala de jardinería, pero se rompió el mango de plástico y me salían ampollas en la mano al usarlo.

Le pedí a mi madre herramientas nuevas por mi cumpleaños, y cuando ella me trajo una pala grande y un azadón, no fui capaz de decirle que no era eso lo que necesitaba.

Atlas se aclaró la garganta y, en voz mucho más baja, añadió:

—Ya sé que no es un regalo de verdad, que no lo he comprado yo, pero quería darte algo. Ya sabes, por...

Al ver que dejaba la frase inacabada, asentí y volví a atar la bolsa.

—¿Me las podrías guardar hasta que acaben las clases? No me caben en la mochila.

Él cogió la bolsa, se puso la mochila en el regazo y guardó las herramientas dentro. Luego, abrazando la mochila, me preguntó:

—¿Cuántos años tienes?

—Quince.

Me pareció que se entristecía al oír mi edad, pero no entiendo por qué.

—¿Aún no estás en bachillerato?

Negué con la cabeza, porque no se me ocurrió nada. No suelo hablar con chicos, y menos con los de último curso de bachillerato. Y cuando me pongo nerviosa, no me salen las palabras.

—No sé cuánto tiempo me quedaré en esa casa —siguió diciendo, de nuevo en voz baja—. Pero si algún día necesitas ayuda con el huerto o con cualquier otra cosa, avísame. No es que tenga nada mejor que hacer, sin electricidad ni nada.

Me eché a reír, pero luego pensé que tal vez no habría debido reírme de su comentario.

Pasamos el resto del trayecto hablando sobre ti, Ellen.

Cuando comentó que se aburría, le pregunté si no veía tu programa. Me dijo que le gustaría porque le parecías muy divertida, pero que necesitaría electricidad para ver la tele. Volví a reírme, y luego volví a arrepentirme de haberlo hecho.

Le dije que podía ver el programa conmigo al salir de clase. Lo grabo y lo veo luego, mientras hago los deberes. He pensado que podría cerrar la puerta con llave y de ese modo, si mis padres volvieran antes de hora, a Atlas le daría tiempo de escapar por la puerta trasera.

No volví a verlo hasta después de las clases. En el autobús de vuelta a casa no se puso a mi lado porque Katie se le adelantó. Tuve ganas de pedirle que se sentara en otro lado, pero entonces ella habría pensado que estaba colada por Atlas y no me habría dejado en paz, así que no le dije nada.

Atlas se quedó en la parte delantera del autobús y bajó antes que yo. Se quedó esperando, algo incómodo, a que yo también bajara, y cuando llegué a su lado, abrió la mochila y me dio las herramientas. No dijo nada sobre mi invitación a ver el programa conmigo, así que lo di por hecho.

—Vamos —le dije. Él me siguió y, mientras cerraba con llave, le advertí—: Si mis padres aparecen de repente, sal por la puerta trasera y no dejes que te vean.

Él asintió.

—No te preocupes, no me verán —replicó, con ironía.

Le pregunté si quería beber algo y aceptó encantado. Preparé algo de picar y lo llevé al salón junto con las bebidas. Yo me senté en el sofá y él en el sillón de mi padre. Puse el programa y no hay gran cosa más que contar. No hablamos demasiado porque pasé los anuncios rápido, pero se rio en todos los momentos adecuados. Creo que ser capaz de reaccionar a las bromas a tiempo es una de las mejores virtudes que puede tener una persona. Cada vez que se reía de una de tus bromas, no me sentía tan mal por haberlo dejado entrar en nuestra casa. No acabo de entender la razón. Supongo que su risa me hace pensar que es alguien que podría ser mi amigo y eso me hace sentir menos culpable.

Se marchó justo cuando acabó el programa. Quería invitarlo a ducharse otra vez, pero habría sido arriesgado.

Lo último que quería era que tuviera que salir corriendo de la ducha y cruzar el patio desnudo.

Aunque, bien mirado, podría haber sido divertido.

Lily

Querida Ellen:

¿En serio? ¿Reemisiones? ¿Una semana entera de reemisiones? Entiendo que necesites descansar, pero déjame darte un consejo. En vez de grabar un programa al día, graba dos. Así harás el doble de trabajo en la mitad de tiempo y nosotros no tendremos que tragarnos reemisiones.

Y cuando digo nosotros me refiero a Atlas y a mí. Se ha convertido en mi compañero habitual para ver tus programas.

Creo que le gustas tanto como a mí, pero no le he contado que te escribo cada día. Temo que piense que soy una fan acosadora.

Ya lleva dos semanas viviendo al lado. Se ha duchado varias veces en mi casa y cada vez que viene le doy algo de comer. También le lavo la ropa mientras está conmigo por las tardes. Él no deja de disculparse, como si fuera una carga, pero, francamente, me encanta hacerlo. Mientras me ocupo de él no pienso en otras cosas. Me paso los días esperando que acaben las clases para estar un rato con él.

Hoy papá ha llegado a casa tarde, lo que significa que ha ido al bar después del trabajo. Lo que significa que probablemente pronto provocará una pelea con mi madre. Lo que significa que volverá a hacer alguna animalada. Juro que no entiendo por qué mi madre sigue con él. Me pongo mala. Sé que solo tengo quince años y que probablemente hay razones que se me escapan, pero me niego a dejarme usar como excusa. Me da igual si somos pobres y tenemos que mudarnos a un piso de mierda y comer fideos ramen hasta que acabe los estudios. Lo preferiría mil veces a seguir así.

Lo oigo gritar ahora mismo. A veces, cuando se pone en este plan, bajo al salón a ver si se calma. No le gusta pegar a mi madre delante de mí. Tal vez debería bajar ahora.

Lily

Querida Ellen:

Si tuviera ahora mismo una pistola o un cuchillo a mano, lo mataría. En cuanto he entrado en el salón, he visto cómo la empujaba. Estaban en la cocina. Ella lo ha agarrado del brazo, tratando de calmarlo, y él le ha dado una bofetada del revés que la ha enviado al suelo. Estoy segura de que iba a empezar a darle patadas, pero se ha contenido al verme llegar. Le ha murmurado algo que no he oído, se ha metido en su dormitorio y ha cerrado de un portazo.

He corrido hasta la cocina para ayudarla, pero a mi madre no le gusta que la vea así.

Me ha hecho un gesto con la mano para que me marchara y me ha dicho:

—Estoy bien, Lily, estoy bien; ha sido una pelea sin importancia.

Estaba llorando y ya se le notaba la marca enrojecida en la mejilla que había recibido la bofetada. Cuando me he acercado un poco más para asegurarme de que se en-

contraba bien, me ha dado la espalda y se ha sujetado a la encimera.

—Te he dicho que estoy bien, Lily. Vuelve a tu habitación.

He salido corriendo de la cocina, pero no he vuelto a mi cuarto. He salido por la puerta trasera y he cruzado el jardín. Estaba tan enfadada con ella por haberme hablado así que no quería estar en el mismo sitio que ellos. Aunque ya era de noche, he ido a la casa donde se refugia Atlas y he llamado a la puerta.

He oído ruido dentro, como si hubiera chocado contra algo.

—Soy yo, Lily —he susurrado.

Segundos más tarde, la puerta se ha abierto. Él ha echado una ojeada detrás de mí y luego se ha vuelto a derecha y a izquierda antes de mirarme a la cara. Solo entonces se ha fijado en que estaba llorando.

—¿Estás bien? —me ha preguntado, saliendo a la calle.

Me he secado las lágrimas con la camiseta y me he dado cuenta de que ha preferido salir antes que invitarme a entrar. Me he sentado en el escalón del porche y él se ha puesto a mi lado.

—Estoy bien —respondí—. Lo que pasa es que estoy muy enfadada, y a veces lloro cuando estoy enfadada.

Él ha alargado la mano y me ha retirado el pelo por detrás de la oreja. Me ha gustado que lo hiciera; de pronto, ya no estaba ni la mitad de furiosa. Luego me ha rodeado los hombros con un brazo y me ha atraído hacia él hasta que he apoyado la cabeza en su hombro. No sé cómo ha logrado calmarme tan rápidamente sin ni siquiera hablarme, pero lo ha hecho. Algunas personas tienen un efecto tranquilizador, y él es una de esas personas. Todo lo contrario que mi padre.

Nos hemos quedado así un rato, hasta que he visto que se encendía la luz de mi habitación.

—Deberías irte —me ha susurrado.

Desde donde estábamos, veíamos a mi madre en mi cuarto, buscándome. En ese momento me he percatado de que Atlas tiene una vista perfecta de mi dormitorio.

Mientras volvía a casa, he tratado de recordar las últimas semanas, desde que Atlas se metió en esa casa. He tratado de recordar si había caminado por la noche por mi habitación con la luz encendida, porque suelo dormir con una camiseta.

Y ¿sabes lo más loco de todo, Ellen? Casi deseaba haberlo hecho.

Lily

Cierro el diario cuando los analgésicos empiezan a hacerme efecto. Ya seguiré leyendo mañana. O no. Leer sobre las cosas que mi padre le hacía a mi madre me pone de muy mal humor. Y leer sobre Atlas me pone triste. Trato de dormir pensando en Ryle, pero pensar en él me pone triste y de mal humor al mismo tiempo.

Tal vez lo mejor sea concentrarme en Allysa. Me alegro muchísimo de que haya entrado en la tienda. Me va a hacer mucha falta una amiga y alguien que me eche una mano en el negocio durante los próximos meses. Tengo el presentimiento de que llevar la tienda va a ser más estresante de lo que me imaginaba.

5

Ryle acertó. Con unos cuantos días de reposo, el tobillo se recuperó lo suficiente como para poder apoyar el pie y caminar un poco. Sin embargo, he esperado una semana entera para salir de casa. No tenía ganas de volver a torcérmelo.

Por supuesto, lo primero que he hecho ha sido ir a mi floristería. Cuando he llegado, Allysa ya estaba allí. Decir que me he quedado sorprendida es quedarme muy corta. Estaba todo tan cambiado que parecía otro local. Todavía hay que hacer miles de cosas, pero Marshall y ella se han librado de todo lo que marcamos como trastos para tirar. Lo demás lo han dividido en distintos montones. Han limpiado los cristales y fregado el suelo, y también han despejado el cuartito que voy a usar como despacho.

He ayudado durante unas horas, pero Allysa no me ha dejado hacer nada que requiriera caminar, así que básicamente me he dedicado a planificar. Hemos elegido los colores para la pintura y fijado una fecha para la inauguración, que será dentro de unos cincuenta días. Cuando Allysa se ha ido, he hecho todas las cosas que no me ha dejado hacer mientras ella estaba allí. Me ha sentado de maravilla volver al trabajo, pero ¡madre mía! Estoy agotada.

Y esa es la razón por la que me estoy preguntando si merece la pena levantarme del sofá para abrir la puerta a la que acaban de llamar. Lucy vuelve a estar en casa de Alex y hace apenas unos instantes he hablado con mi madre por teléfono, así que sé que no es ninguna de las dos.

Voy hasta la puerta y miro por la mirilla antes de abrir. Al principio no lo reconozco porque tiene la cabeza agachada, pero luego la levanta y mira a la derecha y me da un vuelco el corazón.

«¿Qué está haciendo aquí?»

Ryle vuelve a llamar y yo hago un patético esfuerzo de chafarme el pelo con los dedos, pero es una batalla perdida. Me he partido el culo trabajando y voy hecha un desastre, así que necesitaría al menos media hora para ducharme, maquillarme y vestirme. Pero no tengo media hora, así que va a tener que conformarse conmigo tal como estoy.

Cuando abro, su reacción me sorprende.

—Joder —dice, apoyando la cabeza en el marco de la puerta. Respira con dificultad, como si viniera de correr, y en ese momento me doy cuenta de que no tiene mejor aspecto que yo. Lleva barba de dos días, es la primera vez que lo veo sin afeitar, y no va peinado como habitualmente. Podría definir su pelo como... errático, igual que su mirada—. ¿Tienes idea de a cuántas puertas he tenido que llamar para encontrarte?

Niego con la cabeza porque no tengo ni idea. Pero ahora que saca el tema...

«¿Cómo demonios ha sabido dónde vivía?»

—Veintinueve —dice. Levanta las manos y me muestra la cifra con los dedos, mientras susurra—: Dos... Nueve.

Lo recorro con la vista. Va vestido con pijama de quirófano. ¿No podría llevar otra cosa? Le queda mejor que el pijama de una pieza y mucho mejor que la camisa Burberry.

—Y ¿por qué has llamado a veintinueve puertas? —le pregunto, ladeando la cabeza.

—Porque no me dijiste cuál era tu piso —responde como si fuera obvio—. Dijiste que vivías en este edificio, pero ni siquiera recordaba si habías mencionado la planta. He estado a punto de empezar por la tercera. Si hubiera hecho caso a mi instinto, te habría encontrado una hora antes.

—¿Por qué has venido?

Él se frota la cara con las manos y señala por encima de mi hombro.

—¿Puedo pasar?

Yo también miro por encima del hombro y abro un poco más la puerta.

—Supongo. Si me dices qué quieres.

Cuando él entra, cierro la puerta. Mira a su alrededor, demasiado sexy con el dichoso pijama de quirófano, y se lleva las manos a las caderas cuando se vuelve hacia mí. Se le ve decepcionado, pero no sé si conmigo o consigo mismo.

—Se avecina una pura verdad de las grandes —me advierte—. Prepárate.

Me cruzo de brazos y espero mientras él inspira hondo, preparándose para hablar.

—Estos dos meses que vienen van a ser los más importantes de mi carrera. Necesito estar concentrado. Estoy a punto de acabar mis años como médico residente y ya solo me faltará el examen final para obtener la especialidad. —Camina de un lado a otro del salón, gesticulando frenéticamente con las manos—. Pero, durante esta última semana, no he podido pensar en otra cosa que no seas tú. Y no lo entiendo. En el trabajo, en casa... Solo puedo pensar en lo bien que me siento cuando estoy a tu lado. Necesito que pongas fin a esta locura, Lily. —Deja de caminar y se detiene frente a mí—. Por favor, haz que pare. Solo una vez. No necesito más, te lo juro.

Me clavo los dedos en el brazo. Ryle sigue jadeando un poco y su mirada sigue siendo frenética, pero también suplicante.

—¿Cuándo dormiste por última vez? —le pregunto.

Él me dirige una mirada exasperada, como si no lo estuviera entendiendo.

—Acabo de salir de una guardia de cuarenta y ocho horas —responde desdeñosamente—. Céntrate, Lily.

Asiento y repaso mentalmente lo que acaba de decirme. Si no fuera porque no puede ser, casi pensaría que...

Inspiro hondo.

—Ryle —digo, con cautela—. ¿En serio has llamado a veintinueve puertas para contarme que pensar en mí es una tortura y que debería acostarme contigo para que puedas olvidarte de mí? ¿Me tomas el pelo?

Él frunce los labios y, tras unos cinco segundos de reflexión, asiente lentamente con la cabeza.

—Bueno, sí. Pero suena mucho peor cuando lo dices tú.

Dejo escapar una risa exasperada.

—Porque es ridículo, Ryle.

Él se muerde el labio inferior y mira a su alrededor, como si quisiera salir huyendo. Abro la puerta y le muestro el camino, pero no se va. Baja la vista hasta mi tobillo.

—Tiene buen aspecto —dice—. ¿Cómo va?

Yo alzo las cejas con resignación.

—Bien. Hoy ha sido el primer día que he podido ayudar a Allysa en la tienda.

Él asiente y parece que va a marcharse, pero, cuando pasa por mi lado, se vuelve bruscamente hacia mí y apoya las manos en la puerta, a ambos lados de mi cabeza. Contengo el aliento tanto por su cercanía como por su persistencia.

—Por favor... —me ruega.

Yo niego con la cabeza, aunque mi cuerpo se está pasando al enemigo y le está rogando a mi mente que se rinda.

—Se me da bien, Lily —me tienta, sonriendo—. No tendrás que hacer casi nada.

Se me escapa la risa, pero su determinación es tan divertida como molesta.

—Buenas noches, Ryle.

Deja caer la cabeza y la sacude de lado a lado. Aparta las manos de la puerta y yergue la espalda. Sale al rellano pero, en vez de alejarse, se deja caer de rodillas ante mí y me abraza por la cintura.

—Por favor, Lily —me pide, riéndose de sí mismo por lo absurdo de la situación—. Por favor, acuéstate conmigo. —Me está mirando con ojos de corderito mientras me dirige una sonrisa patéticamente esperanzada—. Te deseo mucho, no te imaginas cuánto. Si te acuestas conmigo, te prometo que no volverás a saber nada más de mí; nunca.

Ver a un neurocirujano de rodillas a mis pies suplicándome sexo me resulta curiosamente sexy. Si él es patético, yo no me quedo atrás.

—Levántate —le ordeno, librándome de sus brazos—. Estás haciendo el ridículo.

Él se levanta lentamente, deslizando las manos por la puerta hasta que vuelve a tenerme atrapada entre sus brazos.

—¿Eso es un sí?

Su pecho está rozando el mío. Sentirse tan deseada es increíble. Sé que no debería gustarme, pero cuando lo miro me cuesta respirar. Sobre todo cuando me dirige esa sonrisa tan sugerente.

—Ryle, no me siento nada sexy ahora mismo. Me he pasado el día trabajando, estoy agotada, huelo a sudor y a polvo. Si te esperas a que me duche, tal vez vuelva a verme lo bastante sexy como para acostarme contigo.

Él empieza a asentir como un poseso antes de que acabe la frase.

—Dúchate. Tómate el tiempo que necesites. Te espero.

Lo aparto de un manotazo y cierro la puerta. Él me sigue hasta el dormitorio y le pido que me espere en la cama.

Por suerte, limpié la habitación ayer. Normalmente tengo ropa tirada por todas partes, libros apilados en la mesita de noche y zapatos y sujetadores que no guardo en el armario, pero hoy todo está ordenado. Incluso he hecho la cama antes de ir a trabajar; no faltan ni los horribles cojines guateados que mi abuela zurció para todos los miembros de la familia.

Echo un vistazo a mi alrededor para asegurarme de que no hay nada embarazoso que pueda llamarle la atención. Él se sienta en la cama y lo observo mientras mira a su alrededor. Desde la puerta del baño, le doy una última oportunidad para cambiar de idea.

—Dices que quieres acostarte conmigo para poder olvidarme, pero te lo advierto, Ryle, soy como una droga. Acostarte conmigo solo va a hacer que tengas más ganas, pero no habrá más oportunidades. Me niego a convertirme en una de esas chicas que usas para..., ¿cómo lo dijiste? ¿Satisfacer tus necesidades?

Él se reclina y se apoya en los codos.

—Tú no eres como esas chicas, Lily. Y yo no soy de los que necesitan más de una vez, así que no hay nada por lo que debamos preocuparnos.

Cierro la puerta del baño, preguntándome cómo me he dejado convencer por este tipo.

Es el pijama de quirófano. El pijama de quirófano es mi debilidad. No tiene nada que ver con él.

«Me pregunto si podría dejárselo puesto mientras lo hacemos.»

Nunca tardo más de media hora en ducharme, pero esta vez paso casi una hora en el baño. Me he afeitado más zonas de las que eran estrictamente necesarias; he estado unos veinte minutos al borde de un ataque de pánico, a punto de salir y decirle que se fuera. Sin embargo, ahora que tengo el pelo seco y estoy más limpia que nunca, creo que tal vez sea capaz de hacerlo. Sí, puedo liarme con alguien una noche; al fin y al cabo, ya tengo veintitrés años.

Abro la puerta y veo que sigue en mi cama. Me siento un poco decepcionada al ver que se ha quitado la casaca de quirófano, que está tirada en el suelo. No veo los pantalones, así que supongo que los lleva puestos, pero como está tapado con la colcha no puedo asegurarlo.

Cierro la puerta a mi espalda y espero a que se dé la vuelta hacia mí, pero no lo hace. Doy unos pasos hacia él y es entonces cuando me doy cuenta de que está roncando. Y no son los ronquidos ligeros de alguien que acaba de dormirse; es el tipo de ronquido del que está en medio de una fase REM.

—Ryle... —susurro, pero no reacciona ni siquiera cuando lo sacudo.

«¿Me está tomando el pelo?»

Me tumbo en la cama, sin andarme con cuidado. Me da igual si se despierta o no. Acabo de pasarme una hora preparándome para él tras partirme el lomo en la tienda... y ¿me lo paga así?

Sin embargo, no puedo enfadarme con él, sobre todo al ver lo tranquilo y relajado que está. No puedo imaginarme el esfuerzo que debe de suponer hacer una guardia de cuarenta y ocho horas. Además, mi cama es muy cómoda. Tan cómoda que puede provocar que una persona se quede frita después de haber dormido una noche entera del tirón.

«Debería habérselo advertido.»

Compruebo la hora en el reloj. Son las diez y media de la noche. Pongo el móvil en silencio y me acuesto a su lado. Su teléfono está en la almohada, al lado de su cabeza. Lo cojo y nos enfoco a los dos, asegurándome de que mi escote está en un ángulo favorecedor. Nos saco una foto para que vea lo que se ha perdido.

Apago la luz y me río en silencio porque me hace gracia pensar que voy a dormir al lado de un hombre semidesnudo al que ni siquiera he besado.

Noto sus dedos ascendiendo por mi brazo antes de abrir los ojos. Disimulo una sonrisa y finjo seguir durmiendo. Me acaricia el hombro y se detiene en la clavícula, antes de llegar al cuello. En ese punto tengo un pequeño tatuaje que me hice en la universidad. Es el contorno de un corazón, ligeramente abierto por arriba. Noto que rodea el tatuaje con los dedos antes de inclinarse sobre mí y apoyar los labios sobre él. Cierro los ojos con más fuerza.

—Lily —susurra, rodeándome la cintura con el brazo.

Gimo ligeramente, tratando de espabilarme, y me tumbo de espaldas para mirarlo. Cuando abro los ojos, lo encuentro observándome. Por la luz que entra por la ventana, calculo que aún no son ni las siete de la mañana.

—Soy el hombre más despreciable que conoces, ¿no?

Me río, pero asiento.

—Si no el que más, te acercas mucho.

Sonriendo, me aparta el pelo de la cara. Se inclina sobre mí y me besa la frente. Odio que lo haga, porque ahora seré yo la que se pasará las noches sin dormir, recordando este momento una y otra vez.

—Tengo que irme, se me hace tarde —se excusa—, pero quería decirte tres cosas. Una: lo siento. Dos: esto no volverá a pasar. Es la última vez que me ves el pelo, te lo prometo. Y tres: lo siento mucho, más de lo que te imaginas.

Me obligo a sonreír, pero sin ganas, porque odio la número dos. Confieso que no me importaría que lo repitiera. En ese momento, mi mente me recuerda que buscamos cosas distintas en la vida, y me alegro de que se quedara dormido y de que nunca nos hayamos besado, porque si me hubiera acostado con él vestido con pijama de quirófano habría sido yo la que se hubiera plantado en su puerta, de rodillas, rogándole más.

Mucho mejor así. Como arrancarse una tirita; mejor de golpe.

—Que te vaya bien en la vida, Ryle. Te deseo todo el éxito del mundo.

En vez de responderme, se me queda mirando en silencio, con el ceño fruncido, hasta que finalmente dice:

—Sí. Lo mismo te deseo, Lily.

Se da la vuelta en la cama y se levanta. No soy capaz de mirarlo, así que doy media vuelta y le doy la espalda. Lo oigo ponerse los zapatos y coger el móvil. Cuando se hace el silencio, sé que me está mirando. Cierro los párpados con fuerza hasta que oigo cerrarse la puerta de la calle de un portazo.

Noto un calor revelador en las mejillas, pero me niego a deprimirme, así que me obligo a levantarme. Tengo mucho trabajo que hacer. No pienso desanimarme por no ser lo ser bastante importante como para que un tipo se replantee sus objetivos vitales.

Además, yo también tengo los míos. Y me hacen mucha ilusión. Tanta que no tengo tiempo para un hombre en mi vida ahora mismo.

No tengo tiempo.

No.

Soy una chica ocupada.

Soy una mujer de negocios valiente y atrevida a la que le importan una mierda los hombres vestidos con pijama de quirófano.

6

Han pasado cincuenta y tres días desde que Ryle se marchó de mi piso aquella mañana. Es decir, que hace cincuenta y tres días que no sé nada de él. Pero no pasa nada porque durante esos cincuenta y tres días he estado demasiado ocupada como para pensar en nada que no fuera el momento que acaba de llegar.

—¿Lista? —me pregunta Allysa.

Cuando asiento con la cabeza, ella le da la vuelta al cartel de ABIERTO. Luego nos abrazamos saltando como niñas.

Nos situamos detrás del mostrador y esperamos a que llegue el primer cliente. Es un periodo de prueba. No he hecho campaña de marketing ni nada; solo quiero comprobar si hay algún problema antes de la inauguración oficial.

—Ha quedado precioso —menciona Allysa, admirando el fruto de nuestro duro trabajo.

Miro a mi alrededor, a punto de estallar de orgullo. Por supuesto que quiero que el negocio tenga éxito, pero a estas alturas no estoy del todo segura de que eso sea lo más importante. Tenía un sueño y me he dejado el culo para hacerlo realidad. Eso es lo que importa; lo que venga después será de propina.

—Qué bien huele aquí —comento—. Me encanta este olor.

No sé si vendrá algún cliente hoy, pero las dos nos comportamos como si estar aquí fuera lo mejor que nos ha sucedido en la vida, así que me da igual. Además, sé que Marshall se pasará en algún momento, y mi madre también, cuando salga del trabajo. Eso ya son dos clientes. Es mucho.

Allysa me aprieta el brazo cuando la puerta se empieza a abrir. Siento un conato de pánico porque... ¿y si algo sale mal?

Y luego me rindo al pánico porque, efectivamente, algo acaba de salir mal. Terriblemente mal. Mi primer cliente es nada más y nada menos que Ryle Kincaid.

Cuando la puerta se cierra a su espalda, se detiene en medio de la tienda y mira a su alrededor, impresionado.

—Pero ¿cómo...? —Da una vuelta en redondo—. ¿Cómo demonios...? —Se vuelve hacia nosotras—. Es increíble. ¡Ni siquiera parece el mismo local!

Bueno, vale, tal vez no sea tan terrible que él sea nuestro primer cliente.

Tarda varios minutos en llegar hasta el mostrador porque se para a examinarlo y a tocarlo todo. Cuando al fin lo logra, Allysa rodea el mostrador y va a darle un abrazo.

—¿A que ha quedado precioso? —Me señala, sacudiendo la mano en mi dirección—. Fue todo idea suya. Todo. Yo solo eché una mano con el trabajo sucio.

Ryle se echa a reír.

—Me cuesta creer que tus conocimientos de Pinterest no hayan ayudado en nada.

Yo le doy la razón, asintiendo.

—Es demasiado modesta. Gracias a ella la tienda es lo que es. Por lo menos, la mitad de las ideas son suyas.

Ryle me dirige una sonrisa y me habría causado el mismo efecto si me hubiera clavado un puñal en el pecho, porque...

«¡Ay!»

Dando una palmada en el mostrador con las dos manos, pregunta:

—¿Soy el primer cliente oficial?

Allysa le entrega un folleto.

—Tienes que comprar algo si quieres que te consideremos cliente.

Ryle echa un vistazo al folleto y vuelve a dejarlo sobre el mostrador. Se acerca a uno de los expositores y coge un jarrón lleno de lirios lilas.

—Esto es lo que quiero —dice, dejándolo sobre el mostrador.

—¿Lirios? —Sonrío, preguntándome si sabe que Lily significa «lirio».

—¿Quieres que los enviemos a alguna parte? —le pregunta Allysa.

—¿Hacéis envíos?

—Nosotras personalmente, no, pero tenemos el contacto de un repartidor. No sabíamos si lo íbamos a necesitar hoy.

—¿En serio vas a regalarle flores a una chica? —pregunta Allysa, sin poder ocultar su curiosidad por la vida sentimental de su hermano, como es normal. Yo tampoco disimulo bien mi interés, ya que me acerco más a ella para no perderme la respuesta.

—En serio. —Mirándome a los ojos, añade—: Aunque no pienso demasiado en ella. Casi nunca.

Allysa coge una tarjeta y se la pasa, deslizándola sobre el mostrador.

—Pobre chica —comenta—. Eres un auténtico capullo. —Da golpecitos en la tarjeta—. Escribe el mensaje aquí y la dirección donde quieres que lo entreguemos en la parte de atrás.

No le quito la vista de encima mientras él se inclina sobre la tarjeta y escribe por los dos lados. Sé que no tengo ningún derecho sobre él, pero rabio de celos.

—¿La traerás a mi fiesta de cumpleaños del viernes? —le pregunta Allysa.

Yo lo observo aún con más atención. Él niega con la cabeza y, sin alzar la vista, responde:

—No. ¿Tú irás, Lily?

Lo dice en un tono tan neutro que no sé si le apetece que vaya o si preferiría que no lo hiciera. Teniendo en cuenta el estrés que parezco causarle, me inclino por la segunda opción.

—Aún no lo he decidido.

—Allí estará. —Allysa lo decide por mí. Se vuelve hacia mí entornando los ojos—. Vas a venir a mi fiesta, quieras o no. Si no vienes, dejo el trabajo.

Cuando Ryle acaba de escribir, mete la tarjeta en el sobre que acompañará a las flores. Allysa le prepara la cuenta, que él paga en metálico. Mientras cuenta el importe, me mira.

—Lily, ¿sabes que es costumbre cuando uno abre una tienda enmarcar el primer dólar que ha ganado?

Asiento con la cabeza. Por supuesto que lo sé. Y él sabe que lo sé. Lo que realmente me está diciendo es que su dólar va a estar enmarcado en mi tienda hasta que cierre. Estoy tentada de decirle a Allysa que le devuelva el dinero, pero esto es un negocio; tengo que dejar mi orgullo a un lado.

Con el ticket de compra en la mano, golpea el mostrador con el puño para llamarme la atención. Inclina un poco la cabeza y con una sonrisa franca me dice:

—Enhorabuena, Lily.

Se da la vuelta y sale de la tienda. En cuanto la puerta se cierra, Allysa se apodera del sobre.

—¿A quién demonios le envía flores? —se pregunta, sacando la tarjeta del sobre—. Ryle no es de los que envían flores. —Lee el mensaje de la tarjeta—: «Haz que pare».

«Joder.»

Ella se queda observando la tarjeta, y repite la frase:

—¿Haz que pare? Y ¿eso qué demonios significa?

No aguanto más. Le arrebato la tarjeta y le doy la vuelta. Ella se inclina hacia mí y lee el reverso de la tarjeta al mismo tiempo que yo.

—¡Será idiota! —exclama, riendo—. Ha escrito la dirección de la floristería. —Me quita la tarjeta de la mano.

«Guau.»

Ryle acaba de regalarme flores. Y no un ramo cualquiera. Me ha regalado un ramo de lirios.

Allysa coge su teléfono.

—Le mandaré un mensaje avisándolo de que se ha liado. —Tras enviárselo, se echa a reír, mirando las flores—. ¿Cómo puede ser tan inútil un neurocirujano?

Yo no puedo dejar de sonreír. Menos mal que Allysa sigue mirando las flores y no a mí, porque, si no, tal vez ataría cabos.

—Las guardaré en mi despacho hasta que sepamos adónde quiere enviarlas. —Cojo el jarrón y me llevo mis flores conmigo.

7

—Estate quieta —me ordena Devin.

—Estoy quieta.

Él me toma del brazo y me conduce hacia el ascensor.

—Sí, como un avispero. No vuelvas a tirar del vestido para taparte el escote; pierde toda la gracia. —Me agarra el escote del vestido y vuelve a tirar de él hacia abajo. Luego mete la mano por dentro y me recoloca el sujetador.

—¡Devin! —Le doy una palmada en la mano y él se echa a reír.

—Relájate, Lily. He tocado tetas mejor puestas que las tuyas y sigo siendo gay.

—Ya, pero seguro que esas tetas pertenecían a gente con la que quedas a menudo; no como a mí, que me ves un par de veces al año.

Él replica, riendo:

—Y ¿de quién es la culpa? Fuiste tú la que nos dejó tirados para ir a jugar con flores.

Devin era uno de mis colegas favoritos en la empresa de marketing donde trabajaba, pero no puede decirse que fuéramos amigos íntimos. Esta tarde se ha pasado por la floristería y Allysa y él han congeniado enseguida; tanto que lo ha invitado a la fiesta. Y como a mí no me apetecía ir sola, me he unido a Allysa y le he rogado a Devin que me acompañara.

Me aliso el pelo con las manos y trato de verme en el espejo del ascensor.

—¿Por qué estás tan nerviosa? —me pregunta.

—No estoy nerviosa; es que no me gusta ir a sitios donde no conozco a nadie.

Devin me dirige una sonrisa cómplice y me pregunta:

—¿Cómo se llama?

Yo suelto el aire que estaba conteniendo. ¿Tan transparente soy?

—Ryle. Es neurocirujano y tiene muchas, pero muchas ganas de acostarse conmigo.

—¿Cómo lo sabes?

—Porque se puso de rodillas, literalmente, y dijo: «Por favor, Lily, acuéstate conmigo».

Devin alza una ceja.

—¿Te lo suplicó?

Asiento con la cabeza.

—No fue tan patético como suena. Normalmente está más sereno.

El timbre del ascensor nos anuncia que hemos llegado. Cuando las puertas empiezan a abrirse, oigo música al final del rellano.

Devin me toma las dos manos y las aprieta.

—Dime, ¿cuál es el plan? ¿Tengo que darle celos?

—No —respondo, negando con la cabeza—. No estaría bien. —Aunque, bien pensado, Ryle nunca deja pasar la oportunidad de recordarme que no quiere volver a verme—. ¿Tal vez un poquito? —Arrugo la nariz—. ¿Una pizca de nada?

Devin aprieta la mandíbula y responde:

—Dalo por hecho. —Apoyándome una mano en la parte baja de la espalda, me escolta hacia la única puerta que hay en el pasillo y, una vez allí, llamamos al timbre—. ¿Por qué hay solo una puerta?

—Porque todo el ático es suyo.

Devin se echa a reír.

—Y ¿trabaja para ti? Caramba, tu vida se pone cada vez más interesante.

La puerta se abre y siento un gran alivio cuando veo que es Allysa la que sale a recibirnos. A su espalda se oye música mezclada con risas. Lleva una copa de champán en una mano y una fusta de montar en la otra. Cuando me ve observando la fusta con cara de no entender nada, se libra de ella lanzándola por encima del hombro y me toma la mano.

—Es una larga historia —comenta, riendo—. ¡Pasad, pasad!

Tira de mí y yo agarro la mano de Devin para que nos siga. Allysa sigue tirando de nosotros hasta que llegamos al otro extremo del salón.

—¡Eh! —Aferra el brazo de Marshall para avisarlo de mi llegada.

Él se vuelve, me sonríe y me da un abrazo. Yo aprovecho para mirar disimuladamente a nuestro alrededor, pero no veo ni rastro de Ryle. Tal vez ha habido suerte y ha tenido que trabajar.

Marshall le ofrece la mano a Devin, que se la estrecha.

—¿Qué hay, tío? ¡Me alegro de conocerte!

Devin me rodea la cintura con el brazo.

—¡Soy Devin! —grita, para hacerse oír por encima de la música—. El compañero sexual de Lily.

Me echo a reír y le doy un codazo antes de decirle al oído:

—Él es Marshall. Buen intento, pero te has equivocado de hombre.

Allysa me agarra del brazo y me aleja de Devin, que está hablando con Marshall. Yo alargo la mano hacia él mientras tiran de mí en dirección contraria.

—¡Todo irá bien! —me grita Devin.

Sigo a Allysa hasta la cocina, donde ella agarra una copa de champán y me la pone en la mano.

—Bebe —me dice—. ¡Te lo mereces!

Le doy un sorbo, pero no soy capaz de apreciarlo como se merece porque me faltan ojos para asimilar todo lo que veo en la habitación, que es de tamaño industrial. Hay dos cocinas con tipos de fuego distintos y un frigorífico más grande que mi apartamento.

—Joder —susurro—. ¿De verdad vives aquí?

A ella se le escapa una risita.

—Lo sé. Y pensar que ni siquiera me casé con él por dinero. Marshall tenía cuatro perras y conducía un Ford Pinto cuando me enamoré de él.

—¿El mismo Ford Pinto que tiene ahora?

Ella suspira.

—Sí, es que guardamos muy buenos recuerdos de ese coche.

—¡Puaj!

Ella levanta las cejas.

—Pero cuenta. Ese Devin es muy mono.

—Sí, pero probablemente le atrae más Marshall que yo.

—Vaya, qué decepción. Y yo pensando que estaba haciendo de celestina cuando lo he invitado a venir.

La puerta se abre y es Devin.

—Tu marido te está buscando —le dice a Allysa, que sale de la cocina riendo y haciendo piruetas—. Me encanta.

—¿A que es genial?

Devin se apoya en la isleta central y me dice:

—Creo que acabo de conocer al «suplicante arrodillado».

El corazón se me dispara en el pecho, aunque creo que «el neurocirujano» suena mejor. Doy otro trago al champán antes de hablar.

—¿Cómo sabes que es él? ¿Se ha presentado?

Él niega con la cabeza.

—No, pero oyó que Marshall me presentaba a alguien como «la pareja de Lily» y ha estado a punto de incinerarme con la mirada que me ha lanzado. Por eso he venido aquí a esconderme. Me caes bien, pero no estoy dispuesto a morir por ti.

Me echo a reír.

—No sufras. Estoy segura de que la mirada asesina que te ha dirigido no es más que su sonrisa habitual. Casi siempre van juntas.

La puerta vuelve a abrirse y me tenso, pero se trata de un camarero. Respiro aliviada.

—Lily.

—¿Qué?

—Pareces a punto de vomitar —me acusa, en tono decepcionado—. Te gusta de verdad.

Pongo los ojos en blanco, pero enseguida me hundo de hombros y finjo estar llorando.

—Ya lo sé, Devin. Me gusta, pero no quiero que me guste.

Él me arrebata la copa, la vacía de un trago y me coge del brazo.

—Vamos a socializar —me ordena, sacándome de la cocina en contra de mi voluntad.

En el salón hay más gente que antes. Tiene que haber más de cien personas. Yo creo que no conozco a tanta gente, contando a todos mis conocidos.

Damos una vuelta por el salón, charlando con unos y con otros, aunque en realidad es Devin quien habla. Hasta ahora ha encontrado al menos un contacto en común con cada una de las personas con las que ha conversado. Tras media hora estoy convencida de que se ha propuesto encontrar a un conocido común con todo el mundo. Yo estoy a su lado, pero no presto demasiada atención a lo que dice, porque estoy pendiente de si encuentro a Ryle. No lo veo por ninguna parte y empiezo a dudar de que el tipo que Devin ha visto antes fuera él.

—Es curioso —comenta una mujer—. ¿Qué crees que es?

Sigo la dirección de su mirada y veo que está contemplando un cuadro en la pared. Al fijarme mejor, me doy cuenta de que se trata de una fotografía ampliada y enmarcada. Ladeo la cabeza para examinarla mejor.

La mujer arruga la nariz.

—No entiendo por qué se han tomado la molestia de enmarcar esa imagen. Es tan borrosa que no se distingue lo que es.

Se aleja indignada y me alegro de perderla de vista. Sí, vale, el cuadro es un poco raro, pero ¿quiénes somos nosotras para juzgar los gustos de Allysa?

—¿Qué te parece? —Su voz es grave, profunda, y está justo detrás de mí.

Cierro los ojos e inspiro profundamente antes de soltar el aire despacio y en silencio, esperando que no note el efecto que causa en mí su voz.

—Me gusta. No sé lo que es, pero es interesante. Tu hermana tiene buen gusto.

Él me rodea y se coloca a mi lado, mirándome. Da un paso más y queda tan cerca de mí que me roza el brazo.

—¿Has traído pareja? —Lo dice en tono desenfadado, pero sé que no es sincero. Al ver que no respondo, se inclina sobre mí y me susurra al oído. Repite la frase, pero esta vez no es una pregunta—. Has traído pareja.

Me armo de valor para mirarlo, pero me arrepiento al instante. Lleva un traje de color negro que me hace olvidarme del pijama de quirófano. Tengo que tragar saliva para deshacer el nudo que se me ha formado en la garganta; solo así logro decir:

—¿Algún problema con que haya invitado a alguien? —Aparto la mirada y vuelvo a fijarla en la fotografía que cuelga de la pared—. Estaba tratando de ayudarte, ya sabes, para hacer que esto pare.

Él sonríe con ironía y se bebe el resto de la copa de un trago.

—Qué considerada, Lily.

Lanza la copa vacía hacia una papelera que hay en la esquina. Acierta el tiro, pero la copa se rompe al caer al fondo.

Miro a mi alrededor, pero nadie se ha dado cuenta de lo sucedido. Cuando me vuelvo hacia Ryle, veo que se aleja por el pasillo y que entra en una de las habitaciones. Yo me quedo quieta, observando la fotografía una vez más.

Y, justo en ese momento, lo reconozco.

La imagen es borrosa, por lo que cuesta darse cuenta al principio, pero reconozco ese pelo: es el mío. Y también reconozco la tumbona de polímero para barcos en la que estoy reclinada.

«Es la foto que me sacó en la azotea la noche en que nos conocimos.»

Tiene que haberla ampliado y distorsionado para que nadie me reconozca. Me llevo la mano al cuello; siento que la sangre me hierve y burbujea en las venas.

«Hace mucho calor aquí.»

Allysa aparece a mi lado.

—Es rara, ¿eh? —comenta, mirando la foto.

Me rasco el pecho.

—Hace mucho calor aquí, ¿no crees?

Ella mira a su alrededor.

—¿Ah, sí? No me había dado cuenta, pero es que estoy un poco borracha. Le diré a Marshall que suba el aire acondicionado.

Vuelve a desaparecer y yo sigo observando la imagen. Cuanto más la miro, más me enfado. Ryle ha colgado una foto mía en su piso, me ha regalado flores y se muestra molesto porque he venido acompañada a la fiesta de su hermana. Está actuando como si hubiera algo entre nosotros..., y ¡ni siquiera nos hemos besado!

Todo se junta. El enfado, la irritación, la media copa de champán que me he tomado en la cocina. Estoy tan cabreada que no razono. Si tantas ganas tenía de acostarse conmigo, ¿por qué se quedó dormido? Si no quiere que suspire por él, ¿por qué me regala flores? Y ¡¿por qué cuelga en su pared fotos enigmáticas en las que salgo yo?!

Aire fresco. Necesito aire fresco. Por suerte, sé dónde encontrarlo.

Momentos después, irrumpo en la azotea. No estoy sola, hay otros invitados a la fiesta. Tres están sentados en las tumbonas. Sin hacerles caso, me dirijo directamente a la baranda con las buenas vistas y me inclino sobre ella. Inspiro hondo varias veces tratando de calmarme. Quiero bajar y enfrentarme a él, decirle que se decida de una puta vez, pero sé que debo tener la cabeza clara para eso.

El aire es frío y, no sé por qué, le echo las culpas a Ryle. Esta noche, le echo las culpas de todo. Pero todo todo. Las guerras, las hambrunas, los tiroteos, todo es culpa de Ryle, estoy segura.

—¿Nos dejáis unos minutos a solas?

Me doy la vuelta y veo a Ryle cerca de los otros invitados. Los tres asienten y se levantan para darnos privacidad. Yo levanto las manos y les digo:

—Un momento. —Ninguno de ellos me mira—. No hace falta; en serio.

Ryle aguarda estoicamente con las manos en los bolsillos mientras uno de los invitados murmura:

—No pasa nada, no nos importa.

Cuando desaparecen por la escalera, pongo los ojos en blanco, exasperada, y regreso a la baranda.

—¿Todo el mundo hace siempre lo que tú quieres? —le pregunto, sin disimular el enfado. Él no responde, pero se acerca con paso lento y firme. El corazón me empieza a latir como si estuviera en una de esas rondas de citas rápidas. Vuelvo a rascarme el pecho.

—Lily.

Me vuelvo hacia él y con las dos manos agarro la baranda, que ahora queda a mi espalda. Cuando él baja la mirada hacia mi escote, tiro del vestido hacia arriba para que no vea más de la cuenta y me agarro otra vez a la baranda. Él se ríe y da otro paso hacia mí hasta que casi nos tocamos. Mi cerebro se ha convertido en puré. Es patético. Soy patética.

—Tengo la sensación de que quieres decir muchas cosas —comenta—, así que voy a darte la oportunidad de que me digas la pura verdad.

—¡Ja! ¿Estás seguro?

Él asiente con la cabeza, así que me preparo para soltarle lo que pienso. Le doy un empujón en el pecho y ocupo el lugar donde estaba. Ahora es él quien está apoyado en la baranda.

—¡No sé lo que quieres, Ryle! Y cada vez que empiezo a pasar de ti, vuelves a aparecer en mi vida. Te presentas en el trabajo, en la puerta de mi casa, en las fiestas...

—Vivo aquí —se excusa, lo que me enfurece aún más.

Con los puños apretados, grito:

—¡Aaah! Me estás volviendo loca. ¿Me deseas o no?

Él se aparta de la baranda y da un paso hacia mí.

—Oh, sí. Te deseo, Lily. No lo dudes ni por un segundo. Lo que pasa es que no quiero desearte.

Suspiro con todo mi cuerpo al oír su comentario, en parte de frustración, y en parte porque todo lo que dice me provoca escalofríos. Odio que me haga sentir así. Y me odio por permitírselo.

—No lo entiendes, ¿verdad? —le digo, sacudiendo la cabeza

y bajando el tono de voz. Siento que he perdido la batalla y que no puedo seguir gritándole—. Me gustas, Ryle. Y saber que solo me quieres para una noche me pone muy muy triste. Tal vez hace unos meses podríamos haber tenido una noche de sexo y nada más. Tú te habrías marchado y yo habría podido seguir adelante con mi vida, pero ahora ya no. Has esperado demasiado y ahora estás demasiado involucrado en mi vida. Por eso te lo pido por favor: no sigas jugando conmigo. No cuelgues fotos mías en tu piso y no me envíes flores. Porque no me haces sentir bien, Ryle. Al contrario, esas cosas me duelen.

Estoy agotada y desmoralizada; quiero irme de aquí, pero él me está observando en silencio y le concedo tiempo para que rebata mis argumentos. Sin embargo, no lo hace. Se da la vuelta, se apoya en la baranda y clava la mirada en la calle, como si no me hubiera oído.

Cruzo la azotea y abro la puerta, esperando que me llame y que me pida que no me vaya, pero cuando llego al piso, pierdo las esperanzas. Me abro camino entre la gente y al fin encuentro a Devin tras recorrer tres habitaciones. Él solo necesita verme la cara para saber que algo va mal. Asiente y viene hacia mí.

—¿Quieres irte ya? —me pregunta, tomándome del brazo.

Yo asiento con la cabeza.

—Sí, cuanto antes.

Encontramos a Allysa en el salón principal. Me despido de ella y de Marshall con la excusa de que todavía estoy exhausta por la apertura de la tienda. Ella me da un abrazo y nos acompaña a la puerta.

—Nos vemos el lunes —me dice, dándome un beso en la mejilla.

—Feliz cumpleaños —le deseo.

Devin abre la puerta, pero antes de que salgamos al rellano de la escalera, oigo que gritan mi nombre.

Es Ryle, tratando de abrirse camino entre la multitud.

—¡Lily, espera! —grita, acercándose con dificultad.

El corazón me late de manera errática. Ryle, cada vez más frustrado, sortea a la gente que se interpone en su camino. En un trozo menos abarrotado del salón vuelve a establecer contacto visual conmigo y ya no lo rompe mientras sigue avanzando hacia mí. Al acercarse, no afloja el ritmo, y Allysa se aparta al verlo llegar con tanto ímpetu. Por un momento, pienso que va a besarme o al menos a defenderse de mi ataque de la azotea, pero, en vez de eso, me sorprende haciendo algo que no esperaba. Me levanta en brazos.

—¡Ryle! —grito, aferrándome a su cuello, por miedo a caerme—. ¡Bájame!

Me sujeta con un brazo por debajo de las piernas y otro rodeándome la espalda.

—Necesito que me la prestes esta noche —le pide a Devin—. ¿Algún problema?

Miro a Devin con los ojos muy abiertos y niego con la cabeza. Él nos dirige una sonrisa irónica y responde:

—Ningún problema; sírvete tú mismo.

«¡Será traidor!»

Ryle se da la vuelta para regresar por donde ha venido. Cuando pasamos junto a Allysa, ella me mira sin entender nada.

—¡Voy a matar a tu hermano! —grito.

Todo el mundo nos está mirando. Siento tanta vergüenza que entierro la cara en el pecho de Ryle mientras él cruza el salón camino de su dormitorio. Una vez dentro, cierra la puerta y me deja en el suelo lentamente. De inmediato le grito y lo empujo, tratando de apartarlo de la puerta, donde está bloqueándome el paso. Pero él me da la vuelta y me empuja contra la puerta. Se apodera de mis muñecas y las clava en la pared, a lado y lado, un poco por encima de mi cabeza.

—¿Lily?

Su mirada es tan intensa que dejo de resistirme y contengo el aliento. Su pecho me presiona, manteniéndome pegada a la puerta, y al fin su boca cubre la mía, invadiendo mis labios con su cálida presión.

A pesar de su fuerza, sus labios son suaves como la seda. Me sorprendo a mí misma al oírme gemir y me sorprendo más todavía cuando separo los labios, exigiendo más. Cuando su lengua se desliza sobre la mía me suelta las muñecas para agarrarme la cara. Se hunde más profundamente en mi boca, pero no es suficiente y lo agarro del pelo, tirando de él para acercarlo más a mí, sintiendo el beso en todo mi cuerpo.

Nos convertimos en un amasijo de gemidos y jadeos a medida que el beso nos empuja a rebasar todos los límites. Nuestros cuerpos quieren más de lo que nuestras bocas pueden ofrecer. Ryle baja las manos, me agarra por las piernas y me levanta del suelo para que le rodee la cintura con las piernas.

Por Dios, cómo besa este hombre. Es como si se lo tomara tan en serio como se toma su profesión. Cuando me aleja de la puerta, reacciono y me doy cuenta de que, aunque tiene una gran habilidad con la boca, no la ha utilizado para responder a lo que le he dicho en la azotea. Si seguimos adelante, sentiré que me he rendido; que le he concedido lo que quería: un rollo de una sola noche. Y, francamente, no creo que se lo merezca.

Me separo de él, rompiendo el beso, y le doy un empujón en los hombros.

—Bájame.

Él sigue caminando en dirección a la cama, por lo que se lo repito:

—Ryle, déjame en el suelo ahora mismo.

Él se detiene y me suelta. Me giro y me alejo unos pasos para recobrar la capacidad de pensar. Mirarlo mientras aún siento sus labios en los míos es más de lo que puedo soportar.

Noto que me rodea la cintura con los brazos y apoya la cabeza en mi hombro.

—Lo siento —susurra. Me da la vuelta, me apoya una mano en la mejilla y la acaricia con el pulgar—. Es mi turno, ya lo sé.

Yo permanezco impasible ante sus caricias, con los brazos cruzados ante el pecho, a la espera de oír lo que tiene que decir.

—Amplié la foto al día siguiente de sacártela. Lleva meses en el piso, porque eres lo más hermoso que había visto nunca y quería verte cada día.

«Oh.»

—Y ¿la noche que me planté en tu puerta? Fui a buscarte porque nunca nadie se me había colado bajo la piel del modo en que lo hiciste tú. En toda mi vida. Te colaste allí y te negabas a marcharte. No sabía qué hacer... Y la razón por la que te mandé flores es porque estoy muy orgulloso de ti por haber llevado a cabo tu sueño. Aunque si te mandara flores cada vez que siento ganas de hacerlo, no cabrías en el piso, porque me paso el día pensando en ti, Lily. Sí, tienes razón. Te estoy haciendo daño, pero a mí también me duele, y hasta esta noche no sabía por qué.

No sé de dónde saco las fuerzas para hablar después de eso.

—¿Por qué te duele?

Él deja caer la frente sobre la mía antes de responder:

—Yo qué sé. No tengo ni idea de lo que está pasando. Tú haces que quiera ser distinto, pero y ¿si no sé ser como tú necesitas que sea? Todo esto es nuevo para mí y no sé cómo demostrarte que te quiero para mucho más que una sola noche.

Se le ve tan vulnerable en ese momento que quiero creer que su confesión es genuina, pero ha insistido tanto en que busca justo lo contrario que ahora tengo miedo de entregarme a él y que luego desaparezca.

—¿Qué puedo hacer para que me creas, Lily? Dímelo y lo haré.

No lo sé. No sé casi nada de él, aunque lo conozco lo suficiente para saber que acostarme con él una vez no será suficiente. Pero ¿cómo sé que quiere algo más aparte de sexo?

Lo miro a los ojos y le digo:

—No nos acostemos.

Él se me queda mirando con una expresión que soy incapaz de descifrar, hasta que parece entender lo que le estoy pidiendo y asiente con la cabeza.

—De acuerdo. —Sigue asintiendo—. Acepto. No me acostaré contigo, Lily Bloom.

Me rodea para volver a la puerta del dormitorio y cerrarla. Apaga la luz general y deja solo una lamparita encendida. Luego se dirige hacia mí mientras se quita la camisa.

—¿Qué haces?

Él lanza la camisa, que va a parar a una silla, y se quita los zapatos.

—Vamos a dormir.

Echo un vistazo a la cama y vuelvo a mirarlo a él.

—¿Ahora?

Él asiente y llega hasta mí. Con un ágil movimiento, me quita el vestido por encima de la cabeza, dejándome en medio de su dormitorio cubierta solo con la ropa interior. Trato de taparme, pero él no me mira. Tira de mí hacia la cama y levanta el cobertor para que me meta debajo.

Mientras rodea la cama para entrar por el otro lado, me dice:

—Total, ya hemos dormido juntos antes sin que pasara nada. Está chupado —dice, haciéndome reír.

Se acerca a la cómoda y conecta el móvil al cargador. Mientras tanto, yo echo un vistazo al dormitorio. No es el tipo de habitación de invitados donde he dormido alguna vez. Aquí cabrían tranquilamente tres dormitorios como el mío. Hay un sofá en una pared, una butaca delante de un televisor y un área de despacho con una librería que va del suelo al techo. Todavía estoy curioseándolo todo cuando él apaga la luz.

—Tu hermana es rica que te cagas —comento, mientras él nos tapa a los dos—. ¿Qué hace con los diez dólares a la hora que le pago? ¿Limpiarse el culo?

Riendo, él me toma la mano y entrelaza los dedos con los míos.

—No creo que ingrese los talones —admite—. ¿Lo has comprobado?

No lo he hecho y ahora siento curiosidad.

—Buenas noches, Lily.

Sonrío como una boba porque esta situación es ridícula.

Pero me encanta.

—Buenas noches, Ryle.

Creo que me he perdido.

Todo está tan blanco e inmaculado que resulta cegador. Cruzo uno de los salones arrastrando los pies, en busca de la cocina. No he encontrado mi vestido esta mañana, así que me he puesto una camisa de Ryle. Me queda por debajo de las rodillas y me pregunto si tendrá que comprárselas alguna talla más grande para que le quepan los brazos.

Hay demasiados ventanales que dejan pasar demasiado sol, por lo que tengo que cubrirme los ojos mientras sigo en mi incansable búsqueda de café. Empujo la puerta de la cocina y al fin encuentro una cafetera.

«Gracias, Dios mío.»

La conecto y voy en busca de una taza cuando la puerta se abre a mi espalda. Al darme la vuelta, me consuela ver que Allysa no está siempre perfectamente maquillada y enjoyada. Lleva el pelo recogido en un moño enredado y tiene las mejillas manchadas de rímel.

—Voy a necesitar un poco de eso —me dice, señalando la cafetera.

Se sienta en la isleta y deja caer los hombros hacia delante.

—¿Puedo preguntarte algo?

Ella apenas tiene fuerzas para asentir con la cabeza.

Señalo a mi alrededor con la mano.

—¿Cómo lo has hecho? ¿Cómo demonios has conseguido que la casa vuelva a estar impecable después de la fiesta de anoche? ¿Te has pasado la noche limpiando?

Ella se echa a reír.

—Hay gente que se ocupa de eso —responde.

—¿Gente?

—Sí. Hay gente que se ocupa de todo. Te sorprendería. Ya verás; piensa en algo, lo que sea. Seguro que tenemos a alguien que se ocupa de ello.

—¿La compra?

—La hace alguien.

—¿Los adornos de Navidad?

Ella asiente.

—También. Se ocupa alguien.

—Y ¿los regalos de cumpleaños? ¿Los personales, para los miembros de la familia?

—Pues sí, también. Hay gente que se ocupa de que cada miembro de mi familia reciba un regalo y una tarjeta de felicitación sin que tenga que mover un dedo.

Sacudo la cabeza con incredulidad.

—Vaya. ¿Cuánto tiempo hace que eres tan rica?

—Tres años. Marshall le vendió a Apple unas cuantas aplicaciones que había desarrollado y le pagaron un montón. Además, cada seis meses crea paquetes de actualizaciones y también se los vende.

El café empieza a caer más despacio. Cojo una taza de asa y la lleno.

—¿Le echo algo a tu café? ¿O ya tienes a gente que se ocupa de ello?

Allysa se echa a reír.

—Te tengo a ti, así que ponme azúcar, por favor.

Sigo sus instrucciones y le llevo la taza a la isleta antes de servirme otra para mí. Le añado crema de leche y aguardo en silencio a que saque el tema de Ryle. La conversación es inevitable.

—¿Podemos sacarnos de encima el tema incómodo? —no tarda en preguntar.

Yo suspiro aliviada.

—Sí, por favor. Odio esta sensación. —Me vuelvo hacia ella y doy un sorbo al café.

Ella deja la taza a un lado y se agarra a la encimera de la isleta.

—¿Cómo ha podido pasar?

Yo sacudo lentamente la cabeza, tratando de no sonreír como una boba enamorada. No quiero que piense que soy una pánfila o que estoy loca por rendirme ante él.

—Lo conocí a él antes de conocerte a ti.

Ella ladea la cabeza.

—¿Quieres decir antes de que tú y yo nos conociéramos bien o te refieres a cuando nos vimos por primera vez?

—Lo segundo. Nos conocimos una noche, unos seis meses antes de que entraras en la tienda.

—¿Quieres decir... que tuvisteis un rollo de una noche?

—No. Ni siquiera nos habíamos besado antes de anoche. No sé, me cuesta explicarlo. Teníamos un rollito extraño, un coqueteo inocente..., hasta que anoche se convirtió en algo más. Y eso es todo.

Ella recupera la taza y bebe lentamente. Tiene la vista clavada en el suelo y me da la sensación de que está un poco triste.

—¿Allysa? No te habrás enfadado conmigo, ¿no?

Inmediatamente niega con la cabeza.

—No, Lily. Es solo que... —Vuelve a dejar la taza en la isleta—. Conozco a mi hermano. Y lo quiero mucho, en serio. Pero...

—Pero ¿qué?

Allysa y yo nos volvemos hacia la puerta a la vez. Ryle nos está mirando con los brazos cruzados ante el pecho. Lleva unos pantalones de chándal de color gris que le cuelgan a la altura de las caderas. Y nada más. Este modelo sube muchos puntos en la lista de conjuntos de Ryle. Sí, los tengo todos catalogados en mi cabeza.

Él se adentra en la cocina, se acerca a mí y me arrebata la taza. Se inclina sobre mí, me besa en la frente y le da un trago al café, mientras se apoya en la encimera.

—No quería interrumpir —le dice a Allysa—. Por favor, acaba lo que estabas diciendo.

Ella pone los ojos en blanco y dice:

—Para.

Ryle me devuelve la taza y va en busca de otra para él. Mientras la llena, añade:

—Me ha parecido que estabas a punto de hacerle una advertencia a Lily. Tengo curiosidad por saber qué ibas a decirle.

Allysa baja de la isleta de un salto y lleva la taza al fregadero.

—Es mi amiga, Ryle. Y tú no tienes un historial demasiado brillante en lo que se refiere a las relaciones. —Enjuaga la taza y, al acabar, se vuelve hacia nosotros y apoya la cadera en el fregadero—. Y, como amiga suya, tengo derecho a darle mi opinión sobre los tíos con los que sale. Para eso están las amigas.

La tensión aumenta entre ellos, haciéndome sentir incómoda. Ryle ni siquiera ha probado su café. Se acerca a Allysa y lo tira por el fregadero. Están muy cerca, pero ella no lo mira a la cara.

—Bueno. Como hermano tuyo, me gustaría que mostraras un poco más de fe en mí. Para eso están los hermanos.

Se marcha de la cocina, abriendo la puerta de un empujón.

Cuando ya se ha ido, Allysa inspira hondo. Sacudiendo la cabeza, se lleva las manos a las mejillas.

—Siento lo que ha pasado. —Se obliga a sonreír—. Necesito una ducha.

—¿No tienes a nadie contratado para que se ocupe de eso?

Allysa sale de la cocina riendo. Lavo la taza y regreso al dormitorio de Ryle. Al abrir la puerta, lo encuentro sentado en el sofá, consultando el móvil. Como no levanta la cabeza al oírme entrar, pienso por un momento que también se ha enfadado conmigo. Pero enseguida tira el móvil sobre el sofá y se echa hacia atrás.

—Ven aquí —me dice.

Me toma la mano y tira de mí para que me monte sobre él, con una pierna a cada lado. Une su boca a la mía y me besa con tanta fuerza que me pregunto si está tratando de convencerme de que su hermana no tiene razón.

Cuando deja de besarme, se echa hacia atrás y me contempla de arriba abajo.

—Me gusta cómo te queda mi ropa.

—Por desgracia, debo ir a trabajar, así que tendré que quitármela —le respondo, sonriendo.

Él me retira el pelo de la cara y me dice:

—Tengo que prepararme para una operación muy importante, lo que significa que no podré verte hasta dentro de unos días.

Trato de disimular la decepción. Tengo que acostumbrarme a estas situaciones si realmente él está dispuesto a iniciar una relación. Ya me advirtió que trabaja muchísimo.

—Yo también estoy ocupada. La inauguración oficial es este viernes.

—Oh, nos veremos antes del viernes. Te lo prometo.

Esta vez no escondo la sonrisa.

—Vale.

Él vuelve a besarme, esta vez durante un minuto por lo menos. Me inclina hacia el sofá, pero de pronto se detiene y me aparta de él.

—No. Me gustas demasiado para conformarme con meterte mano.

Me tumbo en el sofá y lo observo mientras se viste para ir a trabajar. Como si quisiera alegrarme la vista, se pone el pijama de quirófano.

8

—Tenemos que hablar —dice Lucy, sentada en el sofá, con el rímel corrido por las mejillas.

«Oh, mierda.»

Suelto el bolso y corro hacia ella. Cuando llego a su lado, se echa a llorar.

—¿Qué pasa? ¿Alex ha roto contigo?

Cuando ella niega con la cabeza empiezo a preocuparme de verdad. Por favor, que no sea cáncer. Le tomo la mano y en ese momento me doy cuenta.

—¡Lucy! ¿Estás prometida?

Ella asiente.

—Lo siento. Sé que aún nos quedan seis meses de contrato de alquiler, pero Alex quiere que me vaya a vivir con él.

Me la quedo mirando un buen rato.

«¿Por eso está llorando? ¿Porque quiere irse del piso?»

Coge un pañuelo de papel y se seca los ojos.

—Me siento fatal, Lily. Vas a quedarte sola. Yo me mudo con mi novio y tú no tienes a nadie...

«Pero ¿qué demonios?»

—¿Lucy? Em... Estaré bien, te lo prometo.

Ella me dirige una mirada esperanzada.

—¿En serio?

«¿Por qué demonios tiene esa idea de mí?»

Vuelvo a asentir.

—Sí, no estoy enfadada; me alegro por ti.

Ella me echa los brazos al cuello y me abraza.

—¡Oh, gracias, Lily! —Se ríe mientras siguen cayéndole lágrimas por las mejillas. Cuando me suelta, se levanta de un salto y grita—: ¡Tengo que contárselo a Alex! ¡Estaba tan preocupado por que no me dejaras irme hasta que se acabara el contrato...!

Coge el bolso y los zapatos, y se marcha. Tumbada en el sofá, me quedo mirando el techo.

«¿Acaba de manipularme descaradamente?»

Me echo a reír porque hasta este momento no me había dado cuenta de lo mucho que deseaba que pasara lo que acaba de pasar.

«¡Todo el piso para mí!»

Lo mejor de todo es que, cuando decida montármelo con Ryle, podremos hacerlo aquí sin tener que preocuparnos por el ruido.

La última vez que hablé con Ryle fue cuando me fui de su casa el sábado. Acordamos darnos un periodo de prueba, sin compromiso. Solo un ensayo, tantear el terreno, para ver si los dos nos sentimos cómodos con una relación. Ya estamos a lunes por la noche y estoy algo decepcionada porque todavía no se ha puesto en contacto conmigo. Le di mi número de teléfono antes de irme, pero no sé cuál es el protocolo en estos casos, sobre todo en los periodos de prueba.

Una cosa tengo clara: no pienso ser la primera en escribirle.

Así que decido pasar la noche con mi rabia adolescente y con Ellen DeGeneres. Me parece una opción mucho mejor que estar esperando a que me llame un tipo con el que ni siquiera voy a acostarme. Aunque no sé qué me hace pensar que leer sobre el primer chico con el que me acosté va a hacer que no piense en el chico con el que no me estoy acostando.

Querida Ellen:

Mi bisabuelo se llamaba Ellis. Durante toda mi vida pensé que era un nombre muy molón para alguien tan viejo. A su muerte, leí su obituario y entonces me enteré. ¿Te quieres creer que Ellis no era su nombre auténtico? En realidad, se llamaba Levi Sampson, pero yo no tenía ni idea.

Le pregunté a mi abuela de dónde había salido el nombre de Ellis y me contó que, como sus iniciales eran L. S. y todo el mundo lo llamaba por sus iniciales, con el paso del tiempo el nombre fue desvirtuándose y acabó sonando como algo parecido a Ellis.

Y por eso acabaron llamándolo así.

Estaba mirando tu nombre y recordé la historia. ¿Es Ellen tu nombre real? Porque a lo mejor estás haciendo como mi bisabuelo, usando las iniciales para despistar. ¿Son L. N.? ¡Ajá! Te he pillado, «Ellen», guiño, guiño.

Hablando de nombres, ¿te parece que Atlas es un nombre raro? Un poco sí, ¿no?

Ayer, mientras veíamos tu programa juntos, le pregunté de dónde venía su nombre y me respondió que no lo sabía. Sin pensar, le dije que debería preguntarle a su madre por qué se lo puso. Él me miró unos segundos antes de responderme que era un poco tarde para eso.

No sé a qué se refería. No sé si su madre murió o si lo dio en adopción. Hace ya varias semanas que somos amigos y aún no sé casi nada de él. Ni siquiera sé por qué no tiene dónde vivir. Se lo preguntaría, pero no sé si confía lo suficiente en mí. Le cuesta confiar en la gente y, francamente, no me extraña.

Me preocupa. Esta semana ha empezado a hacer frío en serio y está previsto que la semana que viene todavía haga más. Si no hay electricidad, la caldera no funciona.

Espero que al menos tenga mantas. ¿Te imaginas lo mal que me sentiría si se muriera de frío?

Sería horroroso. Terriblemente horroroso, Ellen.

Esta semana buscaré mantas y se las daré.

Lily

Querida Ellen:

Va a empezar a nevar pronto, por lo que he decidido que esta tarde dejaré listo el huerto para el invierno. Ya había recogido los rabanitos, así que solo pensaba echarle una capa de mantillo y abono, lo que no debería haberme llevado mucho tiempo, de no ser porque Atlas se ha empeñado en ayudarme.

Me ha hecho muchas preguntas sobre jardinería y me ha gustado que se interesara por mis aficiones. Le he enseñado a colocar el abono y el mantillo sobre la tierra para que la nieve no la castigue demasiado. Mi huerto es pequeño; mide unos tres metros por cuatro, pero es el trozo de jardín trasero que mi padre me deja usar.

Atlas ha cubierto todo el terreno mientras yo lo miraba sentada en el suelo, con las piernas cruzadas. No ha sido por pereza. Él ha querido hacerlo y yo se lo he permitido.

Se nota que es muy trabajador; tal vez mientras trabaja se olvida de sus problemas y por eso siempre quiere ayudarme.

Al acabar, se ha acercado y se ha sentado a mi lado en la hierba.

—¿Qué te impulsó a cultivar un huerto? —me ha preguntado.

Me he vuelto hacia él y he visto que también había cru-

zado las piernas y que me observaba con curiosidad. En ese momento me he dado cuenta de que probablemente es el mejor amigo que he tenido, a pesar de que no sé casi nada de él. Tengo amigos en el colegio, pero no me dejan invitarlos a casa por razones obvias. A mi madre le da miedo que pueda pasar algo y que todo el mundo se entere de los problemas de mi padre. Tampoco voy nunca a otras casas y eso lo entiendo menos. Tal vez sea porque mi padre no quiere que vea cómo un buen marido trata a su mujer. Probablemente quiere que piense que su modo de tratar a mi madre es lo normal.

Atlas es el primer amigo que ha estado en mi casa. Y también es el primero que sabe lo mucho que me apasiona el huerto. Y ahora es el primero que me pregunta por qué me gusta tanto. He arrancado una mala hierba y la he partido en trozos pequeños mientras le daba vueltas a la pregunta, buscando la respuesta.

—Cuando tenía diez años, mi madre me suscribió a una web llamada Semillas Anónimas —le he respondido—. Cada mes me llegaba un paquete de semillas sin etiquetar con instrucciones sobre cómo plantarlas y cuidarlas. No sabía lo que había plantado hasta que la planta asomaba al exterior. Cada día, al salir del colegio, volvía corriendo a casa para comprobar el progreso de las plantas. Era mi ilusión; me pasaba el día esperando que llegara ese momento. Cultivar plantas para mí es una recompensa.

Sin apartar la mirada de mí, me ha preguntado:

—¿Una recompensa por qué?

Me he encogido de hombros.

—Por amar bien a las plantas. Ellas te recompensan según la cantidad de amor que les das. Si las tratas con

crueldad o no las cuidas como debes, no te darán nada. Pero si las cuidas correctamente y les das amor, te recompensan con frutas, verduras o flores.

Ha bajado la vista hacia la mala hierba que yo estaba haciendo pedazos. Ya casi no quedaba nada y me he desprendido del trozo que quedaba catapultándolo con el índice.

No quería volverme hacia él, porque sentía que seguía observándome, así que me he quedado observando el huerto, cubierto ya de mantillo.

—Somos iguales —ha dicho él.

Lo he mirado de reojo.

—¿Tú y yo?

Él ha negado con la cabeza.

—No, las personas y las plantas. Las plantas necesitan que las quieran bien para sobrevivir, pero los humanos también. Necesitamos a nuestros padres desde que nacemos. Sin ellos no podemos sobrevivir. Si nos cuidan y nos quieren, nos convertimos en buenos seres humanos, pero si nos descuidan... —Ha bajado la voz hasta convertirla en un susurro triste. Frotándose las manos en las rodillas para librarse de la tierra, ha añadido—: Si nos descuidan, acabamos tirados en la calle, incapaces de hacer nada que valga la pena.

Sus palabras me han hecho sentir como el abono que acababa de esparcir. Ni siquiera sabía qué decir. ¿Es esa la opinión que tiene de sí mismo?

Parecía estar a punto de levantarse, pero lo he impedido llamándolo y le he señalado la hilera de árboles que resigue la valla en la parte izquierda del jardín.

—¿Ves ese árbol de ahí?

En medio de la hilera de árboles, que eran todos igua-

les, destacaba el único que era distinto: un roble, más alto y robusto que el resto.

Atlas ha localizado el árbol y lo ha recorrido con la mirada hasta llegar a lo más alto.

—Ajá.

—Pues creció solo. Muchas plantas necesitan de cuidados para subsistir, pero algunas de ellas, como los árboles, pueden hacerlo por sus propios medios.

No sabía si Atlas entendía lo que trataba de decirle de manera indirecta, pero quería que supiera que pienso que es lo bastante fuerte para sobrevivir por su cuenta, pase lo que pase. No lo conozco demasiado, pero me consta que es un tipo resiliente, con mucho más aguante del que tendría yo en sus circunstancias.

Él seguía observando el árbol sin pestañear, inmóvil. Ha tardado un buen rato en reaccionar. Cuando al fin lo ha hecho, se ha limitado a asentir ligeramente y a bajar la mirada hacia la hierba. Cuando ha fruncido los labios, pensaba que iba a fruncir también el ceño, pero, en vez de eso, ha sonreído. Ha sido una sonrisa pequeña, casi invisible, pero suficiente para hacerme sentir que lo había hecho resucitar.

—Somos iguales —ha dicho, repitiéndose.

—¿Las plantas y los humanos?

Él ha negado con la cabeza.

—No, tú y yo.

Me he quedado sin aliento, Ellen. Espero que no me haya oído conteniendo el aire, pero es que ¿qué podía responder a eso?

Me he quedado sentada, bastante incómoda, hasta que él se ha levantado en silencio y se ha girado en dirección a la casa.

—Atlas, espera.

Cuando ha bajado la vista hacia mí, le he señalado las manos y le he dicho:

—Será mejor que entres a darte una ducha rápida antes de irte. El abono está hecho con caca de vaca.

Él se ha mirado las manos y luego ha paseado la mirada por su ropa sucia de abono.

—¿Caca de vaca? ¿En serio?

He asentido, sonriendo. Él se ha echado a reír y, sin avisarme, se ha dejado caer al suelo a mi lado y ha empezado a frotar sus manos por todo mi cuerpo, como si quisiera limpiarse en mí. Mientras nos reíamos los dos, ha metido la mano en el saco de abono y me lo ha esparcido sobre los brazos.

Ellen, estoy segura de que la frase que estoy a punto de escribir no ha sido escrita ni pronunciada en voz alta nunca antes, pero el caso es que nunca había estado tan excitada como cuando me rebozaba en mierda de vaca.

Poco después, estábamos los dos tumbados en el suelo, riendo y jadeando.

Finalmente se ha puesto de pie y me ha ayudado a levantarme. Sabía que tenía que darse prisa si quería ducharse antes de que llegaran mis padres.

Mientras él se duchaba, yo me he lavado las manos en el fregadero de la cocina y me he quedado dándole vueltas a sus palabras. No sabía exactamente qué quería decir con eso de que éramos iguales, pero me lo he tomado como un halago. ¿Ha querido decir que yo también soy fuerte? Porque yo no suelo sentirme fuerte. En esos momentos, pensar en él me hacía sentir débil. Me he empezado a preguntar qué voy a hacer con los sentimientos que me despierta. Me pregunto también cuánto tiempo voy a conseguir mante-

ner su existencia en secreto, sin que se enteren mis padres. Y cuánto tiempo se va a quedar en la casa de enfrente. En invierno, en Maine, el frío es insoportable. No sobreviviría sin calefacción, o sin muchas mantas.

Eso me ha hecho pensar y he ido a buscar todas las mantas que he encontrado. Iba a dárselas cuando saliera de la ducha, pero ya eran las cinco y se ha ido corriendo.

Se las llevaré mañana.

Lily

Querida Ellen:

Harry Connick Jr. es muy gracioso. No sé si lo has invitado alguna vez porque odio admitir que me he perdido alguno de tus programas desde que empezaste, pero si no lo has invitado nunca, deberías hacerlo. ¿Has visto alguna vez el programa de la noche de Conan O'Brien? Sale un tipo llamado Andy, que actúa cada noche. Ojalá Harry fuera tu colaborador y saliera cada día. Sus respuestas son la caña. Veros a los dos juntos sería épico.

Quería darte las gracias. Ya sé que no haces tu programa con el objetivo de hacerme reír solo a mí, pero a veces me lo parece. A veces tengo la sensación de que he perdido la capacidad de reír o incluso de sonreír, pero entonces veo tu programa y da igual si estoy de buen humor o de mal humor, siempre me siento mejor cuando se acaba.

Así que sí: muchas gracias.

Supongo que quieres que te ponga al día sobre Atlas y lo haré enseguida, pero primero necesito contarte lo que pasó ayer.

Mi madre es maestra auxiliar de primaria en el colegio

Brimer. No está cerca de casa, por eso no llega nunca antes de las cinco. Mi padre trabaja a tres kilómetros de casa y suele llegar justo pasadas las cinco.

Tenemos un garaje, pero solo cabe uno de los coches, porque mi padre lo tiene lleno de trastos, así que mi padre aparca en el garaje y mi madre deja su coche delante de casa.

El caso es que ayer mi madre llegó un poco antes. Atlas se encontraba todavía en casa; estábamos acabando de ver tu programa cuando oí que la puerta del garaje empezaba a abrirse. Atlas salió de casa por la puerta de atrás y yo me apresuré a recoger las latas de refresco y las bolsas de aperitivos.

Ayer al mediodía empezó a nevar en serio y mi madre tenía muchas cosas en el coche; por eso lo dejó en el garaje para descargarlas directamente por la puerta que da a la cocina. Eran cosas del trabajo y bolsas de la compra. Yo la estaba ayudando a meterlo todo cuando mi padre llegó. Al ver que no podía entrar en el garaje, empezó a tocar la bocina como un loco. Supongo que no quería bajar del coche en medio de la nevada. Es la única razón que se me ocurre para que quisiera hacerla salir del garaje tan deprisa, en vez de esperar a que acabara de descargar. Y, ahora que lo pienso, ¿por qué siempre aparca mi padre en el garaje? ¿No debería dejar que mi madre se quedara con la mejor plaza?

En fin. El caso es que mi madre se asustó mucho al oírlo tocar la bocina y me pidió que llevara sus cosas a la mesa mientras ella sacaba el coche.

No sé exactamente qué pasó cuando llegó al garaje. Oí un golpe y luego ella empezó a gritar, así que fui corriendo al garaje pensando que tal vez había resbalado en el hielo y se había caído.

Ellen..., no sé ni cómo contarte lo que pasó a continuación. Aún sigo en shock.

Cuando abrí la puerta del garaje, no vi a mi madre. Solo vi a mi padre, detrás del coche, haciendo algo. Al acercarme, me di cuenta de por qué no veía a mi madre. Mi padre la había empujado sobre el capó y le estaba apretando el cuello con las manos.

¡La estaba estrangulando, Ellen!

Solo de pensarlo, me echaría a llorar. La estaba mirando con muchísimo odio, mientras le gritaba que no tenía respeto por él ni por lo mucho que trabajaba. En realidad no sé por qué estaba tan furioso, porque lo único que recuerdo es el silencio de mi madre, que luchaba por respirar. No me acuerdo bien de los siguientes minutos; todo está confuso en mi mente, pero sé que empecé a gritarle a mi padre. Me monté sobre su espalda de un salto y lo golpeé en la cabeza... hasta que dejé de hacerlo.

No sé qué pasó exactamente; supongo que él se me quitó de encima. Solo sé que estaba montada en su espalda y que de repente me encontraba en el suelo y la frente me dolía horrores. Mi madre estaba sentada a mi lado, sujetándome la cabeza y diciendo que lo sentía mucho. Miré a mi alrededor, buscando a mi padre, pero no estaba allí. Cuando vio que me había dado un golpe en la cabeza, se subió a su coche y se largó.

Mi madre me dio un trapo y me dijo que me lo apretara con fuerza en la frente porque estaba sangrando. Me ayudó a subir a su coche y me llevó al hospital. Durante el trayecto, solo me dijo una cosa: «Cuando te pregunten, diles que has resbalado en el hielo».

Al oírla, miré por la ventanilla y me eché a llorar. Por unos instantes, creí que esta sería la gota que colmaría el vaso. Pensé que mi madre lo dejaría, ahora que él me había hecho daño a mí también, pero en ese momento me di cuenta de que mi madre no lo abandonaría nunca. Sentí una tremenda decepción, pero estaba demasiado asustada y no le dije nada.

Tuvieron que darme nueve puntos en la frente. Todavía no sé con qué me golpeé, pero eso es lo de menos. Lo importante es que mi padre fue el culpable y ni siquiera se quedó para ver cómo estaba. Nos dejó tiradas en el suelo del garaje y se largó.

Anoche llegué a casa tardísimo y me dormí al momento por la medicación que me habían dado.

Esta mañana, cuando me he encontrado a Atlas, camino de la parada, he tratado de no mirarlo a la cara para que no me viera la frente. Me había peinado cubriéndome los puntos con el flequillo, y al principio no se ha fijado. Cuando nos hemos sentado juntos en el autobús, nuestras manos se han rozado mientras dejábamos las cosas en el suelo.

Como el hielo. Sus manos eran dos bloques de hielo, Ellen.

En ese momento he caído en que me había olvidado de darle las mantas que había sacado para él, porque mi madre volvió a casa antes de lo previsto. El incidente del garaje hizo que me olvidara de todo lo demás, incluso de él. Ha estado toda la noche nevando, a temperaturas bajo cero, y él la ha pasado en esa casa a oscuras y a solas. Y por la mañana estaba tan congelado que no entiendo cómo podía moverse. Le he tomado las manos entre las mías y le he dicho:

—Atlas, estás helado.

Él no ha respondido nada. Le he frotado las manos para

calentárselas, he apoyado la cabeza en su hombro y luego he hecho algo vergonzoso: me he echado a llorar. No suelo llorar mucho, pero seguía muy afectada por lo que pasó ayer, y me he sentido tan culpable por haberme olvidado de darle las mantas que me ha salido todo de golpe. Él no ha dicho nada. Ha retirado las manos para que dejara de frotarlas y las ha colocado encima de las mías. Y así hemos pasado el viaje hasta el instituto, con las cabezas y las manos juntas. Me habría parecido bonito si no hubiera sido tan triste.

Durante el camino de vuelta a casa es cuando finalmente se ha fijado en mi frente. Francamente, me había olvidado de los puntos. En el instituto nadie me ha preguntado nada, y cuando él se ha sentado a mi lado, ni siquiera he tratado de disimularlo con el pelo.

Se me ha quedado mirando fijamente y me ha preguntado:

—¿Qué te ha pasado en la cabeza?

No he sabido cómo responderle. Me he tocado la herida con los dedos y he mirado por la ventanilla. Llevo tiempo tratando de ganarme su confianza para que me cuente por qué no tiene un sitio donde vivir, y me ha dado mucha rabia tener que mentirle, pero tampoco quería contarle la verdad.

Cuando el autobús se ha puesto en marcha, me ha dicho:

—Ayer, cuando me fui de tu casa, oí que pasaba algo. Hubo voces. Te oí gritar y luego vi que tu padre se iba. Fui a tu casa para asegurarme de que estabas bien, pero a medio camino vi que te marchabas con tu madre.

Debió de oír la pelea en el garaje y nos vio salir hacia el hospital. No me puedo creer que se atreviera a venir a casa. ¿Sabes lo que le haría mi padre si lo encontrara allí vestido con su ropa? Me he alterado mucho porque creo que no es consciente de lo que mi padre es capaz de hacer.

Mirándolo a los ojos, le he advertido:

—¡Atlas, no vuelvas a hacer eso! ¡No se te ocurra venir a casa cuando estén mis padres!

Él ha guardado silencio unos instantes antes de decir:

—Te oí gritar, Lily.

Lo ha dicho como si el que yo estuviera en peligro fuera más importante que todo lo demás. Y eso me ha hecho sentir fatal. Sé que solo quiere ayudarme, pero si llega a aparecer por ahí durante la pelea, las cosas se habrían puesto aún más feas.

—Me caí —le he respondido al fin.

En cuanto lo he dicho, me he sentido muy mal por mentir. Y él me ha mirado decepcionado. Ambos sabíamos que no estábamos hablando de una simple caída.

Atlas se ha levantado la manga de la camisa y me ha mostrado el brazo.

Ellen, se me ha caído el alma a los pies. Tenía el brazo lleno de cicatrices pequeñas. Algunas parecían quemaduras de cigarrillo. Ha girado el brazo para que viera que las cicatrices se extendían también por el otro lado.

—Yo también solía caerme a menudo, Lily.

Se ha bajado la manga y no ha añadido nada más.

He estado a punto de decirle que mi caso no era igual, que mi padre nunca me hace daño y que solo trataba de quitárseme de encima, pero me he dado cuenta de que eso sería usar las mismas excusas que utiliza mi madre.

Me ha dado vergüenza que supiera lo que pasa en mi casa y me he pasado el resto del trayecto mirando por la ventanilla porque no sabía qué decirle.

Cuando hemos llegado a casa, el coche de mi madre ya estaba allí. Frente a la casa, claro, no en el garaje.

Y eso significa que Atlas no ha podido venir a ver tu

programa conmigo. Quería decirle que luego iré a llevarle mantas, pero se ha bajado del autobús y se ha ido sin despedirse, como si estuviera enfadado conmigo.

Ahora ya ha anochecido y estoy esperando a que mis padres se acuesten, pero luego iré a llevarle mantas.

Lily

Querida Ellen:

Estoy metida en un buen lío.

¿Alguna vez has hecho algo que sabes que está mal, pero que al mismo tiempo sabes que está bien? No sé cómo explicarlo de manera más clara.

Ya sé que solo tengo quince años y que no debería dejar que un chico pasara la noche en mi cuarto, pero si sabes que alguien necesita un sitio donde dormir, ¿no es tu responsabilidad como ser humano ayudarlo?

Anoche, cuando mis padres se acostaron, me escapé por la puerta de atrás para llevarle las mantas a Atlas. Cogí una linterna porque estaba muy oscuro. Seguía nevando con fuerza y, cuando llegué a su puerta, estaba helada. Llamé y, en cuanto abrió, le di un empujón a la puerta para entrar y resguardarme del frío.

Pero... no logré escapar del frío. De algún modo, sentí que era aún más intenso dentro de la vieja casa. Con la linterna, enfoqué a mi alrededor. Distinguí el salón y la cocina, pero ¡no había nada, Ellen!

Ni sofá, ni sillas, ni colchón. Le di las mantas y seguí mirando a mi alrededor. Había un gran agujero en el tejado, sobre la cocina, por donde entraban la nieve y el viento. Mientras iluminaba con la linterna, vi sus cosas en un rin-

cón del salón: su mochila y la que yo le había dado. Había un pequeño montón de cosas, como la ropa que yo le había dejado y también dos toallas en el suelo. Me imaginé que una era para tumbarse encima y la otra para taparse.

Me sentí tan horrorizada que me tapé la boca con la mano. ¡Llevaba semanas viviendo así!

Atlas me apoyó una mano en la espalda y trató de llevarme hacia la puerta.

—No deberías estar aquí, Lily. Podrías meterte en líos.

Agarrándole la mano, le dije:

—Tú tampoco deberías estar aquí. —Tiré de él hacia la puerta, pero él apartó la mano. Sin pensarlo, dije—: Puedes dormir en el suelo de mi habitación esta noche. Cerraré la puerta con llave. No puedes quedarte aquí, Atlas. Hace demasiado frío, pillarás una pulmonía.

Él me miraba sin saber qué hacer. Estoy segura de que la idea de que lo descubrieran en mi dormitorio le daba tanto miedo como morir de pulmonía. Echó un vistazo rápido al rincón del salón donde tenía sus cosas y dijo:

—Vale.

Así que dime, Ellen. ¿Hice mal en dejarlo dormir en mi casa anoche? A mí no me lo pareció. Me pareció que hacía lo correcto. Pero sé que, si nos hubieran pillado, nos habríamos metido en un buen lío. Durmió en el suelo, es decir, que no estamos hablando de nada raro, solo le dejé dormir en un lugar caliente.

Y también descubrí algo nuevo sobre él anoche. Tras meterlo en casa y en mi habitación, cerré la puerta con pestillo y le preparé un camastro en el suelo, cerca de mi cama. Puse la alarma a las seis y le advertí que debería salir de casa antes de que mis padres se levantaran, ya que mi madre a veces viene a la habitación a despertarme.

Me metí en la cama y me acerqué al borde para poder mirarlo mientras charlábamos un rato. Le pregunté cuánto tiempo pensaba que iba a quedarse en la vieja casa y me dijo que no lo sabía. Y entonces le pregunté cómo había ido a parar allí. Tenía la lamparita encendida y hablábamos en susurros, pero cuando le pregunté eso se quedó en silencio un rato, observándome, con las manos detrás de la nuca. Luego respondió:

—No conozco a mi padre; nunca se ocupó de mí. Mi madre y yo vivíamos solos, pero hace unos cinco años volvió a casarse con un tipo con el que nunca me llevé bien. Discutíamos mucho. Cuando cumplí los dieciocho, hace unos meses, me echó de casa. —Inspiró hondo, como si no quisiera seguir hablando, pero luego siguió haciéndolo—: Desde entonces, he estado viviendo con un amigo y su familia, pero a su padre lo trasladaron a Colorado y se mudaron allí. No podían llevarme con ellos. Ya habían sido muy amables permitiéndome que me quedara con ellos tanto tiempo, así que les dije que había hablado con mi madre y que iba a volver a casa. El día que se fueron, no sabía adónde ir. Así que volví a casa y le pedí a mi madre que me dejara quedarme allí hasta que me graduara. Pero me dijo que no, que no quería molestar a mi padrastro.

Se volvió de lado y se quedó mirando la pared.

—Fui vagando sin rumbo unos cuantos días hasta que vi esta casa y decidí quedarme aquí hasta encontrar algo mejor o hasta graduarme. Me he alistado en los marines, pero empezaré en mayo. Tengo que aguantar hasta entonces como sea.

Faltan seis meses para mayo, Ellen. Seis.

Cuando acabó de hablar, se me saltaban las lágrimas. Le pregunté por qué no pedía ayuda a nadie, y me dijo que es mucho más difícil conseguir ayuda cuando eres mayor de edad y él ya ha cumplido los dieciocho. Me contó que le habían dado el teléfono de unos albergues. Se ve que hay tres albergues en un radio de veinticinco kilómetros, pero dos eran para mujeres maltratadas. El otro acogía a personas sin hogar, pero no había camas para todos los que las necesitaban. Hay que hacer mucha cola. Dijo que fue una vez, pero que no se sintió seguro. Y que, además, le quedaba muy lejos para ir cada día al instituto desde allí, de modo que prefiere la casa abandonada.

Como la niñita ignorante que soy en este tipo de situaciones, insistí.

—Pero ¿no hay otras opciones? —pregunté—. ¿No puedes hablar con el consejero del instituto y contarle lo que ha hecho tu madre?

Él negó con la cabeza, diciendo que es demasiado mayor para ir a una casa de acogida. Al cumplir dieciocho años, su madre no tiene obligación de acogerlo en su casa. Me dijo también que había tratado de obtener bonos de comida, pero que no tenía dinero para ir hasta el lugar donde la repartían. Tampoco tiene coche, por descontado, y eso hace que le resulte muy difícil encontrar trabajo. Me dijo que lo había intentado; que cuando se va de mi casa a las cinco pregunta en locales y tiendas, pero que, al no poder dejar un teléfono o una dirección, era casi imposible.

Te juro, Ellen, que cada vez que le proponía algo, él ya lo había intentado. Era como si hubiera probado todas las posibles salidas para no verse en esta situación, sin obtener ningún resultado. Parece que nadie piensa en las personas como él. Me enfurecí tanto que le dije que estaba loco por alistarse.

—¿Por qué demonios quieres servir a un país que ha permitido que acabes en esta situación? —grité.

Y ¿sabes lo que me respondió, Ellen? Con los ojos más tristes que le he visto en mucho tiempo, dijo:

—No es culpa de este país que a mi madre yo le importe una mierda. —Apagó la lamparita de la mesilla de noche—. Buenas noches, Lily.

Pero no pasé una buena noche. Me costó mucho dormir después de aquello. Estaba furiosa, y ni siquiera sé exactamente a quién echar la culpa de mi furia. Me quedé dándole vueltas a las injusticias del mundo en general y de nuestro país en particular. No entiendo que las personas no nos ayudemos más entre nosotras. No sé en qué momento los humanos empezamos a preocuparnos solo de nosotros mismos. Tal vez siempre haya sido así. Me pregunté cuánta gente habrá en el mundo en la misma situación que Atlas. Por primera vez me pregunté si habría más chicos sin hogar en el instituto.

Voy a clase todos los días y protesto por tener que ir; nunca se me había ocurrido que el instituto podría ser el único hogar para algunos chicos. Es el único lugar donde Atlas puede conseguir comida.

No voy a ser capaz de respetar a los millonarios nunca más, sabiendo que prefieren gastar sus fortunas en objetos materiales en vez de ayudar a otras personas.

No te ofendas, Ellen. Tú eres millonaria, pero no hablaba de gente como tú. Te he visto ayudar a muchas personas desde tu programa y sé que colaboras con muchas asociaciones benéficas, pero hay muchos millonarios egoístas en el mundo. A ver, que no hace falta ser millonario para ser egoísta; puedes ser egoísta siendo pobre... o de clase media. Mira mis padres, por ejemplo. No somos ricos, pero desde luego podríamos ayudar a otras personas. Y, que yo sepa, mi padre nunca ha donado nada a ninguna organización benéfica.

Recuerdo una vez que íbamos a entrar en una tienda

de comestibles. En la entrada había un anciano sacudiendo una campana y pidiendo dinero para el Ejército de Salvación. Le pregunté a mi padre si podíamos darle algo y me dijo que no, que trabaja muy duro para ganarse el sueldo y que no pensaba ir regalándolo por ahí; que no era culpa suya que otras personas no quisieran trabajar. Se pasó todo el rato que estuvimos en la tienda contándome todos los trucos que usa la gente para abusar de las ayudas del gobierno. Dijo que hasta que el gobierno no dejara de auxiliar a esa gente, el problema no se resolvería.

Y yo me lo creí, Ellen. Han pasado tres años desde entonces, y durante este tiempo he creído que la gente que duerme en la calle son todos drogadictos o perezosos que no querían trabajar como los demás. Pero ahora sé que no es verdad. Sí, alguno habrá, no lo dudo, pero mi padre estaba usando como excusa los peores casos. No todo el mundo elige estar en la calle; muchos simplemente no han encontrado a nadie que les eche una mano.

Y la gente como mi padre empeora las cosas. En vez de ayudarlos, los acusan de cosas espantosas para excusar su propio egoísmo y avaricia.

Nunca seré como él, te lo juro. Cuando crezca, voy a hacer todo lo que pueda para ayudar a los demás. Seré como tú, Ellen, aunque probablemente no tan rica.

Lily

9

Dejo caer el diario sobre mi pecho y me sorprendo al notar que me caen lágrimas por las mejillas. Cada vez que lo releo, pienso que no me afectará, que ha pasado mucho tiempo y que ya no sentiré lo mismo que sentí entonces.

Soy una boba. Cada vez que lo leo, me entran muchas ganas de abrazar a gente de mi pasado. Sobre todo, a mi madre. Durante este último año, no he querido pensar en todo lo que tuvo que soportar antes de que mi padre muriera. Estoy segura de que todavía le duele.

Cojo el teléfono para llamarla y, al mirar la pantalla, veo que hay cuatro mensajes de Ryle. El corazón me da un vuelco. ¡Qué burra! ¡Lo tenía en silencio! Inmediatamente me reprendo por mi reacción. No debería alegrarme tanto.

Ryle: ¿Estás durmiendo?

Ryle: Supongo que sí.

Ryle: Lily...

Ryle: ☹

La carita triste me la ha enviado hace diez minutos. Le respondo que no, que no estoy durmiendo, y él me envía un nuevo mensaje poco después:

Ryle: Bien. Estoy subiendo a tu casa.
Llegaré dentro de veinte segundos.

Sonriendo, salto de la cama. Voy al baño y me miro la cara. No está mal. Corro hasta la puerta y la abro justo cuando Ryle llega al rellano. Parece que haya subido arrastrándose. Se detiene ante la puerta. Se le ve agotado. Tiene los ojos rojos y ojeras marcadas. Me rodea la cintura con los brazos y me atrae hacia él, hundiendo la cara en mi cuello.

—Hueles tan bien... —me dice.

Tiro de él para que entre en casa.

—¿Tienes hambre? Puedo prepararte algo.

Él niega con la cabeza mientras se quita la cazadora con esfuerzo, así que me olvido de la cocina y me dirijo directamente al dormitorio. Él me sigue y deja la cazadora sobre la silla. Se quita los zapatos y los deja contra la pared.

«Lleva pijama de quirófano.»

—Pareces exhausto —le digo.

Él sonríe, sujetándome por las caderas.

—Lo estoy. Acabo de salir de una operación de dieciocho horas.

Se inclina sobre mí y me besa el tatuaje en forma de corazón que tengo en la clavícula.

«No me extraña que esté exhausto.»

—¿Cómo puede durar tanto una operación? —le pregunto—. ¿Dieciocho horas?

Él asiente y tira de mí hacia la cama. Nos tumbamos y quedamos cara a cara, compartiendo una almohada.

—Sí, pero ha sido increíble. Habrá un antes y un después de esta operación. Saldrá en las revistas de medicina y mi nombre aparecerá, así que no me quejo. Lo que pasa es que estoy muy cansado.

Me inclino sobre él y le doy un pico. Él me apoya la mano en la mejilla y me mira.

—Sé que probablemente te mueres de ganas de tener sexo sudoroso y desenfrenado conmigo, pero esta noche no tengo fuerzas. Lo siento. Te echaba de menos y, no sé por qué, duermo mejor cuando estoy contigo. ¿Te parece bien que me quede a pasar la noche?

Sonrío.

—Mejor que bien.

Él se inclina hacia mí y me besa en la frente. Me toma la mano y las apoya juntas sobre la almohada, entre los dos. Se le cierran los ojos, pero yo mantengo los míos abiertos para observarlo. Tiene el tipo de rostro que la gente no se atreve a mirar mucho rato directamente, por miedo a quedarse atrapado en su belleza. Y pensar que yo puedo contemplarla a mi antojo. No necesito apartar la vista con timidez porque Ryle es mío.

«Tal vez.»

Estamos en un periodo de prueba; no debo olvidarlo.

Tras un minuto, él me suelta la mano y flexiona los dedos. Me quedo mirando su mano, preguntándome cómo es posible aguantar tantas horas de pie, debiendo usar con precisión tu psicomotricidad fina. No se me ocurren muchos trabajos que causen ese nivel de agotamiento.

Bajo de la cama y voy al baño a buscar la loción hidratante. Regreso a la cama y me siento a su lado con las piernas cruzadas. Me echo loción en la mano y me coloco su brazo en el regazo.

Abre los ojos y me mira.

—¿Qué haces? —murmura.

—Duerme —susurro.

Le presiono la palma con los pulgares y lo masajeo dibujando círculos que van hacia arriba y hacia el exterior. Él vuelve a cerrar los ojos y gruñe, hundiendo la cara en la almohada. Sigo masajeándolo durante unos cinco minutos antes de cambiar de mano. Él mantiene los ojos cerrados todo el rato. Cuando acabo con las manos, me monto sobre su espalda y le quito la casaca de quirófano. Él trata de ayudarme, pero tiene los brazos flojos como fideos remojados.

Le masajeo los hombros, el cuello, la espalda y los brazos. Cuando acabo, salgo de encima de él y me tumbo a su lado.

Mientras le estoy dando un masaje capilar, él abre los ojos.

—Lily, creo que eres lo mejor que me ha pasado en la vida —susurra, en tono sincero.

Sus palabras me envuelven como una manta cálida. Guardo silencio porque no sé qué decir. Él alza una mano y me sostiene la mejilla delicadamente. Su mirada me calienta por dentro. Se inclina hacia mí y une sus labios a los míos. Espero que se limite a darme un pico, pero no se aparta. Me recorre los labios con la punta de la lengua y los separa con delicadeza. Su boca es tan cálida que no puedo evitar gemir cuando profundiza el beso.

Me tumba de espaldas en la cama y me recorre el cuerpo con la mano, hasta que llega a la cadera. Se acerca un poco más a mí y hace descender la mano por el muslo. Cuando empuja hacia mí, siento una oleada de calor intensa que me recorre el cuerpo.

Agarrándolo por el pelo, susurro contra su boca:

—Creo que ya hemos esperado lo suficiente. Me gustaría mucho que me follaras. Ahora mismo.

Él gruñe con fuerzas renovadas y tira de mi camiseta para quitármela. Los siguientes minutos son un interludio de manos, gemidos, lenguas y sudor. Me siento como si fuera la primera vez que un hombre me toca. Los pocos que lo han precedido eran todos chicos, que actuaban con manos nerviosas y bocas tímidas. Pero Ryle es pura confianza. Sabe exactamente dónde debe tocarme y cómo debe besarme.

Solo deja de prestarme su total atención cuando alarga la mano para buscar un condón dentro de su cartera. Cuando vuelve a estar bajo las sábanas, con el condón en su sitio, no pierde el tiempo dudando. Me toma de una embestida rápida y certera, y yo contengo el aliento con la boca pegada a la suya y el cuerpo en tensión.

Su boca es fiera y exigente, y me besa en todos los rincones que logra alcanzar. Pierdo la fuerza en los músculos y también la voluntad; solo puedo rendirme ante él. Me está follando sin contemplaciones. Apoya una mano entre mi cabeza y el cabecero de la cama mientras empuja cada vez con más fuerza y la cama golpea contra la pared una y otra vez.

Le clavo las uñas en la espalda mientras él hunde la cara en mi cuello.

—Ryle —susurro—. Oh, Dios mío —digo—. ¡Ryle! —grito.

Le muerdo el hombro para camuflar los sonidos que escapan de mi boca tras el primer grito mientras los temblores me recorren el cuerpo de arriba abajo. Por un momento temo desmayarme. Aumento la fuerza con que le aprieto las caderas y noto que él se tensa.

—Dios, Lily —dice, temblando como una hoja. Tras un último empujón, gruñe y se queda inmóvil sobre mí. Cuando se convulsiona, dejo caer la cabeza sobre la almohada. Pasa más de un minuto antes de que recobremos el habla y la capacidad de movernos. Pero, incluso entonces, preferimos permanecer quietos. Él hunde la cara en la almohada y suelta un suspiro hondo—. No puedo...

Alza la cabeza y me mira. Su mirada está cargada de algo que no sé identificar. Con los labios pegados a los míos, me dice:

—Qué razón tenías.

—¿Sobre qué?

Sale de mí lentamente, sosteniendo su peso en los antebrazos.

—Me avisaste. Me dijiste que una sola vez contigo no sería suficiente. Me advertiste que eras como una droga..., pero te faltó decirme que eras de las más adictivas.

10

—¿Puedo hacerte una pregunta personal?

Allysa asiente mientras ultima los detalles de un ramo de flores que nos han encargado para un envío a domicilio. Faltan tres días para la inauguración oficial y cada vez tenemos más trabajo.

—¿De qué se trata? —me pregunta, volviéndose hacia mí. Se apoya en el mostrador y empieza a morderse una uña.

—No hace falta que respondas si no quieres.

—Bueno, como no me hagas la pregunta, está claro que no te voy a responder.

Razón no le falta.

—¿Marshall y tú hacéis donaciones a organizaciones benéficas?

Ella me dirige una mirada confundida.

—Sí, ¿por qué?

Me encojo de hombros.

—Por curiosidad. No pretendía juzgaros ni nada de eso. Es que últimamente estoy dándole vueltas a la idea de fundar una.

—¿En qué tipo de organización habías pensado? —me pregunta—. Ahora que podemos permitírnoslo, donamos a unas cuantas, pero mi favorita es una con la que empezamos a colaborar el año pasado. Construyen escuelas en otros países. Solo el año pasado pusimos los fondos para la construcción de tres escuelas.

«Sabía que me caía bien por algún motivo.»

—Yo no tengo tanto dinero, evidentemente, pero me gustaría hacer algo. Lo que pasa es que aún no he decidido qué.

—¿Qué tal si nos centramos en la inauguración primero y luego nos ponemos a pensar en la filantropía? Un sueño detrás de otro, Lily.

Allysa sale de detrás del mostrador y se dirige a la papelera. La observo mientras saca la bolsa de basura llena y la ata. No puedo evitar preguntarme por qué —ella, que tiene gente que se lo hace todo— decidió que quería trabajar en un sitio donde tendría que sacar la basura y ensuciarse las manos.

—¿Por qué trabajas aquí? —le pregunto.

Ella me mira, sonriendo.

—Porque me caes bien —dice, pero el brillo se le borra de los ojos antes de darse la vuelta y salir a tirar la basura. Por eso, cuando vuelve, insisto.

—Allysa, ¿por qué trabajas aquí?

Ella deja lo que estaba haciendo e inspira hondo, lentamente, como si se estuviera planteando ser sincera conmigo. Retrocede hasta llegar al mostrador y se apoya en él, con los tobillos cruzados.

—Porque no logro quedarme embarazada —responde, mirándose los pies—. Llevamos dos años intentándolo y nada funciona. Estaba cansada de quedarme en casa, llorando, y decidí buscar algo para mantenerme ocupada. —Se incorpora y se sacude las manos en los vaqueros—. Y tú, Lily Bloom, me mantienes muy ocupada. —Se da la vuelta para seguir arreglando el ramo de flores. Lleva retocándolo una media hora. Coge una tarjeta y la coloca entre las flores antes de volverse hacia mí y entregarme el jarrón—. Por cierto, esto es para ti.

Es obvio que Allysa quiere cambiar de tema, así que le quito el jarrón de las manos.

—¿Qué quieres decir?

Poniendo los ojos en blanco, ella señala hacia mi despacho.

—Lo pone en la tarjeta; ve a leerla.

Por su reacción deduzco que son de Ryle.

Con una sonrisa en la cara, corro a mi despacho, me siento, abro el sobre y leo la tarjeta.

Lily:
Tengo un tremendo síndrome de abstinencia.
Ryle

Sin dejar de sonreír, vuelvo a guardar la tarjeta en el sobre. Cojo el móvil y me hago una foto, sacando la lengua, con el ramo en las manos. Se la envío a Ryle acompañada por este mensaje:

Yo: Te lo advertí.

Él me responde al momento.

Observo ansiosa la pantalla mientras los puntitos me indican que está escribiendo.

Ryle: Necesito mi dosis. Saldré de aquí dentro de una media hora. ¿Puedo invitarte a cenar?

Yo: No puedo. Mi madre quiere que la lleve a probar un restaurante nuevo. Se ha vuelto una *foodie*, está pesadísima. ☹

Ryle: Me gusta la comida; es justo lo que como. ¿Adónde la vas a llevar?

Yo: A un sitio llamado Bib's, en Marketson.

Ryle: ¿Hay sitio para uno más?

Me quedo mirando el mensaje sin acabar de creérmelo. ¿Quiere conocer a mi madre? Si ni siquiera estamos saliendo. A ver..., que yo no tengo ningún problema con que la conozca; sé que a ella le encantará, pero es que hemos pasado de no querer saber nada de relaciones a un periodo de prueba y de ahí a querer conocer a los padres en un plazo de cinco días. ¡Madre mía! ¡No exageraba diciendo que soy como una droga!

Yo: Vale. Quedamos allí dentro de media hora.

Salgo de mi despacho con el móvil en alto y se lo muestro a Allysa.

—Quiere conocer a mi madre.

—¿Quién?

—Ryle.

—¿Mi hermano? —pregunta, con la misma expresión de asombro que debo de tener yo.

Asiento.

—Tu hermano. Mi madre.

Ella me arrebata el móvil para leer los mensajes.

—Puf. Es todo muy raro.

Le quito el teléfono de las manos.

—Gracias por el voto de confianza.

Ella se excusa, riendo.

—Ya sabes lo que quiero decir. Es que estamos hablando de Ryle. Y mi hermano nunca, en toda su vida, ha conocido a los padres de una chica.

Las palabras de Allysa me hacen sonreír, aunque luego me pregunto si él querrá conocer a mi madre solo por complacerme. Tal vez está haciendo cosas que no quiere hacer porque sabe que yo quiero que tengamos una relación real y completa.

Y entonces mi sonrisa se hace aún más grande, porque al fin y al cabo una relación se basa en esto, ¿no? En sacrificarse por la persona que te gusta para verla feliz.

—Creo que a tu hermano le gusto de verdad —bromeo.

Me vuelvo hacia Allysa, esperando verla reír, pero su mirada es muy solemne.

Asiente con la cabeza.

—Sí, eso me temo. —Coge el bolso de debajo del mostrador y añade—: Pues me voy. Ya me contarás qué tal va, ¿vale?

Pasa por mi lado y me la quedo mirando mientras sale. Luego me quedo un rato quieta, observando la puerta. Me preocupa un poco que no le haga ilusión que salga con Ryle. Me pregunto si la causa serán sus sentimientos hacia mí o sus sentimientos hacia Ryle.

Veinte minutos más tarde, cuelgo el cartel de CERRADO.

«Qué poco falta para la inauguración.»

Cierro la puerta con llave y me dirijo al coche, pero me detengo en seco cuando veo que hay alguien apoyado en él. Tardo unos instantes en reconocerlo, porque está de espaldas a mí, hablando por teléfono.

«Pensaba que habíamos quedado en el restaurante, pero bueno.»

Aprieto el botón y el coche se abre con un pitido. Al oírlo, Ryle se vuelve hacia mí, sonriendo.

—Sí, estoy de acuerdo —le dice a su interlocutor. Me pasa un brazo por los hombros y me atrae hacia él para darme un beso en la coronilla—. Lo hablamos mañana; ahora tengo que ocuparme de algo muy importante.

Cuelga y se guarda el móvil en el bolsillo antes de besarme. No es un beso de «hola-qué-tal». Es un beso de «he-estado-pensando-en-ti-sin-parar». Me abraza y me da la vuelta hasta que quedo con la espalda apoyada en el coche, donde sigue besándome hasta que me empieza a dar vueltas la cabeza.

Cuando se aparta de mí, me dirige una mirada de admiración.

—¿Sabes qué parte de ti me vuelve más loco? —Alza dos dedos hacia mi boca y resigue mi sonrisa—. Esta. Tus labios. Me encanta que sean tan rojos como tu pelo aunque no lleves pintalabios.

Sonriendo, le beso los dedos.

—Pues tendré que vigilarte cuando te presente a mi madre, porque todo el mundo dice que tenemos la misma boca.

Él detiene la caricia y deja de sonreír.

—Lily, como que no.

Riendo, abro la portezuela.

—¿Vamos en dos coches?

Él acaba de abrirme la puerta y responde:

—He cogido un Uber para venir aquí; vamos juntos.

Mi madre ya está sentada a la mesa cuando llegamos, pero no nos ve porque se encuentra de espaldas a la entrada.

Quedo impresionada por el restaurante desde el primer momento. La vista se me va a los colores neutros pero cálidos que decoran las paredes y al árbol casi de tamaño natural que ocupa el centro. Parece brotar directamente del suelo del restaurante, como si el resto hubiera sido construido alrededor de él. Ryle me sigue de cerca, con la mano apoyada en la parte baja de mi espalda.

Cuando llegamos a la mesa, me quito la chaqueta.

—Hola, mamá.

Ella aparta la vista del teléfono para saludarme.

—Oh, hola, cariño. —Deja el móvil en el bolso y señala a su alrededor—. Me encanta. ¿Te has fijado en la iluminación? Las lámparas podrían haber brotado de tu huerto. —En ese momento se fija en Ryle, que espera pacientemente a mi lado mientras yo me siento en el banco corrido. Sonriendo, mi madre le dice—: Dos aguas de momento, por favor.

Yo miro a Ryle y luego a mi madre.

—Mamá, viene conmigo; no es el camarero.

Ella le dirige una mirada confusa, pero él sonríe y le ofrece la mano.

—Una equivocación muy normal, señora. Soy Ryle Kincaid.

Ella le estrecha la mano, alternando la mirada entre los dos, hasta que él le suelta la mano y se sienta a mi lado. Mi madre parece un poco nerviosa cuando se presenta al fin.

—Jenny Bloom. Encantada de conocerte. —Me mira, alzando una ceja—. ¿Un amigo tuyo, Lily?

No me puedo creer que no me haya preparado mejor para este momento. ¿Cómo demonios lo presento? ¿Mi *prueba temporal*? No puedo llamarlo *novio*, pero llamarlo *amigo* se queda corto. Y *mi candidato a novio* suena fatal.

Al darse cuenta de mis dudas, Ryle me apoya una mano en la rodilla y me da un apretón de ánimos.

—Mi hermana trabaja para Lily —dice—. ¿La conoce? ¿Conoce a Allysa?

Mi madre se echa hacia delante.

—¡Oh! ¡Sí, claro! Os parecéis mucho ahora que me fijo. Son los ojos, creo. Y la boca.

Ryle asiente.

—Los dos nos parecemos a nuestra madre.

Mi madre me sonríe.

—La gente siempre dice que Lily se parece a mí.

—Sí —replica él—. Tienen la boca idéntica. Es asombroso. —Ryle me vuelve a apretar la rodilla por debajo de la mesa mientras yo intento aguantarme la risa—. Señoras, si me disculpan, tengo que ir un momento al servicio de caballeros. —Se inclina hacia mí y me da un beso en la sien antes de levantarse—. Si viene el camarero, tomaré agua.

Mi madre sigue a Ryle con la vista mientras se aleja y luego se vuelve lentamente hacia mí. Me señala y señala el asiento vacío de Ryle.

—¿Cómo es que no me habías hablado de él?

A mí se me escapa una sonrisa.

—Las cosas son un poco... En realidad, no es lo que... —No tengo ni idea de cómo explicarle la situación a mi madre—. Él... trabaja mucho, y por eso nos vemos muy poco. Poquísimo. De hecho, esta es la primera vez que vamos a cenar juntos.

Mi madre alza una ceja.

—¿En serio? —Vuelve a echarse hacia atrás—. Pues nadie lo diría viendo cómo actúa. Te trata como... Quiero decir que se le ve muy cómodo a tu lado... y muy cariñoso. No es el comportamiento habitual de alguien a quien acabas de conocer.

—No nos acabamos de conocer —admito—. Ya hace casi un año desde que nos vimos por primera vez. Hemos pasado tiempo juntos, pero nunca habíamos salido en plan cita. Es que trabaja mucho.

—¿Dónde trabaja?

—En el Hospital General de Massachusetts.

Mi madre se echa hacia delante con los ojos tan abiertos que parece que se le vayan a salir de las órbitas.

—¡Lily! —sisea—. ¿Es médico?

Yo asiento, aguantándome la risa.

—Neurocirujano.

—¿Señoras? ¿Puedo traerles algo de beber? —nos pregunta un camarero.

—Sí —respondo—. Tomaremos tres...

Cierro la boca y me quedo observando al camarero mientras él me mira a mí. Tengo un nudo en la garganta; no soy capaz de hablar.

—¿Lily? —Mi madre señala al camarero—. Está esperando a que pidas las bebidas.

—Yo..., em... —titubeo, sacudiendo la cabeza.

—Tres aguas —pide mi madre finalmente, interrumpiendo mi torpe balbuceo, y el camarero sale de su propio trance el tiempo suficiente para garabatear algo en su libreta.

—Tres aguas —repite—. Muy bien.

Se da la vuelta y se aleja, pero como lo he estado observando, veo que se vuelve hacia mí antes de empujar las puertas de la cocina.

Mi madre se echa hacia delante y me pregunta:

—Pero ¿qué diantres te pasa?

Señalo por encima del hombro.

—El camarero —respondo, sacudiendo la cabeza—. Era igual que...

Estoy a punto de decir «Atlas Corrigan» cuando Ryle vuelve y se sienta a mi lado.

Paseando la mirada entre mi madre y yo, pregunta:

—¿Qué me he perdido?

Trago saliva con dificultad, sacudiendo la cabeza. No, no puede ser Atlas. Pero esos ojos... y esa boca. Sé que hace muchos años que no lo veo, pero nunca me olvidaré de su cara. Tiene que ser él. Sé que era él... Y él también me ha reconocido, porque en cuanto nuestras miradas se han cruzado, me ha mirado como si hubiera visto un fantasma.

—Lily... —me llama Ryle, apretándome la mano—. ¿Estás bien?

Yo asiento con la cabeza y me obligo a sonreír. Luego me aclaro la garganta y le digo:

—Sí, estábamos hablando de ti. —Mirando a mi madre, añado—: Ryle participó en una operación de dieciocho horas esta semana.

Mi madre se echa hacia delante, interesada, y Ryle se pone a hablarle de la operación. Llegan las aguas, pero nos las trae un camarero distinto. Nos pregunta si hemos mirado la carta y nos informa de las especialidades del chef. Los tres pedimos y hago un esfuerzo constante por mantener la atención en la conversación, pero no lo consigo; me paso el rato buscando a Atlas con la mirada.

Necesito calmarme un poco; por eso le digo a Ryle:

—Tengo que ir al lavabo.

Él se levanta para dejarme salir. De camino al servicio, voy examinando las caras de todos los camareros, pero nada. Empujo la puerta del pasillo que lleva a los lavabos. Al quedarme a solas, me apoyo en la pared y echo el cuerpo hacia delante, soltando el aire. Decido tomarme un minuto para recobrar la compostura antes de volver. Me llevo las manos a la frente y cierro los ojos.

Llevo nueve años preguntándome qué habrá sido de él.

Nueve años.

—¿Lily?

Alzo la cara y contengo el aliento. Él está al final del pasillo, como un fantasma recién llegado del pasado. Bajo la vista hacia sus pies para asegurarme de que no está suspendido en el aire.

No lo está. Es real y se encuentra justo enfrente de mí.

Yo sigo con la espalda pegada a la pared, sin saber qué decir.

—¿Atlas?

En cuanto pronuncio su nombre, él suelta el aire, aliviado, y se acerca a mí dando tres grandes zancadas. Yo hago lo mismo. Nos encontramos a medio camino y nos abrazamos.

—Joder —dice, estrechándome con fuerza.

Yo asiento contra su pecho.

—Exacto. Joder.

Me apoya las manos en los hombros y da un paso atrás para mirarme a la cara.

—No has cambiado nada.

Yo me llevo la mano a la boca, todavía en shock, mientras lo observo de arriba abajo. La cara es la misma, pero ya no es el adolescente larguirucho y escuálido que recuerdo.

—No puedo decir lo mismo de ti.

Él se mira y se echa a reír.

—Sí, es lo que tiene pasar ocho años en el ejército.

Ambos seguimos en shock, y permanecemos en silencio, sacudiendo las cabezas, sin dar crédito a lo que acaba de pasar. Él se echa a reír primero y luego me río yo. Al fin me suelta los hombros y se cruza de brazos.

—¿Qué te trae a Boston? —pregunta, y su voz suena tan despreocupada que doy las gracias.

Tal vez se haya olvidado de la conversación que mantuvimos sobre Boston hace tantos años, lo que me evitaría una situación embarazosa.

—Vivo aquí —respondo, forzándome a sonar tan despreocupada como él—. Tengo una floristería en Park Plaza.

Él me dirige una sonrisa cómplice, como si mi logro no lo sorprendiera en absoluto.

Miro hacia la puerta, porque sé que debo volver. Él se da cuenta y da otro paso atrás. Me sostiene la mirada y el silencio se agudiza entre los dos, cobrando un peso especial. Tenemos mucho que contarnos, pero ninguno de los dos sabe ni por dónde empezar. Su mirada se apaga cuando dice:

—Supongo que deberías volver con tus acompañantes. Te buscaré algún día. Has dicho Park Plaza, ¿verdad?

Asiento con la cabeza.

Él hace lo mismo.

La puerta se abre y aparece una mujer acompañada de un niño pequeño. Cruza entre ambos, lo que hacer aumentar la distancia entre los dos.

Yo doy un paso hacia la puerta, pero él permanece clavado en el sitio. Antes de irme, me vuelvo hacia él y sonrío.

—Me ha gustado mucho verte, Atlas.

Él me devuelve la sonrisa, pero no se le ilumina la mirada.

—Sí, lo mismo digo, Lily.

Durante el resto de la cena, permanezco casi en silencio. No sé si Ryle o mi madre se dan cuenta, porque ella no se corta ni un pelo y no para de preguntarle cosas a Ryle. Él se lo toma bien y se muestra encantador con mi madre en todo momento. El encuentro inesperado con Atlas me ha alterado el estado de ánimo, pero, al final de la cena, Ryle ha conseguido que vuelva a estar relajada y contenta.

Mi madre se limpia la boca con la servilleta y me señala.

—Es mi nuevo restaurante favorito. Increíble.

Ryle asiente.

—Estoy de acuerdo. Tengo que traer a Allysa; le encanta probar restaurantes nuevos.

La comida estaba deliciosa, pero lo último que necesito es tener a ninguno de estos dos rondando por aquí.

—No ha estado mal —digo.

Ryle nos invita a las dos, por supuesto, y luego insiste en

acompañar a mi madre hasta su coche. La mirada orgullosa que me dirige ella me dice que me llamará luego para hablar sobre él.

Cuando se marcha, Ryle me acompaña a mi coche.

—He pedido un Uber para que no tengas que llevarme a casa. Tenemos aproximadamente... —Consulta el móvil—. Nos queda un minuto y medio para meternos mano.

Me echo a reír.

Me rodea con sus brazos y me besa, primero en el cuello, luego en la mejilla.

—Me autoinvitaría a tu casa, pero tengo una operación mañana a primera hora y estoy seguro de que el paciente agradecerá que no me pase buena parte de la noche dentro de ti.

Le devuelvo el beso, decepcionada, pero algo aliviada también.

—Se acerca la gran inauguración. Supongo que yo también debería dormir.

—¿Cuándo tendrás un día libre? —me pregunta.

—Nunca. Y ¿tú?

—Nunca.

Sacudo la cabeza.

—Estamos condenados al fracaso. Los dos somos demasiado ambiciosos profesionalmente.

—Gracias a eso la fase de la luna de miel nos durará hasta que tengamos ochenta años —me dice, y luego añade—: Iré a la inauguración el viernes y luego los cuatro saldremos por ahí a celebrarlo. —Cuando un coche se detiene a nuestro lado, enreda la mano en mi pelo y me da un beso de despedida—. Tu madre es maravillosa, por cierto. Gracias por dejarme venir a cenar con vosotras.

Retrocede lentamente y se mete en el coche. Me lo quedo mirando mientras sale del aparcamiento y se aleja.

«Este hombre me da muy buenas vibraciones.»

Sonriendo, me doy media vuelta, pero me llevo una mano al pecho cuando lo veo.

Atlas está esperándome detrás de mi coche.

—Perdona, no quería asustarte.

Suelto el aire.

—Pues me temo que lo has hecho.

Me apoyo en el coche y Atlas permanece donde está, aproximadamente a un metro de distancia.

Mirando hacia la calle, me pregunta.

—¿Quién es el afortunado?

—Es... —Me falla la voz. Es todo tan raro... Tengo un nudo en el pecho y el estómago me da volteretas, pero no sé si es por haber besado a Ryle o por la presencia de Atlas—. Se llama Ryle. Nos conocimos hará cosa de un año.

Al instante me arrepiento de haber dicho eso. Parece que llevemos un año juntos y ni siquiera estamos saliendo oficialmente.

—Y ¿tú qué? ¿Estás casado? ¿Tienes novia? —No sé si se lo estoy preguntando por educación o porque realmente siento curiosidad.

—De hecho, sí. Se llama Cassie. Llevamos casi un año juntos.

Acidez. Creo que tengo acidez. ¿Un año? Con la mano en el pecho, asiento.

—Eso está bien. Se te ve feliz.

«¿Se le ve feliz?»

No tengo ni idea.

—Sí, bueno. Me alegro mucho de haberte visto, Lily. —Empieza a darse la vuelta para marcharse, pero se gira bruscamente y me mira, con las manos en los bolsillos traseros de los pantalones—. Aunque la verdad... es que me gustaría que nos hubiéramos encontrado hace un año.

Hago una mueca y trato de no dejar que sus palabras me

calen hondo. Esta vez acaba de darse la vuelta y entra en el restaurante.

Con las manos temblorosas, aprieto el botón y abro el coche. Me siento, cierro la puerta y agarro el volante. No sé por qué me cae un lagrimón por la mejilla. Un enorme y patético lagrimón que no pinta nada aquí. Me lo seco bruscamente y aprieto el botón de encendido.

No esperaba que me doliera tanto verlo.

Pero es bueno que haya sucedido. Sé que no ha sido casualidad. Mi corazón necesitaba ponerle el cierre a esta relación para poder avanzar y entregarme entera a Ryle.

No podría haberlo hecho sin esta conversación.

Así que es bueno. Me alegro de que haya ocurrido.

Sí, estoy llorando. Pero sé que se me pasará. Es simplemente la manera en que los humanos curamos una vieja herida preparándonos para que nazca una nueva capa de piel.

No hay más.

11

Ovillada en la cama, me quedo mirando el diario. Ya casi he terminado de leerlo; solo me quedan unas cuantas entradas. Lo cojo y lo coloco en la almohada, a mi lado.

—No pienso leerte —susurro.

Aunque, si acabo lo que queda, habré terminado. Después de haber visto a Atlas esta noche y de saber que tiene novia, un empleo y más que probablemente un hogar, esto es lo único que me falta para poder poner fin a su historia. Tengo que acabar el maldito diario para poder guardarlo en la caja de zapatos y no volver a abrirlo nunca más.

Finalmente lo cojo y me tumbo de espaldas.

—Ellen DeGeneres, eres lo peor.

Querida Ellen:

«Sigue nadando.»

¿Reconoces la frase, Ellen? Es lo que Dory le dice a Marlin en Buscando a Nemo.

«Sigue nadando, nadando, nadando.»

No soy especialmente aficionada a los dibujos animados, pero te felicito por tu participación en la peli de Nemo. Me gustan las películas que me hacen reír, pero que te hacen sentir cosas al mismo tiempo. Y, después de hoy, creo que es mi película favorita, porque últimamente he senti-

do que me ahogaba y a veces la gente necesita que le recuerden que tiene que seguir nadando.

Atlas se puso enfermo. Muy enfermo.

Llevaba varias noches entrando por la ventana y durmiendo en el suelo de mi habitación, pero ayer supe que algo iba mal en cuanto le puse los ojos encima. Era domingo, por lo que no lo había visto desde la noche anterior, y su aspecto era espantoso. Tenía los ojos muy rojos, estaba pálido y, aunque hacía mucho frío, tenía el pelo sudoroso. Ni siquiera le pregunté si se encontraba bien; era obvio que no. Cuando le apoyé la mano en la frente, estaba ardiendo, tanto que estuve a punto de llamar a mi madre a gritos.

—Me pondré bien, Lily —me dijo, y se puso a montar su camastro en el suelo.

Le dije que no se moviera y fui a la cocina a buscar un vaso de agua. Luego abrí el armarito del baño y cogí un antigripal. Ni siquiera sabía si tenía la gripe, pero se lo di igualmente.

Se quedó en el suelo, hecho un ovillo, hasta que al cabo de una media hora me dijo:

—Lily, creo que voy a necesitar una papelera.

Me levanté de un salto, cogí la papelera que tengo bajo el escritorio y me arrodillé ante él. En cuanto la tuvo delante, se inclinó sobre ella y empezó a vomitar.

Dios, me dolía mucho verlo tan enfermo y saber que no tenía ni baño, ni casa, ni cama, ni una madre que lo cuidara. Solo a mí, que no tengo ni idea de qué hacer para ayudarlo.

Cuando acabó, le di un poco de agua y le dije que se fuera a la cama. Él se negó, pero no hice caso de sus protestas. Dejé la papelera en el suelo, al lado de la cama, y lo ayudé a acostarse.

Tenía tanta fiebre y temblaba tanto que me dio miedo dejarlo en el suelo. Me acosté a su lado y, durante seis horas, él siguió vomitando y yo me fui levantando para vaciar la papelera en el baño. No voy a engañarte, fue asqueroso; la noche más asquerosa de mi vida, pero ¿qué podía hacer? Él necesitaba mi ayuda; no podía contar con nadie más.

Esta mañana, le he dicho que volviera a su casa y que yo iría a verlo más tarde. Me sorprende que le quedaran fuerzas para saltar por la ventana. He dejado la papelera junto a la cama y he esperado a que entrara mi madre a despertarme. Al ver la papelera, se ha acercado a mí y me ha tomado la temperatura en la frente.

—Lily, ¿te encuentras bien?

Yo he respondido con un gruñido, negando con la cabeza.

—No, he estado toda la noche mareada, vomitando. Creo que ya se me ha pasado, pero no he pegado ni ojo.

Ella se ha llevado la papelera y me ha dicho que me quedara en la cama; que llamaría al instituto y les diría que no iba a clase. Cuando se ha ido a trabajar, he ido a buscar a Atlas y le he dicho que se quede en casa conmigo todo el día. Todavía vomitaba, así que le he dejado mi cama y mi baño. Me he ido asomando para ver cómo estaba cada media hora más o menos, y hacia mediodía ha dejado de vomitar. Se ha duchado y luego le he preparado una sopa.

Estaba tan cansado que no podía ni comer. Nos hemos sentado juntos en el sofá, tapados con una manta. No sé en qué momento he empezado a sentirme lo bastante cómoda con él, pero el caso es que he acabado acurrucándome a su lado. Poco después, él se ha inclinado hacia mí y me ha besado en la clavícula, justo donde se unen el cuello y el hombro. Ha sido un beso rápido; no creo que haya tenido intenciones románticas. Más bien me ha parecido un gesto de agradecimiento sin palabras, pero me ha hecho sentir un montón de cosas. Han pasado varias horas y sigo tocándome ese punto con los dedos, porque sigo notando su contacto.

Sé que probablemente haya sido uno de los peores días de su vida, Ellen, pero ha sido uno de mis días favoritos.

Y me siento muy mal por ello.

Hemos visto Buscando a Nemo, *y al llegar a la parte en la que Marlin se siente muy desanimado y Dory le dice: «Si la vida te derrota ¿qué hay que hacer? Nadaremos, nadaremos, en el mar, el mar, el mar...», Atlas me ha cogido de la mano.*

No como si fuéramos novios, sino como si fuéramos Marlin y Dory, y yo lo estuviera ayudando a nadar.

«Sigue nadando», le he susurrado.

Lily

Querida Ellen:

Estoy asustada. Muy asustada.

Me gusta mucho. Cuando estamos juntos, solo puedo pensar en él, y cuando estamos separados, me preocupo por él constantemente. Mi vida ha empezado a girar en torno a él, y eso no es bueno, ya lo sé. Pero no puedo evitarlo y no sé qué hacer, y, además, tal vez se vaya pronto.

Ayer se marchó cuando acabamos de ver Buscando a Nemo *y, más tarde, cuando mis padres se fueron a la cama, se coló por la ventana de mi cuarto. Había dormido en mi cama la noche antes porque estaba enfermo. Sé que no debí hacerlo, pero eché sus mantas a lavar justo antes de meterme en la cama. Cuando él me preguntó dónde estaban, le dije que tendría que volver a dormir conmigo, porque había lavado sus mantas para que no volviera a ponerse enfermo.*

Por unos momentos, me pareció que estaba a punto de volver a salir por la ventana, pero luego la cerró, se quitó los zapatos y se metió en la cama conmigo.

Ya no estaba enfermo, pero cuando se tumbó a mi lado, pensé que tal vez me lo había contagiado, porque noté el estómago revuelto. Pero no, no era ningún virus; el mareo me lo estaba causando su cercanía.

Estábamos uno frente al otro, y de pronto me preguntó:

—¿Cuándo cumples los dieciséis?

—Faltan dos meses —susurré. Permanecimos mirándonos a los ojos y mi corazón cada vez latía más deprisa—. Y ¿tú? ¿Cuándo cumples los diecinueve? —le pregunté por darle conversación, porque no quería que se diera cuenta de que tenía la respiración alterada.

—En octubre.

Asentí con la cabeza. Me pregunté por qué le interesaba tanto mi edad. ¿Le preocuparía que tuviera solo quince? ¿Me vería como a una niña pequeña? ¿Pensaría en mí como una hermanita? Ya casi tenía dieciséis. Dos años y medio de diferencia no es tanto. Tal vez cuando dos personas tienen quince y dieciocho parece mucho, pero estoy segura de que, en cuanto cumpla los dieciséis, a todos les parecerá una diferencia normal.

—Tengo que contarte algo —me dijo, y yo contuve el aliento, sin saber qué me iba a decir—. Hoy me he puesto en contacto con mi tío. Mi madre y yo vivimos con él un

tiempo en Boston. Me ha dicho que, cuando vuelva de su viaje de trabajo, puedo irme con él.

Debería haberme alegrado por él; haber sonreído y haberle felicitado, pero, con la inmadurez propia de mis años, he cerrado los ojos y me he compadecido de mí misma.

—¿Vas a ir?

Él se encogió de hombros.

—No lo sé. Quería hablarlo contigo primero.

Estábamos tan cerca que podía notar el calor de su aliento. También noté que olía a menta, lo que me hizo preguntarme si se cepillaba los dientes antes de venir a verme, con las botellas de agua que le doy. Cada día le doy botellas de agua.

Vi que asomaba una pluma en la almohada y tiré de ella. Cuando logré sacarla, le di vueltas entre mis dedos.

—No sé qué decir, Atlas. Me alegra que tengas un sitio donde vivir, pero ¿qué pasará con el instituto?

—Podría acabar el curso allí.

Asentí y tuve la sensación de que él ya había tomado una decisión.

—¿Cuándo te irás?

Me pregunté a qué distancia estaba Boston. Tal vez solo estuviera a unas cuantas horas por carretera, pero eso es muchísimo cuando no tienes coche.

—Todavía no sé seguro si me iré.

Dejé la pluma en la almohada y bajé la mano.

—¿Qué te lo impide? Tu tío te está ofreciendo un sitio donde vivir. Eso es bueno, ¿no?

Él frunció los labios y asintió. Luego cogió la pluma con la que yo había estado jugueteando y me imitó. Luego la dejó en la almohada e hizo algo que no esperaba: acercó los dedos a mis labios y los tocó.

Dios mío, Ellen. Pensé que me moría allí mismo. Nunca había tenido sensaciones tan intensas. Sin apartar los dedos de mis labios, me dijo:

—Gracias, Lily. Por todo.

Llevó los dedos hacia arriba y los enredó en mi pelo. Luego se inclinó hacia mí y me besó en la frente. Me costaba tanto respirar que tuve que abrir la boca para conseguir más aire. Vi que su pecho subía y bajaba con tanta dificultad como el mío. Vi también que sus ojos se quedaban clavados en mi boca.

—¿Te han besado alguna vez, Lily?

Yo negué con la cabeza y alcé la cara porque necesitaba que él cambiara esa circunstancia en ese mismo momento, o no iba a poder respirar nunca más.

Entonces, con tanta delicadeza como si yo fuera un jarrón de la porcelana más fina, acercó su boca a la mía y la dejó quieta allí. Yo no sabía qué debía hacer a continuación, pero me daba igual. Como si quería quedarse así toda la noche sin moverse, me valía. No necesitaba nada más.

Sus labios se cerraron con más fuerza sobre los míos y noté que le temblaba la mano. Imitándolo, empecé a mover los labios igual que él. Al notar que la punta de su lengua me acariciaba los labios, pensé que los ojos me iban a dar la vuelta dentro de las órbitas. Volvió a hacerlo, y luego otra vez, así que lo hice yo también. Cuando las lenguas entraron en contacto por primera vez, se me escapó una sonrisa, porque había pensado muchas veces en cómo sería mi primer beso, dónde sería y con quién. Pero nunca, ni por casualidad, me imaginé que sería así.

Él me empujó, tumbándome sobre la cama. Me apoyó la mano en la mejilla y siguió besándome. A medida que me iba sintiendo más cómoda, los besos eran cada vez mejores. Mi momento favorito fue cuando se apartó un momento, me miró a los ojos y volvió a besarme aún con más ganas.

No sé cuánto tiempo estuvimos así. Mucho. Tanto que empezó a dolerme la boca y me costaba mantener los ojos abiertos.

Cuando al fin nos dormimos, su boca seguía rozando la mía.

No volvimos a hablar de Boston.

Todavía no sé si se irá.

Lily

Querida Ellen:

Tengo que pedirte disculpas.

Hace una semana que no te escribo ni veo tu programa. No te preocupes. Lo grabo para que no pierdas audiencia, pero cada día, al bajar del autobús, Atlas se da una ducha rápida y luego nos lo montamos.

Cada día.

Es alucinante.

No sé qué me pasa con él, pero a su lado me siento comodísima. Es amable y considerado. Nunca hace nada si no me apetece, aunque reconozco que hasta ahora me ha apetecido todo lo que me ha hecho.

No sé hasta qué punto debería entrar en detalles, ya que tú y yo no nos conocemos en persona, pero te diré que, si Atlas se había preguntado alguna vez cómo eran mis pechos..., no hace falta que se lo siga preguntando.

Ya lo sabe.

No entiendo cómo la gente puede funcionar de manera

normal en su día a día cuando les gusta tanto alguien. Si de mí dependiera, estaríamos besándonos día y noche. No haríamos nada más; tal vez charlar un poco entre beso y beso. Me cuenta historias muy graciosas. Me gusta cuando está en modo charlatán porque usa mucho las manos. Por desgracia no pasa muy a menudo pero, cuando se pone así, sonríe mucho y su sonrisa me gusta aún más que sus besos. A veces le digo que se calle y deje de sonreír, de besarme o de hablar solo para poder contemplarlo con calma. Me gusta mirarlo a los ojos. Son tan azules que podría estar en la otra punta de una habitación y la persona que lo observa sabría que son azules. Es lo único que no me gusta de besarlo, que cuando me besa, cierra los ojos.

Y no. Todavía no hemos hablado de Boston.

Lily

Querida Ellen:

Ayer por la tarde, cuando volvíamos a casa en el autobús, Atlas me besó. Nada nuevo, ya que, a estas alturas, nos hemos besado un montón, pero fue la primera vez que lo hicimos en público. Cuando estamos juntos, nos olvidamos de todo lo demás, así que me imagino que él no pensó que nadie se daría cuenta, pero a Katie no le pasó por alto.

Estaba sentada en el asiento de atrás y dijo: «Qué asco», cuando él se inclinó hacia mí y me besó. Y luego volvió a decirle a la chica que estaba sentada a su lado: «No me puedo creer que Lily se deje tocar por él. Lleva la misma ropa casi todos los días».

Ellen, no te imaginas lo furiosa que me puse. Me dolió mucho, por Atlas. Él se apartó, obviamente dolido por su comentario. Estaba a punto de volverme y de pegarle cuatro gritos por juzgar a alguien que no conoce, pero él me tomó la mano y negó con la cabeza.

—No lo hagas, Lily —me pidió, así que no lo hice.

Pero, durante el resto del trayecto, seguí furiosa. Me enfurecía que Katie hiciera un comentario tan ignorante solo por herir a alguien a quien ella consideraba inferior. Y me dolió ver que Atlas parecía estar acostumbrado a este tipo de críticas.

No quería que pensara que me daba vergüenza que alguien nos hubiera visto besándonos. Conozco a Atlas mejor que nadie en el instituto y sé que es una buena persona; da igual la ropa que lleve o que oliera mal antes de que empezara a ducharse en mi casa.

Me acerqué a él para darle un beso en la mejilla antes de apoyar la cabeza en su hombro.

—¿Sabes qué? —le pregunté.

Él entrelazó los dedos con los míos y me apretó la mano.

—¿Qué?

—Eres mi persona favorita.

Lo oí reír un poco y eso me hizo sonreír.

—¿Entre cuántas?

—Entre todas.

Él me besó la coronilla y replicó:

—Tú también eres mi persona favorita, Lily. Con mucha diferencia.

Cuando el autobús se detuvo en mi calle, no me soltó la mano cuando nos levantamos. Iba delante de mí en el pasillo, así que no me vio cuando me di la vuelta y le hice una peineta a Katie.

Supongo que no debería haberlo hecho, pero, solo por ver la cara que puso, valió la pena.

Cuando llegamos a mi casa, me quitó la llave de la mano y abrió la puerta. Es un poco raro verlo moverse tan cómodamente por la casa. Entró y volvió a cerrar con llave. En ese momento nos dimos cuenta de que se había ido la luz. Miré por la ventana y vi un camión de la compañía eléctrica en la calle, trabajando en las líneas, así que nos despedimos de ver tu programa. No lo sentí demasiado porque eso significaba que podríamos montárnoslo durante una hora y media.

—¿El horno es de gas o eléctrico? —me preguntó.

—De gas —respondí, sin entender por qué sacaba el tema.

Se quitó los zapatos (unos zapatos viejos, que habían sido de mi padre) y se dirigió a la cocina.

—Voy a prepararte algo —me dijo.

—¿Sabes cocinar?

Él abrió la cocina y se puso a rebuscar.

—Sí. Probablemente me gusta tanto como a ti ver brotar cosas en tu huerto.

Tras sacar unas cuantas cosas de la nevera, precalentó el horno. Yo me apoyé en la encimera y lo observé trabajar. No consultó ninguna receta; se limitó a echar cosas en un bol y a mezclarlas sin tan siquiera usar medidor.

Nunca he visto a mi padre mover un dedo en la cocina. Estoy segura de que no sabría ni precalentar el horno. Había dado por hecho que casi todos los hombres serían como él, pero ver a Atlas en mi cocina me ha hecho cambiar de idea.

—¿Qué estás preparando? —le pregunté, apoyándome en la isleta e inclinándome sobre él para verlo.

—Galletas de chocolate —respondió—. Cookies.

Se acercó a mí, metió la cuchara en la masa y me la

acercó a la boca para que la probara. La masa de cookies es una de mis debilidades, y esta era la mejor que había probado en mi vida.

—¡Oh! ¡Guau! —exclamé, pasándome la lengua por los labios para no dejar ni una gota.

Él dejó el bol a mi lado y se inclinó para besarme. La masa de galletas y la boca de Atlas juntas tienen un sabor celestial, por si te lo estabas preguntando. Se me escapó un gemido que le hizo notar lo mucho que me gustaba la combinación. Él se echó a reír, pero no dejó de besarme. Siguió besándome a pesar de la risa y mi corazón se derritió por completo. Ver a Atlas feliz era alucinante y me hizo desear descubrir todas las cosas que le gustaban para poder dárselas.

Mientras me besaba, me pregunté si lo amaba. Nunca había tenido novio, y no sé con qué comparar lo que estoy sintiendo. De hecho, hasta que conocí a Atlas nunca había querido tener uno. Lo que veo en mi casa no es un gran ejemplo de cómo un hombre trata a la mujer que ama, por eso siempre he desconfiado de la gente en general y de las relaciones en particular.

He llegado a preguntarme si algún día seré capaz de fiarme de los hombres. En general, los odio porque me recuerdan a mi padre, pero pasar tiempo con Atlas me está haciendo cambiar. No mucho; sigo desconfiando de la mayoría de la gente, pero al menos he logrado creer que él es la excepción que confirma la regla.

Dejó de besarme y volvió a coger el bol. Se dirigió a otra encimera y echó la masa con la cuchara sobre dos hojas de papel de horno.

—¿Quieres que te cuente un truco sobre los hornos de gas? —me preguntó.

Hasta ese momento, nunca me había interesado la cocina, pero Atlas despertó mi curiosidad. De pronto sentí ganas de saber todo lo que pudiera enseñarme. Tal vez se debió a lo feliz que parecía cuando me hablaba de ello.

—Los hornos de gas no se calientan de manera homogénea —me explicó, mientras abría la portezuela y colocaba las galletas dentro—. Tienes que dar vueltas a los moldes para que el contenido se haga por todas partes por igual. —Cerró el horno, se quitó la manopla y la lanzó sobre la encimera—. Una piedra para pizza es muy útil. Aunque no hagas pizza, sirve para calentar el horno de manera homogénea.

Se acercó a mí y me acorraló contra la encimera. Sentí una descarga de electricidad mientras me bajaba el cuello de la camiseta para besar el punto de mi hombro que tanto le gusta. Te juro que a veces, estando sola, noto sus labios allí.

Estaba a punto de besarme en la boca cuando oímos que un coche se detenía ante la casa y que la puerta del garaje empezaba a abrirse. De un salto, bajé de la isleta mirando frenética a mi alrededor. Él me tomó la cara entre las manos y me dijo:

—Vigila las galletas. Estarán listas dentro de veinte minutos.

Me dio un último beso y me soltó. Fue corriendo al salón a buscar la cartera y salió por la puerta de atrás justo cuando mi padre apagaba el motor de su coche.

Estaba recogiendo los ingredientes cuando mi padre entró en la cocina desde el garaje. Miró a su alrededor y vio que el horno estaba encendido.

—¿Estás cocinando? —me preguntó.

Le respondí asintiendo con la cabeza, porque tenía mie-

do de que, si respondía en voz alta, se diera cuenta de que estaba temblando como una hoja. Fregué un trozo de encimera que estaba limpio y finalmente me aclaré la garganta y dije:

—Estoy haciendo galletas. Cookies.

Él dejó el maletín en la mesa de la cocina y se acercó a la nevera a por una cerveza.

—Se fue la luz un rato —seguí diciendo— y estaba tan aburrida que decidí hornear algo mientras volvía.

Mi padre se sentó a la mesa de la cocina y se pasó los siguientes diez minutos haciéndome preguntas sobre el instituto y sobre mis planes para la universidad. A veces, cuando estábamos los dos solos, vislumbraba lo que debería ser una relación normal entre un padre y una hija. Aunque casi siempre lo odiaba, echaba de menos vivir momentos como aquel, sentados a la mesa de la cocina, charlando sobre el cole o sobre posibles carreras que elegir. Si lograra comportarse siempre así, la vida sería muy distinta; mucho más sencilla para todos.

Le di la vuelta a la bandeja de galletas como Atlas me había dicho que hiciera y cuando estuvieron listas las saqué del horno. Elegí una y se la di a mi padre, aunque me sentí mal al hacerlo. Tuve la sensación de estar malgastando una de las galletas de Atlas.

—Guau. Están buenísimas, Lily —dijo mi padre.

Le di las gracias, aunque me salió forzado, porque yo no las había hecho, pero no podía decírselo.

—Son para el cole, así que solo puedes comerte una —mentí.

Esperé a que se enfriaran antes de meterlas en un táper y me las llevé a la habitación. No quise probarlas sin Atlas, así que aguardé hasta que volvió por la noche.

—Deberías haberte comido una mientras estaban calientes —me dijo—. Es cuando están mejor.

—No quería comérmelas sin ti —reconocí.

Nos sentamos en la cama, con las espaldas apoyadas en la pared, y nos comimos la mitad. Le dije que estaban deliciosas, pero tenía que haberle dicho que eran las mejores que había probado en toda mi vida. No lo hice porque no quería que se le subiera a la cabeza. Me gustaba tal como era, humilde.

Traté de coger otra, pero él me quitó el táper y le puso la tapa.

—Si comes demasiadas, te sentarán mal y no querrás volver a probar mis galletas nunca más.

Me eché a reír.

—Imposible.

Él bebió un poco de agua y se puso de pie, frente a mí.

—He hecho algo para ti —dijo, metiéndose la mano en el bolsillo.

—¿Más galletas? —bromeé.

Sacudió la cabeza, sonriendo, y me mostró el puño. Yo alcé la mano y él dejo caer algo duro sobre mi palma. Era la silueta de un corazón tallado en madera, pequeño, de unos tres centímetros de largo.

Lo acaricié con el pulgar, tratando de no sonreír como una boba. El corazón no era anatómicamente correcto, pero tampoco era una silueta simple, como la de los corazones dibujados. Era irregular y hueco en el centro.

—¿Lo has hecho tú? —le pregunté, alzando la cara un momento.

Él asintió con la cabeza.

—Lo tallé con un viejo cuchillo que encontré en la casa.

Los extremos del corazón no estaban conectados. Se curvaban un poco hacia dentro, dejando algo de espacio sobre el corazón. No sabía qué decir. Noté que él volvía a sentarse en la cama, pero no pude apartar los ojos del corazón, ni siquiera para darle las gracias.

—Lo tallé de una rama del roble de tu jardín —me dijo, susurrando.

Te juro, Ellen, que nunca pensé que pudiera amar algo con tanta intensidad. O tal vez el amor que estaba sintiendo no era por el regalo, sino por él. Apreté el puño con fuerza y me lancé a besarlo con tanta fuerza que lo derribé sobre la cama. Pasándole la pierna por encima, quedé montada sobre él. Atlas me agarró de la cintura y sonrió, con la boca pegada a mis labios.

—Voy a tallarte una casa entera si me lo recompensas así —susurró.

Me eché a reír.

—Tienes que dejar de ser tan perfecto —protesté—. Ya eres mi persona favorita, pero estás siendo muy injusto con el resto de la humanidad, porque nadie podrá nunca estar a tu altura.

Sujetándome por la nuca, me hizo girar hasta que quedé tumbada en la cama con él encima.

—Entonces, mi plan está funcionando —replicó, antes de besarme otra vez.

Mientras nos besábamos, yo sostenía con fuerza el corazón. Quería creer que era un regalo que me había hecho porque sí, pero en parte me daba miedo que fuera un regalo de despedida, para que no me olvide de él cuando se vaya a Boston.

No quiero tener que recordarlo. Si tengo que recordarlo, significará que ya no forma parte de mi vida.

No quiero que se vaya a Boston, Ellen. Sé que es muy egoísta por mi parte; sé que no puede seguir viviendo en esa casa, lo sé.

No sé qué me da más miedo: que se marche, o ser egoísta y rogarle que se quede.

Sé que tenemos que hablar del asunto. Esta noche, cuando venga a casa, sacaré el tema de Boston. Anoche no quise hablar de ello porque fue un día perfecto.

Lily

Querida Ellen:

Sigue nadando. Sigue nadando.

Se va a Boston.

No tengo ganas de hablar de ello.

Lily

Querida Ellen:

A mi madre le va a costar disimular las marcas esta vez.

Mi padre es un experto en el tema. Sabe dónde pegar para no dejar moratones a la vista. No le interesa que la gente se entere de lo que le hace. Le he visto darle patadas, estrangularla, golpearla en la espalda y en el estómago, tirarle del pelo.

Las pocas veces que le ha dado en la cara, han sido bofetadas, por lo que las marcas duran poco rato.

Pero nunca le había visto hacer lo que le hizo anoche.

Era tarde cuando llegaron a casa. Era fin de semana y mi madre lo acompañó a un acto social. Mi padre tiene una empresa inmobiliaria, además de ser el alcalde de la ciudad, por lo que acuden a muchos actos públicos como cenas benéficas, lo que es francamente irónico porque mi padre odia las organizaciones benéficas. Supongo que va por guardar las apariencias.

Cuando llegaron a casa, Atlas y yo estábamos en mi cuarto. Los oí discutir en cuanto cruzaron la puerta. No entendí todo lo que decían, pero me pareció que mi padre la acusaba de haber estado coqueteando con otro hombre.

Conozco a mi madre, Ellen, y sé que ella nunca haría algo así. Es más probable que el tipo la mirara y eso despertó los celos de mi padre. Mi madre es una mujer muy guapa.

Oí que la llamaba puta y justo después llegó el primer golpe. Quise bajar de la cama, pero Atlas lo impidió y me dijo que no saliera, que podría hacerme daño a mí. Le dije que a veces funciona; que cuando me ve, mi padre se marcha. Atlas siguió tratando de evitarlo, pero al final me levanté y fui al salón.

Ellen.

Yo...

Estaba sobre ella.

Estaban en el sofá y con una mano la estaba estrangulando, pero con la otra le estaba levantando el vestido. Mi madre trataba de defenderse y yo permanecí inmóvil, paralizada. Mi madre le rogó que la soltara, pero él le cruzó la cara de una bofetada y le dijo que se callara. Nunca olvidaré sus palabras. Le dijo:

—¿Quieres llamar la atención? Yo te voy a dar la atención que buscas, puta.

Mi madre se quedó quieta y dejó de resistirse. Estaba llorando y la oí decir:

—Por favor, cállate. Lily está en casa.

Dijo: «Por favor, cállate».

Por favor, cállate mientras me violas, cariño.

Ellen, no sabía que un ser humano era capaz de sentir tanto odio en su corazón. Y no, no estoy hablando de mi padre. Estoy hablando de mí.

Fui directa a la cocina y abrí un cajón. Cogí el cuchillo más grande que encontré y... No sé cómo explicarlo. Fue como si no estuviera en mi cuerpo y lo viera todo desde fuera. Me vi caminando por la cocina con el cuchillo en la mano, sabiendo que no iba a usarlo, pero necesitaba algo que pudiera impresionarlo. Sin embargo, antes de salir de la cocina, unos brazos me rodearon la cintura y tiraron de mí hacia atrás. Solté el cuchillo. Mi padre no lo oyó, pero mi madre sí. Nuestras miradas se cruzaron mientras Atlas tiraba de mí y volvía a meterme en la habitación. Una vez dentro, empecé a darle golpes en el pecho porque quería volver para ayudar a mi madre. Lloraba y luchaba para librarme de él, pero Atlas no me soltaba.

Me rodeó con sus brazos y me dijo:

—Lily, cálmate.

Lo repitió una y otra vez durante mucho rato, hasta que asumí que no pensaba dejarme volver al salón y que no iba a permitir que usara el cuchillo.

Él cogió su anorak y se puso los zapatos.

—Vamos a la casa de al lado —dijo—. Llamaremos a la policía.

La policía.

Mi madre me había advertido que no debía llamar a la policía. Me dijo que pondría en jaque la carrera de mi padre. Francamente, en esos momentos, la carrera de mi padre me importaba bien poco. Me daba igual que fuera el alcalde o que la gente descubriera su lado oscuro. Lo único que me importaba era ayudar a mi madre.

Por eso yo también me puse el anorak y saqué unos zapatos del armario. Al cerrarlo, vi que Atlas tenía la vista fija en la puerta del dormitorio.

Se estaba abriendo.

Mi madre entró y cerró rápidamente con llave. Nunca olvidaré su aspecto. Le sangraba el labio, se le estaba hinchando un ojo y tenía un mechón de pelo arrancado en el hombro. Miró a Atlas y después a mí.

Ni siquiera me preocupó que pudiera reñirme por estar a solas con un chico en mi habitación. Eso me daba igual; solo me preocupaba ella. Me acerqué, le tomé las manos y la acompañé a la cama, para que se sentara. Le aparté el pelo del hombro y luego de la frente.

—Va a llamar a la policía, mamá. ¿Vale?

Ella abrió mucho los ojos y sacudió la cabeza.

—No. —Volviéndose hacia Atlas, insistió—: No, no puedes.

Él estaba ya en la ventana, a punto de irse, pero se detuvo y me miró.

—Está borracho, Lily. Te oyó cerrar la puerta y se ha ido a la cama. Ha parado, Lily. Si llamas a la policía, será peor; créeme. Deja que duerma la mona, mañana será todo más fácil.

Yo negué con la cabeza mientras los ojos se me llenaban de lágrimas.

—¡Mamá, estaba a punto de violarte!

Ella agachó la cabeza, haciendo una mueca. Negando con la cabeza sin cesar, dijo:

—No, Lily. No es verdad. Estamos casados y a veces el matrimonio es... Eres demasiado joven para entenderlo.

Permanecí unos instantes en silencio, pero finalmente no pude más y solté:

—Pues espero no entenderlo nunca, joder.

En ese momento, empezó a llorar en serio. Se sostuvo la cabeza entre las manos y soltó grandes sollozos, mientras yo la abrazaba y lloraba con ella. Nunca la había visto tan disgustada. O dolida. O asustada. Me rompió el corazón, Ellen.

Me destrozó verla así.

Cuando dejó de llorar, miré a mi alrededor. Atlas no estaba. Volvimos a la cocina y la ayudé a lavarse el labio y el ojo. No mencionamos la presencia de Atlas en ningún momento. Pensaba que en cualquier momento iba a decir que estaba castigada, pero no lo hizo. Al principio me extrañó, pero luego me di cuenta de que así es como mi madre reacciona ante las cosas que no le gustan. Las barre y las esconde debajo de la alfombra, y nunca vuelve a mencionarlas.

Lily

Querida Ellen:

Creo que ya estoy preparada para hablar sobre Boston.

Se ha ido hoy.

He barajado las cartas tantas veces que me duelen las manos.

Tengo miedo de volverme loca si no pongo por escrito cómo me siento.

La última noche no fue demasiado bien. Al principio, nos besamos mucho, pero estábamos demasiado tristes para disfrutarlo. Por segunda vez en dos días me dijo que había cambiado de idea y que no pensaba irse. No quería dejarme sola en mi casa, pero repuse que llevaba viviendo con mis padres casi dieciséis años y que era tonto renun-

ciar a una casa y seguir siendo un sin techo por no dejarme sola. Eso no quiere decir que no me doliera.

Traté de no dejarme arrastrar por la pena, así que, mientras estábamos tumbados en la cama, le pedí que me hablara de Boston. Le dije que, tal vez algún día, cuando acabaran las clases, podría ir a visitarlo.

Cuando empezó a hablar de la ciudad, puso una expresión que no le había visto nunca, como si estuviera hablando del paraíso. Me contó que allí todo el mundo tiene un acento genial, que muchas veces no pronuncian la erre final, que la hacen muda. Él también la pronuncia así a veces, pero supongo que no se da cuenta. Me contó también que vivió allí desde los nueve hasta los catorce años; supongo que fue entonces cuando pilló el acento.

Y luego me contó que su tío vive en un bloque de pisos con una azotea chulísima.

—Muchos bloques de pisos tienen azoteas; algunas hasta con piscina.

En Plethora, Maine, dudo que haya un solo edificio lo bastante alto para poder tener azotea. Me pregunté cómo debía ser estar a tanta altura. Le pregunté si había ido alguna vez y me dijo que sí, que a veces subía a pensar mientras contemplaba la ciudad desde lo alto.

Y me habló de la comida. Ya sabía que le gustaba cocinar, pero lo que no sabía era la pasión que le despertaba la cocina. Supongo que nunca hablamos sobre ello, porque no tenía una cocina a su alcance y lo único que me preparó fueron las galletas.

Me habló del puerto y de cómo, antes de que su madre volviera a casarse, lo llevaba a veces a pescar allí.

—En realidad, Boston no es distinta de cualquier otra

gran ciudad, supongo —dijo—. No es que destaque por nada en especial... No sé. Tiene algo, buenas vibraciones, buena energía. Cuando la gente dice que vive en Boston, se nota que se sienten orgullosos de su ciudad. A veces echo de menos esa sensación.

Le acaricié el pelo y repliqué:

—Bueno, oyéndote hablar, parece que sea la mejor ciudad del mundo. Como si todo fuera mejor en Boston.

Él me dirigió una mirada triste al decir:

—Casi todo es mejor en Boston, menos las chicas, porque tú no estás allí.

Sus palabras me hicieron ruborizarme. Me dio un beso muy dulce y, al acabar, le dije:

—Yo no estoy allí todavía. Algún día me mudaré y te encontraré.

Me pidió que se lo prometiera y me dijo que, si yo me mudaba a Boston, realmente todo sería mejor allí y estaríamos en la mejor ciudad del mundo.

Nos besamos un rato más e hicimos otras cosas que no te cuento porque no quiero aburrirte. Aunque no quiero decir que fueran aburridas.

No lo fueron.

Pero esta mañana he tenido que decirle adiós. Me ha abrazado y me ha besado durante tanto rato que pensaba que me moriría si me soltaba. Pero no me he muerto, porque me ha soltado y aquí sigo. Sigo viva. Sigo respirando.

Pero me cuesta.

Lily

Vuelvo la página, pero, al ver lo que hay, cierro el diario bruscamente. Solo queda una entrada, pero no me siento preparada para leerla ahora mismo. No sé si llegaré a estarlo nunca. Guardo el diario en el armario, convencida de que mi historia con Atlas ha llegado a su fin. Ahora él es feliz.

Y yo soy feliz.

Está claro que el tiempo cura todas las heridas.

O casi todas.

Apago la lámpara y, cuando cojo el móvil para ponerlo a cargar, veo que tengo dos mensajes de Ryle y uno de mi madre.

> Ryle: Eo. Se avecina una pura verdad
> dentro de tres..., dos...

> Ryle: Tenía miedo de que estar en una relación fuera una carga añadida a mis responsabilidades, por eso las he evitado toda la vida. Ya tengo bastante tensión en mi vida y, viendo el estrés que el matrimonio de mis padres parecía causarles y los fracasos en los matrimonios de algunos de mis amigos, no quería pasar por lo mismo. Pero después de esta noche me he dado cuenta de que probablemente es la gente la que lo está haciendo mal, porque lo que hay entre nosotros no me parece una responsabilidad, sino una recompensa. Y me voy a dormir preguntándome qué he hecho para merecerla.

Abrazo el móvil y sonrío. Luego hago una captura de pantalla porque pienso guardar ese mensaje para siempre y finalmente abro el mensaje de mi madre.

Mamá: ¿Un médico, Lily? Y ¿tienes tu
propio negocio? Cuando sea mayor
quiero ser como tú.

Sí, hago una captura de pantalla de este mensaje también.

12

—¿Qué les estás haciendo a esas pobres flores? —pregunta Allysa, a mi espalda.

Cierro otra arandela plateada y la deslizo sobre el tallo del ramo.

—*Steampunk* —respondo.

Damos un paso atrás para admirar el resultado. Al menos espero que ella esté mirando con admiración. Ha quedado mejor de lo que me esperaba. He sumergido algunas rosas blancas en tinte especial de floristería para volverlas de color lila intenso y he usado elementos de decoración de estética *steampunk* como pequeñas arandelas y engranajes y lo he rematado pegando un pequeño reloj de bolsillo a la tira de cuero que ata el ramo.

—*¿Steampunk?*

—Está muy de moda. Es un subgénero literario, pero ha saltado a otras áreas: la música, el arte... —Me doy la vuelta, con una sonrisa en la cara—. Y ahora también la floristería.

Allysa me quita el ramo y lo sostiene en alto.

—Es... tan raro. Me gusta muchísimo. —Abraza el ramo—. ¿Puedo quedármelo?

Vuelvo a apoderarme del ramo.

—No, forma parte de la decoración para celebrar que hemos superado el periodo de prueba. No está a la venta.

Cojo el jarrón que acabé de preparar ayer. La semana pasada encontré en un mercadillo un par de botas antiguas, de mujer, de las que se atan con botones. Tienen estética *steampunk* y de ahí saqué la inspiración para el ramo. Lavé las botas, las sequé bien y luego las adorné con accesorios de metal. Las barnicé y puse jarrones estrechos dentro de las botas para colocar las flores.

—¿Allysa? —La llamo mientras coloco las flores en el mostrador central—. Estoy casi segura de que he nacido para esto.

—¿Para el *steampunk*?

—¡Para crear! —respondo, riendo, y voy a darle la vuelta al cartel de CERRADO, aunque aún faltan quince minutos para la hora de abrir.

Pasamos el día más atareadas de lo que pensábamos. Entre los encargos que nos llegan por teléfono, los pedidos por internet y los clientes que entran en la tienda, ni siquiera nos da tiempo a parar para comer.

—Necesitas más empleados —dice Allysa, al pasar por mi lado con un ramo en cada mano, a la una de la tarde—. Necesitas más empleados —repite a las dos, con el teléfono en la oreja y anotando algo con una mano mientras le cobra a una clienta con la otra.

Cuando Marshall se deja caer por la tienda a las tres y pregunta qué tal va la cosa, Allysa dice:

—Necesita más empleados.

Ayudo a una clienta a cargar un ramo en su coche a las cuatro. Al entrar, me cruzo con Allysa, que está saliendo con otro ramo.

—Necesitas más empleados —me dice exasperada.

A las seis en punto, cierra la puerta y le da la vuelta al cartel. Se apoya en la puerta y se deja caer hasta quedar sentada en el suelo. Desde allí, alza la mirada hasta encontrarse con la mía.

—Lo sé —le digo—. Necesito más empleados.

Ella asiente en silencio y nos echamos a reír. Me acerco y me siento a su lado. Inclinamos las cabezas hasta unirlas y contemplamos la tienda. El ramo *steampunk* sigue en el centro, presidiendo el espacio. Aunque me he negado a vender este ramo en concreto, hemos tenido ocho encargos de otros parecidos.

—Estoy orgullosa de ti, Lily —me dice.

—No habría podido hacerlo sin ti, Issa —admito, sonriendo.

Nos quedamos sentadas allí varios minutos, disfrutando al fin del descanso que nuestros pies se han ganado. Francamente, ha sido uno de los mejores días de mi vida, pero no me quito de encima una cierta pena, porque Ryle no se ha pasado por la tienda en ningún momento, y tampoco me ha enviado ningún mensaje.

—¿Sabes algo de tu hermano? —le pregunto.

Ella niega con la cabeza.

—No, seguro que está muy ocupado.

Le doy la razón, asintiendo con la cabeza. Sé que lo está.

Las dos alzamos la cabeza a la vez cuando oímos que alguien llama a la puerta. Sonrío cuando veo que es él. Se ha rodeado los ojos con las manos y nos busca por toda la tienda. Cuando al fin baja la vista, nos ve sentadas en el suelo.

—Hablando del rey de Roma —comenta Allysa.

Me levanto de un salto y le abro la puerta. En cuanto ve el hueco, se cuela dentro, empujando.

—¿Me he perdido el primer día oficial? Sí, ya veo. Me lo he perdido. —Me abraza—. Lo siento, he venido lo antes posible.

Yo le devuelvo el abrazo.

—No pasa nada. Estás aquí y todo ha ido genial. Es perfecto. —Me hace muy feliz que haya podido venir, aunque sea tarde.

—Tú eres perfecta —replica, besándome.

—Tú eres perfecta —lo imita Allysa, pasando a nuestro lado—. Eh, Ryle. ¿Sabes qué?

Él le suelta.

—¿Qué?

Ella coge la papelera y la deja sobre el mostrador.

—Lily necesita más empleados.

Su insistencia me hace reír. Ryle me aprieta la mano y dice:

—Parece que el negocio funciona.

Me encojo de hombros.

—No me quejo. Quiero decir..., ya sé que no soy neurocirujana, pero soy buena en lo mío.

Ryle se echa a reír.

—¿Necesitáis que os eche una mano?

Allysa y yo no se lo hacemos repetir. Le damos trabajo y entre los tres recogemos el local tras la brillante jornada inaugural y lo dejamos todo listo para mañana. Marshall llega cuando estamos acabando. Lleva una bolsa que deja sobre el mostrador y empieza a sacar bultos de ropa, que nos lanza a los tres. Cojo el mío y lo despliego. Es un pijama de una pieza... ¡con estampado de gatitos!

—Hay partido de los Bruins. ¡Cerveza gratis, equipo! ¡Todo el mundo a cambiarse!

Allysa gruñe y protesta:

—Marshall, has ganado seis millones de dólares este año. ¿En serio necesitamos cerveza gratis?

Él le apoya un dedo en los labios para hacerla callar.

—No hables como una niña rica, Issa. ¡Blasfemia!

Allysa se ríe y él le quita el pijama de las manos. Desabrocha la cremallera y la ayuda a ponérselo. Cuando los cuatro estamos pertrechados, cerramos la puerta y nos vamos al bar.

Nunca había visto a tantos hombres en pijama de una pieza. Allysa y yo somos las únicas mujeres que lo llevamos, pero no estoy a disgusto. El local es muy ruidoso; tanto que cada vez que los Bruins hacen una buena jugada, Allysa y yo tenemos que taparnos los oídos.

Una media hora más tarde, se queda libre una mesa en la primera planta y todos corremos a por ella.

—Mucho mejor así —dice Allysa, mientras nos sentamos en los bancos corridos. Sigue habiendo mucho ruido, pero bastante menos que abajo.

Una camarera viene a atendernos. Yo pido vino tinto y, al oírme, Marshall pega un brinco en el asiento.

—¿Cómo que vino? —grita—. ¡Llevas pijama! No te traerán vino gratis. ¡Tienes que pedir cerveza!

Le dice a la camarera que me traiga cerveza, pero Ryle le dice que prefiero vino. Allysa quiere agua, lo que hace que Marshall se altere aún más. Le pide a la camarera que traiga cuatro cervezas, pero Ryle pone fin a la discusión diciendo:

—Dos cervezas, un vino tinto y un agua.

La camarera se aleja bastante confusa.

Marshall pasa un brazo por los hombros de Allysa y la besa.

—¿Cómo se supone que voy a dejarte embarazada esta noche si no te emborracho ni un poquito?

A Allysa le cambia la cara y me siento mal por ella. Sé que Marshall lo ha dicho en broma, pero seguro que ha tenido que dolerle. Solo hace unos días, me confesaba lo triste que se siente por no poder tener hijos.

—No puedo tomar cerveza, Marshall.

—Pues al menos toma vino. Te gusto más cuando estás achispada.

Él se ríe de su propio comentario, pero Allysa no.

—Tampoco puedo tomar vino. Ningún tipo de alcohol, de hecho.

Marshall deja de reír de golpe.

A mí me da un vuelco el corazón.

Marshall se vuelve hacia ella y la agarra por los hombros.

—¿Allysa?

Ella asiente y no sé quién se echa a llorar primero, si ella, Marshall o yo.

—¿Voy a ser padre?

Allysa no ha dejado de asentir y yo sigo llorando como una idiota. Marshall se pone de pie en el banco y grita:

—¡Voy a ser padre!

No soy capaz de describir el momento. Un adulto vestido con pijama de una pieza, de pie en el banco de un bar, gritando a todo pulmón a quien quiera escucharlo que va a ser padre.

Levanta a Allysa y ahora están los dos de pie sobre el banco. La besa y es lo más bonito que he visto nunca.

Hasta que me vuelvo hacia Ryle y lo pillo mordiéndose el labio inferior como si estuviera reprimiendo las lágrimas. Me mira y, cuando ve que lo estoy observando, aparta la vista.

—Cállate —me advierte—. Es mi hermana.

Sonriendo, me inclino hacia él y le doy un beso en la mejilla.

—Enhorabuena, tío Ryle.

Cuando los futuros padres dejan de besuquearse sobre el banco, Ryle y yo nos levantamos y los felicitamos. Allysa dice que llevaba unos días algo mareada, pero que no se hizo el test hasta esa misma mañana, justo antes de la apertura oficial de la tienda. Pensaba esperar hasta llegar a casa para contárselo a Marshall a solas, pero no había podido aguantar más.

Cuando nos traen las bebidas, pedimos la comida. Mientras la camarera se aleja, le pregunto a Marshall:

—¿Cómo os conocisteis?

Pero él escurre el bulto.

—Allysa lo cuenta mejor que yo.

Ella se echa hacia delante, con los ojos brillantes.

—Lo odiaba —admite—. Era el mejor amigo de Ryle y siempre andaba por casa. Me parecía de lo más molesto. Acababa de mudarse a Ohio y no soportaba su acento de Boston. Él estaba seguro de que su acento era lo más de lo más, pero a mí me venían ganas de darle una bofetada cada vez que abría la boca.

—Es un amor —la interrumpe Marshall, con una mueca irónica.

—Y tú eras un idiota. —Allysa pone los ojos en blanco—. En fin. El caso es que un día Ryle y yo invitamos a unos amigos a casa. Nada exagerado, pero mis padres estaban fuera de la ciudad y aprovechamos para montar algo improvisado.

—Éramos treinta —puntualiza Ryle—. Era una fiesta en toda regla.

—Vale, pues una fiesta —sigue diciendo Allysa—. Entré en la cocina y me encontré a Marshall empotrando a una fresca.

—No era una fresca; era una buena chica. Sabía a Cheetos, pero... —Él se calla cuando Allysa lo fulmina con la mirada.

Ella se vuelve hacia mí antes de seguir hablando.

—Perdí los papeles —admite—. Me puse a gritar como una loca, diciéndole que se llevara a sus putas a su casa. La chica se asustó tanto que salió corriendo y no volvió nunca más.

—Me jodiste el plan —dice Marshall, y Allysa le da un puñetazo en el hombro.

—Por supuesto. Y, después de joderle el plan, me fui corriendo a mi habitación, muerta de vergüenza. Fue un ataque de celos, pero, en aquel momento, yo ni siquiera sabía que él me gustaba. No me di cuenta hasta que lo vi con las manos en el culo de otra. Me eché sobre la cama y me puse a llorar. Poco después, él entró y me preguntó si estaba bien. Yo me di la vuelta y grité:

—¡Me gustas, inútil cara de culo!

—Y el resto es historia —concluye Marshall.

No puedo aguantarme la risa.

—Inútil cara de culo. Adorable.

Ryle levanta la mano.

—Te has dejado lo mejor.

Allysa se encoge de hombros.

—Ya, bueno. Marshall se acercó a mí, me levantó de la cama, me besó con la misma boca con la que había estado besando a la fresca y seguimos montándonoslo durante una media hora. Ryle entró y, al vernos, se puso a gritarle a Marshall, pero este lo sacó de la habitación a empujones, echó el pestillo y nos los seguimos montando una hora más.

Ryle sacude la cabeza.

—Traicionado por mi mejor amigo.

Marshall atrae a Allysa hacia él.

—Me gusta, inútil cara de culo.

Me echo a reír una vez más, pero Ryle me mira muy serio.

—Estaba tan furioso que no le dirigí la palabra durante un mes, pero lo acabé superando. Nosotros teníamos dieciocho; ella, diecisiete. No podía hacer gran cosa para impedirlo.

—Guau, a veces se me olvida el poco tiempo que os lleváis.

Allysa sonríe y comenta:

—Tres hijos en tres años, me sabe mal por mis padres.

De pronto se hace el silencio en la mesa y veo que Allysa le dirige a Ryle una mirada de disculpa.

—¿Tres? —les pregunto—. ¿Tenéis otro hermano?

Ryle se sienta con la espalda muy erguida y da un trago a su cerveza. La deja en la mesa y responde:

—Teníamos un hermano mayor. Murió cuando éramos niños.

Una noche fantástica estropeada por una simple pregunta. Por suerte, Marshall cambia de tema con maestría y me paso el resto de la noche escuchando anécdotas sobre su infancia y su juventud. Creo que nunca me había reído tanto como esta noche.

Cuando acaba el partido, volvemos andando a la floristería,

donde tenemos aparcados los coches. Ryle dice que ha cogido un Uber antes, y que irá conmigo. Antes de que Marshall y Allysa se marchen, les digo que esperen un momento. Entro en la tienda, cojo el ramo *steampunk* y se lo llevo al coche. A ella se le ilumina la cara.

—Me alegro de que estés embarazada, pero no te las regalo por eso. Te las regalo porque quiero que las tengas, porque eres mi mejor amiga.

Allysa me abraza y me dice al oído:

—Espero que os caséis algún día, porque seremos las mejores hermanas.

Entra en el coche y los observo mientras se alejan, pensando que es la primera vez en mi vida que tengo una amiga como ella. Tal vez se deba al vino, no sé, pero me encanta el día de hoy. Todo. Sobre todo, me gusta ver a Ryle apoyado en mi coche, observándome.

—Estás realmente preciosa cuando eres feliz —me dice.

¡Ah! ¡Es un día perfecto!

Estamos subiendo la escalera que lleva a mi piso cuando Ryle me agarra por la cintura, me empotra contra la pared y empieza a besarme, allí mismo.

—Impaciente —murmuro.

Él ríe, agarrándome el culo con las dos manos.

—No es culpa mía. Es el pijama de una pieza. Creo que deberías plantearte convertirlo en tu uniforme de trabajo.

Vuelve a besarme y no para hasta que alguien que baja pasa a nuestro lado.

—Bonitos pijamas —murmura el tipo—. ¿Han ganado los Bruins?

—Sí, tres a uno —responde Ryle, sin levantar la cabeza.

—Bien —replica el tipo.

Cuando se aleja, me aparto de Ryle.

—¿Qué pasa con los pijamas? ¿Es que todos los hombres de Boston saben de qué va esto?

Ryle responde, riendo.

—Cerveza gratis, Lily. Estamos hablando de cerveza gratis.

Tira de mí escaleras arriba y cuando entramos en casa nos encontramos a Lucy, que está precintando una caja con sus cosas en la mesa de la cocina. Hay otra caja sin cerrar y juraría que veo asomar un bol que compré yo. Me dijo que acabaría de llevarse sus cosas la semana que viene, pero sospecho que también va a llevarse algunas de las mías.

—¿Quién eres? —le pregunta a Ryle, examinándolo de arriba abajo.

—Ryle Kincaid. El novio de Lily.

«El novio de Lily.»

¿Lo has oído?

«Novio.»

Es la primera vez que lo confirma y no me esperaba que lo dijera así, como si fuera lo más natural del mundo.

—Así que mi novio, ¿eh? —Entro en la cocina y cojo una botella de vino y dos copas.

Ryle se acerca por detrás mientras sirvo el vino y me abraza por la cintura.

—Pues sí, tu novio.

Le doy una copa.

—¿Eso quiere decir que soy oficialmente una novia?

Él alza su copa y brinda conmigo.

—Por el final del periodo de prueba y el inicio de las certezas.

Ambos sonreímos mientras nos llevamos el vino a la boca.

Lucy coloca una caja encima de la otra y se dirige a la entrada.

—Justo a tiempo, me voy —comenta a modo de despedida.

Cuando cierra la puerta, Ryle alza una ceja.

—Me parece que no le caigo bien a tu compañera de piso.

—No creas; yo también pensaba que no le caía bien, y ayer me pidió que fuera dama de honor en su boda. Aunque creo que espera que le salgan las flores gratis. Es una oportunista.

Ryle se apoya en la nevera, riendo, y se fija en un imán donde pone BOSTON. Lo coge, alzando una ceja.

—Nunca vas a salir del purgatorio de Boston si tienes souvenirs de la ciudad en la nevera.

Me gusta que se acuerde de lo que hablamos la noche en que nos conocimos. Riendo, le quito el imán y vuelvo a pegarlo en la nevera.

—Es un regalo, así que no cuenta como souvenir.

Se acerca a mí, me quita la copa y la deja, junto a la suya, en la encimera. Inclinándose sobre mí me da un beso profundo, apasionado y un poco achispado. Me encanta notar el punto ácido y afrutado del vino en su lengua. Levanta las manos buscando la cremallera del pijama.

—Esta ropa sobra —dice, llevándome hacia la cama y sin dejar de besarme mientras los dos nos peleamos con la ropa.

Cuando llegamos al dormitorio, solo me quedan puestos la braga y el sujetador.

Me empuja contra la puerta y contengo el aliento porque me pilla de sorpresa.

—No te muevas —me dice.

Me besa en el pecho y desde allí desciende lentamente por mi cuerpo.

«Dios mío. No me creo que el día todavía pueda mejorar.»

Le hundo las manos en el pelo, pero él me atrapa las muñecas y las presiona contra la puerta. Vuelve a ascender a besos por mi cuerpo mientras mantiene las muñecas firmemente sujetas.

—Te he dicho que no te movieras.

Trato de no sonreír, pero no es fácil. Vuelve a descender por mi cuerpo y esta vez me baja las bragas lentamente hasta los tobillos. Como me ha dicho que no me mueva, no me libro de ellas de una patada.

Su boca asciende de nuevo, muslo arriba, hasta que...

Sí.

El mejor...

Día...

De mi vida.

13

Ryle: ¿Estás en casa o sigues en el trabajo?

Yo: Trabajo. Me queda una hora más o menos.

Ryle: ¿Puedo ir a verte?

Yo: ¿Has oído eso de que no existen las preguntas tontas? Pues se equivocan. Acabas de hacer una pregunta tonta.

Ryle: 😊

Treinta minutos más tarde, llama a la puerta de la floristería. Cerré al público hace casi tres horas, pero sigo aquí, tratando de poner orden en el caos de este primer mes. Todavía es pronto para hacer una proyección ajustada del negocio. Algunos días son fantásticos; otros hay tan poco movimiento que acabo enviando a Allysa a casa; pero, en general, estoy contenta de cómo van las cosas.

También lo estoy de cómo van las cosas con Ryle.

Abro la puerta para que entre.

Vuelve a ir vestido con pijama de quirófano, de color azul

claro, y lleva el estetoscopio colgado al cuello. Recién salido del hospital, me encanta. Reconozco que, cada vez que lo veo llegar de una guardia, no puedo disimular una sonrisa bobalicona. Le doy un beso rápido y vuelvo a mi despacho.

—He de acabar unas cosas; luego podemos ir a mi casa.

Él me sigue y cierra la puerta del despacho.

—¿Has puesto un sofá?

Esta semana todavía he colocado algunos detalles que faltaban en mi despacho. Compré un par de lámparas que proporcionan luz suave para no tener que usar siempre los agobiantes fluorescentes. También he puesto varias plantas. No es un jardín, pero algo es algo. No hace mucho, esta habitación se usaba para guardar cajas de verdura. El cambio ha sido espectacular.

Ryle se acerca al sofá y se deja caer en él, bocabajo.

—Tranquila, no tengas prisa —murmura, con la cara hundida en un cojín—. Me echaré una siesta hasta que acabes.

A veces me preocupa que trabaje tanto, pero no le digo nada. Yo acabo de pasar doce horas en la tienda, así que no soy nadie para reprocharle su ambición y su entrega al trabajo.

Me paso el siguiente cuarto de hora ultimando unos pedidos. Cuando acabo, apago el portátil y miro hacia Ryle. Pensaba que se habría dormido, pero no. Está de lado, con la cabeza apoyada en la mano. Me ha estado observando todo este tiempo y la sonrisa que me dedica me hace ruborizarme. Empujo la silla y me levanto.

—Lily, creo que me gustas demasiado —me dice mientras me acerco.

Arrugo la nariz mientras él se sienta en el sofá y tira de mí para que me ponga sobre su regazo.

—¿Demasiado? Eso no suena a piropo.

—Es que no estoy seguro de que sea un piropo. —Me recoloca las piernas a lado y lado, y me abraza por la cintura—. Esta es mi primera relación seria. No sé si deberías gustarme tanto a estas alturas; no quiero asustarte.

Me echo a reír.

—Es imposible que me agobies; trabajas demasiado.

Él me acaricia la espalda.

—¿Te molesta que trabaje tanto?

Niego con la cabeza.

—No. A veces me preocupo por ti, porque no quiero que te agotes, pero no me importa tener que compartirte con tu pasión. Me gusta que seas una persona ambiciosa; me resulta sexy. Creo que es lo que más me gusta de ti.

—¿Sabes qué es lo que más me gusta de ti?

—Esta me la sé —respondo, sonriendo—. Mi boca.

Él se echa hacia atrás en el sofá.

—Oh, sí. Tu boca ocupa la primera posición, sin duda. Pero ¿sabes qué viene después?

Niego con la cabeza.

—Me gusta que no me presiones para que me convierta en alguien que no puedo ser. Me aceptas tal como soy.

Sonrío.

—Bueno, para ser sincera, me pareces un poco distinto a cuando te vi por primera vez. Ya no eres tan antinovias.

—Porque me lo pones muy fácil —replica él, deslizando una mano debajo de mi camiseta para acariciarme la espalda—. Estar contigo es muy fácil. Sigo pudiendo dedicarme a mi carrera como siempre he deseado, pero tu apoyo hace que sea diez veces mejor. Cuando estoy contigo siento que no necesito renunciar a nada.

Me abraza con las dos manos, atrayéndome hacia él para besarme.

Sonriendo con la boca pegada a sus labios, susurro:

—¿Soy lo más delicioso que has probado?

Una de sus manos se desliza hacia mi sujetador, que desabrocha con facilidad.

—Creo que sí, pero sería mejor darte otro bocado para estar seguro del todo.

Me quita la camiseta y el sujetador por encima de la cabeza. Yo trato de levantarme para desprenderme de los vaqueros, pero él vuelve a sentarme. Coge el estetoscopio, se ajusta los auriculares en las orejas y apoya el diafragma en mi tórax, justo sobre mi corazón.

—¿Qué te altera tanto el corazón, Lily?

Yo me encojo de hombros, la viva imagen de la inocencia.

—Tal vez tenga algo que ver con usted, doctor Kincaid.

Deja caer el diafragma, me levanta y me deja caer de espaldas sobre el sofá. Me separa las piernas y se arrodilla en el sofá, entre mis muslos, antes de volver a ponerme el estetoscopio en el pecho. Con la otra mano, se apoya en el sofá mientras me toma el pulso.

—Diría que tienes noventa pulsaciones por minuto.

—Y ¿eso es bueno o malo?

Sonriendo, se deja caer sobre mí.

—Me daré por satisfecho cuando alcances las ciento cuarenta por minuto.

Sí, si llego a las ciento cuarenta por minuto, creo que yo también estaré bastante satisfecha.

Me besa en el torso y cierro los ojos al notar su lengua en uno de mis senos. Succiona con fuerza, sin apartar el diafragma del pecho.

—Has subido a cien —me informa.

Con el estetoscopio en el cuello, se incorpora para desabrocharme los vaqueros. Me los quita y me da la vuelta hasta que quedo bocabajo, con los brazos colgando sobre el reposabrazos.

—Ponte de rodillas —me ordena.

Hago lo que me dice, y casi no me da tiempo a estabilizarme cuando vuelvo a notar el estetoscopio pegado al pecho y su brazo rodeándome por detrás. Permanezco quieta mientras él me ausculta y cuela la otra mano entre mis piernas hasta que se mete dentro de las bragas y luego dentro de mí. Me agarro al sofá y trato de no hacer ruido mientras él permanece atento a mi corazón.

—Ciento diez —dice insatisfecho.

Me echa las caderas hacia atrás hasta chocar con su entrepierna y noto cómo se baja los pantalones. Me agarra la cadera con una mano y me aparta las bragas con la otra. Empuja y se clava en mí hasta el fondo.

Me aferro al sofá desesperadamente con las dos manos mientras él se detiene para volver a auscultarme.

—Lily —dice, fingiendo estar muy decepcionado conmigo—. Solo ciento veinte. No me vale.

El estetoscopio vuelve a desaparecer y me sostiene con fuerza por la cintura. Hace descender la mano por mi vientre y se acomoda entre mis piernas. No puedo seguirle el ritmo. Apenas logro mantenerme erguida sin caerme sobre el sofá. Con una mano me sujeta y con la otra me destroza de una manera deliciosa. Cuando empiezo a temblar me incorpora hasta que mi espalda queda pegada a su pecho. Sigue dentro de mí, pero ahora vuelve a apoyarme el estetoscopio en el pecho para prestarle atención a mi corazón.

Gimo y él me hace callar, susurrándome al oído:

—No hagas ruido.

No sé cómo logro aguantar treinta segundos sin jadear. Sigue sosteniéndome con el mismo brazo que aguanta el estetoscopio mientras me ausculta. Con la otra mano hace magia entre mis piernas. Sigue clavado profundamente en mi interior. Yo trato de no moverme, pero él está duro como una piedra cuando los temblores se apoderan de mí. Me tiemblan las piernas y las manos, con las que me agarro como puedo de sus muslos, mientras hago un esfuerzo sobrehumano para no gritar su nombre.

Sigo temblando cuando él alza la mano y me apoya el diafragma en la muñeca. Tras varios segundos, se arranca el estetoscopio y lo tira al suelo.

—Ciento cincuenta —declara satisfecho.

Se retira para darme la vuelta y, cuando me tiene tumbada de espaldas sobre el sofá, me besa y vuelve a penetrarme.

No me quedan fuerzas para moverme; ni siquiera puedo abrir los ojos para mirarlo. Él me embiste varias veces y luego se queda muy quieto, gruñendo en mi boca. Se deja caer sobre mí, tenso y tembloroso.

Me besa el cuello y sus labios acarician el tatuaje en forma de corazón que tengo en la clavícula. Con la cara hundida en el hueco de mi hombro, suspira.

—¿He mencionado ya lo mucho que me gustas?

Me echo a reír.

—Una o dos veces.

—Pues, con esta, ya van tres. Me gustas. Me gusta todo de ti, Lily. Me gusta estar dentro de ti, fuera de ti, cerca de ti. Me gusta todo.

Sonrío, notando que sus palabras me acarician la piel y el corazón. Abro la boca para decirle que él también me gusta, pero me interrumpe su teléfono.

Gruñendo, sale de mi interior y coge el móvil. Colocándose bien los pantalones, mira quién es.

—Es mi madre —dice, inclinándose sobre mí y dándome un beso en la rodilla que descansa sobre el respaldo del sofá.

Deja el móvil, se levanta y va a buscar una caja de pañuelos que hay sobre mi escritorio.

El momento de limpiarse después del sexo siempre es un poco incómodo, pero saber que es su madre la que está llamando aumenta el grado de incomodidad.

Me visto y Ryle me atrae hacia él. Se ha tumbado en el sofá y yo me pongo sobre él, con la cabeza apoyada en su pecho.

Ya pasan de las diez y estoy tan cómoda y a gusto que me planteo quedarme a dormir aquí. El móvil de Ryle vuelve a sonar, esta vez con el aviso de un mensaje de voz. Verlo interactuar con su madre me hace sonreír. Allysa habla sobre sus padres de vez en cuando, pero Ryle nunca me ha mencionado nada de ellos.

—¿Te llevas bien con tus padres?

Él me está acariciando el brazo con cariño.

—Sí, nos llevamos bien; son buena gente. Pasamos una etapa complicada en mi adolescencia, pero la superamos. Ahora hablo con mi madre casi todos los días.

Doblo los brazos sobre su pecho y apoyo la barbilla en ellos.

—Cuéntame más cosas sobre tu madre —le pido, mirándolo a los ojos—. Allysa me dijo que tus padres se habían mudado a Inglaterra hacía unos años y que estaban de vacaciones en Australia... Aunque eso fue hace unas semanas.

Él se echa a reír.

—¿Mi madre? Bueno... Mi madre es muy controladora..., y muy crítica, sobre todo con la gente que más quiere. Nunca se pierde la misa y siempre se dirige a mi padre llamándolo doctor Kincaid. —A pesar de lo que dice, no deja de sonreír mientras habla de ella.

—¿Tu padre también es médico?

Él asiente.

—Psiquiatra. Eligió una especialidad que le permite tener una vida normal, con horarios normales. Tipo listo.

—¿Vienen a verte de vez en cuando?

—No mucho, la verdad. Mi madre odia los aviones, así que Allysa y yo vamos a Inglaterra un par de veces al año. Quiere conocerte, que lo sepas, así que igual te vienes con nosotros en el próximo viaje.

—¿Le has hablado a tu madre de mí? —le pregunto, sonriendo.

—Por supuesto. Es un acontecimiento familiar que tenga

novia. Me llama todos los días para asegurarse de que no la haya cagado en algo.

Cuando me echo a reír, él coge el móvil.

—¿Te crees que estoy de broma? ¿Qué te apuestas a que te menciona en el mensaje de voz que acaba de dejar?

Presiona unas cuantas teclas y reproduce el mensaje:

«Hola, cariño. Soy tu madre. No hemos hablado desde ayer y te echo de menos. Dale un abrazo a Lily de mi parte. Todavía os veis, ¿no? Allysa dice que te pasas el día hablando de ella. Todavía es tu novia, ¿no? Vale. Acaba de llegar Gretchen. Vamos a cenar. Te quiero. Besos, besos».

Dejo caer la cara sobre su pecho y me echo a reír.

—Solo llevamos unos meses saliendo. ¿Tanto hablas de mí?

Él me busca la mano y se la lleva a los labios.

—Muchísimo, Lily. Demasiado.

—Qué ganas tengo de conocerlos —le digo, sonriendo—. No solo educaron a una hija increíble; sino que además te hicieron a ti. Impresionante.

Él me abraza con más fuerza y me da un beso en la coronilla.

—¿Cómo se llamaba tu hermano? —le pregunto.

Noto que se tensa y me arrepiento de haber sacado el tema, pero ya es demasiado tarde.

—Emerson.

Noto en su tono de voz que no quiere hablar de ello, así que en vez de insistir le busco la boca y lo beso. Como si no supiera lo que pasa cuando Ryle y yo empezamos a besarnos. Instantes después, vuelve a estar dentro de mí, pero esta vez no se parece en nada a la anterior.

Esta vez hacemos el amor.

14

Cuando suena el teléfono, miro quién es y me sorprendo al ver que es Ryle. Es la primera vez que me llama. Hasta ahora siempre nos hemos comunicado por mensajes. Sé que es raro, pero durante estos tres meses nunca le he oído la voz por teléfono.

—Hola.

—Hola, novia —me dice.

Se me pone una sonrisa bobalicona en la cara al oír su voz.

—Hola, novio.

—¿Sabes qué?

—¿Qué?

—Mañana tengo el día libre. Los domingos no abres la floristería hasta la una. Voy de camino a tu casa con dos botellas de vino. ¿Quieres que tu novio se quede a dormir en tu casa, emborracharte con él, embriagaros de sexo y dormir hasta tarde?

Me avergüenzo del efecto que me causan sus palabras. Sonriendo, respondo:

—¿Sabes qué?

—¿Qué?

—Voy a prepararte algo especial para cenar. Me pondré un delantal.

—¿Ah, sí?

—Y nada más —respondo antes de colgar.

Unos instantes después recibo un mensaje de texto.

Ryle: Foto, por favor.

Yo: Ven pronto y hazla tú mismo.

Estoy terminando de preparar el guiso que voy a acabar de cocinar en el horno cuando se abre la puerta. Vierto los ingredientes ya mezclados en una fuente de cristal y no me doy la vuelta cuando lo oigo entrar en la cocina. Dije que solo me pondría un delantal y no iba de farol; ni siquiera llevo bragas. Lo oigo contener el aliento cuando me inclino para meter la fuente en el horno. Es posible que me haya inclinado más de la cuenta, pero ya que estoy puesta, lo doy todo. Cierro la puerta del horno, pero sigo sin darme la vuelta. Cojo un trapo y limpio la puerta del horno, moviendo las caderas con entusiasmo, y suelto un grito al notar un pinchazo en la nalga derecha. Me doy la vuelta y me encuentro a Ryle sonriendo, con una botella de vino en cada mano.

—¿Me has mordido?

Él me dirige una mirada inocente.

—No tientes al escorpión si no quieres que te pique. —Me mira de arriba abajo mientras abre una botella. Antes de servir el vino, la levanta y me la enseña—. Es *vintage.*

—*Vintage* —repito yo, en tono burlón—. ¿Qué celebramos?

Él me ofrece una copa y responde:

—Que voy a ser tío. Que tengo una novia que está buenísima. Y que probablemente el lunes participe en una separación de siameses craneópagos; una de esas operaciones que solo se ven una vez en la vida.

—¿Craneo-qué?

Él se bebe el vino de un trago y se sirve otra copa.

—Craneópagos: unidos por el cráneo —responde. Se señala

la coronilla y se da golpecitos—. Justo por aquí. Los hemos estado estudiando desde que nacieron. Es una cirugía nada habitual, se ve muy poco.

No lo niego, me pone muchísimo verlo en su papel de médico. Admiro su motivación y su dedicación, pero verlo tan entusiasmado por lo que no deja de ser su trabajo me resulta de lo más sexy.

—¿Cuánto crees que durará la operación?

Él se encoge de hombros.

—No te lo puedo decir exactamente. Son pequeños, por lo que no es aconsejable que pasen demasiado tiempo con anestesia general. —Levanta la mano y sacude los dedos—. Pero esta mano es muy especial. Ha recibido una educación valorada en casi medio millón de dólares, tengo mucha fe en ella.

Me acerco y le doy un beso en la palma.

—Yo también le tengo cariño a esta mano.

Él me acaricia el cuello y luego me da la vuelta, dejándome apoyada contra la encimera. La sorpresa me hace contener el aliento.

Me embiste por detrás y lentamente me acaricia el costado. Yo apoyo las manos en la encimera de granito y cierro los ojos, notando ya los efectos del vino.

—Esta mano —susurra— es la más firme de todo Boston.

Me empuja por la nuca, inclinándome más sobre la encimera. Me acaricia la pierna por dentro, a la altura de la rodilla, y va ascendiendo. Lentamente. Santo Dios.

Me separa las piernas y cuela sus dedos en mi interior. Gimo y busco algo a lo que agarrarme. Tengo que conformarme con el grifo, lo único que encuentro cuando él empieza a hacer magia con sus dedos. Y entonces, como si realmente fuera un mago, hace desaparecer su mano. Lo oigo alejarse y lo veo pasar frente a mí, al otro lado de la isleta. Me guiña el ojo, vacía el vino que le quedaba en la copa y me dice:

—Voy a darme una ducha rápida.

«Y ¿me deja así, con el horno precalentado?»

—¡Capullo! —le grito.

—No soy un capullo —chilla él desde mi habitación—. Soy un cirujano con una extraordinaria formación.

Riendo, me sirvo otra copa de vino.

Ya le enseñaré yo lo que es dejar a alguien precalentado.

Cuando sale de la habitación, yo voy ya por la tercera copa de vino. Estoy hablando por teléfono con mi madre y lo observo desde el sofá mientras se dirige a la cocina y se sirve otra copa.

«Este vino está de muerte.»

—¿Qué vais a hacer esta noche? —pregunta mi madre. Tengo el móvil en modo altavoz, por lo que Ryle nos oye hablar, apoyado en la pared.

—Poca cosa. Voy a ayudar a Ryle a estudiar.

—Eso no suena demasiado interesante —replica ella.

Ryle me guiña el ojo.

—En realidad sí que lo es. Lo ayudo a menudo, sobre todo a practicar la psicomotricidad fina de las manos. Es posible que nos pasemos la noche practicando.

Estoy juguetona por culpa de las tres copas de vino. No me creo que esté coqueteando con él mientras hablo con mi madre.

«¡Qué asco!»

—Tengo que colgar —le digo—. Mañana saldremos a cenar con Allysa y Marshall, así que te llamaré el lunes.

—Oh, ¿adónde vais a ir?

Pongo los ojos en blanco. Esta mujer no sabe captar las indirectas.

—No lo sé. Ryle, ¿adónde iremos?

—Al sitio que fuimos con tu madre. El Bib's, creo que se llama. He reservado mesa para las seis.

Noto que el corazón trata de escabullírseme del pecho mientras mi madre exclama:

—¡Oh, buena elección!

—Ya, si te gusta el pan revenido. Adiós, mamá. —Cuelgo y miro a Ryle—. No quiero volver a ese restaurante. No me gustó, probemos en otro sitio.

No le digo la auténtica razón por la que no quiero ir, pero ¿cómo se le dice a un novio recién estrenado que estás tratando de evitar a tu primer amor?

Ryle se aparta de la pared.

—Te gustará. Allysa tiene muchas ganas de comer allí; le he contado lo bien que comimos.

«Tal vez tenga suerte y Atlas no trabaje mañana.»

—Hablando de comida —añade Ryle—, me muero de hambre.

«¡El guiso!»

—¡Oh, mierda! —exclamo riendo.

Ryle se dirige a la cocina corriendo y yo lo sigo. Entro justo cuando él abre la puerta del horno y sacude la mano para disipar el humo.

«Insalvable.»

Me he levantado tan deprisa que me da vueltas la cabeza. Las tres copas de vino tampoco ayudan. Me sujeto en la encimera, a su lado, y él mete la mano en el horno para retirar el guiso.

—Ryle, tienes que sacarlo con...

—¡Mierda! —grita.

—Una manopla.

Suelta la fuente de cristal, que cae al suelo y se rompe en mil pedazos. Levanto los pies para evitar cortarme con los cristales y quemarme con las salpicaduras del pollo y las setas. Me echo a reír, porque me parece muy gracioso que no se haya acordado de usar la manopla. Tiene que ser el vino.

«Este vino pega más fuerte de lo que parece.»

Ryle cierra la puerta del horno de golpe, abre el agua fría y mete la mano debajo del grifo, sin dejar de soltar insultos. Trato de no reírme, pero el vino y lo absurdo de la situación que acabamos de vivir me lo ponen difícil. Al mirar al suelo, veo el desastre que vamos a tener que recoger y se me escapa la risa otra vez. Sigo riéndome al inclinarme sobre el fregadero para echarle un vistazo a la mano de Ryle. Espero que no se haya hecho mucho daño.

De golpe, dejo de reír. Estoy en el suelo, con la mano apoyada en la comisura del ojo.

Bruscamente, Ryle me ha golpeado con el brazo, haciéndome caer hacia atrás. Me ha apartado con tanta fuerza que he acabado en el suelo. Y, al caer, me he golpeado la cara con el tirador de uno de los armaritos.

Siento un dolor intenso en el ojo, cerca de la sien.

Y luego siento el peso; un peso que me presiona por todas partes. La gravedad es tan fuerte que me aplasta incluso las emociones. Y todo se hace añicos.

Las lágrimas, el corazón, la risa, mi alma. Todo roto como si fueran trozos de vidrio cayendo a mi alrededor.

Me cubro la cabeza con los brazos y deseo que los últimos diez segundos de mi vida den marcha atrás y desaparezcan.

—Joder, Lily —lo oigo decir—. No es gracioso; esta mano es mi puta carrera.

No levanto la cara hacia él. Su voz no me acaricia, al contrario; siento que cada una de sus palabras es una espada afilada que se clava en mí. Y luego se sienta a mi lado, y me apoya su jodida mano en la espalda.

Y me la frota.

—Lily. Oh, Dios mío, Lily.

Trata de apartarme los brazos de la cabeza, pero me resisto.

Niego con la cabeza, y sigo deseando con todas mis fuerzas que los últimos quince segundos desaparezcan. Quince segundos. Suficiente tiempo para cambiar la vida de una persona por completo. Quince segundos que nunca volverán.

Me abraza y me besa la coronilla.

—Lo siento. Yo... me he quemado la mano y me ha entrado el pánico. Tú no parabas de reír y... Lo siento mucho; todo ha pasado muy deprisa. No quería empujarte, Lily. Lo siento.

Pero no oigo la voz de Ryle esta vez; estoy oyendo la voz de mi padre.

«Lo siento, Jenny. Ha sido un accidente. Lo siento mucho.»

—Lo siento, Lily. Ha sido un accidente. Lo siento mucho.

Lo único que quiero es que se vaya, joder. Usando todas mis fuerzas, lo empujo con brazos y piernas para apartarlo tan lejos como puedo.

Él se cae de espaldas y se apoya en las manos para parar el golpe. Al principio, su mirada transmite dolor, pero luego cambia y me mira con... ¿preocupación? ¿Pánico?

Lentamente, levanta la mano derecha. Está cubierta de sangre, que le cae por la palma y se desliza por la muñeca y el brazo. Bajo la vista y veo el suelo lleno de trozos de cristal roto.

«Su mano.»

Acabo de empujarlo a un suelo cubierto de cristales rotos.

Él me da la espalda y se levanta. Vuelve a poner la mano bajo el chorro del agua fría, esta vez para limpiar la sangre. Al levantarme, veo que se arranca un trocito de cristal de la palma y lo lanza sobre la encimera.

Estoy furiosa, pero, aun así, me preocupo por su herida.

Cojo un trapo de cocina y se lo pongo en la mano. La mano derecha. Hay sangre por todas partes.

«Y la operación es el lunes.»

Trato de ayudarlo a contener la hemorragia, pero tiemblo demasiado.

—Ryle, tu mano.

Él echa la mano herida hacia atrás y con la otra me alza la barbilla.

—A la mierda la mano, Lily. Me da igual la mano. ¿Estás bien?

Me mira a los ojos, examinándome el golpe y buscando si hay más.

Los hombros me tiemblan de manera incontrolable, tan incontrolable como las lágrimas que me caen por las mejillas.

—No. —Sigo un poco en shock, pero sé que él puede oír cómo se me rompe el corazón al pronunciar esa sencilla palabra, porque yo la oigo retumbar en todos los rincones de mi cuerpo—. Oh, Dios. Me has empujado, Ryle. Tú... —Tomar conciencia de lo que acaba de pasar es mucho más doloroso que el golpe.

Ryle me abraza por el cuello y me pega a su pecho con desesperación.

—Lo siento mucho, Lily. Dios, cómo lo siento. —Entierra la cara en mi pelo, estrujándome y transmitiéndome todas las emociones que lo inundan—. Por favor, no me odies. Por favor.

Su voz vuelve a sonar como siempre. Ya no oigo a mi padre. Y en ese momento me doy cuenta de algo. Su carrera depende de esa mano y, sin embargo, está más preocupado por mí que por ella. Eso tiene que significar algo, ¿no? Estoy muy confusa.

Han pasado muchas cosas en un momento: el humo, el vino, los cristales rotos, las salpicaduras de comida por todas partes, la sangre, la furia, las disculpas. Es demasiado.

—Lo siento mucho —repite. Me aparto para mirarlo a los

ojos. Están rojos. Nunca lo había visto tan triste—. Me he dejado llevar por el pánico. No quería empujarte. Ha sido el pánico. Solo podía pensar en la mano y la operación del lunes y... Lo siento mucho.

Une su boca a la mía y nuestros alientos se funden.

«No es como mi padre. No puede serlo. No se parece en nada a ese cabrón insensible.»

Nos besamos, disgustados, confundidos, tristes. Nunca había sentido algo así..., tan feo y doloroso. Pero de alguna manera difícil de entender, el único que puede arreglar el dolor que me ha causado es él mismo. Su dolor mitiga mis lágrimas, y mis emociones se calman al sentir su boca sobre la mía y su mano agarrándome como si no quisiera soltarme nunca.

Me abraza por la cintura y me levanta en brazos. Con cuidado, se abre camino y sale de la cocina. No sé si estoy más disgustada con él o conmigo misma. Con él por perder los estribos o conmigo por dejarme consolar por sus disculpas.

Mientras me lleva al dormitorio no deja de besarme en ningún momento. Sigue haciéndolo cuando me deja sobre la cama y susurra:

—Lo siento, Lily.

Lleva los labios al lugar donde me he golpeado con el tirador y lo besa.

—Lo siento mucho.

Vuelve a buscarme los labios con su boca, húmeda y caliente, y no sé ni por dónde me da el aire. Mi alma llora, pero mi cuerpo anhela la disculpa que me da con sus manos y con su boca. Quiero gritarle y reaccionar como siempre deseé que mi madre reaccionara cuando mi padre le hacía daño, pero en lo más hondo de mi alma quiero creer que ha sido un accidente, que Ryle no es como mi padre, que no se parecen en nada.

Necesito sentir su dolor, su arrepentimiento, y él me los entrega en forma de besos. Cuando separo las piernas, me entrega su dolor de otra forma. Con cada embestida, lenta y cuidadosa, me entrega una disculpa con todo su cuerpo. Cada vez que entra en mí susurra una disculpa. Y de un modo casi milagroso, cada vez que se retira de mi interior, parte de mi enfado se va con él.

Me está besando el hombro, la mejilla, el ojo. Sigue sobre mí, acariciándome con delicadeza. Nunca me habían tocado así, con tanta ternura. Trato de olvidarme de lo que acaba de pasar en la cocina, pero no puedo quitármelo de la cabeza.

Me apartó de un empujón.

«Ryle me empujó.»

Durante quince segundos, vi una parte de él que no era él. Aunque yo tampoco era yo. Me reí de él cuando debí haberme mostrado preocupada. Él me empujó, aunque no debería haberme tocado. Yo también lo empujé y se cortó la mano.

Fue horrible. Todo. Los quince segundos fueron absolutamente horribles. No quiero pensar en ello nunca más.

Todavía tiene el trapo en la mano, completamente empapado en sangre.

Le empujo el pecho para que me deje levantarme.

—Ahora vuelvo —le digo.

Él me besa antes de apartarse. Voy al baño y cierro la puerta. Cuando me miro en el espejo, ahogo una exclamación.

Hay sangre. Tengo sangre en el pelo, en las mejillas, en el cuerpo. Y es toda suya. Me la limpio un poco con una toalla y luego busco el botiquín debajo del lavabo. No tengo ni idea de lo que voy a encontrarme. Primero se ha quemado la mano y luego se ha hecho un corte profundo. Justo después de contarme lo importante que era esta operación para él.

«El vino. Nunca más. No vamos a probar vino del bueno nunca más.»

Con el botiquín en la mano, regreso al dormitorio. Él llega al mismo tiempo que yo. Ha ido a la cocina a buscar una bolsa de hielo.

—Para el ojo —dice, levantando el hielo.

—Para la mano —digo yo, levantando el botiquín.

Sonriendo, nos sentamos en la cama. Se reclina contra el cabecero mientras me llevo su mano al regazo. Y, mientras yo le curo la mano, él apoya la bolsa de hielo en mi ojo con la otra mano.

Me pongo un poco de pomada antiséptica en los dedos y la aplico en las quemaduras. No tienen tan mal aspecto como me temía, lo que es un gran alivio.

—¿Podrás evitar que te salgan ampollas? —le pregunto.

Él niega con la cabeza.

—No, si la quemadura es de segundo grado.

Quiero preguntarle si podrá operar con ampollas en los dedos, pero no saco el tema. Estoy segura de que él no piensa en otra cosa.

—¿Te pongo pomada en el corte?

Él asiente. Ha dejado de sangrar. Sé que, si necesita puntos, se los darán, pero creo que no hará falta. Saco una venda elástica del botiquín y le envuelvo la mano con ella.

—Lily —susurra, y lo miro. Tiene la cabeza apoyada en el cabecero y parece a punto de llorar—. Me siento muy mal. Si pudiera borrarlo todo...

—Lo sé —le interrumpo—. Lo sé, Ryle. Ha sido espantoso. Al empujarme, me has hecho replantearme todo lo que pensaba que sabía sobre ti, pero sé que lo sientes. No podemos hacerlo desaparecer, así que prefiero que no volvamos a hablar del tema.

Le ajusto el vendaje y cuando acabo lo miro a los ojos.

—Pero una cosa te digo, Ryle. Si alguna vez vuelve a pasar algo así, sabré que lo de hoy no ha sido un accidente. Y te dejaré sin dudarlo ni un momento.

Él se queda mirándome en silencio un buen rato, con el ceño fruncido en una mueca de arrepentimiento. Se echa hacia delante y me besa.

—No volverá a pasar, Lily. Te lo juro. No soy como él. Sé que eso es lo que estás pensando, pero te juro que...

Niego con la cabeza, para que pare. No soporto el dolor que desprende su voz.

—Ya sé que no eres como mi padre, pero..., por favor, no me hagas dudar de ti nunca más. Te lo pido por favor.

Él me retira el pelo de la frente.

—Eres lo más importante de mi vida, Lily. Quiero ser la persona que te haga feliz, no la que te haga sufrir. —Me besa y se levanta, aplicándome el hielo en la cara—. Sostenlo así durante unos diez minutos. Evitará que se inflame.

Hago lo que me dice y le pregunto:

—¿Adónde vas?

Él me besa en la frente antes de responder:

—A recoger el desastre de ahí afuera.

Se pasa los siguientes veinte minutos limpiando la cocina. Oigo que vacía las botellas de vino por el fregadero y tira el vidrio a la basura.

Vuelvo al baño y me doy una ducha rápida para quitarme su sangre de encima. Luego cambio las sábanas. Cuando acaba de recoger la cocina, regresa al dormitorio con un vaso en la mano.

—Es refresco de cola —me dice—. La cafeína te irá bien.

Doy un trago y noto las burbujas estallándome en el cuello. Justo lo que necesitaba. Doy otro sorbo y dejo el vaso en la mesilla.

—¿A qué ayuda exactamente? ¿A quitar la resaca?

Ryle se mete en la cama y nos tapa con el cobertor. Sacudiendo la cabeza, responde:

—No, no creo que tenga efecto sobre la resaca, pero mi madre siempre me daba un refresco de cola cuando había tenido un mal día; me hacía sentir un poco mejor.

Sonrío.

—Es verdad. Funciona.

Él me acaricia la mejilla. Su mirada y el modo en que me toca me convencen de que se merece otra oportunidad. Siento que, si no lo perdono, le estaré haciendo pagar los pecados de mi padre.

«Él no es mi padre.»

Ryle me quiere. Nunca me lo ha dicho con todas las letras, pero sé que me quiere igual que yo le quiero a él. Estoy segura de que lo que ha pasado esta noche en la cocina no volverá a suceder; solo hace falta ver lo disgustado que está por haberme hecho daño.

Todos cometemos errores. Lo que determina el carácter de una persona no son los errores que comete, sino cómo aprovecha esos errores para transformarlos en lecciones en vez de en excusas.

Su mirada se vuelve más intensa y más sincera. Se inclina para besarme la mano y luego se tumba de lado. Compartiendo almohada, permanecemos en silencio, contemplándonos mutuamente y sintiendo cómo nos inunda esta energía que llena todos los huecos que la noche nos ha provocado.

Unos minutos después, me aprieta la mano.

—Lily —me dice, acariciándome el pulgar con el suyo—, estoy enamorado de ti.

Siento sus palabras en cada célula de mi cuerpo.

—Yo también te quiero —susurro, y es la verdad más pura que ha salido de mis labios.

15

Llego al restaurante un cuarto de hora tarde. Cuando estaba a punto de cerrar la tienda, ha entrado un cliente que quería encargar flores para un funeral. No le he dicho que volviera en otro momento porque, tristemente, los funerales son una parte importante del negocio.

Ryle me saluda con la mano y me dirijo hacia la mesa, con cuidado de no mirar a mi alrededor. No quiero encontrarme con Atlas. Sugerí cambiar el restaurante un par de veces más, pero Allysa estaba empeñada en probarlo después de que Ryle le dijo lo bien que se comía aquí.

Me siento junto a Ryle y él se inclina hacia mí y me besa en la mejilla.

—Hola, novia.

Allysa suelta un gruñido.

—Chicos, sois tan monos que dais asco.

Le sonrío y veo que me mira el golpe del ojo. No está tan mal como me temí en un principio; probablemente por el hielo que Ryle me hizo ponerme.

—¡Ay, Dios! —exclama Allysa—. Ryle me contó lo que había pasado, pero no pensé que el golpe fuera tan grande.

Me vuelvo hacia él, preguntándome qué le habrá contado. «¿La verdad?»

Sonriendo, él me lo aclara.

—Había aceite de oliva por todas partes. Cuando resbaló, lo hizo con tanta gracia que parecía una bailarina de ballet.

«Una mentira.»

Lo entiendo; yo habría hecho lo mismo.

—Fue patético —confirmo su historia con una sonrisa en la cara.

Logramos cenar tranquilamente. No veo a Atlas ni volvemos a sacar el tema de la noche anterior, aunque ni Ryle ni yo probamos el vino. Cuando acabamos de comer, el camarero se acerca a la mesa.

—¿Les apetece un postre? —nos pregunta.

Yo niego con la cabeza, pero Allysa se anima enseguida.

—¿Qué tienen?

Marshall se une a su entusiasmo.

—Tenemos que comer por dos, así que tomaremos cualquier cosa que lleve chocolate.

El camarero asiente y, mientras se retira, Allysa se vuelve hacia Marshall.

—El bebé tiene actualmente el tamaño de una chinche. Más te vale no empujarme a la mala vida hasta dentro de unos meses.

El camarero regresa con el carrito de los postres.

—El chef invita al postre a todas las clientas embarazadas —nos dice—. Felicidades.

—¿En serio? —Allysa parece encantada.

—Supongo que por eso el restaurante se llama Bib's; debe de ser un diminutivo de biberones —comenta Marshall

—No, significa baberos —lo corrige Allysa.

Marshall sacude la mano.

—Lo que sea, pero está claro que al chef le gustan los bebés.

—¡Dios mío! —exclamo mirando las opciones.

—Es mi nuevo restaurante favorito —declara Allysa.

Elegimos tres postres y mientras los emplatan discutimos sobre nombres de bebés.

—No —le dice Allysa muy seria a Marshall—. No pienso ponerle el nombre de un estado.

—Pero es que Nebraska me encanta —protesta él—. Y ¿Idaho?

Ella se cubre la cara con las manos.

—Esto va a ser la defunción de nuestro matrimonio.

—Defunción —repite Marshall—. Pues no es mal nombre.

El asesinato de Marshall queda aplazado por la llegada de los postres. El camarero le sirve el pastel de chocolate a Allysa y se echa a un lado para dejar pasar a otro camarero, que lleva un plato en cada mano. El primero lo señala y dice:

—El chef les hace extensivas sus felicitaciones.

—¿Les ha gustado la comida? —les pregunta a Allysa y Marshall.

Cuando nuestras miradas se encuentran, mis niveles de ansiedad han superado lo controlable. Él sigue mirándome fijamente y, sin pensar, suelto:

—¿Tú eres el chef?

El camarero lo señala y nos informa:

—El chef y el dueño, pero si hace falta también es camarero o friegaplatos. Decir que se involucra en el negocio es quedarse corto.

Los siguientes cinco segundos pasan inadvertidos para los demás, pero para mí transcurren a cámara lenta. Atlas se fija en el corte que tengo en el ojo. Luego en el vendaje de la mano de Ryle. Y vuelve a mirarme el ojo.

—Nos encanta su restaurante —dice Allysa—. Es increíble.

Pero Atlas no la mira. Veo que traga saliva y aprieta los dientes con fuerza antes de alejarse en silencio.

«Mierda.»

El camarero trata de compensar el desplante de Atlas enseñándonos todos los dientes en una sonrisa forzada.

—Que disfruten del postre —nos desea, y se retira apresuradamente.

—Vaya —comenta Allysa—. Encontramos un nuevo restaurante favorito y resulta que el chef es un capullo.

—Ya, los capullos suelen ser los mejores. Mira a Gordon Ramsay.

—No te falta razón.

Apoyo la mano en el brazo de Ryle.

—Lavabo —susurro.

Él asiente mientras yo me desplazo por el banco corrido. Marshall sigue hablando.

—¿Crees que Wolfgang Puck es un capullo?

Cruzo el restaurante con la cabeza baja, a toda velocidad. Cuando llego al pasillo, no me detengo. Empujo la puerta del lavabo de señoras, entro y cierro con pestillo.

«Mierda, mierda, mierda, mierda.»

No puedo quitarme de la cabeza su expresión, su mirada, la mandíbula apretada.

Me alegro de que se haya retirado, pero sospecho que estará esperándonos fuera cuando salgamos para darle una paliza a Ryle.

Inspiro por la nariz y suelto el aire por la boca. Me lavo las manos y repito las respiraciones lentas. Cuando estoy más tranquila, me seco las manos con una toalla.

Voy a salir. Le diré a Ryle que no me encuentro bien. Nos iremos y no volveremos más. Ahora que todos creen que el chef es un capullo, lo usaré como excusa para no regresar.

Abro el pestillo, pero no la puerta porque alguien la empuja desde fuera. Atlas entra en el baño y nos encierra dentro. Apoya la espalda en la puerta y se me queda mirando.

—¿Qué pasó? —Señala el corte del ojo.

—Nada. —Niego con la cabeza.

Él entorna los ojos, que siguen siendo azules como el hielo, pero un hielo que quema.

—Estás mintiendo, Lily.

Haciendo un gran esfuerzo, sonrío.

—Fue un accidente.

Atlas se echa a reír, pero es una risa corta. Inmediatamente, recobra la expresión de hace un momento.

—Rompe con él. Déjalo.

«¿Dejarlo?»

Ay, Dios. Se ha hecho una idea totalmente equivocada. Doy un paso hacia él, sacudiendo la cabeza.

—No, Atlas. Él no es así. No fue eso. Ryle es una buena persona.

Él ladea la cabeza y se echa un poco hacia delante.

—Es curioso. Suenas exactamente igual que tu madre.

Sus palabras me hacen daño. Trato de sortearlo para abrir la puerta, pero él me sujeta la muñeca.

—Déjalo, Lily.

Aparto la mano y le doy la espalda. Inspiro hondo una vez más antes de volverme hacia él.

—Por si te interesa, me das más miedo tú que él ahora mismo.

Mis palabras lo sorprenden. Asiente lentamente y luego con más decisión mientras se aparta de la puerta.

—No pretendía incomodarte. Solo quería ser amable contigo como tú lo fuiste conmigo.

Me lo quedo mirando, sin saber cómo tomarme sus palabras. Noto que sigue furioso, no me engaña, aunque ha adoptado una apariencia calmada... para que me vaya tranquila. Descorre el pestillo y abro la puerta.

Ahogo una exclamación cuando me encuentro a Ryle. Miro por encima del hombro y allí está Atlas, ocupando buena parte del baño, a mi lado.

Ryle nos mira como si no entendiera nada.

—Pero ¿qué coño, Lily?

—Ryle. —Me tiembla la voz.

Dios, esto pinta muy mal, mucho peor de lo que es en realidad.

Atlas pasa por mi lado y se dirige a la puerta de la cocina, ignorando a Ryle, que le clava los ojos en la espalda.

«Sigue andando, Atlas.»

Cuando llega a la puerta de la cocina, se detiene.

«No, no, no. Sigue andando.»

Y, de pronto, la peor de mis pesadillas se hace realidad. Atlas se da la vuelta, se dirige hacia Ryle y lo agarra por el cuello de la camisa. Él reacciona librándose de Atlas de un golpe que lo empuja contra la pared contraria. Atlas vuelve a atacar a Ryle, y esta vez lo bloquea con el brazo contra el cuello mientras lo empotra contra la pared.

—Como vuelvas a tocarla, te cortaré la mano y te la haré tragar, trozo de mierda.

—¡Atlas, para! —grito.

Atlas lo suelta con rabia y da un paso atrás.

Ryle respira con dificultad, sin apartar la vista de su atacante. Luego me mira a mí.

—¿Atlas? —repite su nombre con familiaridad.

«¿Por qué ha pronunciado su nombre así, como si le hubiera hablado de él? Nunca le he contado nada de Atlas.»

Un momento.

Sí que lo hice.

La primera noche, en la azotea, fue una de mis confidencias.

Ryle se echa a reír y señala a Atlas, pero mirándome a mí.

—¿Este es Atlas? ¿El sin techo con el que te acostaste porque te dio lástima?

«Oh, no. Dios mío, no.»

Un instante después, el pasillo vuelve a ser un torbellino de puños y codos y gritos, míos, para que se estén quietos.

Dos camareros entran en el pasillo y los separan. Se quedan retenidos contra la pared, frente a frente, dirigiéndose miradas asesinas y respirando agitadamente. No me atrevo a mirar a ninguno de los dos.

No me atrevo a mirar a Atlas después de lo que Ryle le ha dicho. Y tampoco me atrevo a mirar a Ryle, porque debe de estarse imaginando cosas horribles.

—¡Fuera! —grita Atlas, señalando la puerta—. ¡Largo de mi restaurante!

Ryle me mira al pasar por mi lado. Tengo miedo de ver furia en sus ojos, pero no hay ni rastro.

Solo veo dolor.

Mucho dolor.

Se detiene, como si quisiera decirme algo, pero hace una mueca de decepción y sigue andando.

Cuando finalmente me vuelvo hacia Atlas, leo una decepción igual o más grande en su rostro. Sin darme tiempo a explicarle las palabras de Ryle, se da la vuelta y se mete en la cocina.

Corro detrás de Ryle. Él coge su chaqueta y se va hacia la salida sin despedirse de Allysa y Marshall.

Ella me mira alzando las manos, sin entender nada.

—Es una larga historia —le digo, cogiendo el bolso y sacudiendo la cabeza—. Hablamos mañana.

Sigo a Ryle hasta la calle y lo veo dirigirse al aparcamiento. Corro para alcanzarlo y lo veo darle un puñetazo al aire.

—¡No he traído mi coche, joder! —grita frustrado.

Saco las llaves del bolso. Él se acerca a mí y me las arrebata de la mano. Vuelvo a seguirlo, esta vez en dirección a mi coche. No sé qué hacer; ni siquiera sé si quiere hablar conmigo ahora mismo. Acaba de encontrarme encerrada en un lavabo con un tipo del que estuve enamorada. Y, de repente, por las buenas, el tipo lo agrede.

«Ay, madre, qué mala pinta tiene esto.»

Cuando llegamos al coche, él se dirige al asiento del conductor. Señalando el lado del acompañante, me dice:

—Entra, Lily.

No me dirige la palabra durante todo el trayecto. Yo lo intento una vez, pero él niega con la cabeza, como diciendo que no está preparado para escuchar mis explicaciones.

Cuando estacionamos en mi plaza de aparcamiento, sale del coche en cuanto apaga el motor, como si le faltara tiempo para alejarse de mí. Bajo del vehículo y lo veo andando arriba y abajo.

—No es lo que parece, Ryle, te lo juro.

Él deja de caminar y, cuando me mira, el corazón se me dispara. Se nota que está sufriendo muchísimo, y no hay ninguna necesidad. Todo ha sido un malentendido tonto.

—No quería que pasara esto, Lily —me dice—. ¡Por eso no quería una relación! ¡No tengo por qué cargar con este estrés en mi vida!

Aunque sé que lo está pasando mal por lo que cree que ha pasado, sus palabras me cabrean.

—¡Pues lárgate!

—¿Qué?

Levanto las manos.

—¡No quiero ser una carga para ti, Ryle! ¡Siento que mi presencia en tu vida sea tan insoportable!

Él da un paso al frente.

—Lily, no es eso lo que estoy diciendo.

Alza las manos, frustrado, pasa por mi lado y se apoya en el coche. Cruza los brazos ante el pecho y guarda silencio un buen rato mientras yo espero a que diga lo que sea que quiere decir. Tiene la cabeza baja, pero la levanta lo justo para mirarme a los ojos.

—La verdad, Lily. La pura verdad, sin rodeos. Eso es lo que quiero ahora mismo. ¿Eres capaz de darme eso?

Asiento con la cabeza.

—¿Sabías que trabajaba ahí?

Frunciendo los labios, cruzo un brazo ante el pecho, sujetándome el codo.

—Sí. Por eso no quería volver, Ryle. No quería encontrármelo.

Parece que mi respuesta lo destensa un poco. Se pasa una mano por la cara antes de seguir preguntando.

—¿Le has contado lo que pasó anoche? ¿Le has dicho que discutimos?

Me acerco a él, negando insistentemente con la cabeza.

—No. Él sacó sus propias conclusiones. Vio mi ojo y tu mano, y ató cabos.

Él suelta el aire, agobiado. Echa la cabeza hacia atrás y se queda mirando al techo, como si le resultara demasiado doloroso hacer la siguiente pregunta.

—¿Por qué estabas con él en el lavabo?

Doy otro paso en su dirección.

—Me siguió. No estoy en contacto con él, Ryle. Ni siquiera sabía que era el dueño del restaurante; pensaba que era un camarero. Ya no forma parte de mi vida, lo juro. Él... —Me cruzo de brazos y bajo la voz—. Ambos crecimos con abusos y malos tratos en casa. Al ver mi cara y tu venda... se preocupó. Eso es todo.

Ryle levanta las manos y se cubre la boca. Oigo salir el aire entre sus dedos al exhalar. Endereza la espalda, tomándose un momento para encajar lo que acabo de decir.

—Me toca a mí. —Se aparta del coche y da los tres pasos que lo separan de mí. Me apoya las manos en las mejillas y me mira fijamente a los ojos—. Si no quieres estar conmigo, dímelo ahora, Lily, por favor. Porque cuando te vi con él... me dolió. No quiero volver a sentir esa sensación nunca más. Y si ahora me duele tanto, me horroriza pensar cómo podría llegar a hacerlo dentro de un año.

Noto las lágrimas que me caen por las mejillas. Apoyo las manos sobre las suyas y niego con la cabeza.

—No quiero a nadie más, Ryle. Solo a ti.

Él sonríe, pero es la sonrisa más triste que he visto nunca. Me abraza y me retiene entre sus brazos. Yo le devuelvo el abrazo, apretando con todas mis fuerzas mientras él me besa la cabeza.

—Te quiero, Lily. Dios, cómo te quiero.

Lo abrazo aún con más fuerza y lo beso en el hombro.

—Yo también te quiero.

Cierro los ojos, deseando poder borrar los dos últimos días de mi vida.

Atlas se equivoca con Ryle.

Ojalá Atlas supiera que se equivoca.

16

—No quiero ser egoísta, pero es que tú no probaste el postre, Lily. —Allysa gruñe—. Oh, estaba taaaan bueno.

—No, no volveremos nunca —le digo.

Ella da una patada en el suelo como si fuera una niña pequeña.

—Pero...

—Que no. Hemos de respetar los sentimientos de tu hermano.

Ella se cruza de brazos.

—Lo sé, lo sé. Oh, ¿por qué tenías que ser una adolescente hormonal y enamorarte del mejor chef de Boston?

—Cuando lo conocí no era chef.

—Ya, ya. —Sale de mi despacho y cierra la puerta.

El teléfono me avisa de que ha entrado un mensaje de texto.

Ryle: Llevamos cinco horas. Faltan cinco
más. De momento, la mano aguanta bien.

Suelto un suspiro de alivio. No tenía claro si hoy podría operar. Sabiendo la ilusión que le hacía, me alegro mucho por él.

Yo: Las manos más firmes
de todo Boston.

Abro el portátil y reviso el correo. Lo primero que me encuentro es una consulta de *The Boston Globe*. Al leer el e-mail veo que es de un periodista interesado en escribir un artículo sobre la floristería. Con una sonrisa de oreja a oreja, me pongo a redactar la respuesta, pero Allysa llama a la puerta. La abre y asoma la cabeza.

—Hola.

—Hola.

Allysa tamborilea los dedos en el quicio de la puerta.

—¿No acabas de decirme que no puedo volver al Bib's porque el dueño era tu amor de adolescencia y no es justo para Ryle?

Me echo hacia atrás en la silla.

—¿Qué quieres, Allysa?

Ella arruga la nariz antes de responder.

—Es que no entiendo por qué nosotros no podemos ir allí, pero no pasa nada si el dueño viene aquí.

«¿Qué?»

Cierro el portátil y me levanto.

—¿Por qué dices eso? ¿Está aquí?

Asintiendo, se cuela en mi despacho y cierra la puerta.

—Sí. Ha preguntado por ti. Y ya sé que sales con mi hermano y que yo estoy embarazada, pero ¿podemos tomarnos unos momentos para admirar en silencio lo perfecto que es este hombre? —pregunta con una sonrisa bobalicona, que me hace poner los ojos en blanco.

—Allysa.

—¿Tú has visto esos ojos? —Abre la puerta y vuelve a salir.

La sigo y veo a Atlas.

—Aquí está —le dice Allysa—. ¿Te guardo el abrigo?

«¿Desde cuándo guardamos los abrigos?»

Atlas me ve salir del despacho. Mirando a Allysa, niega con la cabeza.

—No, gracias. No estaré mucho rato.

Allysa apoya los brazos en el mostrador y la barbilla en las manos.

—Quédate todo el tiempo que quieras. De hecho, ¿no te interesaría un trabajo extra? Lily necesita más personal. Estamos buscando a alguien que pueda mover cosas pesadas. Y que sea muy flexible. Tiene que agacharse mucho.

Fulmino a Allysa con la mirada para que pare, y ella se encoge de hombros, la viva imagen de la inocencia.

Sujeto la puerta abierta para que Atlas entre en mi despacho, pero evito mirarlo a los ojos mientras pasa por mi lado. Me siento culpable por lo que sucedió ayer, pero también estoy muy enfadada.

Rodeo el escritorio y me siento en mi silla, preparándome para una discusión, pero cuando alzo la vista, cierro la boca de golpe.

Atlas está sonriendo y señala a su alrededor mientras se sienta ante mí.

—Es increíble, Lily.

Sorprendida, tardo unos segundos en replicar:

—Gracias.

Él sigue sonriendo, como si se sintiera orgulloso de mí. Deja una bolsa en la mesa y la empuja en mi dirección.

—Es un regalo. Puedes abrirlo más tarde.

¿Por qué me trae un regalo? Tiene novia. Yo tengo novio. Nuestro pasado en común ya ha causado bastantes problemas en el presente; no necesito regalos que me compliquen más la vida.

—¿Un regalo? ¿Por qué, Atlas?

Él se echa hacia atrás en la silla y se cruza de brazos.

—Lo compré hace tres años. Lo guardaba por si algún día te encontraba por casualidad.

«Tan considerado como siempre.»

Ese es Atlas, no ha cambiado. Maldita sea.

Cojo el regalo y lo dejo en el suelo, a mi lado. Trato de relajarme, pero no es nada fácil cuando todo en él me tensa.

—He venido a disculparme —me dice.

Yo hago un gesto con la mano, indicándole que no es necesario.

—No pasa nada. Fue un malentendido. Ryle está bien.

A él se le escapa la risa por la nariz.

—No me disculpo por eso. Nunca me disculparé por defenderte.

—No me estabas defendiendo; no había nada que defender.

Él ladea la cabeza y me mira igual que la noche pasada. Es una mirada de decepción, que se me clava en las tripas.

Me aclaro la garganta.

—Y, entonces, ¿por qué te disculpas?

Él guarda silencio unos instantes, como si reflexionara.

—Quería disculparme por decir que me habías recordado a tu madre. Fue un comentario cruel; lo siento.

No sé por qué siempre tengo ganas de llorar cuando estoy con él. O cuando pienso en él. O cuando leo sobre él. Es como si mis emociones siguieran atadas a él con una cuerda que no sé cómo cortar.

Recorre mi escritorio con la vista y se echa hacia delante. Coge un boli, un pósit y mi móvil. Escribe algo en la nota y se pone a desmontar mi teléfono. Le quita la carcasa y engancha el pósit en la parte de atrás antes de volver a colocarle la funda. Luego empuja el móvil por la mesa para devolvérmelo. Miro el teléfono y lo miro a él, que se levanta y lanza el boli sobre la mesa.

—Es mi número. Guárdalo ahí por si algún día lo necesitas.

Hago una mueca al darme cuenta de lo que acaba de hacer y de lo que significa.

—No lo necesitaré.

—Eso espero.

Se dirige a la puerta y apoya la mano en el pomo. Y sé que es mi última oportunidad para decirle lo que necesito decirle antes de que desaparezca de mi vida para siempre.

—Atlas, espera. —Me levanto con tanto ímpetu que la silla de despacho sale disparada y choca contra la pared, a mi espalda. Él da media vuelta y me mira—. Lo que Ryle dijo anoche... Yo nunca... —Me llevo la mano al cuello y siento el latido errático de mi corazón—. Nunca le conté eso. Estaba dolido y enfadado y malinterpretó algo que le dije hace mucho tiempo.

Atlas alza levemente la comisura de los labios y no sé si trata de aguantarse la risa o de no fruncir el ceño. Se vuelve del todo hacia mí antes de replicar:

—Créeme, Lily. Ya sé que no fue un polvo por compasión; yo estaba allí.

Sale del despacho y sus palabras hacen que me caiga de culo sobre la silla..., con el pequeño inconveniente de que la silla no está en su sitio y ahora yo estoy en el suelo.

Cuando Allysa vuelve a entrar en el despacho, me encuentra tirada en el suelo detrás del escritorio.

—Lily... —Rodea la mesa y me mira desde arriba—. ¿Estás bien?

Le muestro el pulgar hacia arriba.

—Perfectamente. Es que no he acertado a sentarme en la silla.

Ella me ofrece la mano para ayudarme a levantarme.

—¿Qué ha pasado? ¿De qué iba todo eso?

Miro hacia la puerta mientras voy a buscar la silla. Me siento y echo un vistazo al móvil.

—Nada. Solo ha venido a disculparse.

Allysa suspira y se vuelve hacia la puerta.

—¿Significa eso que no le interesa el trabajo?

Si algo tiene Allysa es la capacidad de hacerme reír, aunque me encuentre en medio de una crisis emocional.

—Vuelve al trabajo si no quieres que te descuente este rato del sueldo.

Riendo, se acerca a la puerta. Dando golpecitos con el bolígrafo sobre el escritorio, la llamo.

—Allysa, espera.

—Ya lo sé —me interrumpe—. No hace falta que Ryle se entere de esta visita, no tienes por qué pedírmelo.

Le sonrío.

—Gracias.

Ella cierra la puerta.

Alargo la mano y recojo el regalo que lleva tres años esperándome. Al sacarlo de la bolsa veo que se trata de un libro envuelto en papel de seda. Rompo el papel y me dejo caer hacia atrás en la silla.

Hay una foto de Ellen DeGeneres en la cubierta. Riendo, abro el libro y me quedo sin aliento al ver que tiene una dedicatoria y está autografiado. Acaricio las palabras mientras las leo.

Lily:
Atlas dice que sigas nadando.
Ellen DeGeneres

Acaricio la firma. Luego dejo el libro sobre el escritorio, apoyo la frente en la cubierta y me lamento ruidosamente.

17

No llego a casa hasta pasadas las siete de la tarde. Ryle llamó hace una hora para decirme que no vendría a casa esta noche. La separación de los congriogalápagos (o como demonios se llamen) ha sido un éxito, pero va a quedarse en el hospital para asegurarse de que no hay complicaciones.

Al llegar al piso, me recibe el silencio. Me pongo mi silencioso pijama y me como un silencioso sándwich. Y luego me tumbo en mi silencioso dormitorio y abro mi libro nuevo, confiando en que me ayude a acallar mis emociones.

Efectivamente, tres horas más tarde, con el libro casi acabado, estoy mucho más calmada. Coloco un marcapáginas para no perder el punto y cierro el libro, aunque me lo quedo mirando un buen rato. Pienso en Ryle, pienso en Atlas, y pienso en que, a veces, sin importar lo convencida que estés de que las cosas van a fluir de determinada manera, todo cambia tan drástica e implacablemente como la marea.

Dejo el libro que Atlas me ha regalado en el armario donde guardo mis diarios y cojo la libreta que está llena de sus recuerdos. Ha llegado el momento de leer la última entrada de ese diario. Solo entonces podré despedirme de él para siempre.

Querida Ellen:

Normalmente me alegro de que no sepas que existo. Y me alegro de no haberte enviado nunca las cosas que te escribo. Pero algunas veces, como esta noche, me gustaría poder hablar contigo. Necesito contarle a alguien cómo me siento.

Han pasado seis meses desde la última vez que vi a Atlas; no sé dónde está ni cómo le va la vida. Han sucedido muchísimas cosas desde la última vez que te escribí, cuando Atlas se mudó a Boston. Pensé que iba a ser la última vez que lo vería en mucho tiempo, pero no fue así.

Volví a encontrarme con él una vez más, varias semanas después de que se mudó. Era mi cumpleaños, cumplía los dieciséis, y cuando lo vi aparecer, pensé que era el mejor día de mi vida.

Pero luego se convirtió en el peor.

Habían pasado exactamente cuarenta y dos días desde que Atlas se marchó a Boston. Contaba los días, como si fuera a servir de algo. Estaba tan deprimida, Ellen... Aún lo estoy. La gente dice que el amor de los adolescentes no es equiparable al de los adultos. En parte me lo creo, pero no soy adulta y no puedo comparar. Supongo que son amores distintos. Seguro que hay más fondo en el amor de dos adultos. Probablemente haya más madurez, más respeto, más responsabilidad. Pero todo esto no me parece tan importante. Creo que cada amor tiene un peso específico en la vida de una persona, y que ese peso no depende de la edad. Es algo que sientes en los hombros, en el estómago y el corazón, sin importar los años que tengas. Y lo que siento por Atlas pesa mucho. Cada noche lloro hasta quedarme dormida, y antes de dormir susurro: «Sigue nadando». Pero es muy difícil nadar cuando sientes que estás anclado en el agua.

Ahora que lo pienso, probablemente he estado experimentando todas las fases del duelo. Negación, rabia, negociación, depresión y aceptación. La noche de mi cumpleaños estaba profundamente sumida en la fase depresiva. Mi madre había hecho lo que había podido para que fuera un buen día. Me compró suministros de jardinería, preparó mi pastel favorito y las dos salimos a cenar juntas. Pero cuando me metí en la cama esa noche no podía librarme de la tristeza.

Estaba llorando cuando oí los golpecitos en la ventana. Al principio, pensé que empezaba a llover, pero luego oí su voz. Me levanté de un salto y corrí hacia él, con el corazón desbocado. Estaba allí, en la oscuridad, sonriéndome. Levanté la ventana y lo ayudé a entrar. Él me rodeó con sus brazos y no me soltó mientras yo lloraba.

Olía tan bien... Mientras lo abrazaba me di cuenta de que había ganado parte del peso que tanta falta le hacía durante las seis semanas que llevaba sin verlo. Se echó hacia atrás y me secó las lágrimas que me caían por las mejillas.

—¿Por qué lloras, Lily?

Sentí vergüenza por estar llorando. Durante ese mes había llorado mucho, probablemente era el mes en que más lo había hecho en toda mi vida. Probablemente eran mis hormonas adolescentes, mezcladas con la tensión de ver cómo mi padre trataba a mi madre. Tener que despedirme de Atlas fue la gota que colmó el vaso.

Cogí una camiseta del suelo y me sequé los ojos. Luego nos sentamos en la cama. Me atrajo hacia su pecho y se apoyó en el cabecero.

—¿Qué haces aquí? —le pregunté.

—Es tu cumpleaños. Sigues siendo mi persona favorita... y te echaba de menos.

Debió de llegar hacia las diez de la noche, pero charlamos tanto que cuando volví a mirar la hora ya eran pasadas las doce. No recuerdo sobre qué hablamos, pero recuerdo perfectamente cómo me sentía. Atlas parecía muy feliz. Nunca le había visto los ojos tan brillantes. Era como si al fin hubiera encontrado su hogar.

Me dijo que quería contarme algo y se puso muy serio. Me recolocó sobre su regazo, porque quería mirarme a los ojos mientras me contaba lo que quería decirme. Pensé que me diría que tenía novia o que había decidido alistarse en el ejército antes de lo previsto, pero lo que me contó me sorprendió mucho más.

Dijo que, cuando entró en la casa abandonada de los vecinos, no lo hizo buscando un lugar donde dormir.

Entró para suicidarse.

Me cubrí la boca con las manos, porque no sabía que lo había pasado tan mal, hasta el punto de no querer seguir viviendo.

—Espero que nunca sepas lo que es sentirse tan solo en el mundo, Lily.

Me contó que, durante la primera noche, sentado en el salón con la cuchilla cerca de la muñeca, vio encenderse la luz de mi dormitorio.

—Apareciste como un ángel iluminado por la luz del cielo —me dijo—. No podía dejar de mirarte.

Me observó moverme por la habitación. Me observó cuando me tumbé en la cama y escribí en el diario. Y soltó la cuchilla. Dijo que llevaba un mes sin sentir nada, y que verme le despertó sentimientos. Lo justo para salir de la apatía en que había caído, lo justo para no matarse esa noche. Un par de días más tarde le dejé comida en la puerta y el resto ya lo conoces más o menos.

—Me salvaste la vida, Lily —me dijo—. Y ni siquiera eras consciente de lo que acababas de hacer.

Se echó hacia delante y me besó en su lugar favorito, entre el cuello y el hombro. Me gustó que volviera a besarme allí. En general, mi cuerpo no me gusta mucho, pero ese punto en concreto se ha convertido en mi parte favorita.

Me tomó las manos y me confirmó que iba a entrar en el ejército antes de lo previsto, pero dijo que no podía irse sin pasar a darme las gracias. Me dijo que estaría fuera cuatro años, y que lo último que quería era pensar que había una chica de dieciséis años que no estaba viviendo su vida al máximo por culpa de alguien a quien no iba a poder ver.

Emocionado, añadió:

—Lily, la vida es algo muy raro y curioso. Solo tenemos unos cuantos años para vivirla, así que debemos hacer todo lo posible para llenarlos al máximo. No debemos perder tiempo en cosas que tal vez sucedan algún día o que tal vez no sucedan nunca.

Entendí lo que me estaba diciendo. Que se alistaba en el ejército y que no quería que me aferrara a su recuerdo en su ausencia. No estaba rompiendo conmigo porque ni siquiera estábamos juntos. Solo éramos dos personas que se habían ayudado cuando se necesitaban y cuyos corazones se habían fusionado por el camino.

Fue duro sentir que me soltaba antes de haberme agarrado por completo. Durante todo el tiempo que compartimos, creo que ambos supimos que lo nuestro no iba a ser una historia para siempre. Y no sé por qué, porque no me costaría seguir amándolo como lo hago. Probablemente, si nuestras circunstancias fueran normales, podríamos seguir juntos como la típica pareja adolescente que vive una vida normal, en un hogar normal. Podríamos ser una pareja que no experimenta lo cruel que puede ser la vida cuando se interpone entre dos personas.

Ni siquiera traté de hacerle cambiar de opinión. Siento que tenemos ese tipo de conexión que ni siquiera el fuego del infierno sería capaz de romper. Siento que da igual si se alista en el ejército. Yo, mientras tanto, viviré mi vida de adolescente y luego todo volverá a su sitio cuando sea el momento adecuado.

—Voy a prometerte algo —me dijo—. Cuando mi vida sea lo bastante buena para que formes parte de ella, iré a buscarte. Pero no quiero que me esperes porque ese día podría no llegar nunca.

No me gustó su promesa. Atlas pensaba que tal vez no regresara con vida del ejército, o que tal vez su vida nunca sería lo bastante buena para mí. Y aunque para mí su vida ya era lo bastante buena, asentí y me obligué a sonreír.

—Si no vienes, seré yo la que vaya a buscarte. Y ese día te vas a enterar, Atlas Corrigan.

Él se echó a reír ante mi amenaza.

—Bueno, no te costará demasiado encontrarme. Ya sabes dónde estaré.

Mi sonrisa se hizo más amplia.

—Donde todo es mejor.

Él me devolvió la sonrisa.

—Exacto. En Boston.

Y entonces me besó.

Ellen, sé que eres adulta y que sabes lo que vino a continuación, pero igualmente, no me siento cómoda entrando en detalles, así que dejémoslo en que nos besamos mucho. Y reímos mucho. Amamos mucho y respiramos mucho. Mu-

cho. Y los dos tuvimos que taparnos la boca y guardar silencio para que no nos pillaran.

Al acabar, me abrazó y permanecimos unidos, piel con piel, corazón con corazón. Me besó y, mirándome fijamente a los ojos, me dijo:

—Te quiero, Lily. Amo todo lo que eres. Te quiero.

Sé que son palabras que los adolescentes dicen a menudo, muchas veces de manera prematura y sin estar demasiado justificadas. Pero cuando él las pronunció supe que no se estaba declarando. No me estaba diciendo que estaba enamorado de mí; no era ese tipo de «te quiero».

Imagínate a todas las personas que conoces a lo largo de la vida. Son muchísimas. Aparecen en forma de oleaje; unos vienen y otros se van con las mareas. Algunas olas son más grandes e impactan con más fuerza que otras. Algunas de estas olas vienen acompañadas por cosas que arrastran desde lo más profundo del mar y que lanzan en tu orilla, dejando una marca que demuestra que esas personas han estado allí, aunque haga mucho tiempo que la marea retrocedió.

Y eso era lo que Atlas me estaba transmitiendo al decir «te quiero». Me estaba diciendo que yo era la ola más grande con la que se había topado. Y que había dejado tantas cosas en su orilla que mi marca siempre permanecería en su playa, aunque la marea se retirara.

Después me dijo que tenía un regalo de cumpleaños para mí y me enseñó una bolsita marrón.

—No es gran cosa, pero es todo lo que me pude permitir.

Abrí la bolsita y saqué el mejor regalo que me han hecho nunca. Era un imán con las letras BOSTON en la parte superior. En la parte inferior, en letras diminutas, ponía: DONDE TODO ES MEJOR. Le dije que lo guardaría siempre y que cada vez que lo viera me acordaría de él.

Al empezar esta carta te he dicho que el día en que cumplí los dieciséis fue uno de los mejores días de mi vida. Y, hasta ese preciso momento, lo fue. Pero los minutos siguientes no lo fueron.

Atlas apareció por sorpresa. No esperaba su visita y por eso no cerré la puerta con pestillo. Mi padre me oyó hablar con alguien en la habitación y abrió la puerta. Al ver a Atlas en mi cama, se enfureció como nunca. Y Atlas estaba en desventaja, porque no estaba preparado para lo que vino a continuación.

Por muchos años que viva, nunca olvidaré lo que sentí cuando mi padre se abalanzó sobre Atlas con un bate de béisbol. El sonido de sus huesos al romperse era lo único que lograba oír más allá de mis gritos.

Aún no sé quién llamó a la policía. Estoy segura de que fue mi madre, pero han pasado seis meses y todavía no hemos hablado de lo que pasó esa noche. Cuando la policía entró en mi habitación y apartó a mi padre de Atlas, estaba tan cubierto de sangre que no lo reconocí.

Estaba histérica.

Histérica.

No solo tuvieron que llevarse a Atlas en ambulancia, tuvo que venir otra a buscarme a mí porque no podía respirar. Ha sido el primer y único ataque de pánico que he tenido en la vida.

Nadie me decía dónde estaba Atlas; ni siquiera me contaban si estaba bien. Y a mi padre, por supuesto, no le pasó nada. No solo no lo arrestaron, sino que acabó con-

vertido en un héroe. Se corrió la voz de que Atlas era un sin techo que se había alojado en la casa abandonada, y a mi padre le llovieron los elogios por salvar a su niñita de las garras del desaprensivo sin techo que había abusado de ella.

Mi padre me dijo que yo era la vergüenza de la familia por darle a la gente algo con lo que criticarnos. Y lo peor es que no le falta razón, sigue siendo fuente de cotilleos. Hoy mismo he oído a Katie contarle a alguien en el autobús que ella trató de advertirme sobre Atlas. Ha dicho que ella se había dado cuenta de que ese chico era problemático desde la primera vez que lo vio, lo que es una gilipollez. Si Atlas hubiera estado a mi lado, probablemente me habría callado y habría actuado con madurez, como él me enseñó. Pero no estaba a mi lado, así que me he vuelto hacia ella y la he mandado a la mierda. Le he soltado que Atlas es mejor persona de lo que ella será nunca y que, si vuelvo a oírle decir algo malo sobre él, lo lamentará.

Ella ha puesto los ojos en blanco y me ha dicho:

—Por Dios, Lily, ¿te lavó el cerebro? Era un chico sin techo, un sucio ladronzuelo que probablemente se drogaba. Te usó para conseguir comida y sexo..., y ¿todavía lo defiendes?

Ha tenido suerte de que el autobús se ha parado delante de mi casa en ese momento. He cogido la mochila, me he metido en mi habitación y me he pasado tres horas llorando. Ahora me duele la cabeza, pero sabía que la única manera de sentirme un poco mejor iba a ser volcarlo todo sobre el papel. Llevaba seis meses resistiéndome a escribir esta carta.

No te lo tomes a mal, Ellen, pero me sigue doliendo la

cabeza. Y el corazón. Tal vez más que antes. Esta carta no me ha ayudado una mierda.

Creo que voy a dejar de escribirte durante una temporada. Escribirte me hace pensar en él, y me duele demasiado. Hasta que él vuelva a por mí, voy a seguir fingiendo que estoy bien. Seguiré fingiendo que nado, cuando en realidad lo que hago es flotar, y me cuesta horrores mantener la cabeza fuera del agua.

Lily

Vuelvo la página, pero está en blanco. Esa fue la última vez que escribí a Ellen.

Tampoco volví a saber nada de Atlas y no me extrañó. Mi padre estuvo a punto de matarlo; a mí tampoco me habrían quedado ganas de volver.

Sabía que estaba vivo y que se encontraba bien porque de vez en cuando me podía la curiosidad y lo buscaba en internet. No había demasiada información, pero al menos sabía que estaba vivo y que seguía en el ejército.

Nunca logré quitármelo del todo de la cabeza. El tiempo suavizó las cosas, pero, de vez en cuando, me encontraba con algo que me recordaba a él y me alteraba mucho. Un día, cuando ya llevaba dos años en la universidad y estaba saliendo con alguien, me di cuenta de que quizá Atlas no estaba destinado a desempeñar un gran papel en mi vida. Tal vez simplemente era una etapa.

Quizá el amor no siempre tiene un final cerrado. Tal vez sea como las mareas, como las personas que entran y salen de nuestras vidas.

Durante una noche en que la soledad me resultaba particularmente dura de sobrellevar, fui sola a un estudio y me hice tatuar un corazón donde él solía besarme. Es un corazón pequeño, como la huella dactilar de un pulgar, que se parece al que él talló en madera de roble. No está cerrado del todo por arriba y me pregunto si Atlas lo haría así expresamente, porque así es como mi corazón se siente cada vez que pienso en él. Como si tuviera un agujero que deja escapar todo el aire.

Cuando acabé la universidad me mudé a Boston y no exclusivamente porque esperara encontrármelo, sino porque quería comprobar con mis propios ojos si todo era realmente mejor allí. Plethora ya no tenía ningún aliciente para mí y quería alejarme todo lo posible de mi padre. Aunque estaba enfermo y ya no suponía una amenaza para mi madre, su sola presencia me despertaba ganas de salir huyendo del estado de Maine, y eso fue lo que hice.

Ver a Atlas en su restaurante por primera vez me despertó unas emociones tan intensas que no supe procesarlas. Me alegró ver que estaba bien y me hizo muy feliz comprobar que tenía un aspecto muy saludable, pero mentiría si dijera que no me rompió un poco el corazón darme cuenta de que no había tratado de encontrarme tal como me prometió.

Le quiero. Aún hoy, y sé que siempre le querré. Fue una ola gigante que dejó un montón de marcas en mi vida, y sentiré el peso de ese amor hasta que me muera; lo tengo asumido.

Pero las cosas han cambiado mucho. Después de que salió de mi despacho hace un rato, he pensado mucho en nosotros y creo que nuestras vidas están donde deben estar. Yo tengo a Ryle, y Atlas tiene a su novia. Ambos hemos logrado nuestros trabajos soñados. Y que no hayamos acabado formando parte de la misma ola no significa que no formemos parte del mismo océano.

La relación con Ryle es todavía bastante reciente, pero los sentimientos son igual de profundos que los que tenía con Atlas. Noto que me quiere como me quería Atlas y sé que, si Atlas llegara a conocerlo, él también se daría cuenta y se alegraría por mí.

A veces, una ola llega de manera inesperada, te traga y se resiste a escupirte de nuevo en la playa. Ryle es mi tsunami inesperado y ahora mismo estoy surfeando su bonita cresta.

SEGUNDA PARTE

18

—Ay, Dios. Creo que voy a vomitar.

Ryle pone el pulgar debajo de mi barbilla y me levanta la cara. Está sonriendo.

—Todo irá bien; deja de preocuparte.

Sacudo las manos con fuerza mientras doy saltos dentro del ascensor.

—No puedo evitarlo. Todo lo que Allysa y tú me habéis contado sobre vuestra madre me pone muy nerviosa. —Abro mucho los ojos y me llevo las manos a la boca—. ¡Ay, Dios! Y ¿si me hace preguntas sobre Jesús? No voy a la iglesia. Leí la Biblia cuando era más joven, pero no me sé las cosas de memoria.

Ryle se ríe a carcajadas. Me atrae hacia él y me besa la cabeza.

—No te va a preguntar nada sobre Jesús. Ya te quiere, Lily, solo por las cosas que le he contado sobre ti. Lo único que has de hacer es ser tú misma.

Asiento con la cabeza.

—Vale, ser yo misma. Creo que podré fingir ser yo misma por una noche.

Las puertas se abren y Ryle me indica que salga primero. Vamos a casa de Allysa y me hace gracia ver que Ryle llama a la puerta, pero supongo que, técnicamente, ya no vive aquí. A lo largo de los últimos meses se ha ido mudando a mi casa de manera paulatina. Toda su ropa está ya en mi piso, y sus artículos de baño. La semana pasada colgó la absurda foto borrosa del primer día en el dormitorio y, después de aquello, sentí que lo nuestro ya era oficial.

—¿Sabe que estamos viviendo juntos? —le pregunto—. ¿Le parece bien? Quiero decir..., ¿le importa que no estemos casados? Es que va a misa cada domingo. ¡Ay, Dios! ¡Ryle! Y ¿si tu madre piensa que soy una puta blasfema?

Él señala hacia la puerta con la cabeza. Al volverme hacia allí, me encuentro a su madre mirándonos sorprendida.

—Madre, te presento a Lily, mi puta blasfema.

«Ay, Dios bendito.»

Su madre me envuelve en un abrazo. Cuando la oigo reír, me calmo lo suficiente para empezar a disfrutar de la noche.

—¡Lily! —exclama, apartándose y sujetándome por los hombros para repasarme bien de arriba abajo—. Cariño, no pienso que seas una puta blasfema, ¡creo que eres el ángel que llevo diez años rezando para que aterrice en el regazo de Ryle!

Nos hace entrar en el piso. El padre de Ryle también me saluda con un abrazo.

—No, por supuesto que no eres una puta blasfema —corrobora—. No como Marshall, que le clavó los dientes a mi niñita cuando solo tenía diecisiete años —añade, dirigiéndole una mirada asesina a Marshall, que está sentado en el sofá.

Él se echa a reír.

—Se equivoca, doctor Kincaid. Allysa fue la que me clavó los dientes a mí. Yo los tenía en la boca de otra chica que sabía a Cheetos y...

Marshall se encoge cuando Allysa le da un codazo en el costado.

Y, con unas pocas frases, todos mis miedos se desvanecen.

Los padres de Ryle son perfectos, son normales. Dicen *puta* y se ríen de las bromas de Marshall.

«No podría desear nada mejor.»

Tres horas más tarde, estoy tumbada en la cama con Allysa. Sus padres se han ido a dormir pronto, quejándose del jet-lag. Ryle y Marshall están en el salón, mirando deportes, y yo tengo la mano apoyada en el vientre de Allysa, esperando a que el bebé dé pataditas.

—Tiene los pies aquí —dice, desplazándome la mano unos centímetros—. Dale un momento. Está muy activa esta noche.

Permanecemos calladas, esperando a que llegue la siguiente patada. Cuando al fin lo hace, grito y me echo a reír.

—¡Ay, Dios! ¡Es como el extraterrestre aquel de la peli *Alien*!

Allysa mantiene mi mano apoyada en su vientre.

—Estos dos últimos meses van a ser un infierno —admite, pero añade—: Tengo tantas ganas de conocerla...

—Yo también. Me muero de ganas de ser tía.

—Y yo me muero de ganas de que Ryle y tú tengáis un bebé.

Me tumbo de espaldas en la cama y me llevo las manos a la nuca.

—No sé si Ryle quiere tener niños; no hemos hablado nunca del tema.

—No importa si no los quiere ahora. Los querrá. Tampoco quería tener una relación seria con nadie antes de conocerte, ni casarse, pero ahora intuyo que te propondrá matrimonio en cualquier momento.

Apoyo la cara en una mano y la miro.

—Solo llevamos seis meses juntos. Seguro que querrá esperar mucho más.

Nunca empujo a Ryle a nada en lo que respecta a la relación. Nuestras vidas son perfectas tal como están. Además, los dos nos encontramos demasiado ocupados para preparar una boda, así que no me importa que quiera esperar.

—Y ¿tú qué? —insiste Allysa—. ¿Le dirías que sí si te lo pidiera?

Me echo a reír.

—¿Me tomas el pelo? Claro; me casaría con él esta misma noche.

Allysa mira hacia la puerta, por encima de mi hombro, frunciendo los labios para aguantarse la risa.

—Está en la puerta, ¿no?

Ella asiente.

—Me ha oído decir eso, ¿no?

Allysa vuelve a asentir.

Me doy la vuelta rodando y miro a Ryle, que está apoyado en el quicio de la puerta, con los brazos cruzados sobre el pecho. No sabría decir qué está pensando tras haber oído lo que he dicho. Tiene la mandíbula apretada y los ojos entornados.

—Lily —dice estoico, sin alzar la voz—. Me casaría contigo en este mismo momento, joder.

Sus palabras me provocan una sonrisa imposible de disimular, así que opto por taparme la cara con un almohadón.

—Vaya, qué bonito. Gracias, Ryle —replico, con la voz ahogada por el almohadón.

—Pues sí, es muy bonito —admite Allysa—. Resulta que mi hermano es un amor cuando quiere.

Ryle me arranca el almohadón de la cara y me mira desde arriba.

—Vamos.

El corazón me empieza a latir desbocado.

—¿Ahora?

Él asiente con la cabeza.

—Me he tomado el fin de semana libre porque mis padres venían a vernos. Tienes empleados que pueden ocuparse de la floristería. Vayamos a Las Vegas y casémonos.

Allysa se sienta en la cama.

—No puedes hacerlo así —lo reprende—. Lily es una chica. Quiere una boda de verdad, con flores, damas de honor y mierdas de esas.

Ryle me mira.

—¿Quieres una boda de verdad con flores, damas de honor y mierdas de esas?

Lo pienso durante un segundo.

—No.

Los tres nos quedamos en silencio durante un instante, y luego Allysa se pone a patalear con las piernas en el aire de pura felicidad.

—¡Se casan! —grita. Se levanta de la cama y sale corriendo al salón—. ¡Marshall, haz la maleta! ¡Nos vamos a Las Vegas!

Ryle me da la mano y me ayuda a levantarme. Está sonriendo, pero yo necesito que me confirme que realmente quiere casarse.

—¿Estás seguro, Ryle?

Él hunde las manos en mi pelo y me acerca a él, rozándome la boca con sus labios.

—¿Quieres la verdad? ¿La pura verdad? —susurra—. Me hace tanta ilusión ser tu marido que estoy a punto de mearme en los pantalones.

19

—Ya han pasado seis semanas, mamá. Supéralo de una vez.

Mi madre suspira al otro lado del teléfono.

—Eres mi única hija. No puedo evitarlo; llevaba toda la vida soñando con tu boda.

Todavía no me lo ha perdonado, y eso que asistió. La llamamos justo antes de que Allysa comprara los billetes de avión. La sacamos de la cama, igual que a los padres de Ryle, y los subimos a todos en un vuelo de medianoche a Las Vegas. No trató de hacerme cambiar de idea, porque se dio cuenta de que Ryle y yo estábamos convencidos, pero no deja pasar una oportunidad para recordármelo. Ha estado soñando con una gran boda, con ir a probarse vestidos conmigo y con elegir juntas la tarta desde que nací.

Subo los pies al sofá.

—Y ¿si te lo compenso? —le pregunto—. ¿Qué te parece si, cuando decidamos tener un bebé, lo hacemos a la manera tradicional y no lo encargamos en Las Vegas?

Mi madre se echa a reír.

—Con tal de que me des nietos algún día, lo superaré.

Ryle y yo sacamos el tema durante el vuelo a Las Vegas. Quería asegurarme de que no era un tema tabú, antes de sellar el compromiso de pasar el resto de mi vida con él. Él dijo que, por supuesto, podríamos planteárnoslo más adelante. Y luego hablamos de un montón más de asuntos que podrían resultar problemáticos en el futuro. Le dije que quería que tuviéramos cuentas separadas, pero que, como él gana más dinero que yo, iba a tener que hacerme muchos regalos para tenerme contenta. Estuvo de acuerdo. Me hizo prometerle que nunca me haría vegana. Fue una promesa fácil de hacer; me gusta demasiado el queso para renunciar a él. Le dije que tendríamos que fundar una organización benéfica o, al menos, hacer donaciones a las favoritas de Marshall y Allysa. Me dijo que ya donaba, y eso hizo que me entraran aún más ganas de casarme con él. Él me hizo prometer que votaría. Dijo que podía votar a los demócratas, a los republicanos o a candidatos independientes, pero que votara. Se lo prometí con un apretón de manos. Cuando el avión aterrizó en Las Vegas, estábamos de acuerdo en todo.

Oigo que alguien abre la puerta y me tumbo de espaldas.

—Tengo que colgar —le digo a mi madre—. Ryle acaba de llegar. —Él cierra la puerta y, sonriendo, digo—: Un momento, déjame reformular la frase, mamá. Mi marido acaba de llegar a casa.

Mi madre se echa a reír antes de despedirse y de colgar. Dejo el teléfono a un lado, levanto un brazo y lo apoyo lánguidamente en el reposabrazos. Luego acomodo la pierna en el respaldo del sofá, permitiendo que la falda me resbale por los muslos y se me arremoline en la cintura. Ryle me repasa de arriba abajo y sonríe mientras se acerca a mí. Se deja caer de rodillas en el sofá y se encarama lentamente sobre mí.

—¿Cómo está mi mujer? —susurra, besándome alrededor de la boca.

Cuando lo noto presionando entre las piernas, echo la cabeza hacia atrás y él me besa el cuello.

«Esto es vida.»

Los dos trabajamos casi todos los días. Él trabaja el doble de horas que yo y solo llega a casa antes de que me meta en la cama dos o tres noches a la semana. Pero, durante las noches en que estamos juntos, procuro que él pase todo el tiempo posible enterrado profundamente en mi interior.

Y él no se queja.

Elige un punto en mi cuello y lo besa con tanta fuerza que duele.

—¡Au!

Él se deja caer sobre mí y murmura, con la cara enterrada en mi cuello:

—Te voy a hacer un chupetón; no te muevas.

Riendo, le dejo hacer. Tengo el pelo largo, así que podré tapármelo si hace falta. Además, nunca me habían hecho un chupetón.

Sus labios permanecen en el mismo punto, succionando y besándome hasta que deja de dolerme. Está pegado a mí, y noto su erección presionando los pantalones. Se los bajo lo justo para que pueda deslizarse dentro de mí. Sin dejar de besarme el cuello, lo hacemos aquí mismo, en el sofá.

Él se duchó primero y, en cuanto acabó, ocupé su lugar. Le dije que teníamos que quitarnos de encima el olor a sexo antes de ir a cenar con Allysa y Marshall.

Allysa sale de cuentas dentro de unas semanas; por eso insiste en que hagamos cenas de parejitas a menudo, para aprovechar el tiempo. Tiene miedo de que, cuando nazca el bebé, dejemos de visitarlos, lo que es absurdo. Sé que los encuentros serán aún más frecuentes. Ya quiero a mi sobrina más que ellos. Bueno, tal vez no tanto, pero casi.

Trato de no mojarme el pelo, porque ya vamos tarde. Cojo la maquinilla de afeitar y estoy a punto de depilarme las axilas cuando oigo el ruido de algo que se rompe.

—Ryle...

Nada.

Acabo de depilarme y me aclaro el jabón.

Otro ruido.

«¿Qué demonios está haciendo?»

Cierro el agua, cojo la toalla y me seco rápidamente.

—¡Ryle!

Sigue sin responder. Me pongo los vaqueros a toda prisa y abro la puerta mientras me pongo la camiseta.

—Ryle...

La mesita de noche que hay junto a la cama está tumbada. Voy al salón. Está sentado en el borde del sofá, con la cabeza apoyada en una mano, mirando algo que sostiene con la otra mano.

—¿Qué haces?

Me mira, pero no soy capaz de descifrar su expresión. No entiendo qué está sucediendo. No sé si acaba de recibir malas noticias o...

«Ay, Dios. Allysa.»

—Ryle, me estás asustando. ¿Qué pasa?

Él me muestra mi teléfono y me mira como si eso lo explicara todo. Cuando sacudo la cabeza, sin entender nada, me muestra un trozo de papel.

—Qué curioso —dice, dejando el móvil en la mesita baja—. Se me ha caído tu teléfono, sin querer. Se le ha salido la carcasa y he encontrado este número escondido dentro.

«Oh, no. No, no, no.»

Aprieta el puño, arrugando el papel.

—He pensado: «Qué raro. Lily no me esconde nada». —Se levanta y coge el teléfono—. Así que he llamado al número. —Aprieta el móvil con rabia—. Por suerte para él, ha saltado el puto buzón de voz.

Lanza el móvil con todas sus fuerzas. Este choca contra la pared y cae en pedazos al suelo.

Durante unos segundos, pienso que las cosas pueden tomar dos rumbos:

Me va a dejar.

O me va a hacer daño.

Se pasa una mano por el pelo y se dirige a la puerta.

«Me va a dejar.»

—¡Ryle! —grito.

«¿Por qué demonios no tiré el número?»

Abro la puerta y corro tras él, que baja los escalones de dos en dos. Lo alcanzo en el rellano de la segunda planta. Me coloco ante él y le agarro la camisa con las dos manos.

—Ryle, por favor, deja que te lo explique.

Él me agarra las muñecas y me da un empujón.

—Estate quieta.

Siento sus manos sobre mí, firmes pero delicadas.

Estoy llorando y, por alguna razón, las lágrimas me escuecen.

—Lily, por favor, no te muevas —me dice en tono tranquilizador.

Me duele la cabeza.

—¿Ryle?

Intento abrir los ojos, pero la luz es demasiado intensa. Noto una punzada en la comisura del ojo y me encojo de dolor. Trato de incorporarme, pero él lo impide apoyándome una mano en el hombro.

—Tienes que estarte quieta hasta que acabe, Lily.

Abro los ojos y reconozco el techo de nuestro dormitorio.

—¿Hasta que acabes con qué? —Me duele la boca al hablar. Levanto una mano y me la cubro con ella.

—Te has caído por la escalera —responde—. Te has hecho daño.

Lo miro a los ojos y leo en ellos preocupación, pero también dolor. Y enfado. Él siente todas esas cosas a la vez, pero yo solo me siento confundida.

Vuelvo a cerrar los ojos, tratando de recordar por qué está enfadado, por qué se siente herido.

Mi teléfono.

El número de Atlas.

La escalera.

Lo agarré por la camisa.

Él me empujó.

«Te has caído por la escalera», me ha dicho.

Pero no es verdad, no me he caído.

Él me ha empujado. Otra vez.

Y ya van dos.

«Me empujaste tú, Ryle.»

Los sollozos me asaltan y empiezo a temblar violentamente. No sé si las heridas que tengo son graves, pero me da igual. No hay dolor físico que se pueda comparar a lo que mi corazón está sintiendo ahora mismo. Le golpeo las manos para que se aparte de mí. Él se levanta de la cama y yo me hago un ovillo.

Espero que él me consuele como la última vez que me hizo daño, pero no es eso lo que sucede. Lo oigo dar vueltas por el dormitorio. No sé lo que hace. Sigo llorando cuando al fin se arrodilla frente a mí.

—Es posible que tengas una contusión —dice, como si nada—. Tienes un corte pequeño en el labio y te he vendado el corte del ojo. No necesitas que te den puntos —añade en tono distante—. ¿Te duele en alguna otra parte? ¿Los brazos? ¿Las piernas?

Suena como un médico, no como un marido.

—Tú me empujaste —lo acuso, llorando.

No puedo pensar en nada más.

—Te caíste —me rebate calmado—. Hace unos cinco minutos, justo después de que descubrí que me había casado con una mentirosa de mierda. —Deja algo en la almohada, a mi lado—. Si necesitas algo más, siempre puedes llamar a este número.

Miro el papel arrugado donde está anotado el número de Atlas.

—Ryle —sollozo.

«¿Qué está pasando?»

Oigo que sale de casa dando un portazo.

El mundo se derrumba a mi alrededor.

—Ryle —susurro, aunque no hay nadie.

Me cubro la cara con las manos y lloro como nunca he llorado. Estoy destrozada.

«Cinco minutos.»

Solo hacen falta cinco minutos para destrozar por completo a una persona.

Pasan unos cuantos minutos. No sé cuántos, tal vez diez.

No puedo parar de llorar. No me he movido de la cama.

Me da miedo mirarme en el espejo. Yo... tengo mucho miedo.

Oigo que la puerta de la calle se abre y vuelve a cerrarse de un portazo. Ryle aparece en la puerta y no sé si debo odiarlo.

O sentirme aterrorizada.

O sentir lástima por él.

¿Cómo puedo estar sintiendo las tres cosas a la vez?

Ryle apoya la frente en la puerta y lo veo darse de cabezazos, una, dos, tres veces.

Se vuelve bruscamente, se acerca corriendo y se deja caer de rodillas junto a la cama. Me coge las manos y las aprieta.

—Lily —me dice, con la cara contraída en una mueca de dolor—. Por favor, dime que no ha pasado nada. —Me acaricia la cabeza y noto cómo le tiembla la mano—. No puedo soportarlo, no puedo. —Se inclina sobre mí y me besa la frente, presionando con fuerza. Luego apoya su frente en la mía—. Por favor, dime que no os estáis viendo. Por favor.

No sé si voy a ser capaz de decírselo, porque no puedo ni hablar.

Él sigue pegado a mí, con la mano fuertemente enredada en mi pelo.

—Me duele tanto, Lily... Te quiero tanto...

Yo niego con la cabeza, y me fuerzo a contarle la verdad porque quiero que se dé cuenta del enorme error que ha cometido.

—Me olvidé de que estaba ahí —le digo, en voz baja—. El día después de la pelea en el restaurante... vino a la tienda. Puedes preguntárselo a Allysa. Solo estuvo cinco minutos. Cogió el móvil y puso el número en la funda porque pensaba que no estaba segura a tu lado. Me olvidé de que estaba ahí, Ryle. No lo he mirado ni una vez.

Él, tembloroso, suelta el aire y asiente aliviado.

—¿Me lo juras, Lily? ¿Me juras por nuestro matrimonio y nuestras vidas y por todo lo que eres que no has vuelto a hablar con él desde ese día?

Se aparta un poco para poder mirarme a los ojos.

—Lo juro, Ryle. Has reaccionado desproporcionadamente sin darme la oportunidad de explicarme —respondo—. Y ahora vete, lárgate ahora mismo de mi casa.

Mis palabras lo han dejado sin respiración. Lo veo de cerca y en detalle. Se deja caer hacia atrás hasta que la pared lo para y me mira en silencio; en shock.

—Lily —susurra—. Te has caído por la escalera.

No sé si trata de convencerme a mí o a sí mismo.

—Vete de mi casa —repito calmada.

Él permanece inmóvil. Me siento en la cama y me llevo la mano al ojo, donde noto un dolor punzante. Él se levanta del suelo y, cuando da un paso adelante, me echo hacia atrás en la cama.

—Estás herida, Lily. No pienso dejarte sola.

Cojo una almohada y se la lanzo, como si pudiera dañarlo con ella.

—¡Largo! —grito mientras él atrapa la almohada. Cojo la otra, me levanto de la cama y lo ahuyento a golpes de almohada, gritando—: ¡Largo, largo, largo!

Cuando oigo que se cierra la puerta de la calle, tiro la almohada al suelo.

Corro hasta la entrada y, tras cerrar con llave y pestillo, regreso al dormitorio y me dejo caer en la cama; la cama que comparto con mi marido, la cama en la que él me hace el amor.

La cama en la que me tumba cuando tiene que poner orden en el caos que deja.

20

Traté de arreglar el teléfono antes de acostarme anoche, pero no pude. Estaba roto en dos trozos. Puse el despertador para levantarme temprano esta mañana y comprarme uno nuevo de camino al trabajo.

No tengo la cara tan mal como me temía. Por supuesto, no es algo que pueda ocultarle a Allysa, pero ni siquiera lo voy a intentar. Me he peinado con la raya al lado para disimular la herida del ojo, así que lo único que queda a la vista es el corte del labio... y el chupetón del cuello.

«Qué puta ironía.»

Cojo el bolso y abro la puerta, pero me detengo en seco al ver el bulto a mis pies.

Se mueve.

Tardo unos segundos en darme cuenta de que el bulto es Ryle.

«¿Ha dormido aquí fuera?»

Se levanta en cuanto nota que he abierto la puerta y se planta ante mí, con los ojos suplicantes. Me apoya las manos en las mejillas y, con los labios pegados a los míos, murmura:

—Lo siento, lo siento, lo siento.

Me echo hacia atrás y lo observo de arriba abajo.

«¿Ha dormido aquí fuera?»

Salgo y cierro la puerta. Lo rodeo con calma y bajo la escalera. Él me sigue hasta el coche, rogándome todo el rato que hable con él.

No lo hago.

Me voy.

Una hora más tarde tengo un móvil nuevo en las manos. Lo enciendo en el aparcamiento de la tienda de móviles y veo cómo empiezan a entrar mensajes, diecisiete en total. Son todos de Allysa.

Supongo que Ryle no me mandó ninguno porque sabía en qué estado se encontraba mi teléfono. Estoy a punto de abrir el primer mensaje cuando el móvil suena. Es Allysa.

—Hola...

Ella suelta un suspiro hondo y luego se lanza a reñirme:

—¡Lily! ¿Qué demonios pasa? No puedes hacerme esto, ¿eh? ¡Estoy embarazada!

Pongo el coche en marcha y conecto el *bluetooth* mientras me dirijo a la tienda. Allysa tiene fiesta hoy. Ya solo le quedan unos días antes de que se tome la baja anticipada por maternidad.

—No pasa nada; estoy bien, y Ryle también. Discutimos. Siento no haber podido llamarte antes, pero es que me rompió el teléfono.

Ella guarda silencio unos instantes antes de seguir hablando.

—¿Lo rompió? ¿Seguro que te encuentras bien? ¿Dónde estás?

—Sí, me encuentro bien; voy de camino al trabajo.

—Bien, yo estoy llegando.

Voy a protestar, pero ella cuelga antes de que pueda hacerlo.

Cuando llego a la floristería, ella ya está dentro. Abro la puerta, preparándome para responder a sus preguntas y para justificar mi decisión de haber echado a su hermano de casa, pero cambio de idea al ver que Ryle está con ella junto al mostrador. Ryle está apoyado en él y Allysa le ha cubierto las manos con las suyas y le está diciendo algo que no oigo. Ambos se vuelven hacia mí cuando cierro la puerta.

—Ryle —susurra Allysa al verme—. ¿Qué le has hecho? —Se acerca a mí y me da un abrazo—. Oh, Lily.

Me acaricia la espalda arriba y abajo. Cuando se aparta, veo que tiene lágrimas en los ojos.

Su reacción me extraña. Es obvio que sabe que Ryle es el responsable de mis heridas, pero, entonces, ¿no debería estar gritándole en vez de llorar?

Allysa se vuelve hacia Ryle, que me está mirando con expresión arrepentida. Me mira como si quisiera abrazarme pero le diera miedo tocarme. Hace bien.

—Tienes que contárselo —le dice Allysa.

Él deja caer la cabeza en las manos.

—Cuéntaselo —le ordena, esta vez más enfadada—. Tiene derecho a saberlo, Ryle. Es tu mujer. Si no se lo cuentas tú, lo haré yo.

Ryle se ha desplomado sobre el mostrador. No sé qué es lo que Allysa quiere que me cuente, pero está pasándolo tan mal que ni siquiera se atreve a mirarme.

Se me cierra el estómago y siento que la rabia se adueña de mi alma. Allysa se vuelve hacia mí y me apoya las manos en los hombros.

—Escúchalo —me pide—. No te pido que lo perdones porque no tengo ni idea de lo que pasó anoche, pero, por favor, como cuñada y mejor amiga te ruego que le des a mi hermano la oportunidad de hablar contigo.

Allysa se ofreció a ocuparse de la tienda hasta que llegara el empleado que empezaba su turno una hora más tarde. Yo seguía tan enfadada con Ryle que no quería compartir coche con él. Por eso él pidió un Uber y quedamos en mi casa.

Durante el trayecto, no dejo de darle vueltas a la cabeza. ¿Qué puede ser lo que Ryle tiene que contarme que Allysa ya sabe?

Me planteo mil situaciones. ¿Se estará muriendo? ¿Me ha engañado? ¿Se ha quedado sin trabajo? Allysa no parecía estar al corriente de lo que pasó anoche, así que no entiendo su insistencia.

Ryle entra en el apartamento diez minutos después de que lo haga yo. Yo estoy sentada en el sofá, mordiéndome las uñas, nerviosa.

Me levanto y empiezo a caminar por el salón mientras él se sienta en una silla. Se echa hacia delante y enlaza las manos.

—Por favor, siéntate, Lily —me ruega, como si no pudiera soportar verme preocupada.

Vuelvo al sofá, pero esta vez me pego al reposabrazos, subo los pies al sofá y me llevo las manos a la boca.

—¿Te estás muriendo?

Él abre mucho los ojos y niega con la cabeza.

—No, no. No es eso.

—Entonces, ¿qué es?

Necesito que lo suelte de una vez. Me están empezando a temblar las manos.

Al verme tan preocupada, se echa hacia delante, me aparta las manos de la cara y las toma entre las suyas, apretándolas.

Una parte de mí no quiere que me toque tras lo que me hizo ayer, pero otra parte necesita la fuerza que me da su contacto. Lo que sea que está a punto de contarme me pone tan nerviosa que me estoy mareando.

—Nadie va a morirse, ni te estoy poniendo los cuernos. Lo que tengo que contarte no va a hacerte daño, ¿vale? Es algo del pasado, pero Allysa cree que debo contártelo y..., bueno, sí, supongo que yo también.

Asiento y él me suelta las manos. Esta vez es él quien se levanta y se pone a caminar arriba y abajo detrás de la mesita baja. Ver lo mucho que le cuesta encontrar las palabras me está poniendo aún más nerviosa.

—Lily, ¿te acuerdas de la noche en que nos conocimos?

Asiento en silencio.

—¿Te acuerdas de lo enfadado que estaba cuando salí a la azotea?

Vuelvo a asentir. Se puso a darle patadas a una tumbona sin saber que el polímero para barcos es prácticamente indestructible.

—¿Recuerdas mi pura verdad? ¿Lo que te conté aquella noche, lo que me había hecho enfurecer?

Agacho la cabeza, tratando de recordar aquella noche y todo lo que me contó. Dijo que el matrimonio le repugnaba, que solo le interesaban los rollos de una noche, que no quería tener hijos. Y estaba furioso porque había perdido a un paciente esa noche.

—El niño pequeño —respondo, asintiendo con la cabeza—. Estabas furioso porque había muerto un niño pequeño.

Él, aliviado, suelta el aire bruscamente.

—Sí, exacto, por eso. —Se levanta y tengo la sensación de ver cómo se le desmorona el alma. Se cubre los ojos con las manos y aprieta, como luchando contra las lágrimas—. Y cuando te lo conté, ¿recuerdas lo que me dijiste?

Tengo ganas de llorar y aún no sé por qué.

—Sí, te dije que no me podía imaginar cómo iba a afectarle eso al hermano que disparó sin querer. —Me empieza a temblar el labio—. Y entonces es cuando tú dijiste que le iba a destrozar la vida.

Ay, Dios.

«¿Adónde quiere llegar con esto?»

Ryle se acerca y se deja caer de rodillas frente a mí.

—Lily. Sabía que lo destrozaría. Sabía exactamente lo que ese otro niño estaba sintiendo..., porque eso es lo que me pasó a mí. Y a Allysa y a mi hermano mayor...

No puedo seguir conteniendo las lágrimas. Mientras lloro, Ryle me abraza por la cintura y apoya la cabeza en mi regazo.

—Le disparé, Lily. A mi mejor amigo, mi hermano mayor. Yo tenía seis años; ni siquiera sabía que la pistola que tenía en la mano era de verdad.

Me abraza con más fuerza cuando se pone a temblar de manera incontrolada. Le doy un beso en la cabeza porque me parece que está a punto de venirse abajo..., como la noche de la azotea. Y aunque estoy furiosa con él, sigo enamorada, y me destroza lo que me está contando, sobre su familia, sobre Allysa.

Permanecemos sentados en silencio un buen rato, con su cabeza en mi regazo, sus brazos rodeándome la cintura y mis labios en su pelo.

—Ella solo tenía cinco años cuando sucedió. Emerson tenía siete. Estábamos en el garaje y nadie nos oía gritar. Estaba ahí, sentado, y...

Se aparta de mí, se levanta y se queda mirando en dirección contraria. Pasado un rato, se sienta en el sofá y se echa hacia delante.

—Traté de... —Ryle hace una mueca de agonía y agacha la cabeza, cubriéndosela con las manos y negando de lado a lado—. Traté de volver a colocarlo todo dentro de su cabeza. Pensé que así podría arreglarlo, Lily.

Me llevo la mano a la boca, pero he contenido el aliento con tanta fuerza que no hay manera de disimularlo.

Me levanto para recobrar el aire.

No sirve de nada.

Sigo sin poder respirar.

Ryle se acerca a mí, me toma las manos y me atrae hacia él. Nos abrazamos durante un minuto o más y luego me dice:

—Nunca usaría esto como excusa para justificar mi comportamiento. —Se aparta para mirarme a los ojos—. Tienes que creerme. Allysa quería que te lo contara porque, desde que sucedió, hay cosas que no puedo dominar. Pierdo el control de mis actos y luego tengo lagunas mentales. Voy a terapia desde los seis años, pero no es una excusa, es mi realidad. —Me seca las lágrimas, acunando mi cabeza contra su hombro—. Cuando saliste corriendo tras de mí anoche, juro que no tenía intención de hacerte daño. Estaba dolido y enfadado, y cuando estoy así, a veces algo falla en mí, como si saltara un interruptor. No recuerdo haberte empujado. Sé que lo hice. Lo hice. Mientras me perseguías, solo pensaba en que necesitaba alejarme de ti. Quería apartarme de ti y no procesé nada más: ni que había escalones, ni que tengo más fuerza que tú..., nada. La jodí, Lily. La jodí.

Agacha la cara y me habla al oído. La voz se le rompe al decir:

—Eres mi mujer. Se supone que debo protegerte de los monstruos; no ser uno de ellos.

Me abraza con tanta desesperación que empieza a temblar. Nunca había visto a un ser humano irradiando tanto dolor. Me destroza verlo así, me hace pedazos, quiero envolver su corazón con el mío, pero ni siquiera así me resulta fácil perdonarlo. Me juré que no permitiría que volviera a pasar. Le juré a él y a mí misma que, si volvía a hacerme daño, lo dejaría.

Me separo de él, incapaz de mirarlo a los ojos. Me dirijo al dormitorio para recuperarme. Me encierro en el baño y me agarro al lavabo, pero no soy capaz de mantenerme en pie y acabo sentada en el suelo, en un charco de lágrimas.

No era así como se suponía que iban a ir las cosas. Me he pasado la vida diciéndome lo que haría si alguna vez un hombre se atrevía a tratarme como mi padre trataba a mi madre. Era fácil. Lo dejaría y no volvería a sucederme nunca más.

Pero pasó y no lo eché de casa y ahora estoy de nuevo llena de cortes y moratones que me ha hecho el hombre que supuestamente me ama: mi marido.

Y no solo eso: estoy tratando de justificarlo.

«Fue un accidente. Pensaba que le había sido infiel. Estaba dolido y furioso y me crucé en su camino.»

Me tapo la cara con las manos y sollozo, porque siento más lástima por lo que le pasó al hombre que está ahí afuera cuando era niño que por mí misma. Y eso no me hace sentir generosa ni fuerte; me hace sentir patética y débil. Se suponía que yo iba a ser la mujer valiente que mi madre nunca pudo ser.

Pero, si yo estoy emulando el comportamiento de mi madre, Ryle tendría que estar emulando el de mi padre. Pero eso no es verdad; tengo que dejar de compararnos constantemente con mis padres. Somos individuos distintos en situaciones distintas. Mi padre nunca tuvo una razón que excusara su enfado, ni se disculpaba con mi madre, y eso que la trataba muchísimo peor.

Ryle acaba de abrirse a mí como probablemente no se había abierto con nadie. Está tratando de ser mejor persona... por mí.

Sí, ayer la jodió. Pero está aquí, tratando de hacerme comprender su pasado y por qué reaccionó como lo hizo. Los humanos no somos perfectos, y no puedo permitir que el único modelo de matrimonio que conozco lastre el mío.

Me seco los ojos y me pongo de pie. Al mirarme en el espejo no veo a mi madre; me veo a mí. Veo a una chica que ama a su marido y que desea ayudarlo, más que nada en el mundo. Sé que Ryle y yo somos lo bastante fuertes para superar este bache. Nuestro amor puede con esto y más.

Salgo del baño y regreso al salón. Ryle se levanta y me mira. Leo el miedo en sus ojos. Tiene pavor de que no lo perdone y yo aún no sé si podré, pero no hace falta perdonar un acto para poder aprender de él.

Me acerco a él y le tomo las manos. Cuando hablo, lo que sale de mi boca es la pura verdad.

—¿Recuerdas lo que me dijiste en la azotea la primera noche? Dijiste: «No hay buenos y malos. Todos somos personas que a veces hacemos cosas malas».

Él asiente, apretándome las manos.

—No eres mala persona, Ryle. Lo sé. Y puedes protegerme. Cuando notes que te alteras, aléjate de mí. Yo haré lo mismo. Esperaremos a que te calmes para hablar las cosas, ¿de acuerdo? No eres un monstruo, Ryle. Eres humano y los humanos no podemos cargar solos con el dolor. A veces tenemos que compartirlo con nuestros seres queridos para que el peso no nos aplaste. Pero no seré capaz de ayudarte si no me dices que lo necesitas. Pídeme ayuda. Juntos lo superaremos, podemos hacerlo.

Él suelta el aire que se diría que ha estado conteniendo desde anoche. Me abraza con fuerza y hunde la cara en mi pelo.

—Ayúdame, Lily —susurra—. Necesito que me ayudes.

Mientras me envuelve entre sus brazos, mi corazón me dice que he tomado la decisión correcta. Sé que hay más parte buena que mala dentro de él, y haré lo que haga falta para convencerlo, hasta que él también sea capaz de verlo.

21

—Me voy a ir. ¿Necesitas que haga algo más?

Levanto la vista del papeleo y niego con la cabeza.

—Gracias, Serena. Hasta mañana.

Ella asiente y se marcha, dejando la puerta del despacho abierta.

Allysa dejó de trabajar hace dos semanas. Se pondrá de parto en cualquier momento. Ahora tengo dos empleadas a jornada completa, Serena y Lucy. Sí, esa Lucy.

Se casó hace un par de meses y vino un día a buscar trabajo. La verdad es que se ha integrado bien. Se esfuerza mucho y, cuando coincido con ella, cierro la puerta del despacho para no oírla cantar.

Ha pasado casi un mes desde el incidente de la escalera y, a pesar de lo que Ryle me contó sobre su infancia, me costó bastante perdonarlo.

Sé que Ryle tiene un temperamento explosivo; lo vi desde el primer momento, desde antes de que cruzáramos las primeras palabras. Lo vi la espantosa noche de la cocina y volví a verlo cuando encontró el número de teléfono en la funda del móvil.

Pero también veo las diferencias entre Ryle y mi padre. Ryle es generoso y hace cosas que mi padre nunca habría hecho, como donar a organizaciones benéficas. Se preocupa por los demás y me pone a mí por delante de todo. A Ryle no se le ocurriría hacerme aparcar en la calle mientras él deja el coche a cubierto.

Tengo que ir recordándome esas cosas. A veces la niña que vive en mí —la hija de mi padre— es muy tozuda. Me riñe y me dice que no debería haberlo perdonado. Me dice que debería haberme alejado de él a la primera de cambio. Y, a veces, la escucho. Pero otras veces escucho la voz que me dice que ningún matrimonio es perfecto. Yo lo sé y Ryle lo sabe. Hay momentos que ambos miembros de la pareja lamentan. Y me pregunto cómo me sentiría ahora si hubiera roto con él tras el primer incidente. Él no debió empujarme, pero yo también hice cosas de las que no me siento orgullosa. Y abandonarlo ¿no habría sido ir en contra de los votos matrimoniales? Nos juramos amarnos en lo bueno y en lo malo, y me niego a rendirme tan fácilmente.

Soy una mujer fuerte, que ha vivido en un entorno donde los malos tratos eran el pan de cada día. No voy a acabar como mi madre, lo tengo muy claro. Y sé que Ryle no se convertirá en mi padre. Creo que lo que pasó en la escalera fue necesario, ya que, gracias a eso, se decidió a contarme lo que le había ocurrido de niño y así ahora podemos afrontarlo juntos.

La semana pasada volvimos a discutir. Me asusté, ya que las dos veces anteriores acabaron mal y sabía que esta iba a ser la prueba de fuego que demostraría si iba a ser capaz o no de ayudarlo a controlar su ira.

Estábamos hablando sobre su carrera profesional. Acaba de terminar la residencia, y hay un curso de tres meses en Cambridge, en Inglaterra. Ha presentado la solicitud y pronto le comunicarán si le han admitido. Pero no fue esto lo que me molestó. Es una buena oportunidad para él y nunca le pediría que renunciara. Estamos tan ocupados que tres meses pasan volando. Lo que me molestó fueron sus planes para luego, para cuando regrese de Cambridge.

Le han ofrecido una plaza en Minnesota, en la Clínica Mayo, y quiere que nos mudemos allí. Me dijo que el Hospital General de Massachusetts ocupa la segunda posición del ranking mundial en neurología. La Clínica Mayo está en primer lugar.

Me dijo que su plan nunca había sido quedarse en Boston. Yo repliqué que habría estado bien que me lo comentara durante el vuelo a Las Vegas, cuando hablamos sobre nuestros planes de vida. Yo no puedo irme de Boston. Mi madre vive aquí. Allysa vive aquí. Él me dijo que solo hay cinco horas de avión y que podríamos visitarlos cuando quisiéramos. Yo respondí que era difícil llevar un negocio de floristería a varios estados de distancia.

La discusión fue ganando intensidad; los dos estábamos cada vez más enfadados. En un momento dado, él golpeó un jarrón lleno de flores, que acabó en el suelo. Los dos nos lo quedamos mirando en silencio unos instantes. Entonces tuve miedo y me dije que me había equivocado al pensar que podría ayudarlo a controlar sus ataques de ira. Él inspiró hondo y dijo:

—Me voy. Estaré fuera una hora o dos. Creo que me vendrá bien. Seguiremos hablando cuando vuelva.

Se marchó y, tal como había dicho, regresó al cabo de una hora, mucho más calmado. Dejó las llaves en la mesa y se acercó a mí. Tomándome la cara entre las manos, empezó a hablar:

—Te dije que quería ser el mejor en lo mío, Lily. Te lo dije la primera vez que te vi, en la azotea; fue una de mis verdades. Pero si tengo que elegir entre trabajar en el mejor hospital del mundo o hacer feliz a mi mujer..., te elijo a ti. Tú eres mi mayor éxito. Mientras tú seas feliz, no me importa trabajar en un sitio o en otro. Nos quedaremos en Boston.

En ese momento supe que había elegido bien. Todos nos merecemos otra oportunidad; especialmente las personas que son importantes para nosotros.

Desde ese día ha pasado una semana y no ha vuelto a salir el tema de la mudanza. Me siento mal, como si hubiera frustrado sus planes, pero el matrimonio se trata de ceder y comprometerse; de hacer lo que sea mejor para la pareja en conjunto, no por separado. Y quedarnos en Boston es lo mejor para su familia y para la mía.

Hablando de familia, le echo un vistazo al móvil porque acaba de entrarme un mensaje de Allysa.

Allysa: ¿Has acabado de trabajar? Necesito tu opinión sobre unos muebles.

Yo: Estaré allí dentro de quince minutos.

No sé si se debe al inminente parto o a que ya no trabaja, pero creo que he pasado más tiempo en su casa que en la mía esta semana.

Cierro la tienda y me dirijo a su piso.

Cuando salgo del ascensor, encuentro una nota pegada en su puerta. Leo mi nombre en la nota, así que la despego de la puerta.

Lily:
En la séptima planta, apartamento 749.
A.

¿Tiene un piso solo para guardar los muebles que le sobran? Sé que son ricos, pero incluso así me parece un poco excesivo.

Vuelvo al ascensor y aprieto el botón de la séptima planta. Cuando las puertas se abren recorro el pasillo hasta encontrar el apartamento 749. No sé si se supone que tengo que llamar o entrar directamente. Tal vez viva alguien aquí; probablemente una de las personas a su servicio.

Llamo y oigo pisadas del otro lado.

Me quedo pasmada cuando la puerta se abre y es Ryle.

—Hola —lo saludo confundida—. ¿Qué haces aquí?

Él se apoya en el quicio de la puerta, sonriendo.

—Vivo aquí. Y ¿tú? ¿Qué haces aquí?

Miro el número que hay junto a la puerta y vuelvo a mirarlo a él.

—¿Qué quieres decir? Pensaba que vivías conmigo. ¿Has tenido tu propio piso todo este tiempo?

Tener un piso es una de esas cosas que uno suele comentar con su mujer en algún momento. Me resulta enervante.

No, para ser sincera, me parece indignante. Me siento engañada. Creo que estoy francamente enfadada con él ahora mismo.

Ryle se aparta de la puerta, riendo. Con la mano en el marco, por encima de su cabeza, llena el hueco de la puerta por completo.

—La verdad es que no he tenido tiempo de mencionártelo teniendo en cuenta que he firmado los papeles esta mañana.

Doy un paso atrás.

—Un momento... ¿Qué?

Él me toma la mano y tira de mí para que entre en el piso.

—Bienvenida a casa, Lily.

Me detengo en el vestíbulo.

Sí, no he dicho recibidor, he dicho vestíbulo; hay un vestíbulo.

—¿Has comprado un piso?

Él asiente lentamente, pendiente de mi reacción.

—Has comprado un piso —repito.

Él sigue asintiendo.

—Sí, lo he hecho. ¿Te parece bien? Pensé que, como ahora vivimos juntos, nos vendría bien tener más espacio.

Doy una vuelta sobre mí misma, despacio. Cuando veo la cocina, me detengo. No es tan grande como la de Allysa, pero es igual de blanca y casi igual de bonita. Hay fresquera para el vino y lavaplatos, dos cosas que no tenemos en mi casa. Entro en la cocina y lo miro todo sin atreverme a tocar nada.

«¿Es mi cocina? No puede ser mi cocina...»

Me desplazo al salón, que tiene techos altos como catedrales y unos enormes ventanales con vistas al puerto de Boston.

—Lily... —oigo su voz a mi espalda—. No estás enfadada, ¿verdad?

Me doy la vuelta y, al mirarlo, me doy cuenta de que lleva esperando mi reacción varios minutos, pero es que me he quedado sin habla.

Negando con la cabeza, me llevo la mano a los labios.

—Creo que no —susurro.

Él se acerca a mí, me toma las manos y las levanta.

—¿Solo lo crees? —Parece preocupado y confuso—. Por favor, dime la pura verdad, porque estoy empezando a pensar que no ha sido buena idea querer darte una sorpresa.

Bajo la vista hacia el suelo de madera noble. Es madera noble, nada de laminados.

—Vale. —Lo miro a los ojos—. Me parece una locura que hayas comprado un piso así, sin encomendarte a nadie. La verdad es que creo que deberíamos haber tomado la decisión juntos.

Él asiente. Parece estar a punto de disculparse, pero no he acabado de hablar.

—Pero la pura verdad es que... es perfecto. No sé qué decir, Ryle. Todo está tan limpio... que tengo miedo hasta de moverme. No quiero ensuciar nada.

Él suelta el aire bruscamente y me abraza.

—Puedes ensuciar lo que quieras, nena. Es tuyo. Puedes ensuciarlo todo lo que te dé la gana.

Me da un beso en la cabeza y sigo sin poder darle las gracias. Me parece una respuesta insignificante para un gesto tan grande.

—¿Cuándo nos mudamos?

Él se encoge de hombros.

—¿Mañana? Es mi día libre. Y tampoco es que tengamos muchos trastos. Podemos comprar muebles nuevos.

Asiento, tratando de recordar qué tenía que hacer mañana. Nada. Sabía que Ryle tenía el día libre, así que no había hecho planes.

De repente siento la necesidad de sentarme. No hay sillas, pero, por suerte, el suelo está limpio.

—Necesito sentarme.

Ryle me ayuda a sentarme en el suelo y luego se pone frente a mí, sin soltarme las manos.

—¿Lo sabe Allysa? —le pregunto, y él asiente, sonriendo.

—Está tan contenta, Lily... Hacía tiempo que le daba vueltas a la idea de comprar un piso en el bloque y, cuando decidimos quedarnos en Boston, me lie la manta a la cabeza para darte una sorpresa. Ella me ayudó, pero tenía miedo de que se le escapara algo antes de poder enseñártelo yo.

Sigo sin hacerme a la idea. ¿Vivo aquí? ¿Allysa y yo vamos a ser vecinas? Por alguna razón, siento que la idea debería preocuparme, pero lo cierto es que estoy encantada.

Él sonríe y me dice:

—Sé que necesitas tiempo para procesarlo, pero es que aún no has visto lo mejor, y me muero de ganas de enseñártelo.

—¡Hazlo!

Sonriendo, me ayuda a levantarme. Cruzamos el salón y recorremos un pasillo. Él va abriendo puertas y me va indicando qué hay detrás de cada una de ellas, pero no me da tiempo de echarles un vistazo. Cuando llegamos al dormitorio principal, he contado que hay tres habitaciones y dos baños. Y un despacho.

Ni siquiera me da tiempo a apreciar la belleza del dormitorio porque él tira de mí hasta la otra punta. Llega a una pared cubierta por una cortina y se vuelve a mirarme.

—No es un jardín, pero si colocas unas cuantas macetas, será algo parecido.

Corre la cortina, dejando a la vista una gran terraza. Lo sigo al exterior y empiezo a visualizar todas las plantas que me cabrán ahí.

—Tiene las mismas vistas que la azotea. Podremos disfrutar del mismo paisaje que la noche en que nos conocimos.

Me ha costado un poco, pero al fin reacciono y me echo a llorar.

Ryle me atrae hacia su pecho y me abraza con fuerza.

—Lily —susurra, acariciándome el pelo—. No quería hacerte llorar.

Me echo a reír sin dejar de sollozar.

—No me puedo creer que vaya a vivir aquí. —Me separo lo justo para mirarlo a los ojos—. ¿Somos ricos? ¿Cómo puedes permitirte este piso?

Él se echa a reír.

—Te has casado con un neurocirujano, Lily. No vamos apurados de dinero precisamente.

Su comentario me hace reír y luego me echo a llorar otra vez.

Y entonces tenemos la primera visita, porque alguien empieza a aporrear la puerta.

—Es Allysa —dice Ryle—. Está esperando en el rellano.

Corro a la puerta y, en cuanto la abro, nos fundimos en un abrazo. Gritamos y luego lloro todavía con más ganas.

Pasamos el resto del día en el piso nuevo. Ryle pide comida china a domicilio y Marshall baja a cenar con nosotros. Todavía no tenemos mesas ni sillas, por lo que los cuatro nos sentamos en el suelo del salón y comemos directamente de las cajas. Charlamos sobre la decoración, sobre las cosas de vecinos que haremos juntos, sobre el inminente parto de Allysa.

¡Qué pasada!

¡Qué ganas tengo de contárselo a mi madre!

22

Allysa lleva tres días de retraso.

Hace una semana que nos mudamos al piso nuevo. Trasladamos todas nuestras pertenencias durante el día libre de Ryle y al segundo día Allysa y yo fuimos a comprar muebles. Al tercero estábamos prácticamente instalados. Ayer nos llegó la primera carta a la nueva dirección. Era una factura de suministros, así que ahora por fin ya lo siento oficial.

Estoy casada, tengo un marido estupendo, un piso increíble y vivo al lado de mi mejor amiga, que, además, resulta que es mi cuñada. Y, por si fuera poco, estoy a punto de ser tía. No me atrevo a decirlo muy alto, pero creo que mi vida ya no puede mejorar.

Apago el portátil y me dispongo a cerrar la tienda. Últimamente me marcho más temprano por las ganas de llegar a mi piso nuevo. Mientras estoy cerrando la puerta de mi despacho, Ryle abre la tienda con su llave y se acerca a mí. Va cargado. Lleva un periódico bajo el brazo y dos cafés en la mano. Aunque va acelerado, como de costumbre, está sonriendo.

—Lily —me saluda, sin dejar de caminar. Me pone un café en la mano y se saca el periódico de debajo del brazo—. Tres cosas. Una: ¿has visto el periódico? —Me lo da. Está doblado y me señala uno de los artículos—. ¡Lo has logrado, Lily! ¡Lo has logrado!

Tratando de no entusiasmarme demasiado, miro el periódico. Tal vez se esté refiriendo a algo distinto de lo que me estoy imaginando. Pero no, ya solo con leer el titular, veo que se refiere exactamente a lo que esperaba.

—¿Lo he logrado?

Me habían notificado que la floristería estaba nominada a los premios Lo Mejor de Boston. Son unos premios que se conceden por votación popular de los lectores del periódico. Se convocan anualmente y Lily Bloom's estaba nominada en la categoría de «nuevos negocios», los que llevan menos de dos años abiertos. Sospechaba que podía haber sido elegida porque un periodista me llamó por teléfono la semana pasada y me hizo varias preguntas.

El titular dice: «Las mejores nuevas tiendas de Boston. Empiezan las votaciones entre las diez favoritas».

Sonrío y casi me tiro el café por encima cuando Ryle me levanta y me hace dar vueltas en el aire.

Ha dicho que traía tres noticias. Si ha elegido compartir esta en primer lugar, no me puedo imaginar cómo serán las demás.

—¿Cuál es la segunda cosa?

Él me deja en el suelo mientras dice:

—He empezado con la mejor. No he podido aguantarme. —Da un trago al café antes de seguir hablando—. Me han seleccionado para el curso de Cambridge.

Le dirijo una sonrisa enorme.

—¿En serio? —Él asiente, me abraza y vuelve a hacerme girar en el aire—. Estoy muy orgullosa de ti —le digo, besándolo—. Los dos tenemos tanto éxito que damos asco.

Se echa a reír.

—Y ¿la tercera? —le pregunto.

Él da un paso atrás.

—Ah, sí. La tercera. —Se apoya en el mostrador, despreocupadamente, y da un trago largo y lento al café antes de dejar el vaso—. Allysa está de parto.

—¡¿Qué?! —grito.

—Sí. —Señala los cafés—. Por eso te he traído cafeína. No creo que peguemos ojo esta noche.

Empiezo a aplaudir y a dar saltos, y luego me asalta el pánico porque no encuentro nada, ni el bolso, ni la chaqueta, ni las llaves, ni el móvil, ni el interruptor de la luz. Justo antes de irnos, Ryle vuelve al mostrador y recupera el periódico. Finalmente cierro la tienda con manos temblorosas.

—¡Vamos a ser tías! —exclamo, mientras corro hacia el coche.

—Tíos, Lily —me corrige Ryle, entre risas—. Vamos a ser tíos.

Marshall sale al pasillo, silencioso y tranquilo. Ryle y yo llevamos hora y media esperando noticias, afinando el oído por si advertíamos los gritos agónicos de Allysa —señal de que el parto llegaba a su fin—, pero no hemos oído nada, ni siquiera el llanto de un recién nacido. Me cubro la boca con las manos. Marshall está demasiado callado y eso hace que me tema lo peor.

Con los hombros temblorosos, empieza a llorar.

—Soy padre —dice, y luego da un puñetazo al aire—. ¡Soy PADRE! —Abraza a Ryle y luego a mí—. Dadnos un cuarto de hora y podréis pasar a verla.

Cuando cierra la puerta, Ryle y yo soltamos enormes suspiros de alivio. Nos miramos y sonreímos.

—¿Tú también te estabas imaginando lo peor? —me pregunta.

Asintiendo, lo abrazo.

—Eres tío —le digo, sonriendo.

Él me besa la cabeza.

—Tú también.

—No, yo soy tía.

Él sonríe.

Media hora más tarde, Ryle y yo estamos junto a la cama, observando a Allysa con el bebé en brazos. Es una niña y es absolutamente perfecta. Todavía es muy pequeña para poder decir a quién se parece; en cualquier caso, es una preciosidad.

—¿La quieres coger? —le pregunta Allysa a Ryle.

Él se tensa nervioso, pero enseguida asiente. Allysa se echa hacia delante y pone al bebé en brazos de su tío, enseñándole a sostenerla. Él la contempla unos instantes y luego se dirige al sofá y se sienta.

—¿Os habéis puesto de acuerdo ya en el nombre? —pregunta.

—Sí —responde Allysa.

Ryle y yo la miramos y ella sonríe, con los ojos llorosos.

—Queríamos que llevara el nombre de una persona a la que los dos adoramos. Por eso hemos añadido una «e» a tu nombre. Se llamará Rylee.

Me vuelvo hacia Ryle y veo que suelta el aire bruscamente, sorprendido. Baja la vista hacia Rylee y sonríe.

—Vaya —susurra—. No sé qué decir.

Aprieto la mano de Allysa antes de dirigirme al sofá y sentarme junto a Ryle. Más de una vez he pensado que no podía quererlo más, pero la vida se empeña en demostrarme que me equivoco. Al ver cómo mira a su sobrinita recién nacida, el corazón se me expande en el pecho.

Marshall se sienta en la cama, junto a Allysa.

—¿Os habéis fijado en lo callada que ha estado Issa todo el rato? No ha dicho ni pío. Y sin anestesia. —Se tumba a su lado y la abraza—. Siento que me encuentro en aquella película de Will Smith, *Hancock*, y que estoy a punto de descubrir que mi mujer es una superheroína.

Ryle se echa a reír.

—Cuando éramos pequeños, siempre me pateaba el culo, así que no me extrañaría mucho.

—Habla bien delante de Rylee —lo reprende Marshall.

—Culo —susurra Ryle.

Nos echamos a reír y Ryle me ofrece a la pequeña. Yo hago un gesto de avaricia, porque la espera me estaba matando. Cuando finalmente la tengo entre mis brazos, me sorprende el amor tan grande que ya siento por ella.

—¿Cuándo llegan mamá y papá? —le pregunta Ryle a Allysa.

—Mañana al mediodía.

—Debería dormir algo, entonces. Acabo de salir del hospital y el turno ha sido largo. —Me mira—. ¿Vienes conmigo?

Yo niego con la cabeza.

—Quiero quedarme un poco más. Llévate mi coche; yo volveré en taxi.

Me da un beso en la cabeza y luego junta su frente con la mía. Mientras ambos contemplamos a Rylee, me dice:

—Creo que deberíamos encargar uno de estos.

Alzo la cara, porque no sé si lo he oído bien, y él me guiña el ojo.

—Si estoy dormido cuando llegues, despiértame y nos pondremos manos a la obra hoy mismo.

Se despide de Marshall y de Allysa, y luego Marshall lo acompaña a la salida.

Miro a Allysa, que está sonriendo.

—Ya te dije que, si era contigo, querría tener bebés.

Sonriendo, me acerco a la cama. Ella me deja espacio. Le devuelvo a Rylee y me tumbo con ellas. Las dos observamos a la pequeña dormir, como si fuera el espectáculo más grandioso que hubiéramos visto nunca.

23

Tres horas más tarde, poco después de las diez, llego a casa. Estuve una hora más con Allysa y luego pasé por la tienda para dejar algunas cosas listas y poder tomarme un par de días libres. Cuando Ryle sale de guardia trato de coincidir con él para disfrutar de algún día juntos.

Cuando entro en casa, las luces están apagadas, lo que quiere decir que Ryle ya está en la cama.

Durante el trayecto de vuelta he estado pensando en lo que me ha propuesto. No esperaba que sacara el tema ya. Pronto cumpliré los veinticinco, pero me había imaginado que dejaríamos pasar al menos dos años antes de plantearnos formar una familia. No sé si me siento preparada para ponerme a ello inmediatamente, pero saber que él se lo está planteando me hace muy feliz.

Decido comer algo antes de despertarlo. No he cenado y me muero de hambre. Cuando enciendo la luz de la cocina, suelto un grito. Me llevo la mano al pecho y me apoyo en la encimera.

—¡Por Dios, Ryle! ¿Qué haces ahí a oscuras?

Está apoyado en la pared, junto a la nevera. Tiene los pies cruzados a la altura de los tobillos y me está mirando con los ojos entornados mientras juguetea con algo que sostiene entre los dedos.

A su lado, en la encimera, veo un vaso vacío que tiene pinta de haber estado lleno de whisky hace un rato. De vez en cuando se toma uno, dice que le ayuda a dormir.

Al volver a mirarlo, él me dirige una sonrisa canalla. De inmediato, me enciendo porque sé lo que va a venir a continuación. El piso está a punto de convertirse en un remolino de ropa y besos. Hemos bautizado prácticamente todas las habitaciones desde que nos mudamos, pero todavía tenemos pendiente la cocina.

Le devuelvo la sonrisa, con el corazón aún desbocado por el susto de encontrármelo aquí a oscuras. Cuando bajo la vista hacia su mano, me fijo en que sostiene el imán de Boston. Me lo traje de mi antiguo apartamento y lo pegué en esta nevera cuando nos mudamos.

Él vuelve a pegarlo en la nevera y le da un par de golpecitos.

—¿De dónde has sacado esto?

Miro el imán y vuelvo a mirarlo a él. No me apetece contarle que me lo regaló Atlas cuando cumplí dieciséis años. Es un tema delicado entre nosotros, y no quiero enturbiar lo que está a punto de pasar con una sesión de puras verdades.

—No me acuerdo. —Me encojo de hombros—. Hace siglos que lo tengo.

Él me observa en silencio antes de enderezarse y dar dos pasos hacia mí. Retrocedo hasta chocar contra la encimera, conteniendo el aliento. Él me pone las manos en la cintura y luego las desliza por dentro de los vaqueros, pegándome a él. Se apodera de mi boca y me besa mientras me baja los pantalones.

«Vale. Vamos a hacerlo ahora mismo.»

Él me recorre el cuello con los labios mientras yo me quito los zapatos para poder librarme de los vaqueros.

«Ya comeré más tarde. Inaugurar la cocina acaba de convertirse en mi prioridad.»

Volviendo a besarme, me levanta y me sienta en la encimera.

Al situarse entre mis piernas, siento el olor a whisky en su aliento. No me disgusta. Cuando sus labios me rozan de nuevo, estoy empezando a jadear. Él agarra un mechón de mi pelo y tira de él para que lo mire a los ojos.

—¿La pura verdad? —susurra, mirándome la boca como si estuviera a punto de devorarme.

Asiento y él me recorre el muslo con la otra mano hasta que ya no le queda otro sitio adonde ir. Desliza dos dedos cálidos en mi interior, manteniéndome presa de su mirada.

Inspiro bruscamente y le rodeo la cintura con las piernas, moviéndome despacio y gimiendo débilmente mientras él sigue abrasándome con la mirada.

—¿De dónde ha salido el imán, Lily?

«¿Qué?»

Siento como si el corazón hubiera empezado a latir al revés.

«¿Por qué insiste tanto?»

Sus dedos siguen moviéndose en mi interior mientras me mira con deseo, pero la otra mano... La mano con la que me sujeta el pelo tira con fuerza, y hago una mueca de dolor.

—Ryle —susurro, aunque estoy empezando a temblar—. Me has hecho daño.

Deja de mover los dedos, pero no aparta la mirada. Retira los dedos lentamente de mi interior, me lleva la mano al cuello y aprieta suavemente. Me busca la boca y hunde la lengua en ella. Yo le sigo la corriente, porque no tengo ni idea de lo que está pasando por su cabeza. Espero estar exagerando.

Noto su erección al otro lado de los vaqueros cuando empuja entre mis piernas, pero de repente me suelta, se echa hacia atrás y apoya la espalda en la nevera, mirándome de arriba abajo como si no pudiera esperar a montárselo conmigo aquí mismo, en la cocina.

El corazón se me calma un poco. Estoy exagerando.

Ryle alarga la mano hacia la cocina y coge un periódico. Veo que es el mismo de antes, donde estaba el artículo que me ha enseñado. Lo levanta y me lo lanza.

—¿Lo has leído ya?

Yo suelto el aire aliviada.

—No, aún no. —Bajo la vista hacia el artículo.

—Léelo en voz alta.

Lo miro y sonrío, pero tengo un nudo en el estómago. Hay algo en él, no sabría decir el qué, pero algo en su modo de actuar me pone muy nerviosa.

—¿Quieres que lea el periódico? ¿Ahora?

Me siento rara, sentada en la encimera de la cocina, medio desnuda, con un periódico en la mano.

Él asiente.

—Sí, pero antes quítate la camiseta. Luego lee en voz alta.

Me lo quedo mirando, tratando de entenderlo. Tal vez el whisky lo ha puesto juguetón. Muchas veces, cuando hacemos el amor, hacemos el amor, sin más. Pero otras veces, el sexo se vuelve salvaje y un poco peligroso, como la mirada que me está dirigiendo.

Dejo el periódico, me quito la camiseta y recupero el diario. Cuando empiezo a leer, él da un paso y me interrumpe.

—Todo no. —Me arrebata el diario y señala una frase en la parte de abajo—. Solo los últimos párrafos.

Bajo la vista, cada vez más confundida, pero dispuesta a hacer lo que sea para quitarme esto de encima y poder pasar a la parte de la cama.

—Los negocios con más votos no han sido ninguna sorpresa. El icónico restaurante Bib's, de Marketson, abrió en abril del año pasado y se convirtió rápidamente en uno de los mejor valorados de la ciudad según TripAdvisor.

Dejo de leer y miro a Ryle, que se ha servido más whisky y está bebiendo.

—Sigue leyendo —me ordena, señalando el periódico con la cabeza.

Yo trago saliva, aunque cada vez me cuesta más. Tratando de que no se note que me tiemblan las manos, sigo leyendo.

—El dueño, Atlas Corrigan, ha ganado dos premios como chef y, anteriormente, estuvo en el Cuerpo de Marines de Estados Unidos. No es ningún secreto que el nombre de su famoso restaurante es un acrónimo de Better in Boston, que significa «mejor en Boston».

Contengo el aliento.

«Todo es mejor en Boston.»

Con un nudo en el estómago y tratando de mantener las emociones bajo control, sigo leyendo.

—Cuando lo entrevistamos con motivo de su último premio, el chef finalmente reveló cuál es el auténtico significado que se oculta tras ese nombre. «Es una larga historia», declaró el chef Corrigan. «Es un homenaje a alguien que tuvo un impacto enorme en mi vida. Alguien que significó mucho para mí; que todavía significa mucho.»

Dejo el periódico en la encimera.

—No quiero seguir leyendo —digo, aunque la voz se me rompe a media frase.

Ryle da dos pasos rápidos y se hace con el periódico. Retomando donde lo he dejado, sigue leyendo, en voz alta y con tono furioso.

—Cuando le preguntamos si la chica estaba enterada de que él había bautizado el restaurante en su honor, el chef sonrió con picardía y respondió: «Siguiente pregunta».

La rabia que tiñe la voz de Ryle me provoca náuseas.

—Ryle, para —le pido, en tono calmado—. Has bebido demasiado.

Lo empujo para que me deje salir de la cocina y me dirijo al pasillo que lleva al dormitorio. Están pasando muchas cosas en poco tiempo y no acabo de entender nada.

En el artículo no pone a quién se refiere Atlas. Él sabe que soy yo, y yo también lo sé, pero no sé de dónde lo saca Ryle.

¿Por el imán? ¿Cómo ha podido atar cabos solo leyendo el artículo?

«Se está pasando; su reacción es exagerada.»

Lo oigo detrás de mí mientras camino hacia el dormitorio. Al abrir la puerta, me detengo en seco.

La cama está llena de cosas. Veo una de las cajas grandes que usé en la mudanza, que tiene escrito COSAS DE LILY, y alrededor todo el contenido desperdigado: cartas, diarios, cajas de zapatos vacías. Cierro los ojos e inspiro lentamente.

Ha leído mi diario.

«No.»

«Ha. Leído. Mi. Diario.»

Él está a mi espalda. Noto cómo me rodea la cintura con un brazo y me atrapa un pecho con fuerza. Con la otra mano, me aparta delicadamente el pelo del hombro.

Cierro los ojos y me estremezco cuando me acaricia el corazón tatuado en el hombro. Sus labios ocupan el lugar que ocupaban sus dedos y, un instante después, me clava los dientes con saña; tan fuerte que grito.

Trato de liberarme, pero me tiene sujeta con tanta fuerza que no consigo ni moverlo del sitio. El dolor que me causa al clavarme los dientes en la clavícula se extiende por el hombro y el brazo, haciéndome sollozar.

—Ryle, suéltame —le ruego, llorando—. Por favor. Vete.

Él sigue apresándome entre sus brazos. Me da la vuelta, pero no lo miro. Tengo los ojos cerrados porque me da miedo mirarlo. Aferrándome por los hombros, me empuja hacia la cama.

Empiezo a resistirme, pero no sirve de nada. Es mucho más fuerte que yo, está enfadado, está dolido; no es Ryle.

Cuando caigo sobre la cama, me deslizo asustada hacia el cabecero, tratando de escapar de él.

—¿Por qué sigue aquí, Lily? —me pregunta, y su tono de voz ya no es calmado, como en la cocina. Cada vez está más furioso—. Está en todas partes. En el imán de la nevera; en el diario que guardabas en nuestro armario... ¡En el puto tatuaje que solía ser la parte que más me gustaba de tu cuerpo!

Se sube a la cama.

—Ryle, puedo explicarlo —le suplico, mientras las lágrimas me bajan por las sienes y se cuelan en mi pelo—. Estás furioso. Por favor, no me hagas daño. Vete, y cuando vuelvas te lo explicaré todo.

Me agarra por el tobillo y tira de mí hasta que quedo bajo su cuerpo.

—No estoy furioso, Lily —replica, con una voz tan calmada que me aterra—. Pero creo que no te he demostrado lo mucho que te quiero.

Se desploma sobre mí, me sujeta las muñecas y las inmoviliza sobre mi cabeza, usando una sola mano.

—Ryle, por favor. —Lloro y trato de librarme de él usando todas las partes del cuerpo—. Suéltame. Por favor.

«No, no, no, no.»

—Te quiero, Lily —me dice, con la boca pegada a mi mejilla—. Más que nunca. ¿Acaso no lo ves?

El miedo se diluye en un mar de emociones, mezclándose con la rabia. Cuando cierro los ojos, veo a mi madre, llorando en el sofá del salón, y a mi padre sobre ella, forzándola. Llevada por el odio, empiezo a gritar con todas mis fuerzas.

Ryle intenta acallar mis gritos con la boca, pero le muerdo la lengua. Me golpea la cabeza con la frente y, al instante, el dolor desaparece mientras una manta de oscuridad me cubre los ojos y todo se apaga.

Oigo su aliento en el oído mientras murmura algo que no distingo. El corazón me late desbocado y el cuerpo me tiembla sin control. Las lágrimas no han dejado de caer y yo me esfuerzo en respirar.

Él sigue hablándome al oído, pero el martilleo que me golpea la cabeza es demasiado intenso y no logro descifrar sus palabras.

Trato de abrir los ojos, pero duele. Noto que me entra algo en el ojo y sé que se trata de sangre.

«Mi sangre.»

Empiezo a entender lo que dice.

—Lo siento. Lo siento. Lo siento.

Sigue apresándome una mano contra el colchón y sigue tumbado sobre mí, pero ya no trata de forzarme.

—Lily, te quiero. Lo siento mucho.

Oigo el pánico en su voz. Me está besando, y sus labios me acarician la mejilla y la boca con delicadeza.

Es consciente de lo que ha hecho. Vuelve a ser Ryle y sabe lo que acaba de hacerme a mí, a nosotros, a nuestro futuro.

Decido aprovechar su pánico para salir de esta situación. Negando con la cabeza, susurro:

—No pasa nada, Ryle. No pasa nada. Estabas enfadado. No pasa nada.

Cuando me da un beso desesperado, el sabor a whisky de su boca ya no me resulta atractivo; al contrario: me provoca ganas de vomitar. Sigue disculpándose sin parar y la habitación se desvanece otra vez.

Tengo los ojos cerrados. Seguimos en la cama, pero ya no está tumbado sobre mí. Está de lado, aunque todavía me sujeta con fuerza por la cintura y tiene la cabeza apoyada en mi pecho. Permanezco quieta, muy rígida, mientras examino mi entorno.

No se mueve. Oigo su respiración, pesada y rítmica, lo que me indica que está durmiendo. O tal vez ha perdido el conocimiento. Lo último que recuerdo es notar el sabor de mis lágrimas en la boca.

Me quedo inmóvil durante varios minutos. El dolor de cabeza se vuelve cada vez más intenso. Cierro los ojos y trato de pensar.

«¿Dónde tengo el bolso?»

«¿Dónde tengo las llaves?»

«¿Dónde tengo el móvil?»

Tardo cinco minutos en quitármelo de encima. Tengo miedo de moverme demasiado bruscamente y que se despierte, así que me desplazo centímetro a centímetro hasta el borde de la cama y me dejo caer al suelo. Cuando ya no noto sus manos encima, no puedo controlar un sollozo. Tapándome la boca con la mano, me levanto y salgo corriendo del dormitorio.

Localizo el bolso y el móvil, pero no tengo ni idea de dónde dejó Ryle mis llaves. Las busco ansiosa por el salón y la cocina, pero casi no distingo nada. Al golpearme con la cabeza debe de haberme hecho un corte en la frente, porque tengo sangre en los ojos y veo borroso.

Cerca de la puerta me mareo, y me dejo caer hasta el suelo, deslizándome por la pared. Las manos me tiemblan tanto que acierto la contraseña del móvil a la tercera.

Cuando se desbloquea, me quedo dudando. Mi primer impulso ha sido llamar a Allysa y Marshall, pero no puedo mezclarlos en esto ahora mismo. Allysa acaba de dar a luz. No puedo hacerles esto.

Podría llamar a la policía, pero mi mente no es capaz de procesar todo lo que eso comportaría. No quiero prestar declaración. No sé si quiero presentar una denuncia, sabiendo cómo afectaría eso a su carrera. No quiero que Allysa se enfade conmigo. Ahora mismo no sé nada. No descarto denunciarlo más adelante, pero ahora mismo no tengo fuerzas para hacerlo.

Aprieto el móvil y trato de pensar.

«Mi madre.»

Estoy a punto de llamarla, pero cuando pienso en lo afectada que se quedará cuando se lo cuente, me echo a llorar otra vez. No puedo involucrarla en esto; ya ha sufrido demasiado. Además, sé que Ryle me buscará y que el primer sitio al que irá será a casa de mi madre. Después a casa de Allysa y Marshall, y después probará con el resto de mis conocidos.

Me seco las lágrimas y marco el número de Atlas.

En estos momentos, me odio más de lo que me he odiado en toda mi vida.

Me odio, porque el día que Ryle encontró el número de Atlas oculto en el móvil le dije que me había olvidado de que estaba allí.

Me odio, porque, el día que Atlas dejó su número allí, abrí la funda y miré el número.

Me odio, porque en lo más hondo de mi alma sabía que existía la posibilidad de que algún día lo necesitara. Y por eso lo memoricé.

—¿Hola? —pregunta con cautela, con curiosidad. No reconoce el número. Al oír su voz, me echo a llorar inmediatamente. Cubriéndome la boca, trato de calmarme—. ¿Lily? —Su voz es mucho más fuerte ahora—. Lily, ¿dónde estás?

Me odio porque sabe que estas lágrimas son mías.

—Atlas —susurro—. Necesito ayuda.

—¿Dónde estás? —repite, y oigo el pánico en su voz.

Lo oigo caminando, moviendo cosas a su alrededor. Oigo que una puerta se cierra.

—Te lo envío en un mensaje —susurro.

Me da miedo hablar; tengo miedo de que Ryle se despierte. Cuelgo y con las manos temblorosas logro enviarle mi dirección. Añado el código de la entrada para que pueda acceder. Luego envío otro mensaje que dice:

Yo: Por favor, avísame con un mensaje cuando llegues. No llames a la puerta.

Me arrastro hasta la cocina, localizo los vaqueros y me los pongo. También la camiseta, que estaba en la encimera. Una vez vestida, voy al salón. Me planteo salir y reunirme con Atlas abajo, pero tengo miedo de no llegar sola. Sigo sangrando por la cabeza y me siento demasiado débil para esperar de pie junto a la puerta.

Vuelvo a deslizarme hasta el suelo, apretando el móvil con la mano temblorosa, sin apartar la vista de la pantalla, esperando su mensaje.

Veinticuatro agónicos minutos más tarde, la pantalla se ilumina.

Atlas: Aquí.

Me levanto con dificultad y abro la puerta. Unos brazos me envuelven y de pronto mi cara se encuentra pegada a una superficie suave. Me echo a llorar otra vez. Lloro y lloro. Lloro y tiemblo.

—Lily —susurra.

Nunca he oído a nadie pronunciar mi nombre con tanta tristeza. Me levanta la cara para que lo mire. Me examina con sus ojos azules y advierto el momento justo en que ve la herida. La preocupación se desvanece, dando paso a otra emoción. Mirando hacia el interior del piso, pregunta:

—¿Él sigue aquí?

Ira.

Siento la ira que emana de él y su intención de entrar en el piso. Lo agarro por la chaqueta para impedirlo.

—No, Atlas, por favor. Solo quiero irme de aquí.

Soy testigo de la lucha interna en la que está sumido mientras duda si hacerme caso o entrar a buscar a Ryle. Finalmente, me rodea con su brazo y se aleja de la puerta. Me ayuda a caminar hasta el ascensor y, una vez abajo, me apoyo en él para cruzar el vestíbulo. De milagro, solo nos encontramos con otra persona, que además va hablando por teléfono y no nos mira.

Cuando llegamos al aparcamiento, vuelvo a marearme. Le pido que camine más despacio y, en vez de eso, me levanta en brazos. Cierro los ojos hasta que llegamos al coche y, poco después, noto que nos ponemos en marcha.

Sé que van a tener que darme puntos. Sé que va a llevarme al hospital, pero lo siguiente que sale de mis labios me sorprende hasta a mí.

—No me lleves al General; llévame a cualquier otro hospital.

No quiero encontrarme con ningún colega de Ryle. Lo odio. En estos momentos lo odio más de lo que llegué a odiar a mi padre, pero al parecer, en medio de todo este odio, sigo preocupándome por su carrera. Y, al darme cuenta, me odio tanto como lo odio a él.

24

Atlas se encuentra en el otro extremo de la habitación. No me ha quitado la vista de encima durante toda la visita. Una enfermera me ha sacado sangre y luego me ha curado el corte de la frente. De momento no me ha hecho demasiadas preguntas, aunque es obvio que las heridas que presento son fruto de un ataque. No se me escapa la mirada compasiva que me dirige mientras me desinfecta el mordisco del hombro.

Al terminar, mira a Atlas por encima del hombro. Se coloca de manera que él no pueda verme y me dice:

—Tengo que hacerte unas cuantas preguntas personales. Voy a pedirle que salga un momento, ¿de acuerdo?

Entonces, me doy cuenta de que piensa que Atlas es el agresor. Negando con la cabeza, respondo:

—No ha sido él. Por favor, no le pida que salga.

La enfermera asiente aliviada y se sienta junto a mí.

—¿Tienes heridas en alguna otra parte?

Vuelvo a negar con la cabeza, porque las partes de mí que Ryle ha roto no pueden arreglarse en un hospital.

—¿Lily? —pregunta, en voz baja y delicada—. ¿Te han violado?

Con los ojos llenos de lágrimas, veo que Atlas se da la vuelta y apoya la frente en la pared.

La enfermera espera hasta que recupero el contacto visual con ella para seguir hablando.

—Tenemos un kit para estos casos. Es un examen forense. Es opcional, por supuesto, pero en tu caso me parece aconsejable.

—No me han violado —repito—. Él no...

—¿Estás segura, Lily? —me pregunta la enfermera.

Asiento con la cabeza.

—No quiero el kit.

Cuando Atlas se da la vuelta, veo el dolor que enturbia su expresión.

—Lily, es necesario —me suplica mirándome, pero yo vuelvo a negar con la cabeza.

—Atlas, te juro que... —Cierro los ojos con fuerza y agacho la cabeza—. Esta vez no estoy tratando de protegerlo —susurro—. Estuvo a punto, pero se detuvo.

—Si decides presentar una denuncia, necesitarás...

—No quiero que me hagan el examen —repito, con firmeza.

Llaman a la puerta y entra un médico, lo que me evita más miradas suplicantes de Atlas.

La enfermera y él hablan brevemente de mis heridas, y ella se hace a un lado mientras el médico me examina la cabeza y el hombro. Me alumbra con una linterna para examinar los ojos, comprueba el historial médico y dice:

—Me gustaría descartar una contusión, pero, dada su situación, no quiero pedirle un TAC. Lo que haremos será mantenerla en observación.

—¿Por qué no quiere pedirme un TAC? —le pregunto.

El médico se levanta mientras responde:

—No es recomendable practicar ese tipo de pruebas en mujeres embarazadas a menos que sea vital. La mantendremos en observación por si hubiera complicaciones y, si todo va bien, le daremos el alta.

No sé si añade algo porque no oigo nada más a partir de ese momento.

Nada.

Una presión enorme se apodera de mi cabeza.

De mi corazón.

Del estómago.

Sosteniéndome del borde de la camilla en la que estoy sentada, observo el suelo hasta que el médico y la enfermera salen de la habitación.

Cuando la puerta se cierra, permanezco sentada, envuelta en un silencio helador. Veo que Atlas se acerca hasta que sus pies casi tocan los míos y noto la delicada caricia de sus dedos en la espalda.

—¿Lo sabías?

Suelto el aire bruscamente e inhalo con fuerza. Niego con la cabeza y, cuando él me abraza, lloro con desesperación. No imaginaba que mi cuerpo fuera capaz de llorar así.

Él no me suelta en ningún momento mientras lloro, odiándome a mí misma.

Porque esto me lo he hecho yo a mí misma.

He permitido que sucediera.

«Me he convertido en mi madre.»

—Quiero irme —susurro.

Atlas se aparta un poco.

—Quieren que estés en observación, Lily. Creo que deberías quedarte.

Alzo la cara hacia él y niego con la cabeza.

—Necesito salir de aquí. Por favor; quiero irme.

Él asiente y me ayuda a ponerme los zapatos. Se quita la chaqueta, me cubre con ella y salimos del hospital sin que nadie se dé cuenta.

Él permanece en silencio mientras vamos en el coche. Yo

miro por la ventanilla, demasiado exhausta para llorar; demasiado en shock para hablar. Me siento como si estuviera bajo el agua.

«Sigue nadando.»

Atlas no vive en un piso, sino en una casa de un pequeño barrio a las afueras de Boston llamado Wellesley, donde todo el mundo reside en chalets grandes, bonitos, cuidados y muy caros.

Al detenernos frente a la verja, me pregunto si llegó a casarse con aquella chica. Cassie se llamaba, creo. Me pregunto qué opinará de que su marido meta en su casa a una chica de quien estuvo enamorado y a la que acaban de agredir.

Me tendrá lástima. Se preguntará por qué lo permití. Se preguntará por qué he dejado que las cosas llegaran hasta este punto. Se hará todas las preguntas que me hacía yo cuando veía a mi madre en esta situación. La gente pasa mucho tiempo planteándose por qué las mujeres no dejan a sus maltratadores, pero ¿por qué nadie se plantea por qué los hombres las maltratan? ¿No deberíamos culparlos a ellos?

Atlas abre la verja y aparca en el garaje de la casa. Me fijo en que no hay ningún coche más. Sin esperar a que venga a ayudarme, abro la portezuela, bajo del vehículo y lo sigo hasta la casa. Marca el código para desactivar la alarma y enciende las luces. Miro a mi alrededor: la cocina, el comedor, el salón. Todo está decorado con maderas nobles y acero inoxidable. La cocina está pintada de un color verde azulado, el color del océano. Si no lo estuviera pasando tan mal, habría sonreído.

«Atlas había seguido nadando. Míralo ahora. Ha llegado nadando hasta el puto mar Caribe.»

Se dirige a la nevera, saca una botella de agua y se acerca a mí. Le quita el tapón y me la da. Mientras bebo, él enciende la luz del salón y la del pasillo.

—¿Vives solo? —le pregunto.

Él asiente mientras vuelve a la cocina.

—¿Tienes hambre?

Niego con la cabeza. Aunque tuviera hambre, ahora mismo sería incapaz de comer.

—Te acompaño a tu habitación —me dice—. Tiene baño por si quieres ducharte.

«Sí. Quiero quitarme de la boca el sabor del whisky. Quiero librarme de los olores del hospital. Quiero frotarme para que las cuatro últimas horas de mi vida se vayan por el desagüe.»

Lo sigo por el pasillo hasta llegar a una habitación de invitados. Cuando enciende la luz veo que hay dos cajas encima de una cama y más cajas apiladas contra las paredes. Hay una butaca enorme en el otro extremo del dormitorio, frente a la puerta. Atlas quita las cajas de encima de la cama y las apila en la pared, con las otras.

—Me mudé hace unos meses. No he tenido mucho tiempo para decorar. —Se dirige a uno de los armarios y abre un cajón—. Haré la cama.

Saca sábanas y una funda de almohada, y se pone a preparar la cama mientras yo me meto en el baño y cierro la puerta.

Entre mirarme en el espejo, ducharme y preocuparme pensando en lo que acaba de suceder, paso media hora metida en el baño.

Abro la puerta al fin, envuelta en una toalla. Atlas ya no está en el dormitorio, pero me ha dejado ropa doblada sobre la cama recién hecha. Hay unos pantalones de pijama de hombre que me van enormes y una camiseta que me llega por debajo de las rodillas. Me ato la cinta de los pantalones y me acuesto. Apago la luz y me tapo por encima de la cabeza.

Lloro tan fuerte que ni siquiera hago ruido.

25

Huele a tostadas.

Me estiro en la cama y sonrío porque Ryle sabe que las tostadas son mi desayuno favorito.

Abro los ojos y la claridad me abruma con la fuerza de un choque frontal. Aprieto los párpados al darme cuenta de dónde me encuentro y por qué. El olor a tostadas no se debe a que mi dulce y cariñoso marido esté preparando el desayuno para traérmelo a la cama.

Inmediatamente tengo ganas de llorar otra vez, pero me fuerzo a levantarme de la cama. Me obligo a centrarme en el vacío que siento en el estómago y me digo que tendré tiempo de sobra para llorar después de haber comido algo. Tengo que alimentarme si quiero recuperar las fuerzas.

Al salir del baño me fijo en que alguien ha cambiado la posición de la butaca. Ya no está encarada hacia la puerta, sino hacia la cama. Además, hay una manta sobre el respaldo de la butaca. Es obvio que Atlas ha pasado parte de la noche aquí mientras yo dormía.

Probablemente tenía miedo de que tuviera una contusión.

Al entrar en la cocina, lo veo moverse entre la nevera, los fuegos, la encimera... Por primera vez en doce horas siento una punzada de algo que no es agonía, porque recuerdo que es un chef, uno de los buenos..., y me está preparando el desayuno.

Alza la cara y me ve entrar en la cocina.

—Buenos días —me saluda, esforzándose en adoptar un tono neutro—. Espero que tengas hambre.

Desliza hacia mí un vaso y un cartón de zumo de naranja sobre la encimera, antes de volverse de nuevo hacia los fogones.

—Sí, tengo hambre.

Él mira por encima del hombro y esboza una sonrisa. Me sirvo un vaso de zumo y me dirijo al otro extremo de la cocina, donde hay un rincón para comer. Hay un periódico sobre la mesa. Sin pensar, lo cojo, pero, al ver que se trata del ejemplar sobre los mejores negocios de Boston, las manos empiezan a temblarme con tanta fuerza que se me cae. Cierro los ojos y doy un sorbo al zumo, lentamente.

Poco después Atlas me coloca un plato delante y se sienta frente a mí, al otro lado de la mesa. Se acerca su plato y empieza a cortar una crêpe.

Bajo la vista hacia mi plato y veo tres crêpes, bañadas en sirope y adornadas con nata montada. A la derecha hay rodajas de naranja y de fresón. Es tan bonito que sabe mal comérselo, pero paso de todo porque estoy muerta de hambre.

Empiezo a comer con los ojos cerrados, tratando de que no se note demasiado que es el mejor desayuno del que he disfrutado en mi vida. Por fin me doy permiso para reconocer que su restaurante se merece todos los premios que le han dado, por mucho que yo quisiera impedir que Ryle y Allysa volvieran allí. Es el mejor restaurante que conozco.

—¿Dónde aprendiste a cocinar? —le pregunto.

Él da un sorbo al café antes de responder:

—Cuando estuve en el Cuerpo de Marines —responde, dejando la taza en la mesa—. Realicé prácticas durante el primer periodo y, cuando volví a alistarme, lo hice ya como cocinero. —Da golpecitos con el tenedor en el borde del plato—. ¿Te gusta?

Asiento con la cabeza.

—Es delicioso, pero te equivocas. Ya sabías cocinar antes de alistarte.

Él sonríe.

—¿Aún te acuerdas de las cookies?

Vuelvo a asentir.

—Las mejores que he probado nunca.

Él se echa hacia atrás en la silla.

—Lo más básico lo aprendí solo. Mi madre trabajaba en el turno de tarde; si quería cenar algo, tenía que preparármelo yo. No me apetecía morirme de hambre, así que me compré un libro de cocina en un mercadillo de objetos de segunda mano y, a lo largo de varios meses, preparé todas las recetas que salían en el libro. Tenía trece años.

Sonrío, sorprendiéndome a mí misma por ser capaz de hacerlo.

—La próxima vez que te pregunten cómo aprendiste a cocinar, deberías contarles esta historia. Es mucho mejor.

Él niega con la cabeza.

—Eres la única persona que sabe algo de mi vida antes de los diecinueve años, y preferiría que siguiera siendo así.

Me cuenta su experiencia como cocinero en el ejército y el modo en que ahorraba todo el dinero que podía para abrir su propio restaurante. Empezó con una cafetería pequeña, que funcionó muy bien, y luego abrió el Bib's hace un año y medio.

—No va mal —comenta modesto.

Echo un vistazo alrededor y vuelvo a mirarlo a él.

—Yo diría que va algo mejor que bien.

Encogiéndose de hombros, sigue comiendo. Permanecemos en silencio hasta que acabamos de desayunar, pero no paro de darle vueltas a la cabeza. Pienso en el nombre del restaurante, en lo que dijo en la entrevista... Y, por supuesto, esos pensamientos me llevan directamente a Ryle, y a la furia de su voz al leer la última frase del artículo.

Creo que Atlas se da cuenta de mi cambio de actitud, porque permanece en silencio mientras recoge la mesa.

Cuando acaba, vuelve a la mesa, pero esta vez se sienta a mi lado y apoya una mano sobre la mía.

—Tengo que irme a trabajar unas horas —me dice—, pero no quiero que te vayas. Quédate tanto tiempo como necesites, Lily. Y..., por favor, no vuelvas a casa hoy.

Lo noto tan preocupado que niego con la cabeza.

—No volveré. Me quedaré aquí; te lo prometo.

—¿Necesitas algo antes de que me vaya?

Niego con la cabeza.

—No, estaré bien.

Él se levanta y coge la chaqueta.

—Volveré lo antes posible, cuando acabe el turno del mediodía. Te traeré algo de comer, ¿vale?

Me obligo a sonreír.

Él abre un cajón y saca papel y lápiz para anotar algo antes de irse. Cuando ya se ha marchado, me acerco a la encimera para mirar qué ha anotado. Son instrucciones para conectar la alarma. También ha escrito su número de móvil, aunque me lo sé de memoria. Y el del trabajo, y la dirección de su casa y la del restaurante.

Y al final, en letra más pequeña, ha añadido: «Sigue nadando, Lily».

Querida Ellen:

Hola, soy yo. Lily Bloom. Bueno, técnicamente ahora soy Lily Kincaid. Sé que hace mucho que no te escribo. Un montón. Después de lo que pasó con Atlas, no me atrevía a abrir los diarios. Ni siquiera me atrevía a mirar tu pro-

grama después de clase, porque dolía demasiado tener que verlo sola. Para ser sincera, todo lo que tuviera que ver contigo me deprimía. Cuando pensaba en ti, pensaba en Atlas. Y, para ser franca, no quería pensar en Atlas, y por eso te borré a ti también de mi vida.

Lo siento. Estoy segura de que tú no me echaste de menos, pero, a veces, las cosas que más nos importan son las que más nos duelen. Y para poder superar ese dolor tienes que cortar todos los vínculos y extensiones que te atan a ese dolor. Tú eras una extensión de mi dolor, por eso te eliminé, para ahorrarme un poco de agonía.

Estoy segura de que tu programa sigue siendo tan genial como siempre. He oído decir que sigues bailando al principio de algunos de ellos, pero ¿sabes qué? Ya no me molesta. Al contrario. Creo que es una señal de madurez, saber apreciar cosas que son importantes para los demás, aunque no lo sean para ti.

Supongo que debería ponerte al día de mi vida. Mi padre murió. Tengo veinticuatro años. Me gradué en la universidad, trabajé en marketing una temporada y ahora tengo mi propio negocio. Es una tienda de flores. Sí, uno de mis objetivos vitales. ¡Lo logré!

Y también tengo un marido, pero no es Atlas.

Y vivo en Boston.

Acojonante, lo sé.

La última vez que te escribí tenía dieciséis años. Estaba muy mal, hecha mierda, muerta de preocupación por Atlas. Ahora él ya no me preocupa, pero también estoy muy mal. Peor que la última vez que te escribí.

Te pido disculpas porque nunca te escribo cuando estoy bien. Siempre te toca aguantar mis mierdas, pero supongo que para eso están los amigos, ¿no?

Ni siquiera sé por dónde empezar. Sé que no sabes nada de mi vida actual ni de mi marido, Ryle. Tenemos una costumbre. De vez en cuando uno le reclama al otro que diga la pura verdad y en ese momento el otro tiene la obligación de responder con la verdad pura y dura, y decir lo que piensa en realidad. Sin tapujos.

Así que ahí va... Pura verdad.

Prepárate.

Me he enamorado de un hombre que me maltrata físicamente. Y no logro entender cómo he podido acabar en esta situación viniendo de donde vengo.

Durante mi adolescencia, muchas veces me preguntaba qué debía de pasar por la cabeza de mi madre después de que él la maltratara. Me preguntaba cómo podía amar a un hombre que le había puesto las manos encima; que la golpeaba una y otra vez; que siempre le prometía que no volvería a pasar y que, de nuevo, volvía a agredirla.

Ahora soy capaz de ponerme en su lugar. Y lo odio.

Llevo cuatro horas sentada en el sofá de Atlas, luchando contra mis sentimientos. No logro controlarlos; ni siquiera logro entenderlos. No sé cómo procesarlos. Y por eso he vuelto a las viejas costumbres, porque he pensado que me vendría bien ponerlo todo por escrito para poder entenderlo mejor. Te pido disculpas, Ellen, pero prepárate, porque voy a vomitarte un montón de palabras.

Si tuviera que comparar lo que siento con algo sería con la muerte. Y no la muerte de una persona cualquiera, sino de esa persona especial, la que sientes más cercana en el mundo. Esa persona de la que no puedes imaginarte su muerte sin echarte a llorar. Así es como me siento, como si Ryle hubiera muerto.

Es una cantidad astronómica de dolor. Una montaña

inmensa. Siento que he perdido a mi mejor amigo, a mi amante, a mi marido, a mi salvavidas. Pero lo que diferencia a este sentimiento de la muerte es otra emoción que no tiene por qué acompañar a la muerte auténtica: el odio.

Estoy tan enfadada con él, Ellen, que me faltan palabras para expresar tal cantidad de odio. Y, sin embargo, en medio de todo el odio, se abren camino razonamientos, explicaciones, excusas que nacen dentro de mí. Y pienso cosas como: «No debería haber guardado el imán» o «Debería haberle contado lo del tatuaje desde el principio» o «No debería haber guardado los diarios».

Ese tipo de ideas son las peores. Me dejan destrozada porque me roban la fuerza que me proporciona el odio. Esas excusas me obligan a imaginarme un futuro a su lado, un futuro en el que yo he tomado medidas para evitar que él vuelva a enfurecerse. Me digo que no volveré a traicionarlo, que nunca volveré a ocultarle nada, que no volveré a darle motivos para reaccionar de esa manera. Que los dos tendremos que esforzarnos más de ahora en adelante para que las cosas funcionen.

En lo bueno y en lo malo, ¿no?

Y estoy segura de que estas eran las ideas que pasaban por la cabeza de mi madre en el pasado. Aunque la diferencia entre ella y yo era que ella tenía más preocupaciones. No tenía la estabilidad económica que yo tengo. No tenía los recursos para irse de casa y proporcionarme lo que ella consideraba una vivienda en condiciones. No quería apartarme de mi padre, ya que yo estaba acostumbrada a vivir en un hogar con padre y madre. Estoy segura de que este tipo de razonamiento fue su peor enemigo en más de una ocasión.

No puedo hacerme a la idea de que voy a tener un hijo

con este hombre. Hay un ser humano que creamos juntos y que está creciendo dentro de mí. Y da igual la opción que elija —irme o quedarme—, ninguna de las dos opciones me gusta para mi hijo. ¿Qué es mejor, crecer en un hogar roto o en uno donde hay malos tratos? Siento que ya le he fallado a mi hijo en esta vida, y eso que solo hace un día que sé de su existencia.

Ellen, me encantaría que pudieras responderme. Ojalá pudieras gastarme una broma ahora mismo porque mi corazón lo necesita.

Nunca me había sentido tan sola, tan destrozada, tan furiosa, tan dolida.

Los que se miran estas situaciones desde fuera a menudo se preguntan cómo es posible que las mujeres vuelvan a casa de su maltratador. Recuerdo haber leído en alguna parte que el 85 por ciento de las mujeres recaen. Fue antes de darme cuenta de que mi relación formaba parte de la estadística. Por aquel entonces, pensé que las mujeres que actuaban así eran tontas y débiles. Más de una vez acusé a mi madre de serlo.

Pero muchas veces, la razón por la que las mujeres regresan es simplemente porque están enamoradas. Amo a mi marido, Ellen. Amo muchas cosas de él. Ojalá pudiera librarme limpiamente de los sentimientos que me despierta. Ojalá fuera tan fácil como antes pensaba. Impedir que tu corazón perdone a alguien que te ha hecho daño es mucho más difícil que perdonarlo.

Ahora soy un número, formo parte de una estadística. Lo que yo pensaba antes de mujeres como yo es lo que ahora opinarían sobre mí otras personas si conocieran mi situación.

«¿Cómo puede amarlo después de lo que le ha hecho?

¿Cómo puede plantearse siquiera la posibilidad de volver con él?»

Qué triste que esto sea lo primero que nos pasa por la cabeza cuando conocemos un caso de malos tratos. ¿No deberíamos ser más duros con los que maltratan en vez de criticar a los que siguen amando a sus maltratadores?

Pienso en todas las personas que se han encontrado en esta situación antes que yo. Y en las que la vivirán después de mí. ¿Acaso todas le damos las mismas vueltas a la cabeza tras experimentar malos tratos a manos de alguien a quien amamos? ¿Repetimos siempre las mismas frases?

«En lo bueno y en lo malo, en la riqueza y en la pobreza, en la salud y en la enfermedad, hasta que la muerte nos separe.»

Tal vez no hay que tomarse esos votos de manera tan literal.

¿En lo bueno y en lo malo?

A...

La...

Mierda.

Lily

26

Estoy tumbada en la cama de la habitación de invitados de Atlas, mirando el techo. Es una cama normal, bastante cómoda, de hecho. Pero me siento como si estuviera en una cama de agua. O tal vez en una balsa, a la deriva en alta mar. Y tengo que superar las inmensas olas, cada una de las cuales es distinta de las demás. Algunas son de tristeza; otras, de furia; otras de lágrimas; otras, de sueño.

De vez en cuando me apoyo las manos en el vientre y siento una diminuta ola de amor. No entiendo cómo puedo amar tanto algo tan pequeño, pero así es. Me pregunto si será un niño o una niña, y qué nombre le pondré. Me pregunto si se parecerá a mí o se parecerá a Ryle. Pero entonces llega una ola de enfado e inunda la diminuta ola de amor.

Siento que me ha robado la felicidad que toda mujer debería sentir al enterarse de que está embarazada. Siento que Ryle me la arrebató anoche y es una más de las razones por las que lo odio.

Odiar es agotador.

Me obligo a levantarme y me meto en la ducha. Llevo casi todo el día sin salir de la habitación. Atlas regresó hace varias horas. Abrió la puerta para ver cómo estaba, pero yo fingí que dormía.

Me siento incómoda aquí. Atlas es la razón por la que Ryle

perdió la cabeza anoche y ¿qué hice yo? Acudir a él en busca de ayuda. La situación me hace sentir muy culpable. Sé que no debería, pero me da hasta un poco de vergüenza, como si el hecho de llamar a Atlas justificara la reacción violenta de Ryle. Pero es que no se me ocurre otro sitio al que ir. Necesito un par de días para procesar las cosas y, si voy a un hotel, Ryle podría localizarme siguiendo el rastro de la tarjeta de crédito. También me encontraría si fuera a casa de mi madre o a la de Allysa o a la de Lucy. También conoce a Devin, así que lo más seguro es que pruebe en su casa también.

Y, sin embargo, dudo mucho que se atreva a venir a casa de Atlas. Al menos de momento. Si tardo una semana en dar señales de vida, no lo descarto, pero de momento no creo que se atreva a asomarse por aquí.

Y esa es probablemente la causa por la que no me he marchado. Me siento más segura aquí que en cualquier otro sitio. Además, Atlas tiene alarma; mejor que mejor.

Miro hacia la mesilla de noche donde está el móvil. Dejo sin leer todos los mensajes de Ryle y abro el de Allysa.

Allysa: ¡Hola, tía Lily! Esta noche ya nos mandan para casa. Ven a vernos mañana cuando salgas del trabajo.

Adjunta una foto de ella y Rylee que me hace sonreír. Y luego llorar. Putas emociones.

Me espero hasta que se me secan los ojos antes de salir al salón. Atlas está sentado a la mesa de la cocina, trabajando con el portátil. Al verme, sonríe y cierra el ordenador.

—Hola.

Obligándome a devolverle la sonrisa, echo un vistazo a la cocina.

—¿Tienes algo de comer?

Él se levanta rápidamente.

—Sí, sí, siéntate; te prepararé algo.

Me arrellano en el sofá mientras él se organiza en la cocina. La televisión está encendida, pero no tiene volumen. Lo activo y luego conecto el DVR. Veo que ha grabado varios programas de la tele, pero el único que me llama la atención es *El show de Ellen DeGeneres*. Sonriendo, busco el último capítulo guardado y le doy a reproducir.

Atlas me trae un bol con pasta y un vaso de agua con hielo. Echa un vistazo a la tele y se sienta a mi lado en el sofá.

Durante las tres horas siguientes nos pulimos los programas de una semana. Me río en voz alta seis veces, lo que me hace sentir mejor, pero, tras una pausa para ir al lavabo, el peso de la realidad vuelve a imponerse.

Vuelvo a sentarme en el sofá, junto a Atlas. Está echado hacia atrás, con los pies apoyados en la mesita. Me inclino hacia él, de manera instintiva, y, tal como hacía cuando éramos adolescentes, me atrae hacia su pecho y vemos la tele así, en silencio. Me acaricia el hombro con el pulgar y sé que es su manera de decirme que está ahí, para lo que necesite. Que le sabe mal lo que me pasa. Y, por primera vez desde que fue a buscarme anoche, me veo capaz de hablar de ello. Tengo la cabeza apoyada en su hombro y las manos en el regazo. Jugueteo con el cordel del pijama que me va demasiado grande.

—Atlas... —susurro—. Siento haberme enfadado tanto contigo en el restaurante la otra noche. Tenías razón. En el fondo, sabía que la tenías, pero no quería creerlo. —Levanto la cabeza y le dirijo una sonrisa lastimera—. Puedes decirme: «Te lo dije».

Él frunce el ceño, como si mis palabras le dolieran.

—Lily, lo último que quería era tener razón en esto. Rezaba cada noche pidiendo estar equivocado.

Hago una mueca, arrepintiéndome de haberle dicho eso. Sé que Atlas no es así.

Él se echa hacia delante y me da un beso en la cabeza. Cierro los ojos, disfrutando de la familiaridad del momento, de su olor, de su tacto, del consuelo que me da. Nunca he entendido que alguien pueda ser duro como una piedra y, al mismo tiempo, tan reconfortante. Pero siempre lo he percibido así: como si pudiera cargar él solo con el peso del mundo, pero no despreciase el peso que cargan los demás; al contrario. Lo siente.

Nunca fui capaz de soltarlo del todo y eso me hace sentir mal. Recuerdo la pelea que Ryle y yo tuvimos cuando encontró su número de teléfono. Recuerdo las demás peleas: el imán, el artículo, mis diarios, el tatuaje... Nada de eso habría pasado si me hubiera desprendido de los recuerdos de Atlas. Ryle no habría tenido motivos para enfurecerse.

Me cubro la cara con las manos, al darme cuenta de que parte de mí está tratando de cargar con la culpa por la reacción de Ryle.

«Y no hay excusa. Ninguna.»

Sé que es otra de las olas que tengo que superar. Una ola de absoluta confusión.

Atlas se da cuenta de mi cambio de actitud.

—¿Estás bien?

No, no lo estoy. Y no lo estoy porque acabo de darme cuenta de lo mucho que me duele aún que Atlas no volviera a buscarme. Si lo hubiera hecho, tal como me prometió, no habría conocido a Ryle y no me encontraría en esta situación.

Sí, definitivamente estoy confusa. ¿Cómo puedo estar acusando a Atlas de lo que ha pasado?

—Creo que voy a acostarme ya —digo en voz baja, apartándome de él.

Me levanto y él me imita.

—Mañana estaré fuera casi todo el día —replica—. ¿Seguirás aquí cuando vuelva?

Hago una mueca al oírlo. Es lógico que quiera que me recupere de una vez y me largue de aquí. ¿Qué demonios hago aquí todavía?

—No, no. Puedo irme a un hotel, no pasa nada.

Me vuelvo y me alejo por el pasillo, pero él me detiene, poniéndome la mano en el hombro.

—Lily. —Me hace girarme—. No te estoy pidiendo que te marches. Solo quería asegurarme de que estarías aquí. Quiero que te quedes todo el tiempo que necesites.

Su mirada es tan sincera que, si no fuera porque me parece un poco fuera de lugar, le echaría los brazos al cuello y lo abrazaría. Porque la verdad es que no me siento lista para irme aún. Necesito un par de días más antes de tomar una decisión sobre mi vida.

—Tengo que ir a trabajar un rato mañana —le digo, asintiendo—. Necesito ocuparme de unos temas. Pero si de verdad no te importa, me gustaría quedarme unos días más.

—No es que no me importe, Lily; prefiero que te quedes.

Me obligo a sonreír y me dirijo a la habitación de invitados. Me alegro de tener este refugio donde quedarme hasta que me vea obligada a enfrentarme a la realidad.

Y aunque admito que, a ratos, su presencia en mi vida me confunde, me alegro mucho de contar con él.

27

Cuando alargo la mano hacia el tirador, noto que me tiembla. Entrar en mi propio negocio nunca me había provocado miedo..., hasta hoy.

El local está oscuro. Enciendo la luz, conteniendo la respiración. Entro despacio en mi despacho, abriendo la puerta con precaución.

Él no está en ninguna parte y, sin embargo, lo llena todo.

Cuando me siento tras el escritorio, enciendo el teléfono por primera vez desde que me fui a la cama anoche. Quería descansar, sin tener que preocuparme por si Ryle trataba de ponerse en contacto conmigo.

Cuando se enciende, veo que tengo veintinueve mensajes de texto de Ryle. Veintinueve. Como las puertas a las que tuvo que llamar para encontrar mi apartamento el año pasado.

No sé si echarme a reír o a llorar por la ironía.

Paso el resto del día mirando por encima del hombro y volviéndome hacia la puerta cada vez que se abre. Me pregunto si mi vida será así a partir de ahora, si alguna vez superaré el miedo.

Paso medio día haciendo papeleo y Ryle no da señales de vida. Allysa me llama después de comer y, por su tono de voz, noto que no tiene ni idea de que Ryle y yo hemos vuelto a pelearnos. La dejo hablar un rato sobre el bebé y luego finjo que ha llegado un cliente y cuelgo.

Mi intención es marcharme cuando Lucy vuelva de comer; le queda media hora.

Ryle entra tres minutos más tarde.

Estoy sola en la tienda.

Cuando lo veo, me quedo paralizada. Permanezco detrás del mostrador, con la mano en la caja registradora porque desde allí tengo acceso a la grapadora. Ya sé que una grapadora no es una gran arma defensiva contra los brazos de un neurocirujano, pero si tengo que usarla, la usaré.

Él se acerca al mostrador lentamente. La última vez que lo vi fue la otra noche, cuando estaba encima de mí en nuestra cama. Mi cuerpo reacciona regresando a ese momento, y vuelvo a sentir las mismas emociones. El miedo y la rabia corren por mis venas cuando llega ante mí.

Alza la mano y deja un juego de llaves sobre el mostrador. Bajo la vista hacia las llaves.

—Me voy a Inglaterra esta noche —me dice—. Estaré fuera tres meses. He dejado todos los recibos pagados, para que no tengas que preocuparte de nada mientras estoy allí.

Tiene la voz calmada, pero las venas abultadas de su cuello son la prueba de que le está costando un gran esfuerzo mantener la compostura.

—Necesitas tiempo. —Traga saliva con esfuerzo—. Y quiero dártelo. —Haciendo una mueca, empuja las llaves hacia mí—. Vuelve a casa, Lily. Yo no estaré allí, te lo prometo.

Se da la vuelta y se dirige hacia la puerta. Me doy cuenta de que ni siquiera se ha disculpado. No me enfado; lo entiendo. Sabe que excusarse no borrará lo que hizo. Sabe que lo mejor para los dos en estos momentos es estar separados.

Sabe que cometió un gran error y, sin embargo, algo me lleva a retorcer el puñal un poco más.

—Ryle.

Él se vuelve hacia mí y noto que alza un escudo entre los dos. No se vuelve del todo y está tenso como una tabla mientras aguarda a oír lo que tengo que decirle. Sabe que mis palabras le harán daño.

—¿Sabes qué es lo peor de todo esto? —le pregunto.

Él no dice nada. Permanece mirándome en silencio, esperando la respuesta.

—Lo único que tenías que haber hecho cuando encontraste mi diario era pedirme la pura verdad. Te habría respondido con sinceridad. Pero no lo hiciste. Elegiste no pedirme ayuda, y ahora los dos tendremos que pagar las consecuencias durante el resto de nuestras vidas.

Él reacciona haciendo una mueca de dolor.

—Lily.

Se vuelve por completo hacia mí.

Levanto una mano para que no siga hablando.

—No. Puedes irte. Pásalo bien en Inglaterra.

Veo que se está librando un duro combate en su interior. Sabe que no conseguirá nada de mí en este momento, por mucho que suplique que le perdone. Sabe que su única opción es marcharse, aunque sea lo que menos le apetezca hacer.

Cuando al fin sale a la calle, me acerco a la puerta y la cierro con llave. Me dejo caer, deslizándome por la pared hasta llegar al suelo. Me abrazo las rodillas y hundo la cara entre las piernas. Estoy temblando con tanta fuerza que me castañetean los dientes. No puedo asimilar que parte de ese hombre esté creciendo dentro de mí. Y no quiero pensar en que, algún día, voy a tener que confesárselo.

28

Después de que Ryle me dejó las llaves, estuve dudando sobre si volver a casa o no. Llegué incluso a pedirle al taxista que me llevara allí, pero, una vez ante la puerta del edificio, no fui capaz de bajar del coche. Sabía que, si iba a casa, probablemente me encontraría con Allysa en algún momento y no me siento preparada para hablar sobre los puntos que llevo en la frente. Como tampoco estoy lista para entrar en la cocina donde Ryle me hizo tanto daño con sus palabras. Y mucho menos para entrar en el dormitorio donde me destrozó por completo.

Así que, en vez de volver a mi casa, le di al taxista la dirección de Atlas. Es el único lugar donde me siento a salvo ahora mismo. Mientras estoy allí no tengo que enfrentarme a la situación.

Atlas ya me ha enviado dos mensajes hoy para saber cómo estoy, así que cuando recibo un mensaje poco antes de las siete, asumo que es suyo, pero no lo es: se trata de Allysa.

Allysa: ¿Has llegado ya a casa? Sube
a hacernos una visita. Me aburro.

Se me cae el alma a los pies al leerlo. No tiene ni idea de lo que ha pasado. Me pregunto si Ryle le habrá contado que se va a Inglaterra. Empiezo a redactar una respuesta, la borro y lo vuelvo a intentar, tratando de encontrar una buena excusa para mi ausencia.

Yo: No puedo. Estoy en urgencias.
Me he dado un golpe en la cabeza con
el dichoso estante del trastero. Me
están poniendo puntos.

Odio mentirle, pero eso me evitará tener que darle explicaciones sobre el corte, aparte de servirme de pretexto para justificar que no estoy en casa.

Allysa: ¡Oh, no! ¿Has ido sola? Marshall
puede acercarse a hacerte compañía,
ya que Ryle no está.

Vale, sabe que Ryle se ha ido a Inglaterra, algo es algo. Y piensa que las cosas entre nosotros van bien. Mejor así, porque eso me da al menos tres meses de plazo antes de tener que afrontar las cosas.

Pues sí, aquí estoy, escondiendo los trapos sucios debajo de la alfombra, igual que hacía mi madre.

Yo: No, estoy bien. Habré acabado antes
de que Marshall llegue. Iré a verte mañana
después del trabajo. Dale un beso
a Rylee de mi parte.

Dejo el móvil en la cama. Ya es de noche, y veo unas luces que se acercan y alguien que aparca en el caminito de acceso a la casa. Sé que no se trata de Atlas, porque él entra por el otro lado y deja el coche en el garaje. El corazón se me acelera por el miedo. ¿Será Ryle? ¿Habrá descubierto al fin dónde vive Atlas?

Instantes más tarde, alguien llama a la puerta con el puño. Varias veces. También llama al timbre.

Me acerco a la ventana, de puntillas, y aparto la cortina lo justo para echar un vistazo. No veo quién está en la puerta, pero hay una camioneta en el caminito. No es de Ryle.

¿Podría ser la novia de Atlas? ¿Cassie?

Con el teléfono en la mano, recorro el pasillo hasta llegar al recibidor. La persona que está fuera sigue llamando al timbre y aporreando la puerta al mismo tiempo. Quienquiera que sea es ridículamente impaciente. Si se trata de Cassie, ya ha empezado a caerme mal.

—¡Atlas! —grita una voz masculina—. ¡Abre la puta puerta!

Otra voz, también masculina, grita:

—¡Se me están helando las pelotas! Las tengo como uvas pasas, tío. ¡Abre la puerta!

Antes de abrir la puerta y decirles que el dueño no está en casa, le envío un mensaje a Atlas, esperando verlo aparecer en cualquier momento para que se ocupe del asunto personalmente.

Yo: ¿Dónde estás? Hay dos hombres en la puerta y no tengo ni idea de si debo dejarlos pasar o no.

Espero mientras los tipos siguen llamando al timbre y aporreando la puerta, pero Atlas no me responde. Al final, me acerco y la abro, pero dejo la cadena puesta.

Uno de los tipos es alto, debe de medir un metro ochenta o más. A pesar de su aspecto juvenil, tiene el pelo moreno salpicado de canas. El otro es algo más bajo, tiene el pelo castaño claro y cara de niño. Ambos parecen tener veintimuchos años; tal vez treinta y pocos.

El más alto hace una mueca al verme.

—Y ¿tú quién eres? —me pregunta, asomándose a la puerta.

—Lily. ¿Quién eres tú?

El más bajo aparta al otro de un empujón.

—¿Está Atlas? —pregunta.

No quiero decirles que no está, porque entonces sabrán que me encuentro aquí sola. Y esta semana en concreto no me fío especialmente de la población masculina.

Mi teléfono empieza a sonar y los tres nos sobresaltamos. Es Atlas. Le doy al botón de «responder» y me llevo el móvil a la oreja.

—Hola.

—No pasa nada, Lily. Son amigos míos. Me olvidé de que era viernes. Jugamos al póker todos los viernes. Ahora los llamaré y les diré que se marchen.

Miro a los dos hombres que siguen ahí, observándome. Me sabe mal que Atlas tenga que cancelar sus planes solo porque yo estoy ocupándole la casa. Cierro la puerta para soltar la cadena y vuelvo a abrir. Con un gesto, les indico que pasen.

—No hace falta, Atlas. No cambies tus planes. Yo estaba a punto de acostarme igualmente.

—No, no. Voy de camino. Les diré que se larguen.

Con el teléfono en la oreja, veo entrar a los dos hombres en el salón.

—Hasta ahora —me despido de Atlas, y cuelgo el teléfono.

Los siguientes instantes son algo incómodos: los tipos me examinan a mí y yo los examino a ellos.

—¿Cómo os llamáis?

—Yo soy Darin —responde el alto.

—Brad —dice el más bajo.

—Lily —me presento yo, aunque ya les había dicho mi nombre antes—. Atlas llegará enseguida.

Voy hacia la puerta para cerrarla y veo que se relajan un poco.

Darin se dirige a la cocina y se sirve lo que quiere de la nevera.

Brad se quita la chaqueta y la cuelga.

—¿Sabes jugar al póker, Lily?

Me encojo de hombros.

—Hace mucho que no juego, pero solía hacerlo con mis amigos en la facultad.

Los dos se dirigen a la mesa del comedor.

—¿Qué te ha pasado en la cabeza? —me pregunta Darin, mientras se sienta.

Me lo pregunta sin darle importancia, como si ni se le ocurriera que detrás de la herida pudiera haber una historia sórdida.

No sé por qué siento el impulso de responderle la pura verdad. Tal vez sea curiosidad por saber cómo reacciona alguien al enterarse de que me lo ha hecho mi marido.

—Lo que pasó fue... mi marido. Discutimos hace dos noches y me golpeó con la cabeza. Atlas me llevó a urgencias. Me pusieron seis puntos y me dijeron que estaba embarazada. Y ahora estoy aquí mientras decido qué hacer con mi vida.

El pobre Darin se ha quedado de piedra, inmóvil, sin acabar de sentarse. No tiene ni idea de cómo responder. Por la forma en que me mira, diría que piensa que estoy loca.

Brad aparta una silla y se sienta.

—Deberías ponerte Rodan and Fields —me aconseja, señalándome—. Se aplica con rodillo y va genial para las cicatrices.

Me echo a reír al oír su consejo, del todo inesperado.

—Por Dios, Brad —exclama Darin, cuando al fin logra sentarse—. Eres peor que tu mujer con esto de la venta directa. Eres un anuncio con patas.

Brad alza las manos.

—Eh, no estoy tratando de venderle nada —se defiende en tono inocente—. Estoy siendo sincero. Esas cosas funcionan. Lo sabrías si lo usaras para curarte ese dichoso acné.

—Que te den.

—Es como si quisieras seguir siendo adolescente toda la vida —murmura Brad—. El acné no mola cuando llegas a los treinta.

Brad aparta la silla que hay a su lado mientras Darin baraja las cartas.

—Siéntate, Lily. Uno de nuestros amigos decidió hacer la tontería de casarse la semana pasada, y ahora su mujer no le deja venir a la noche de póker. Puedes sustituirlo hasta que se divorcie.

Había llegado con la idea de esconderme en la habitación, pero estos dos me lo están poniendo difícil. Me siento junto a Brad y alargo la mano.

—Pásame las cartas —le pido a Darin, que las está barajando como si fuera un bebé manco.

Él alza las cejas y empuja las cartas sobre la mesa. No conozco muchos juegos, pero sé barajar como una profesional.

Separo las cartas en dos pilas y las mezclo, presionando las puntas con los pulgares mientras observo cómo se entrelazan creando un bonito efecto. Darin y Brad tienen la vista fija en las cartas cuando alguien llama. Esta vez la puerta se abre sin esperar y entra un tipo que lleva una chaqueta de tweed de aspecto caro. Lleva también una bufanda al cuello, que empieza a desenrollar en cuanto cierra la puerta. Me señala con la cabeza antes de pasarse por la cocina.

—¿Quién eres tú? —me pregunta.

Es mayor que los otros dos, debe de tener unos cuarenta y cinco. La verdad es que los amigos de Atlas forman un surtido interesante.

—Es Lily —responde Brad—. Está casada con un capullo y

acaba de enterarse de que está embarazada del capullo. Lily, él es Jimmy, pomposo y arrogante.

—*Pomposo* y *arrogante* son lo mismo, idiota —lo corrige Jimmy. Aparta la silla que hay junto a Darin y señala la baraja de cartas con la cabeza—. ¿Te ha traído Atlas para desplumarnos? ¿Qué tipo de persona sabe barajar así?

Sonriendo, empiezo a repartir.

—Supongo que tendremos que jugar una partida para comprobarlo.

Vamos por la tercera ronda cuando al fin llega Atlas. Cierra la puerta y se nos queda mirando. Brad dijo algo gracioso justo antes de que Atlas entrara, así que cuando nuestras miradas se encuentran, estoy en medio de un ataque de risa. Él señala la cocina con la cabeza y se dirige hacia allí.

—No voy —digo, dejando las cartas sobre la mesa antes de levantarme para seguirlo.

Cuando llego a la cocina, lo encuentro en un punto que no es visible desde la mesa del comedor. Me acerco a él y me apoyo en la encimera.

—¿Quieres que les pida que se vayan? —me pregunta.

Niego con la cabeza.

—No, no lo hagas. Me lo estoy pasando bien. Mientras juego, no pienso en otras cosas.

Cuando él asiente, me llega el aroma a hierbas aromáticas que desprende, específicamente a romero. El olor me despierta el deseo de verlo en acción en su restaurante.

—¿Tienes hambre? —me pregunta.

Vuelvo a negar con la cabeza.

—La verdad es que no. Me comí hace un par de horas un plato de pasta que sobró.

Tengo las manos apoyadas a lado y lado, sobre la encimera. Él da un paso hacia mí, apoya una mano sobre la mía y la acaricia con el pulgar. Sé que lo hace para darme ánimos, pero, cuando me toca, su piel me transmite muchas más cosas. Una oleada de calor me asciende por el pecho mientras bajo la vista hacia nuestras manos unidas. Atlas deja de acariciarme, como si él también lo sintiera. Retira la mano y retrocede un paso.

—Lo siento —murmura, volviéndose hacia la nevera, como si fuera a buscar algo, aunque es obvio que solo trata de ahorrarme la incomodidad por lo que acaba de pasar.

Regreso a la mesa y cojo mis cartas para la siguiente partida. Un par de minutos más tarde, Atlas se une a nosotros y se sienta a mi lado. Jimmy baraja y reparte una nueva ronda de cartas para todos.

—Dinos, Atlas. ¿De qué os conocéis Lily y tú?

Atlas coge sus cartas una por una.

—Lily me salvó la vida cuando éramos unos críos —responde sin dudar.

Me mira y me guiña el ojo, y una ola de culpabilidad me ahoga por todo lo que ese gesto me hace sentir, especialmente en estos momentos tan complicados. ¿Por qué me está haciendo esto mi corazón?

—Oh, qué monos —comenta Brad—. Primero Lily te salvó la vida a ti y ahora tú se la salvas a ella.

Atlas baja las cartas y fulmina a Brad con la mirada.

—¿Perdona?

—Relájate —dice Brad—. Lily y yo ya somos íntimos. Ella sabe que estoy de broma. —Brad me mira—. Puede que tu vida sea una mierda ahora mismo, Lily, pero todo mejorará. Créeme, he pasado por ello.

Darin se echa a reír.

—¿Te han pegado, te han dejado embarazado y has tenido que esconderte en casa de otro hombre? —le pregunta a Brad.

Atlas deja las cartas sobre la mesa de un golpe y se echa hacia atrás, arrastrando la silla.

—¿Qué demonios te pasa? —le grita a Darin, pero yo lo agarro del brazo y aprieto para que se tranquilice.

—Cálmate —le digo—. Nos hemos hecho amigos antes de que llegaras. De verdad que no me importa que se rían; le quita gravedad a la situación.

Él se pasa una mano por el pelo, en un gesto de frustración, mientras niega con la cabeza.

—Es que no lo entiendo. Os habéis conocido hace diez minutos.

Me echo a reír.

—Puedes descubrir mucho sobre otra persona en diez minutos. —Trato de redirigir la conversación—. Y ¿vosotros? ¿De qué os conocéis?

Darin se echa hacia delante y se señala.

—Soy el sous chef del Bib's. —Señala a Brad—. Él es el lavaplatos.

—De momento —lo interrumpe Brad—. Iré ascendiendo en la empresa.

—¿Y tú? —le pregunto a Jimmy.

—Adivínalo —responde, con una sonrisa irónica.

Por su modo de vestir y por los comentarios de los demás, que lo han llamado *pomposo* y *arrogante*, supongo que debe de ser el...

—¿Eres el maître?

Atlas se echa a reír.

—Es el aparcacoches.

Miro a Jimmy con la ceja alzada. Él apuesta tres fichas sobre la mesa y dice:

—Es verdad. Aparco coches a cambio de propinas.

—No dejes que te engañe —comenta Atlas—. Trabaja como aparcacoches, pero solo porque es tan rico que se aburre.

Sonrío porque su historia me recuerda a la de Allysa.

—Yo tengo una empleada como tú. Trabaja porque se aburre, y la verdad es que es mi mejor empleada con diferencia.

—Por supuesto —murmura Jimmy.

Echo una ojeada a mis cartas porque es mi turno y lanzo tres fichas sobre la mesa. El móvil de Atlas empieza a sonar y él se lo saca del bolsillo. Estoy a punto de subir las apuestas con otra ficha cuando Atlas se excusa y se levanta de la mesa para atender la llamada.

—Me planto —dice Brad, dejando las cartas ruidosamente sobre la mesa.

Yo miro hacia el pasillo por el que ha desaparecido Atlas a toda prisa y me pregunto si se tratará de Cassie o si hay alguien más en su vida. Sé a qué se dedica, sé que tiene al menos tres amigos, pero no sé nada de su vida amorosa.

Darin expone sus cartas. Póker. Yo muestro mi escalera de color y me apodero de todas las fichas mientras Darin protesta con un gruñido.

—¿No viene Cassie a las noches de póker? —pregunto, tratando de sonsacarles la información que no me atrevo a preguntarle directamente a él.

—¿Cassie? —pregunta Brad.

Asiento, mientras apilo mis ganancias ante mí.

—¿No se llama así su novia?

Darin se echa a reír.

—Atlas no tiene novia. Hace dos años que lo conozco y nunca ha mencionado a ninguna Cassie.

Empieza a repartir nuevas cartas, pero yo estoy tratando de asimilar la información que acabo de recibir. Cojo las primeras dos cartas cuando Atlas vuelve a entrar en el comedor.

—Eh, Atlas —lo llama Jimmy—. ¿Quién demonios es Cassie y por qué nunca hemos oído hablar de ella?

«¡Oh, mierda!»

Me muero de la vergüenza. Agarro las cartas con más fuerza y trato de evitar la mirada de Atlas, pero la sala cae en un silencio tan intenso que es imposible mantenerme así.

Atlas está observando a Jimmy. Este le devuelve la mirada. Brad y Darin me están observando a mí.

Atlas frunce los labios durante un momento y luego admite:

—No hay ninguna Cassie.

Nuestras miradas se encuentran durante un segundo, pero es tiempo suficiente para ver la verdad en ellos.

Nunca hubo una Cassie.

Me mintió.

Atlas se aclara la garganta antes de seguir hablando.

—Chicos, debería haber cancelado la reunión. Esta semana ha sido... un poco... —Se frota la boca con la mano y Jimmy, al verlo, se levanta. Aprieta el hombro de Atlas y se despide diciendo—: La semana que viene en mi casa.

Atlas asiente agradecido. Los tres se ponen a recoger las cartas y las fichas. Brad me arrebata las cartas haciendo una mueca de disculpa porque yo me he quedado como congelada, agarrándolas con todas mis fuerzas.

—Me ha encantado conocerte, Lily —me dice.

No sé de dónde saco las fuerzas para sonreír y levantarme. Les doy abrazos de despedida y, cuando cierran la puerta, Atlas y yo nos quedamos solos.

«Sin Cassie.»

Cassie nunca ha estado en este comedor porque Cassie no existe.

«¿Qué demonios?»

Atlas no se ha movido de donde estaba, cerca de la mesa. Yo

tampoco. Está muy tieso, con los brazos cruzados sobre el pecho. Tiene la cabeza un poco agachada, pero me clava la mirada desde donde se encuentra, al otro lado de la mesa.

«¿Por qué me mintió?»

Ryle y yo ni siquiera éramos pareja oficial cuando me encontré con Atlas en el restaurante por primera vez.

Joder, si Atlas me hubiera dado alguna pista que me hiciera creer que lo nuestro tenía alguna posibilidad, sé que lo habría elegido a él en vez de a Ryle. Por aquella época, apenas conocía a Ryle.

Pero Atlas no dijo nada. Me mintió al contarme que llevaba un año de relación con alguien. ¿Por qué? ¿Por qué haría algo así a menos que no quisiera que yo pensara que teníamos alguna posibilidad?

Tal vez he estado equivocada todo este tiempo. Tal vez nunca me quiso, y se inventó a la tal Cassie para mantenerme apartada de su vida.

Y, sin embargo, aquí estoy. De okupa en su casa. Confraternizando con sus amigos. Comiéndome su comida. Usando su ducha.

Siento que las lágrimas me empiezan a asomar a los ojos y lo último que quiero ahora mismo es echarme a llorar delante de él. Rodeo la mesa y trato de sortearlo, pero no llego muy lejos porque me agarra la mano.

—Espera.

Me detengo, pero sigo dándole la espalda.

—Háblame, Lily.

Lo noto a mi espalda, y sigue sin soltarme la mano. Tiro de ella para liberarme y camino hasta el otro extremo del comedor.

Cuando me doy la vuelta para mirarlo, la primera lágrima me cae por la mejilla.

—¿Por qué no volviste a buscarme?

Él parecía estar preparado para cualquier cosa excepto para lo que acaba de salir de mi boca.

Se pasa una mano por el pelo, se acerca al sofá y se sienta. Tras soltar el aire lentamente, me mira con expresión cautelosa.

—Lo hice, Lily.

El aire permanece quieto en mis pulmones, sin entrar ni salir, mientras yo trato de procesar la respuesta.

«¿Volvió a por mí?»

Él cruza las manos entre sus rodillas.

—Cuando me licencié en los marines, la primera vez, fui a Maine con la intención de buscarte. Preguntando, descubrí a qué universidad habías ido. No sabía qué iba a encontrarme porque, para entonces, ya no éramos los mismos. Llevábamos cuatro años sin vernos y sabía que muchas cosas habrían cambiado, tanto por tu parte como por la mía.

Se me doblan las rodillas, así que me acerco a la silla que hay a su lado y me siento.

«¿Volvió a buscarme?»

—Pasé un día entero dando vueltas por el campus, buscándote. Finalmente, a última hora de la tarde, te encontré. Estabas en el césped, con un grupo de amigos. Te estuve observando un rato, armándome de valor para acercarme a ti. Estabas riendo, se te veía feliz. Nunca te había visto tan vibrante. Nunca me había alegrado tanto al ser testigo de la felicidad de otra persona. Saber que estabas bien...

Hace una pausa y yo me llevo las manos al estómago porque me duele. Me duele saber que estuve tan cerca de él, sin enterarme.

—Cuando al fin empecé a caminar hacia ti, alguien apareció a tu espalda. Un tipo. Se dejó caer de rodillas a tu lado y, cuando lo viste, sonreíste y le echaste los brazos al cuello. Y luego lo besaste.

Cierro los ojos. Era un chico con el que salí seis meses. Nunca me hizo sentir ni una pequeña parte de las cosas que sentí por Atlas. Él suelta el aire bruscamente y sigue hablando.

—Después de aquello, me fui. Cuando comprobé que eras feliz, experimenté al mismo tiempo el peor y el mejor sentimiento que puede experimentar una persona. En aquella época, yo aún pensaba que mi vida no era lo bastante buena para ti. Lo único que tenía para ofrecerte era mi amor, y siempre pensé que te merecías más que eso. Al día siguiente, me reenganché en los marines. Y ahora... —Hace un gesto vago con el brazo, como si su vida no fuera impresionante.

Yo hundo la cara en las manos porque necesito tiempo para procesar lo que acaba de contarme. Necesito unos instantes de duelo para llorar lo que pudo haber sido y no fue. Para asumir cómo son las cosas. Cómo nunca van a ser. Me llevo los dedos al tatuaje de la clavícula y me pregunto si alguna vez seré capaz de llenar el hueco del pequeño corazón.

Me pregunto también si Atlas se habrá sentido alguna vez como me sentía yo cuando decidí hacerme el tatuaje: como si todo el aire se me escapara del corazón.

Sigo sin entender por qué me mintió cuando nos vimos en el restaurante. Si sentía lo mismo que yo, ¿por qué tuvo que inventarse algo así?

—¿Por qué me dijiste que tenías novia?

Él se frota la cara y leo en su rostro el arrepentimiento antes de que empiece a hablar.

—Lo dije porque... parecías muy feliz esa noche. Cuando te vi despedirte de él, me dolió como una puñalada, pero al mismo tiempo me alivió verte tan bien. No quería que te preocuparas por mí. Y no sé... Supongo que estaba un poco celoso. No sé, Lily. Me arrepentí de decírtelo desde el primer momento.

Me cubro la boca con la mano. Mi mente da vueltas a la misma velocidad a la que late mi corazón, presentándome un montón de posibilidades, preguntándose qué habría pasado si hubiera sido sincero conmigo, si me hubiera confesado sus auténticos sentimientos.

«¿Cómo serían las cosas ahora?»

Quiero preguntarle por qué lo hizo; por qué no luchó por mí, pero no necesito hacerlo porque ya sé la respuesta. Pensó que me estaba dando lo que yo quería, porque siempre ha deseado mi felicidad por encima de todo. Y, por alguna estúpida razón, nunca ha creído que pudiera conseguirla a su lado.

«Atlas, siempre tan considerado.»

Cuantas más vueltas le doy, más me cuesta respirar. Pienso en Atlas, en Ryle, en esta noche, en dos noches atrás. Es demasiado.

Me levanto y me dirijo al dormitorio de invitados. Cojo el teléfono y el bolso, y vuelvo al salón. Atlas no se ha movido.

—Ryle se ha marchado a Inglaterra hoy —le digo—. Creo que debería irme a casa. ¿Podrías llevarme?

Sus ojos me miran con tristeza y, en ese momento, sé que estoy tomando la decisión correcta. Ninguno de los dos ha superado lo nuestro; no sé si alguna vez lo lograremos. Empiezo a pensar que lo de pasar página en una relación no es más que un mito. Estoy confusa, pero sé que quedarme aquí mientras proceso todo lo que está pasando en mi vida no me ayudará a ver las cosas más claras. Debo eliminar toda la confusión posible y, ahora mismo, mis sentimientos por Atlas ocupan la primera posición de la lista.

Él frunce los labios durante un instante, asiente y coge las llaves.

Ninguno de los dos dice nada mientras nos dirigimos al piso. Una vez allí, no me deja en la puerta. Aparca y baja del coche.

—Me quedaré más tranquilo si me dejas acompañarte —me dice.

Asiento y subimos en ascensor hasta la séptima planta, manteniendo el mismo silencio que en el coche. Me sigue hasta la puerta del piso. Busco las llaves y no me doy cuenta de que me tiemblan las manos hasta el tercer intento fallido de abrir la puerta. Calmado, Atlas me quita las llaves, mientras me hago a un lado para que abra él.

—¿Quieres que me asegure de que no hay nadie? —me pregunta.

Yo asiento. Sé que Ryle no está aquí porque se ha ido a Inglaterra, pero reconozco que la idea de entrar sola me da un poco de miedo.

Atlas entra delante de mí y enciende la luz. Luego explora el resto del piso, entrando en todas las habitaciones y dejando todas las luces encendidas. Cuando vuelve al comedor, se mete las manos en los bolsillos de la cazadora. Inspira hondo y me dice:

—No sé qué quieres que hagamos ahora, Lily.

Sí que lo sabe, pero no desea admitirlo, porque ambos sabemos lo mucho que duele decirnos adiós.

No soy capaz de mirarlo a los ojos porque la expresión de su cara me rompe el corazón. Cruzo los brazos sobre el pecho y fijo la vista en el suelo.

—Tengo muchas cosas que procesar, Atlas. Muchas. Y me temo que no sería capaz de hacerlo si estuvieras en mi vida. —Lo miro a los ojos—. Espero que no te lo tomes a mal, porque te aseguro que lo digo en el mejor de los sentidos.

Él me mira sin añadir nada durante unos segundos, pero no parece sorprendido. Noto que quiere contarme muchas cosas. Yo también querría contarle un montón de cosas, pero los dos somos conscientes de que hablar de lo nuestro en este momento no estaría bien. Estoy casada. Estoy esperando un bebé de otro hombre. Y nos encontramos en el comedor de un piso que ese otro hombre compró para mí. No me parecen las mejores circunstancias para decirnos las cosas que debimos decirnos hace mucho tiempo.

Mira un momento hacia la puerta, como si estuviera dudando entre irse o hablar. Tiene la mandíbula tan apretada que le salta un músculo. Vuelve a mirarme para responderme:

—Si me necesitas, llámame, pero solo si es una emergencia. No soy capaz de mantener una relación informal contigo, Lily.

Sus palabras me toman por sorpresa, pero enseguida reacciono. No esperaba que lo admitiera ahora, pero tiene toda la razón. Desde el día en que nos conocimos, no ha habido nada informal en nuestra relación. Hemos ido con todo o no hemos ido. Por eso él insistió en cortar cuando se alistó en el ejército. Sabía que una amistad informal no funcionaría entre nosotros; habría sido demasiado doloroso.

Y, al parecer, todo sigue igual.

—Adiós, Atlas.

Pronunciar esas palabras me duele casi tanto como la primera vez que tuve que hacerlo. Haciendo una mueca, él se da la vuelta y se dirige a la puerta a toda prisa. Cuando sale, cierro con llave y apoyo la cabeza en la madera.

Hace dos días me estaba diciendo que era imposible que mi vida fuera mejor de lo que era. Hoy me pregunto si podría ser peor.

Me sobresalto cuando alguien golpea la puerta. Solo han pasado diez segundos desde que Atlas ha salido, así que sé que es él. Giro la llave, abro la puerta y, de repente, me encuentro pegada a una superficie suave. Atlas me abraza con fuerza, casi con desesperación, y me besa la cabeza.

Cierro los ojos y dejo caer las lágrimas que llevaba tiempo conteniendo. He soltado tantas lágrimas por Ryle durante los dos últimos días que no entiendo cómo me puede quedar alguna para Atlas, pero el caso es que me quedan, porque me están cayendo por las mejillas como si fueran dos cataratas.

—Lily —susurra, sin dejar de abrazarme con fuerza—. Sé que es lo último que necesitas oír ahora, pero tengo que hacerlo porque ya son demasiadas las veces que me he separado de ti sin decirte lo que realmente deseaba decirte.

Se aparta un poco para mirarme y, cuando ve las lágrimas que me bañan las mejillas, me las acaricia.

—En el futuro, si por algún milagro las circunstancias te permiten volver a enamorarte de alguien..., enamórate de mí. —Me besa en la frente—. Sigues siendo mi persona favorita, Lily. Siempre lo serás.

Me suelta y se aleja, sin esperar respuesta.

Cuando vuelvo a cerrar la puerta, me dejo caer deslizándome hasta el suelo. Siento que mi corazón quiere rendirse, dejar de latir, y no lo culpo. Ha sufrido dos desengaños en dos días.

Tengo la sensación de que va a pasar mucho tiempo antes de que ninguno de los dos empiece a sanar.

29

Allysa se sienta en el sofá donde estamos Rylee y yo.

—Te echo tanto de menos, Lily, que estoy pensando en volver a trabajar un día o dos por semana.

Me echo a reír sorprendida por su comentario.

—Vivimos en el mismo edificio y paso a verte casi cada día. ¿Cómo vas a echarme de menos?

Ella hace una mueca y se sienta sobre sus piernas dobladas.

—Vale, no te añoro a ti, añoro el trabajo. Y a veces, simplemente, necesito salir de esta casa.

Han pasado seis semanas desde que nació Rylee, así que supongo que le darían el alta para volver a trabajar, pero me extraña. No pensaba que quisiera volver ahora que tiene a Rylee para entretenerla.

—¿Traerías a la niña al trabajo?

Allysa niega con la cabeza.

—No, la floristería es demasiado absorbente. Que la vigile Marshall mientras yo trabajo.

—¿No tienes a gente contratada para que se ocupe de eso?

Marshall está pasando por el salón y me oye.

—Calla, Lily. No hables como una niña rica delante de mi hija. ¡Blasfemia!

Me echo a reír. Por estas cosas subo a visitarlos varias veces a la semana. Es el único momento del día en que río. Han pasado seis semanas desde que Ryle se fue a Inglaterra y aún no saben lo que pasó entre nosotros. Ryle no se lo ha contado a nadie y yo tampoco. Todo el mundo, mi madre incluida, piensa que se ha ido a estudiar a Cambridge y que las cosas entre nosotros siguen como siempre.

Tampoco le he contado a nadie que estoy embarazada. He ido al médico dos veces. Al parecer ya estaba de doce semanas cuando me enteré de que iba a tener un bebé; ahora estoy de dieciocho. Todavía estoy tratando de hacerme a la idea. Me he estado tomando la píldora desde que cumplí los dieciocho años, pero me la olvidé algunos días y fue suficiente.

Se me empieza a notar, pero, como hace frío, es fácil de disimular con la ropa. Nadie se fija cuando llevas un jersey holgado y una chaqueta.

Sé que voy a tener que hacerlo público pronto, pero siento que Ryle debería ser el primero en enterarse y no quiero contárselo por teléfono. Regresará dentro de seis semanas. Si soy capaz de mantener la boca cerrada tanto tiempo, decidiré qué hacer cuando vuelva.

Bajo la vista hacia Rylee, que me está sonriendo. Le hago muecas para que se ría más. Cuando estoy con ellas, me muero de ganas de contarle a Allysa que estoy embarazada, pero me contengo, porque no me parece bien compartir con ella algo que le estoy ocultando a su hermano. No quiero ponerla en una situación tan comprometida, y por eso guardo silencio, aunque me cuesta horrores.

—¿Qué tal te va con Ryle? —me pregunta Allysa—. ¿Tienes ganas de que vuelva?

Asiento con la cabeza, pero no digo nada. Siempre trato de desviar la conversación cuando ella saca el tema.

Allysa se reclina en el sofá y pregunta:

—¿Sigue a gusto en Cambridge?

—Sí —respondo, sacándole la lengua a Rylee.

Ella sonríe. Me pregunto si mi bebé se parecerá a ella. Espero que sí porque me parece monísima, aunque no soy imparcial.

—¿Se aclara ya con la red de metro? —Allysa se echa a reír—. Cada vez que hablo con él, se ha perdido. Nunca sabe si tiene que tomar la línea A o la B.

—Sí —respondo—. Ya se ha aclarado.

Allysa se incorpora de golpe en el sofá.

—¡Marshall!

Cuando él entra en el salón, Allysa me quita a la niña de los brazos y se la entrega a su padre.

—¿Puedes cambiarle el pañal?

No entiendo por qué se lo pide si acabo de cambiárselo.

Marshall arruga la nariz y toma a la pequeña en brazos.

—¿Eres una bebita apestosa?

Los dos llevan pijamas de una pieza a juego.

Allysa me agarra de las manos y tira de mí con tanta fuerza que grito mientras me levanto.

—¿Adónde me llevas?

Ella no responde. Me guía hasta su dormitorio y, cuando estamos las dos dentro, cierra de un portazo. Recorre la habitación un par de veces arriba y abajo, y luego se detiene y me mira fijamente.

—¡Más te vale contarme ahora mismo lo que está pasando, Lily!

Me tenso.

«¿A qué demonios se refiere?»

Me llevo las manos al vientre de manera instintiva, pensando que tal vez se ha dado cuenta, pero ella sigue mirándome a los ojos. Da un paso adelante y me clava un dedo en el pecho.

—¡No hay metro en Cambridge, idiota!

—¿Qué? —No entiendo nada.

—¡Me lo he inventado! Hace tiempo que estás rarísima. Eres mi mejor amiga, Lily. Te conozco y conozco a mi hermano. Hablo con él cada semana y él tampoco es el mismo. Pasó algo entre vosotros y quiero saber de qué se trata. ¡Ya mismo!

«Mierda. Me temo que la verdad va a salir a la luz antes de lo previsto.»

Me llevo las manos a la boca lentamente, sin saber qué decir o, mejor dicho, si entrar en detalles. Hasta este momento no me había dado cuenta de lo mucho que me estaba reconcomiendo no poder hablar de todo esto con ella. Me siento un poco aliviada de que me conozca tan bien.

Me dirijo a su cama y me siento.

—Allysa —susurro—, siéntate. —Sé que esto va a dolerle casi tanto como a mí. Se acerca a la cama, se pone junto a mí y me toma las manos—. Ni siquiera sé por dónde empezar.

Ella me aprieta las manos, pero no dice nada.

Durante los quince minutos siguientes, se lo cuento todo. Le cuento la pelea, le cuento que Atlas vino a buscarme, que me llevó al hospital, que descubrí que estaba embarazada.

Le confieso que llevo seis semanas llorando en la cama hasta quedarme dormida porque nunca me había sentido tan sola y asustada.

Cuando acabo de contárselo todo, las dos estamos llorando. Ella no ha dicho nada aparte de soltar un «oh, Lily» de vez en cuando.

Sin embargo, no hace falta que me diga nada. Ryle es su hermano. Sé que quiere que tenga en cuenta su pasado igual que la última vez. Sé que me pedirá que arregle las cosas con él porque es su hermano. Se supone que todos formamos una gran familia feliz. Aunque guarda silencio durante un buen rato, asimilando lo que le he contado, tengo claro lo que está pensando.

Finalmente, me mira a los ojos y me aprieta las manos.

—Mi hermano te quiere, Lily. Te quiere muchísimo. Le has cambiado la vida y lo has convertido en una persona a la que me cuesta reconocer. Como su hermana, desearía con todas mis fuerzas que encontraras la manera de perdonarlo. Pero como tu mejor amiga debo decirte que, si vuelves a abrirle las puertas de tu casa, te retiraré la palabra.

Tardo unos instantes en asumir lo que me ha dicho, pero, cuando lo hago, me echo a llorar.

Ella llora conmigo.

Me abraza y las dos lloramos porque las dos amamos a Ryle, pero, en estos momentos, las dos lo odiamos también.

Tras varios minutos de llanto patético sobre su cama, Allysa se levanta y va a buscar una caja de pañuelos de papel a su armario.

Mientras nos secamos los ojos y nos sonamos, le digo:

—Eres la mejor amiga que he tenido nunca.

Ella asiente con la cabeza.

—Lo sé. Y ahora voy a ser la mejor tía.

Se suena otra vez y sorbe por la nariz, pero está sonriendo.

—Lily, vas a tener un bebé. —Lo dice con entusiasmo y, por primera vez desde que me enteré de que estaba embarazada, soy capaz de alegrarme y de compartir la felicidad con alguien—. No quería decírtelo, pero había notado que te habías engordado. Pensaba que estabas deprimida por la ausencia de Ryle y que te estabas hartando a comida.

Vuelve a acercarse al armario y empieza a sacar cosas para mí.

—Tengo un montón de ropa premamá que te estaba guardando.

Y, sí, tiene tanta ropa que acaba por bajar una maleta para ir metiendo las prendas dentro. Pronto ya no cabe nada más.

—Esto no me lo voy a poner nunca —le digo, mostrándole una camisa que aún lleva la etiqueta—. Es ropa de diseño, la mancharía toda.

Ella se echa a reír y la mete a presión en la maleta igualmente.

—No hace falta que me devuelvas nada. Si me quedo embarazada de nuevo, le pediré a mi gente que me compre más. —Descuelga un blusón y me lo da—. Toma, pruébate esto.

Me quito la camiseta y me pongo el blusón. Al colocarlo en su sitio, me miro en el espejo y... parezco embarazada, en plan, esto no hay quien lo oculte.

Allysa me pone una mano en el vientre y se me queda observando en el espejo, a mi lado.

—¿Ya sabes si es niño o niña?

Niego con la cabeza.

—La verdad es que no lo quiero saber.

—Espero que sea una niña. Nuestras hijas se harían amigas.

—¿Lily?

Las dos nos volvemos a la vez hacia la voz y vemos a Marshall en la puerta. Con los ojos fijos en mi vientre o, más concretamente, en la mano que Allysa ha posado en él. Ladeando la cabeza, me señala.

—¿Tú...? Lily, ¿te has dado cuenta de que estás embarazada? —me pregunta confuso.

Allysa se dirige hacia él pausadamente y apoya la mano en el pomo de la puerta.

—Hay algunas cosas que no vas a poder contar a nadie si quieres que siga siendo tu esposa. Esta es una de ellas. ¿Entendido?

Marshall alza las cejas y da un paso atrás.

—Sí. Vale. Lo pillo. Lily no está embarazada. —Le da un beso a Allysa en la frente y vuelve a mirarme—. No te doy la enhorabuena, Lily, por absolutamente nada.

Allysa le da un empujón y cierra la puerta antes de volverse hacia mí.

—Hemos de empezar a planear el *baby shower* —me dice.

—No. Primero tengo que decírselo a Ryle.

Ella sacude la mano en el aire, quitándole importancia.

—No lo necesitamos para planear la fiesta. Será algo entre nosotras dos y no diremos nada a nadie hasta que él esté al corriente.

Va a buscar su portátil y, por primera vez desde que me notificaron el embarazo, me siento feliz por estar esperando un bebé.

30

Es de lo más práctico vivir tan cerca de Allysa. Solo tengo que coger el ascensor y ya estoy de nuevo en casa, aunque hay muchos ratos en los que tengo ganas de irme a cualquier otra parte. Se me hace raro vivir aquí. Ryle y yo solo estuvimos aquí juntos una semana antes de separarnos y de que él se fuera a Inglaterra. Ni siquiera he tenido tiempo de sentirme en casa y ya la siento sucia, mancillada. No he podido volver a dormir en nuestro dormitorio desde aquella noche; he estado haciéndolo en la habitación de invitados, en mi cama de siempre.

Allysa y Marshall son los únicos que saben que estoy embarazada. Han pasado dos semanas desde que se lo conté, es decir, que ya estoy de veinte. Sé que tendría que decírselo a mi madre, pero Ryle no volverá hasta dentro de varias semanas y sigo pensando que él debería ser el primero en saberlo. Aunque no sé si voy a poder ocultarle la tripa a mi madre mucho más tiempo.

Probablemente debería aceptar el hecho de que voy a tener que contárselo a Ryle mediante una llamada de larga distancia. Llevo dos semanas evitando a mi madre. Nunca habíamos estado tanto tiempo sin vernos desde que se mudó a Boston. Como no le diga algo pronto, se va a plantar en la puerta en el momento más inoportuno.

Juro que mi vientre ha doblado su tamaño en estas últimas dos semanas. Si me ve alguien que me conozca bien, no voy a poder ocultárselo. De momento, nadie me ha comentado nada en la floristería. Creo que estoy al final de la etapa en que la gente se pregunta: «¿Estás embarazada o gordita?».

Empiezo a girar la llave de la puerta de entrada, pero alguien acaba de abrir desde dentro del apartamento. Antes de poder cerrarme la chaqueta para ocultar la tripa de quien sea que esté ahí, Ryle hace su aparición y me mira de arriba abajo. Llevo uno de los blusones que me regaló Allysa y es imposible ocultar el hecho de que se trata de ropa premamá.

«Ryle.»

«Ryle está aquí.»

Mi corazón empieza a golpear contra las paredes del pecho.

Siento un picor en el cuello y, cuando levanto la mano y la apoyo allí, noto también el pulso desbocado contra la palma.

Está desbocado porque estoy aterrorizada.

Está desbocado porque lo odio.

Está desbocado porque lo echaba de menos.

Sus ojos ascienden lentamente desde mi vientre hasta mis ojos. Me dirige una expresión dolida, como si acabara de clavarle un puñal en el corazón. Da un paso y se lleva las manos a la boca. Empieza a negar con la cabeza, incrédulo, y no puede ocultar que se siente profundamente traicionado cuando pronuncia mi nombre.

—Lily...

Yo permanezco paralizada, cubriéndome el vientre con una mano, tratando de protegerlo, y la otra mano sobre el pecho. Estoy demasiado asustada para moverme o hablar. No quiero hacer nada hasta saber cómo va a reaccionar él.

Al leer el miedo en mis ojos y ver que respiro entrecortadamente, alza una mano para tranquilizarme.

—No voy a hacerte daño, Lily. He venido para hablar. —Abre la puerta un poco más y señala hacia el salón—. Mira.

Se aparta y veo que hay alguien a su espalda.

Ahora soy yo la que se siente traicionada.

—¿Marshall?

Él alza las manos, defendiéndose.

—No tenía ni idea de que iba a volver antes de tiempo, Lily. Me ha enviado un mensaje pidiéndome ayuda. Me ha rogado que no os dijera nada ni a ti ni a Issa. Por favor, no dejes que Issa se divorcie de mí, yo solo soy un observador neutral.

Niego con la cabeza, tratando de entender lo que estoy viendo.

—Le pedí que se reuniera conmigo aquí para que te sintieras más cómoda —me aclara Ryle—. Está aquí por ti, no por mí.

Miro a Marshall, que confirma las palabras de Ryle asintiendo con la cabeza. Su presencia me tranquiliza lo suficiente como para atreverme a entrar en el piso. Ryle sigue en shock, lo que es comprensible. Su mirada sigue buscando mi vientre, aunque la aparta enseguida, como si le doliera verme así. Se pasa las manos por el pelo y señala hacia el pasillo, mirando a Marshall.

—Estaremos en la habitación. Si oyes que me pongo... Si empiezo a gritar...

Marshall entiende lo que le está pidiendo.

—Estaré aquí.

Mientras sigo a Ryle hasta el dormitorio, me pregunto cómo debe de ser no tener ni idea de qué puede hacerte saltar, ni lo desproporcionada que será tu reacción. No poder controlar tus emociones. Durante un instante, siento pena por él, pero cuando veo la cama y recuerdo lo que pasó la última noche, ese sentimiento desaparece por completo.

Ryle empuja la puerta, pero no la cierra del todo. Parece haber envejecido un año en los dos meses que llevamos separados. Tiene ojeras, el ceño fruncido y está encorvado. Si el arrepentimiento pudiera adoptar forma humana, Ryle sería su viva imagen.

Con la mirada fija en mi vientre, da un paso hacia mí y luego otro. Actúa con cautela, como es normal. Alarga la mano con timidez, pidiéndome permiso para tocarme. Cuando asiento débilmente, da un paso más y apoya con firmeza la mano sobre mi vientre.

Al sentir el calor de su mano a través del blusón, cierro los ojos. Aunque sigo resentida con él, eso no significa que mis sentimientos hayan desaparecido. Cuando alguien te hace daño, no dejas de amarlo de un momento para otro. No son las acciones lo que más duele, es el amor. Si no hubiera amor mezclado en la ecuación, el dolor sería más fácil de soportar.

Abro los ojos al notar que mueve la mano. Está negando con la cabeza, como si fuera incapaz de asimilar lo que está pasando. Lo veo ponerse de rodillas ante mí.

Me abraza por la cintura y apoya los labios en mi vientre. Une las manos a mi espalda y apoya la frente en mi estómago.

Es muy difícil describir lo que siento por él en este momento. Como cualquier madre, me gusta mucho ver que ya quiere al pequeño. Ha sido muy duro no poder compartir la noticia con nadie. Y ha sido especialmente duro no compartirla con él, por mucho resentimiento que le guarde. Le hundo las manos en el pelo mientras él me abraza. Parte de mí quiere gritarle y llamar a la policía, que es lo que debería haber hecho aquella noche. Otra parte siente lástima por el niño pequeño que vio a su hermano morir en sus brazos. Otra desearía no haberlo conocido nunca. Y otra desearía ser capaz de perdonarlo.

Cuando me suelta, se apoya en la cama para levantarse y luego se sienta en ella. Apoya los codos en las rodillas y se cubre la boca con las manos.

Me pongo a su lado, sabiendo que ha llegado la hora de que hablemos, aunque no me apetece nada.

—¿La pura verdad?

Él asiente.

No sé cuál de los dos se supone que debe hablar primero. No tengo gran cosa que decirle a estas alturas, así que me espero a que empiece él.

—No sé ni por dónde empezar, Lily.

Se frota la cara con las manos.

—¿Qué te parecería empezar por: «Siento haberte atacado, Lily»?

Él me mira con los ojos muy abiertos y decididos.

—Lily, no tienes ni idea de lo mucho que lo siento. No tienes ni idea de lo mal que lo he pasado durante estos dos meses, sabiendo lo que te había hecho.

Aprieto los dientes al mismo tiempo que los dedos, que se aferran a la manta que cubre la cama.

¿No tengo ni idea de lo mal que lo ha pasado él?

Niego con la cabeza lentamente.

—Eres tú el que no tiene ni idea, Ryle. —Me pongo de pie, tan llena de furia y de odio que no me caben en el cuerpo: necesito expulsarlos. Me vuelvo hacia él y lo señalo—. ¡No tienes ni idea de lo que me has hecho pasar! ¿Sabes lo que es sentir miedo de morir a manos del hombre al que amas? ¿Que te den ganas de vomitar al pensar en lo que te ha hecho? ¡No, no tienes ni idea, Ryle! ¡Ni puta idea! ¡Que te jodan! ¡Que te jodan por lo que me has hecho!

Inspiro profundamente, sorprendida por mi reacción. La rabia ha llegado de repente, incontrolable, como una ola. Me seco las lágrimas y le doy la espalda, incapaz de mirarlo.

—Lily... Yo no...

—¡No! —grito, dándome la vuelta hacia él—. ¡No he terminado! ¡No puedes contar tu verdad hasta que yo acabe con la mía!

Él se ha agarrado la mandíbula y la aprieta, tratando de relajarla. Baja la vista al suelo, incapaz de soportar la ira que ve en mis ojos. Doy tres pasos hacia él y me dejo caer de rodillas en el suelo. Apoyo las manos en sus piernas para obligarlo a mirarme a los ojos mientras le hablo.

—Sí, guardé el imán que Atlas me regaló cuando éramos unos críos. Sí, guardé los diarios. No, no te conté lo del tatuaje. Sí, probablemente habría debido contártelo. Y, sí, todavía le quiero. Y le querré hasta que me muera, porque compartimos una parte muy importante de mi vida. Y, sí, estoy segura de que oír esto te duele, pero nada de ello te da derecho a hacer lo que hiciste. Incluso si hubieras entrado en la habitación y nos hubieras encontrado en la cama juntos, seguirías sin tener derecho a ponerme la mano encima, ¡hijo de la gran puta!

Apoyándome en sus rodillas, me levanto bruscamente.

—¡Ahora es tu turno! —grito.

Doy vueltas a la habitación. El corazón me late con tanta fuerza que parece que quisiera salírseme del pecho. Ojalá supiera cómo dejarlo salir. Pondría en libertad a ese cabronazo ahora mismo si pudiera.

Pasan varios minutos y yo sigo caminando sin parar hasta que el silencio de Ryle y mi furia acaban convirtiéndose en dolor.

Llorar me ha dejado agotada. Estoy cansada de sentir tanto. Me dejo caer en la cama y sollozo con la cabeza hundida en la almohada. La aprieto con tanta fuerza que apenas puedo respirar.

Ryle se tumba a mi lado. Me apoya una mano en la nuca, con delicadeza, tratando de calmar el dolor que me está causando.

Tengo los ojos cerrados y la cara hundida en la almohada, pero noto su cabeza acercándose a la mía con mucho cuidado.

—Mi verdad es que no tengo nada que decir —admite, en voz baja—. Nunca podré borrar lo que te hice. Y tú no me creerás si te prometo que no volverá a pasar. —Me da un beso en la cabeza—. Lo eres todo para mí, Lily. Todo. Cuando me desperté en esta cama aquella noche y vi que te habías ido, supe que no podría recuperarte. He venido a decirte lo mucho que lo siento. También quería decirte que he aceptado la plaza de Minnesota. Mi idea era despedirme de ti, pero, Lily... —Con los labios pegados a mi cabeza, suelta el aire bruscamente—. Ahora no puedo hacerlo. Llevas una parte de mí creciendo en tu vientre y ya he empezado a querer a este bebé más de lo que he querido a nadie en toda mi vida. —Abrazándome con más fuerza añade, con la voz rota—: Por favor, no lo apartes de mí, Lily. Por favor.

El dolor que transmite su voz resuena en mi interior. Cuando alzo la cara, empapada en lágrimas, hacia él, Ryle me besa con desesperación y se aparta.

—Por favor, Lily. Te quiero, ayúdame.

Sus labios se unen con los míos una vez más, brevemente. Al ver que no lo rechazo, vuelve a intentarlo una tercera vez.

Y una cuarta.

Cuando nuestros labios se encuentran por quinta vez, no se aparta. Me abraza y me acerca a él. Me siento cansada y débil, pero mi cuerpo recuerda al suyo. Mi cuerpo no ha olvidado que el suyo puede calmar todo lo malo que estoy sintiendo. Que sabe cómo tratarme con un cariño que llevo dos meses echando de menos.

—Te quiero —susurra contra mi boca.

Su lengua acaricia la mía y está mal, pero está bien, pero hace daño. De pronto estoy tumbada de espaldas y él está sobre mí. Sus caricias son todo lo que necesito y todo lo que no debería pasar.

Me agarra un mechón de pelo y, al instante, retrocedo a la última noche.

«Estoy en la cocina, y me tira del pelo con tanta fuerza que me duele.»

Me aparta el pelo de la cara y, al instante, retrocedo a la última noche.

«Estoy en la puerta, y su mano me recorre el hombro justo antes de morderme con toda la fuerza de su mandíbula.»

Apoya la frente en la mía y, al instante, retrocedo a la última noche.

«Estoy en esta cama, debajo de él, cuando me da un cabezazo tan fuerte que necesito seis puntos.»

Mi cuerpo deja de responder al suyo cuando la rabia vuelve a apoderarse de mí. Al darse cuenta de que me he tensado, deja de besarme.

Cuando se alza sobre mí y me mira a los ojos, no necesito decir nada. Nuestros ojos están diciendo verdades más puras y descarnadas que las que hemos compartido con palabras a lo largo de toda nuestra relación. Mis ojos le están diciendo que ya no soporto que me toque. Sus ojos me están diciendo que ya lo sabe.

Él asiente lentamente.

Se aparta de mí, deslizándose por mi cuerpo hasta llegar a los pies de la cama. Se sienta, dándome la espalda y vuelve a asentir. Se levanta, despacio, plenamente consciente de que no voy a perdonarlo esta noche. Se dirige hacia la puerta.

—Espera —le ordeno.

Él se da media vuelta y me mira desde la puerta.

Alzando la barbilla, le digo con rotundidad:

—Ojalá este bebé no fuera tuyo, Ryle. Deseo con todas mis fuerzas que este bebé no fuera una parte de ti.

Y si Ryle pensaba que su mundo no podía derrumbarse más, estaba equivocado.

Cuando sale de la habitación, vuelvo a hundir la cara en la almohada. Creía que si lograba herirlo como él me había herido a mí, sentiría que se había hecho justicia.

Pero no siento nada parecido.

Me siento vengativa y mezquina.

«Como si me hubiera convertido en mi padre.»

31

Mamá: Te echo de menos.
¿Cuándo nos veremos?

Me quedo contemplando el texto. Han pasado dos días desde que Ryle descubrió que estoy embarazada. Sé que ha llegado el momento de decírselo a mi madre. No me preocupa contarle lo del embarazo; lo que me inquieta es tener que hablarle de mi situación con Ryle.

Yo: Yo también te echo de menos.
Iré a verte mañana al salir del trabajo.
¿Podrías hacer lasaña?

Cuando salgo del chat, me entra un nuevo mensaje.

Allysa: Sube a cenar con nosotros.
Es noche de pizza casera.

Llevo unos días sin ir al piso de Allysa, desde que Ryle volvió a casa. No sé dónde está viviendo él, pero me imagino que se alojará en casa de su hermana y lo último que me apetece es compartir mesa con él.

Yo: ¿Quién estará?

Allysa: Lily... Nunca te haría eso. Trabaja hasta mañana a las ocho de la mañana. Solo estaremos los tres.

Qué bien me conoce. Le respondo diciéndole que iré en cuanto acabe en la floristería.

—¿Qué comen los bebés a esta edad?

Estamos sentados a la mesa. Cuando he llegado, Rylee estaba durmiendo, pero la he despertado para poder tenerla un rato en brazos. A Allysa no le ha importado. Me ha dicho que así no se despertaría cuando ella se fuera a la cama.

—Leche materna —responde Marshall, con la boca llena—. Pero a veces meto el dedo en el refresco y se lo pongo en la boca para que lo pruebe.

—¡Marshall! —grita Allysa—. Más te vale estar de broma.

—Por supuesto, es broma —replica, aunque no acaba de convencerme.

—Y ¿cuándo empiezan a tomar comida de bebé? —insisto. Creo que debo saber estas cosas antes de dar a luz.

—Sobre los cuatro meses —responde Allysa, bostezando.

Suelta el tenedor y se echa hacia atrás en la silla, frotándose los ojos.

—¿Quieres que me la lleve a casa para que podáis dormir una noche del tirón?

Allysa responde:

—No, no hace falta.

Al mismo tiempo Marshall dice:

—Sería increíble.

Me echo a reír.

—Hablo en serio. Vivo aquí mismo y mañana no trabajo. Aunque no me deje pegar ojo en toda la noche, puedo dormir mañana.

Allysa parece estar planteándoselo.

—Podría dejar el móvil encendido, por si me necesitas.

Bajo la vista hacia Rylee y sonrío.

—¿Has oído eso? ¡Te vienes a dormir a casa de la tía Lily!

Con todo lo que Allysa está metiendo en la bolsa de los pañales, cualquiera pensaría que me llevo a Rylee de viaje por todo el país.

—Ella ya te dirá cuando tiene hambre. No uses el microondas para calentar la leche. Pon el biberón en...

—Lo sé —la interrumpo—. Le he preparado unos cincuenta biberones desde que nació.

Allysa asiente, se acerca a la cama y deja la bolsa a mi lado. Marshall está en el salón, dándole el último biberón del día a Rylee, por eso Allysa se tumba a mi lado mientras esperamos. Se apoya la cabeza en una mano y me pregunta:

—¿Sabes lo que significa esto?

—No. ¿Qué?

—Esta noche hay sexo de postre. Llevo cuatro meses en dique seco.

Arrugo la nariz.

—No necesitaba saberlo.

Ella se echa a reír y se cae sobre la almohada, pero enseguida se incorpora.

—Mierda —dice—. Debería depilarme las piernas. Creo que también han pasado cuatro meses desde la última vez que lo hice.

Me echo a reír, pero contengo el aliento al notar algo. Llevándome la mano al vientre, exclamo:

—¡Ay, Dios! ¡Acabo de notar algo!

—¿En serio?

Allysa me apoya la mano en el vientre y las dos permanecemos en silencio durante los siguientes cinco minutos, esperando que se repita. Y lo hace, pero de forma tan débil que es casi imposible advertirlo. Me echo a reír cuando se mueve.

—No he notado nada —protesta Allysa, haciendo una mueca—. Supongo que pasarán semanas antes de que se aprecie desde fuera. ¿Es la primera vez que lo has notado?

—Sí, tenía miedo de estar criando al bebé más perezoso de la historia.

Mantengo las manos apoyadas en el vientre, esperando que se mueva una vez más. Permanecemos sentadas en silencio unos minutos y no puedo evitar desear que las circunstancias fueran distintas. Es Ryle quien debería estar aquí, a mi lado, con la mano en mi vientre, no Allysa.

Estoy a punto de venirme abajo y Allysa debe de notarlo, porque apoya una mano sobre la mía y la aprieta. Cuando la miro, veo que ya no sonríe.

—Lily. Hace días que quiero decirte algo.

Ay, Dios. No me gusta su tono de voz.

—¿Qué me quieres decir?

Ella suspira y se obliga a sonreír, pero la suya es una sonrisa triste.

—Sé que estás triste por no tener a mi hermano a tu lado durante el embarazo. No sé hasta qué punto él participará en la crianza del pequeño, pero quiero que sepas que esta va a ser la mejor experiencia de tu vida. Vas a ser una madre increíble, Lily. Este pequeño tiene mucha suerte. Mucha.

Me alegro de estar a solas con Allysa ahora mismo, porque

sus palabras me hacen reír, llorar y moquear como una adolescente llena de hormonas. La abrazo y le doy las gracias. Sus palabras han impedido que me viniera abajo y me han devuelto la alegría que estaba sintiendo hace unos minutos.

Ella sonríe y me dice:

—Y ahora llévate a mi bebé para que pueda hacer cochinadas con mi marido asquerosamente rico.

Doy vueltas hasta el borde de la cama y me levanto.

—Tú sí que sabes cómo quitarle hierro a las cosas. Creo que es tu punto fuerte.

Ella sonríe.

—Para eso estamos. Venga, largo de aquí.

32

De todos los secretos que he tenido que guardar durante estos meses, lo que peor me sabe es habérselo ocultado todo a mi madre. No sé cómo se lo va a tomar. Estoy segura de que se alegrará de que esté embarazada, pero no sé cómo le sentará que Ryle y yo nos hayamos separado. Adora a Ryle y, teniendo en cuenta cómo solía reaccionar en este tipo de situaciones, supongo que tenderá a excusar su conducta y tratará de convencerme para que le abra las puertas de casa. Francamente, tenía miedo de que acabara convenciéndome, y este es el motivo principal por el que he tardado tanto en contárselo.

Casi todos los días me siento fuerte, tan enfadada con él que la idea de perdonarlo ni se me cruza por la cabeza. Pero de vez en cuando lo echo tanto en falta que me cuesta respirar. Añoro los ratos de risas, añoro hacer el amor con él, echo de menos echarlo de menos. Trabajaba tantas horas que, cuando lo oía abrir la puerta por las noches, iba corriendo a buscarlo y me lanzaba a sus brazos porque lo añoraba muchísimo. Incluso echo de menos lo mucho que a él le gustaba que lo hiciera.

Los días en los que me flaquean las fuerzas son los peores porque quiero contárselo todo a mi madre. Tengo que luchar contra el impulso de ir a su casa para acurrucarme con ella en el sofá mientras me coloca el pelo por detrás de la oreja y me dice que todo va a salir bien. A veces, las mujeres necesitan el consuelo de su madre, da igual la edad que tengan, para poder bajar las barreras y dejar de ser fuertes en todo momento.

Paso más de cinco minutos dentro del coche, frente a su casa, reuniendo valor para entrar. Odio hacer esto porque sé que, aunque no quiera, voy a romperle el corazón. Odio verla triste, y tener que admitir que me he casado con un hombre demasiado parecido a mi padre la va a entristecer mucho.

Al cruzar el umbral, veo que está en la cocina, vertiendo pasta en una fuente de horno. De momento, no me quito el abrigo, por razones obvias. No me he puesto un blusón, pero incluso así es imposible ocultar un embarazo tan avanzado, especialmente a ojos de una madre.

—¡Hola, cariño! —me saluda.

Entro en la cocina y la abrazo de lado mientras ella echa queso sobre las capas de lasaña. Después de que la meta en el horno, nos dirigimos al comedor y nos sentamos a la mesa. Se echa hacia atrás en la silla y da un trago a su vaso de té frío.

Está sonriendo. Qué rabia me da tener que romper este buen momento.

—Lily —se me adelanta ella—, tengo que decirte algo.

Vaya, esto no me gusta. Me había preparado lo que tenía que decirle; no vengo preparada para aguantar una charla.

—¿Qué pasa? —le pregunto, con recelo.

Agarra el vaso con las dos manos antes de responder:

—Estoy saliendo con alguien.

Me quedo boquiabierta.

—¿En serio? —Sacudo la cabeza—. Eso es...

Estoy a punto de felicitarla, pero me asalta la preocupación. Y ¿si ha vuelto a topar con un hombre como mi padre?

Ella se da cuenta de lo que estoy pensando y me sujeta las dos manos.

—Es un buen hombre, Lily. No puede ser más bueno; te lo prometo.

Siento un gran alivio, porque noto que lo dice de verdad. Sus ojos brillan de felicidad.

—Vaya —digo, porque sigo sorprendida por el giro inesperado que ha dado la noche—. Me alegro mucho por ti. ¿Cuándo lo conoceré?

—Esta misma noche, si quieres —responde—. Puedo invitarlo a cenar con nosotras.

Niego con la cabeza.

—No, ahora no es buen momento.

Me aprieta la mano cuando se da cuenta de que he venido a hablarle de algo importante. Decido empezar con las buenas noticias.

Me levanto y me quito la chaqueta. Al principio, no le da importancia; piensa que estoy poniéndome cómoda. Pero luego cojo una de sus manos y me la apoyo en el vientre.

—Vas a ser abuela.

Abre mucho los ojos y, por unos momentos, se queda sin habla. Pero enseguida se le llenan los ojos de lágrimas, se pone en pie de un salto y me abraza.

—¡Lily! —exclama—. ¿Tan pronto? —Se aparta de mí, sonriendo—. Ha ido muy deprisa. ¿Lo estabais buscando? No hace tanto que os casasteis.

Niego con la cabeza.

—No, fui la primera sorprendida, te lo aseguro.

Ella se echa a reír y, tras un nuevo abrazo, nos volvemos a sentar. Trato de sonreír, pero la sonrisa me sale débil; no es la de una futura madre feliz, y ella se da cuenta casi inmediatamente. Cubriéndose la boca con la mano, susurra:

—Cariño, ¿qué pasa?

Hasta este momento he luchado por mantenerme fuerte, por

no autocompadecerme delante de los demás, pero aquí, en casa de mi madre, deseo ser débil por un rato. Quiero dejar de luchar; que sea ella la que tome las riendas, la que me abrace y me diga que todo va a salir bien. Y durante los siguientes quince minutos, mientras lloro entre sus brazos, eso es exactamente lo que hago. Dejo de luchar porque necesito que otra persona lo haga por mí.

Le ahorro los detalles de nuestra relación, pero le cuento lo más importante: que me ha agredido en más de una ocasión y que no sé qué hacer. Que tengo miedo de criar al bebé sola, que tengo miedo de tomar una decisión equivocada, que tengo miedo de no haber reaccionado con la suficiente contundencia al no haberlo denunciado, que tengo miedo de estarme dejando llevar por las hormonas y que no sé si estoy exagerándolo todo. Básicamente le confieso todo lo que, hasta ahora, no he sido capaz de confesarme a mí misma.

Va a buscar servilletas de papel a la cocina y regresa a la mesa. Después de secarnos los ojos, mi madre juguetea con la servilleta, arrugándola y dándole vueltas mientras la observa.

—¿Quieres que vuelva a casa? —me pregunta.

No digo que sí, pero tampoco digo que no. Por primera vez desde aquella noche, estoy siendo totalmente sincera, con ella y conmigo. Tal vez porque ella es la única persona que conozco que ha pasado por esto; la única capaz de entender la enorme confusión que estoy experimentando.

Niego con la cabeza, pero me encojo de hombros al mismo tiempo.

—Buena parte de mí siente que no podré fiarme de él nunca más. Pero una parte aún más grande está de duelo por lo que teníamos. Nos lo pasábamos tan bien juntos, mamá... A su lado he disfrutado algunos de los mejores momentos de mi vida. A veces, me cuesta demasiado renunciar a esos momentos. —Me seco las lágrimas una vez más—. A veces, cuando lo echo mucho de menos, me digo que tal vez las cosas no fueron tan graves; que tal vez me compensaría aguantar sus malos momentos para poder disfrutar de los buenos.

Mi madre apoya la mano sobre la mía y me la acaricia con el pulgar.

—Entiendo perfectamente lo que quieres decir, Lily, pero lo último que debes hacer es perder de vista tu límite. Por favor, no permitas que pase.

No entiendo qué quiere decirme. Al ver mi expresión confundida, me aprieta el brazo y me lo explica con más detalle.

—Todos tenemos un límite, un tope hasta el que estamos dispuestos a aguantar antes de romper. Cuando me casé con tu padre, sabía exactamente dónde estaba mi límite. Pero poco a poco, con cada incidente, el límite se desplazaba un poco. Y se volvía a desplazar. La primera vez que tu padre me pegó, se disculpó inmediatamente y me juró que no volvería a pasar. La segunda vez, se disculpó todavía más. La tercera vez que sucedió, ya no fue un golpe, sino una paliza. Y, cada una de esas veces, lo perdoné. La cuarta vez solo fue una bofetada. Y cuando me la dio, sentí alivio. Recuerdo que pensé: «Al menos esta vez no me ha dado una paliza. No ha sido tan malo».

Se seca los ojos con la servilleta y me dice:

—Cada incidente te rompe un poco los límites. Cada vez que te quedas en casa, la siguiente vez cuesta más marcharse. Al final, dejas de ver el límite. Piensas: «He aguantado cinco años, ¿por qué no voy a poder aguantar cinco más?».

Me toma las manos y las aprieta mientras lloro.

—No seas como yo, Lily. Sé que crees que él te quiere, y estoy segura de que es así, pero no lo hace como debería. No te quiere como te mereces que te quieran. Si Ryle te quisiera bien, no permitiría que tú lo perdonaras. Tomaría él mismo la decisión.

Te dejaría él, porque sería la única manera de estar seguro de no volver a hacerte daño. Ese es el tipo de amor que una mujer merece, Lily.

Desearía de todo corazón que mi madre no hubiera tenido que aprender estas cosas por experiencia propia. La abrazo con fuerza.

Por alguna razón, antes de entrar pensaba que tendría que defenderme de ella. No se me había pasado por la cabeza la posibilidad de que aprendería tanto de ella. Y no sé de qué me extraño. En el pasado pensaba que mi madre era una mujer débil, pero la verdad es que se trata de una de las mujeres más fuertes que conozco.

—Mamá... —Me aparto un poco para mirarla a la cara—. Cuando crezca, quiero ser como tú.

Ella se echa a reír y me quita el pelo de la cara. Por cómo me mira, veo que se cambiaría por mí encantada. Le duele más mi dolor de lo que le dolió el suyo en el pasado.

—Quiero decirte algo. —Vuelve a tomarme las manos—. El día del funeral de tu padre, sé que no te quedaste sin palabras, Lily. Te plantaste ante ese atril y te negaste a decir nada bueno sobre ese hombre. Nunca me había sentido tan orgullosa de ti. Has sido la única persona que me ha defendido. Siempre te mostraste valiente, aunque me vieras a mí asustada. —Mientras le cae una lágrima por la mejilla, añade—: Sé esa chica, Lily. Sé valiente y atrevida.

33

—¿Qué voy a hacer con tres sillitas?

Estoy sentada en el sofá de Allysa, mirando los regalos. Hoy ha sido el día del *baby shower* que me ha organizado Allysa. Ha venido mi madre, y la de Ryle tampoco ha querido perdérselo, pero ahora está en la habitación de invitados, durmiendo, porque no podía más con el jet-lag. También han venido las chicas de la floristería y unos cuantos colegas de mi trabajo anterior. No faltó ni Devin. La verdad es que ha sido muy divertido, aunque me daba muchísima pereza.

—Por eso te dije que hicieras una lista de regalos, para que no se repitieran —me recuerda Allysa.

Suspiro.

—Supongo que puedo pedirle a mi madre que devuelva la suya. Ya me ha regalado demasiadas cosas.

Me levanto para recoger todas las cosas que me han traído. Marshall se ha ofrecido para ayudarme a bajarlas a mi apartamento, y Allysa se pone en movimiento, ayudándome a meterlas en grandes bolsas de basura. Yo aguanto las bolsas abiertas mientras ella mete los regalos dentro. Ahora soy yo la que está embarazada. Estoy ya de treinta semanas, así que me toca a mí el trabajo fácil de mantener la bolsa abierta mientras ella se agacha y recoge.

Lo tenemos ya todo guardado en bolsas y Marshall va por el

segundo viaje a mi casa cuando abro la puerta del ático de Allysa, dispuesta a arrastrar otra bolsa de basura llena de regalos hasta el ascensor. Lo que no esperaba era ver aparecer a Ryle, que está al otro lado de la puerta, mirándome. Ambos parecemos igual de sorprendidos al vernos, lo que no es extraño teniendo en cuenta que no hemos vuelto a hablar desde que discutimos hace tres meses.

Sin embargo, es algo que tenía que pasar tarde o temprano. No puedo ser la mejor amiga de la hermana de mi marido y vivir en el mismo bloque de pisos que ella sin encontrármelo algún día.

Estoy segura de que él sabía que el *baby shower* era hoy, ya que su madre ha viajado desde Inglaterra para estar aquí. A pesar de todo, parece sorprendido al ver todo lo que hay a mi espalda. Me pregunto si su presencia aquí es una coincidencia o si ha venido a propósito. Baja la vista hacia la bolsa que cargo y me la arrebata.

—Deja; ya la llevo yo.

Se lo permito. Él coge una bolsa más y las baja las dos mientras yo recojo mis cosas. Marshall y él entran por la puerta cuando yo estoy ya a punto de irme.

Ryle coge la última bolsa de regalos y se dirige de nuevo a la salida. Yo lo sigo y veo que Marshall me pregunta con la mirada si me parece bien que Ryle me acompañe al piso. Le respondo asintiendo en silencio. No puedo seguir evitando a Ryle eternamente, así que este es un momento tan bueno como cualquier otro para hablar de cómo vamos a llevar adelante nuestra relación.

Solo hay unos cuantos pisos entre el ático y mi casa, pero el trayecto en ascensor junto a Ryle se me hace eterno. Lo sorprendo mirándome el vientre de reojo un par de veces y me pregunto qué debe de pensar al verme después de tres meses.

La puerta del piso no está cerrada con llave, así que la empujo para abrirla y él me sigue. Lleva las últimas bolsas a la habitación del bebé y lo oigo mover cosas de un lado a otro.

Yo me quedo en la cocina y me pongo a limpiar cosas que ya estaban limpias. Tengo el corazón en la garganta, sabiendo que está en casa. En estos momentos, no tengo miedo; solo estoy nerviosa. Me habría gustado estar más preparada para este encuentro, porque no hay nada que odie más que un enfrentamiento. Pero sé que debemos hablar sobre el bebé y nuestro futuro. Lo que pasa es que no quiero; todavía no.

Él se acerca por el pasillo y entra en la cocina. Vuelvo a sorprenderlo con la vista fija en mi vientre, aunque aparta la mirada al darse cuenta.

—¿Quieres que monte la cuna, ya que estoy aquí?

Probablemente debería decirle que no, pero este hombre carga con la mitad de la responsabilidad de que esté embarazada. Si se ofrece a realizar parte del trabajo, no pienso negarme, por muy enfadada que siga con él.

—Sí, sería de gran ayuda.

Él señala hacia el lavadero.

—¿Mi caja de herramientas sigue ahí?

Cuando asiento con la cabeza, él se dirige hacia allí. Yo abro la nevera y miro el interior para no tener que mirarlo cuando vuelva a cruzar la cocina. Cuando oigo que vuelve a estar en la habitación del bebé, cierro la nevera, apoyo la frente en la puerta y me agarro con fuerza del asa. Inspiro hondo y suelto el aire lentamente mientras trato de analizar todo lo que estoy sintiendo.

Ryle está francamente guapo. Llevaba tanto tiempo sin verlo que me había olvidado de lo atractivo que es. Tengo que luchar contra el impulso de correr hasta la habitación y lanzarme en sus brazos. Necesito sentir su boca en la mía. Necesito que me diga lo mucho que me quiere. Necesito que se tumbe junto a mí en la cama y apoye la mano en mi vientre, como me he imaginado tantas veces.

Sería tan fácil... Mi vida se volvería mucho más sencilla si lo perdonara y volviéramos a vivir juntos en casa.

Cierro los ojos y me repito las palabras que me dijo mi madre: «Si Ryle te quisiera bien, no permitiría que tú lo perdonaras».

Y, gracias al consejo de mi madre, no salgo corriendo pasillo abajo.

Permanezco haciendo cosas en la cocina mientras él sigue en la habitación, montando la cuna. Al cabo de una hora tengo que pasar por delante de la puerta porque necesito el cargador del móvil, que está en mi cuarto. A la vuelta, me detengo frente a la puerta.

La cuna ya está montada. Incluso le ha puesto ropa de cama. Está contemplando la cuna vacía, agarrado a la barandilla. Está tan quieto y callado que parece una estatua. Perdido en sus pensamientos, no se da ni cuenta de que me encuentro en la puerta. Me pregunto en qué estará pensando. ¿En el bebé con el que no compartirá techo cuando duerma en esta cuna?

Hasta este momento, ni siquiera estaba segura de que él quisiera formar parte de la vida del bebé, pero la expresión de su cara no deja lugar a dudas. Nunca he visto tanta tristeza condensada en un rostro, y eso que ni siquiera lo estoy mirando de frente. Tengo la sensación de que la tristeza que siente en este momento no tiene nada que ver conmigo, sino que va dirigida a su hijo.

Levanta la mirada y me ve en la puerta. Apartándose de la cuna, rompe el trance en el que se había sumido.

—Ya está lista. —Señala la cuna antes de devolver las herramientas a la caja—. ¿Quieres que haga algo más aprovechando que estoy aquí?

Niego con la cabeza mientras me acerco a la cuna para admirarla. Como no sé todavía si el bebé es niño o niña, me he decantado por decorar la habitación con motivos naturales. La ropa de cama es de color verde y canela, con dibujos de plantas y árboles. Hace juego con las cortinas y dentro de poco espero que también haga juego con un mural que pretendo pintar yo misma. También he pensado en traer algunas plantas de la floristería. Se me escapa una sonrisa al ver que la habitación del bebé empieza a tomar forma. Ryle ha instalado también el móvil. Lo conecto y empieza a sonar la nana de Brahms. Observo cómo el móvil da una vuelta completa y me vuelvo hacia Ryle. Él se ha alejado un poco y me contempla a mí.

Mientras le devuelvo la mirada, pienso en la facilidad que tenemos los humanos para hacer juicios de valor en cualquier circunstancia, desde fuera. Como yo, por ejemplo, que pasé años juzgando la situación de mi madre.

Es fácil pensar desde fuera que nosotros nunca aguantaríamos algo así y que dejaríamos a esa persona que nos ha maltratado sin mirar atrás. Es fácil afirmar que no podríamos seguir amando a alguien que nos maltrata cuando no somos nosotros los que estamos enamorados de esa persona.

Pero cuando te toca vivirlo de manera directa, resulta que no es tan fácil odiar a la persona que te ha maltratado, cuando el resto del tiempo lo consideras una bendición, un regalo de la vida.

Los ojos de Ryle se iluminan con una chispa de esperanza. No me gusta que sea capaz de ver que he bajado temporalmente las defensas. Cuando da un paso hacia mí, sé que está a punto de atraerme hacia él para abrazarme, así que retrocedo con rapidez para impedirlo.

Y, de golpe, el muro vuelve a alzarse entre nosotros.

Permitirle entrar en casa ha sido un paso de gigante para mí. Espero que se dé cuenta.

Si se ha sentido rechazado, lo oculta tras una expresión estoica. Con las herramientas bajo un brazo, coge la caja donde venía la cuna con la otra mano. Está llena de todas las cosas que han sobrado tras el montaje.

—Me llevo esto al contenedor para tirarlo —dice, dirigiéndose a la puerta—. Si necesitas ayuda con cualquier otra cosa, dímelo, ¿vale?

Asiento y logro murmurar:

—Gracias.

Cuando la puerta se cierra, me vuelvo y observo la cuna. Se me llenan los ojos de lágrimas, pero esta vez no lloro por mí ni por el bebé.

Estoy llorando por Ryle porque, aunque es el responsable de la situación en la que se encuentra, sé lo apenado que se siente. Y cuando amas a alguien, verlo así te entristece.

Ninguno de los dos ha sacado el tema de la separación; ni siquiera el de una posible reconciliación. Tampoco hemos hablado de lo que pasará cuando nazca el bebé, dentro de diez semanas.

No estoy lista para esa conversación y lo mínimo que puede hacer por mí ahora mismo es tener paciencia.

La paciencia que me debe por todas las veces que la perdió.

34

Cuando acabo de limpiar los pinceles, regreso a la habitación del bebé para admirar mi obra. Ayer estuve todo el día pintando el mural, que he terminado hoy.

Han pasado dos semanas desde que Ryle montó la cuna. Ahora que he terminado de pintar el mural y que he traído varias plantas de la tienda, siento que al fin la habitación está lista. Miro a mi alrededor y me apena un poco que no haya nadie aquí para compartir este momento. Cojo el móvil y le envío un mensaje a Allysa.

Yo: ¡He terminado el mural!
Baja a echarle un vistazo.

Allysa: No estoy en casa, he ido a hacer
recados. Mañana iré a verlo sin falta.

Frunzo el ceño y pruebo con mi madre. Sé que mañana trabaja, pero también sé que le hará tanta ilusión como a mí ver la habitación acabada.

Yo: ¿Te apetece acercarte al centro
esta noche? Por fin he acabado
de arreglar la habitación.

Mamá: No puedo. Es noche de concierto en el colegio y acabará tarde. Me muero de ganas de verla. ¡Me pasaré por ahí mañana!

Me siento en la mecedora, sabiendo que no debería hacer lo que estoy a punto de hacer, pero lo hago igualmente.

Yo: La habitación está lista. ¿Quieres verla?

En cuanto envío el mensaje, noto los nervios a flor de piel, como si fueran cables pelados. Me quedo con la vista pegada a la pantalla hasta que llega su respuesta.

Ryle: Por supuesto. Ahora bajo.

Me levanto rápidamente y hago algunos retoques de última hora. Ahueco los cojines del sofá biplaza y enderezo uno de los cuadros que cuelgan de la pared. Estoy llegando a la puerta cuando lo oigo llamar con los nudillos. Abro y...

«¡Mierda! Lleva pijama de quirófano.»

Me hago a un lado para dejarlo pasar.

—Me contó Allysa que ibas a pintar un mural.

Lo sigo por el pasillo.

—He tardado dos días en acabarlo —le digo—. Estoy tan cansada como si hubiera corrido una maratón, y lo único que he hecho ha sido subir y bajar de la escalera unas cuantas veces.

Él me dirige una mirada preocupada por encima del hombro. Le inquieta que me haya subido a la escalera estando sola. No debería preocuparse; lo tengo todo controlado.

Cuando llegamos a la habitación, se detiene en la puerta. En la pared de enfrente he pintado un jardín y un huerto. He dibujado todas las frutas y verduras que se me han ido ocurriendo. No tengo excesiva facilidad para el dibujo, pero es asombroso lo que uno puede hacer con un proyector y papel de calco.

—¡Caramba! —exclama Ryle.

Sonrío al advertir la sorpresa en su voz. No está fingiendo, lo conozco bien. Entra en la habitación y mira a su alrededor, sin dejar de sacudir la cabeza.

—Lily, es..., guau.

Si estuviera con Allysa, me habría puesto a dar saltos y a aplaudir. Pero estoy con Ryle, y, con las cosas que han pasado entre nosotros últimamente, resultaría un poco raro.

Se acerca a la ventana, donde he colgado un columpio. Le da un empujoncito para que se balancee de lado a lado.

—También se mueve de delante a atrás —le informo.

No sé lo familiarizado que está con los columpios para bebés, pero yo me quedé impresionada cuando me enteré.

Se acerca al cambiador y coge un pañal. Lo desdobla y lo sostiene en el aire.

—Es diminuto —comenta—. No recuerdo que Rylee fuera tan pequeña.

Oír el nombre de Rylee me entristece. Hemos estado separados desde la noche en que nació, por lo que nunca lo he visto interactuar con ella.

Ryle dobla el pañal y lo coloca de nuevo en su sitio. Cuando se gira hacia mí, sonríe, alza las manos y da una vuelta señalando la habitación.

—Es fantástica, Lily —me dice—. Toda ella. Lo estás haciendo realmente... —Baja las manos y la sonrisa se le borra de la cara—. Lo estás haciendo francamente bien.

El aire parece enrarecerse a mi alrededor. De repente me cuesta respirar porque, sin saber por qué, tengo muchas ganas de llorar. Me ha gustado mucho compartir este momento y me entristece que no hayamos podido compartir más momentos así durante el embarazo. Pero, por mucho que me haya gustado, tengo miedo de estarle dando falsas esperanzas.

Ahora que ya ha visto la habitación, no sé qué hacer. Es obvio que tenemos una larga conversación pendiente, pero no sé ni por dónde empezar. Ni cómo. Me dirijo a la mecedora y me siento.

—¿La pura verdad? —propongo, mirándolo a los ojos.

Él inspira y suelta el aire, asintiendo, antes de sentarse en el sofá.

—Por favor, Lily. Dime que estás lista para esta charla.

Su reacción me calma un poco, porque me demuestra que está abierto a dialogar. Me rodeo el vientre con los brazos y me echo adelante en la mecedora.

—Tú primero.

Él junta las manos y se las coloca entre las rodillas. Me dirige una mirada tan franca y sincera que acabo apartando la vista.

—No sé qué esperas de mí, Lily. No sé qué papel quieres que tenga en esto. Estoy tratando de darte todo el tiempo y el espacio que necesitas, pero no te imaginas lo mucho que me gustaría poder ayudarte más. Quiero formar parte de la vida de nuestro bebé. Quiero ser tu marido y quiero hacerlo bien, pero no tengo ni idea de lo que tú deseas.

Sus palabras me hacen sentir culpable. A pesar de lo que sucedió en el pasado, sigue siendo el padre de este bebé. Legalmente, tiene el derecho de ejercer como tal, me guste o no. Y la verdad es que quiero que lo sea. Quiero que sea un buen padre, pero no puedo negar que sigo teniendo miedo. Y sé que debo sacar el tema.

—Nunca me opondré a que formes parte de la vida de tu hijo, Ryle. Y me alegro de saber que tú quieres involucrarte en su crianza, pero...

Él se echa hacia delante y hunde la cara entre las manos al oír esa última palabra.

—¿Qué tipo de madre sería si no me preocupara tu carácter, aunque fuera un poco? ¿Cómo no me va a preocupar que pierdas el control? ¿Cómo puedo estar segura de que no te pasará mientras estés a solas con el bebé?

Sus ojos se inundan con una agonía tan grande que temo que acaben desbordándose. Sacude la cabeza con insistencia.

—Lily, yo nunca...

—Lo sé, Ryle. Sé que nunca le harías daño a tu propio hijo de manera intencionada. Ni siquiera creo que me atacaras a mí a propósito, pero el caso es que lo hiciste. Créeme, quiero confiar en que nunca harías algo así. Mi padre solo maltrataba a mi madre. Hay muchos hombres, y también mujeres, que maltratan a sus parejas sin perder el control con nadie más. Quiero creerte con todas mis fuerzas, pero debes entender mis dudas. Nunca te negaré una relación con tu hijo... o hija, pero vas a tener que ser muy paciente mientras reconstruyes la confianza que rompiste.

Él asiente. Supongo que es consciente de que le estoy concediendo mucho más de lo que se merece.

—Por supuesto —me dice—. Tú pones las condiciones, en todo momento, ¿vale?

Ryle junta las manos otra vez y se muerde, nervioso, el labio inferior. Intuyo que quiere decir algo más, pero se está preguntando si es prudente hacerlo.

—Di lo que quieras; aprovecha que ahora estoy de humor para escucharte.

Él echa la cabeza hacia atrás y mira el techo. No sé qué quiere decir, pero se nota que no le resulta fácil. No sé si se trata de una pregunta complicada o si es mi respuesta lo que le da miedo.

—Y ¿qué hay de nosotros? —susurra.

Apoyo la cabeza en la mecedora y suspiro. Sabía que esta pregunta llegaría en algún momento, pero no sé cómo responderle cuando ni yo misma tengo la respuesta. Parece fácil, ya que solo hay dos opciones, divorcio o reconciliación, pero no me apetece ni una cosa ni la otra.

—No quiero darte falsas esperanzas, Ryle —le digo en voz baja—. Si tuviera que elegir hoy..., probablemente elegiría el divorcio, pero, francamente, no sé hasta qué punto me afectan las hormonas del embarazo. Creo que no sería justo para ninguno de los dos tomar una decisión antes de que nazca el bebé.

Él, temblando, suelta el aire, se lleva la mano a la nuca y aprieta con fuerza. Luego se levanta y me mira de frente.

—Gracias. Por invitarme... y por la conversación. He querido venir a verte cada día desde que monté la cuna, pero no sabía cómo te lo tomarías.

—Yo tampoco sé cómo me lo habría tomado —respondo con total sinceridad.

Trato de levantarme de la mecedora, pero hace una semana que no me resulta tarea fácil. Ryle se acerca, me da la mano y me ayuda a hacerlo.

No sé cómo se supone que voy a llegar al día del parto, si ya no soy capaz de levantarme de una silla sin emitir todo tipo de ruidos.

Cuando ya estoy de pie, no me suelta la mano inmediatamente. Estamos muy cerca y sé que, si lo mirara, sentiría cosas, pero no quiero sentir cosas por él.

Me busca la otra mano y las sostiene las dos, a la altura de mis caderas. Entrelaza los dedos con los míos y el gesto me provoca sensaciones que me llegan directas al corazón. Apoyo la frente en su pecho y cierro los ojos. Él deja la mejilla en mi cabeza y permanecemos así, inmóviles, como si nos diera miedo movernos. A mí me da miedo porque temo no ser lo bastante fuerte para oponerme si me besa. A él le da miedo porque teme que yo me aparte si lo hace.

Durante lo que me parecen cinco minutos, ninguno de los dos mueve ni un músculo.

—Ryle —digo finalmente—. ¿Me prometes una cosa? —Noto que él asiente en silencio—. Hasta que nazca el bebé, por favor, no trates de convencerme de que te perdone. Y, por favor, no trates de besarme. —Me aparto de su pecho y levanto la mirada—. Necesito ocuparme de un cataclismo detrás de otro, y ahora mi prioridad absoluta es el nacimiento del bebé. No quiero otras cosas agobiándome o confundiéndome; ya bastante tengo con lo que tengo.

Él me aprieta las manos para darme ánimos.

—Un cataclismo detrás de otro; lo pillo.

Sonrío aliviada por haber mantenido al fin esta conversación. Sé que aún no he tomado una decisión sobre el futuro de nuestra relación, pero ya siento que respiro mejor al saber que estamos de acuerdo en lo más básico.

Me suelta las manos y dice:

—Llego tarde a la guardia. —Señala con el pulgar por encima del hombro—. Tengo que irme.

Asiento y lo acompaño a la puerta. Cuando cierro y me quedo sola en casa, me doy cuenta de que tengo una sonrisa en la cara.

Sigo muy enfadada con él por habernos puesto en esta situación, pero sonrío porque hemos dado un paso importante. A veces los padres tienen que buscar una solución madura a sus conflictos, por el bien de sus hijos.

Y eso es lo que acabamos de hacer. Estamos aprendiendo a manejar esta situación antes de añadir a nuestro hijo a la ecuación.

35

Huele a tostadas.

Estoy en la cama y sonrío porque Ryle sabe que las tostadas son mi desayuno favorito. Me quedo un rato tumbada, sin intención de levantarme. Siento que harían falta tres hombres para conseguir levantarme de la cama hoy. Finalmente inspiro hondo, dejo caer los pies al suelo y me impulso para levantarme.

Lo primero que hago es mear. Tengo la sensación de que no hago otra cosa en todo el día. Y en toda la noche. Salgo de cuentas dentro de dos días y el doctor dice que podría retrasarse otra semana. Me pedí la baja por maternidad la semana pasada, así que ahora mi vida consiste en mear y ver la tele.

Cuando llego a la cocina, veo que Ryle está removiendo una sartén con huevos revueltos. Se da la vuelta al oírme entrar.

—Buenos días —me saluda—. ¿Aún no llega el bebé?

Niego con la cabeza y apoya la mano en el tripón.

—No, pero esta noche he ido al lavabo nueve veces.

Ryle se echa a reír.

—Vaya, has batido tu propio récord. —Sirve los huevos en un plato junto a las tostadas y el beicon. Se da la vuelta, deja el plato en la mesa y se despide dándome un beso en la cabeza—. Me voy. Llego tarde. Dejaré el teléfono conectado.

Sonrío al ver lo que me ha preparado para desayunar. Vale,

sí, me había olvidado de la comida. Mi vida consiste en mear, ver la tele y comer.

—Gracias —replico alegremente, antes de llevarme el plato al sofá y encender la tele.

Ryle, mientras tanto, recoge sus cosas del salón a toda prisa.

—Vendré a ver cómo estás al mediodía. Esta noche acabaré muy tarde, pero Allysa me dijo que podría acercarse a prepararte la cena.

Hago una mueca.

—Estoy bien, Ryle. El doctor dijo *reposo relativo*, no *absoluto*.

Abre la puerta, pero se detiene antes de salir, como si se hubiera olvidado de algo. Corre hacia mí, se inclina y me pega los labios al vientre.

—Te doblaré la paga si te animas a salir hoy —le dice al bebé.

Habla mucho con él. Hace dos semanas me sentí al fin lo suficientemente cómoda a su lado como para permitirle tocarme la tripa cuando el bebé daba pataditas. Desde entonces, se pasa por casa de vez en cuando para hablar con mi tripa y a mí casi ni me mira. No me importa; al contrario, me gusta ver la ilusión que le hace ser padre.

Cojo la manta que usó Ryle para taparse en el sofá anoche y me cubro con ella. Lleva una semana durmiendo aquí, por si acaso me pongo de parto. Al principio no acababa de verlo claro, pero la verdad es que me ha sido de gran ayuda. Sigo durmiendo en la habitación de invitados. El tercer cuarto es ahora el del bebé, lo que significa que el dormitorio principal está libre. Ryle podría dormir allí, pero prefiere hacerlo en el sofá. Supongo que los recuerdos de lo que pasó en esa habitación lo torturan tanto como a mí, así que ninguno de los dos la usa.

Las últimas semanas han sido bastante buenas. Aparte de

que no hay ningún tipo de contacto físico entre nosotros, la relación se ha normalizado bastante. Él sigue trabajando mucho, pero, durante las noches en que no tiene guardia, he vuelto a subir a casa de Marshall y Allysa, y cenamos todos juntos. Nunca comemos los dos solos. No hacemos nada que pueda parecerse a una cita de pareja. Sigo tratando de abordar un cataclismo detrás de otro, así que hasta que nazca el bebé y las hormonas vuelvan a la normalidad, me niego a tomar decisiones sobre mi matrimonio.

Sé que probablemente estoy usando el embarazo como excusa para posponer una decisión tan inevitable como ingrata, pero es la ventaja de estar embarazada, que puedo permitirme ser un poco egoísta.

Cuando oigo que suena el móvil, dejo caer la cabeza hacia atrás en el sofá y suelto un gruñido. Tengo el teléfono en la cocina, es decir, a unos cinco metros de distancia.

«Buf...»

Me doy impulso para levantarme, pero no lo consigo.

Vuelvo a intentarlo.

«Pues no. Sigo sentada.»

Me agarro del reposabrazos y, esta vez sí, me levanto.

«A la tercera va la vencida.»

Al levantarme, me tiro el vaso de agua por encima. Gruño, pero luego contengo el aliento.

«No tenía ningún vaso de agua.»

Mierda.

Bajo la vista y veo que me cae agua por la pierna. El teléfono sigue sonando en la cocina. Me dirijo hasta allí como un pato mareado y respondo.

—Hola.

—Hola, soy Lucy. Una pregunta rápida. El pedido de rosas rojas se ha estropeado durante el trayecto, y hoy tenemos el funeral de los Levenberg, que insistieron en que querían rosas rojas para colocar sobre el ataúd. ¿Hay algún plan de emergencia?

—Sí, llama a la floristería de Broadway. Me deben un favor.

—¡Vale, gracias!

Voy a colgar para llamar a Ryle y decirle que acabo de romper aguas, pero oigo a Lucy:

—¡Espera!

Vuelvo a llevarme el teléfono al oído.

—Sobre aquellas facturas... ¿Querías que las pagara hoy o espero a...?

—Pueden esperar, no pasa nada.

Intento colgar una vez más, pero Lucy vuelve a gritar mi nombre y me pregunta otra cosa.

—Lucy —la interrumpo con tranquilidad—. Vamos a tener que dejar todo esto para otro momento. Creo que acabo de romper aguas.

Hay una pausa, pero enseguida vuelve a gritar:

—¡Oh! ¡OH! ¡Corre!

Al colgar, noto la primera punzada de dolor. Hago una mueca y llamo a Ryle, que responde al primer tono.

—¿Tengo que dar media vuelta?

—Sí.

—¡Dios! ¿En serio? ¿Está llegando?

—Sí.

—¡Lily! —exclama emocionado antes de colgar.

Paso los minutos siguientes recogiendo las cosas para ir al hospital. Ya tengo la bolsa preparada, pero me siento sucia, así que me meto en la ducha. La segunda contracción llega diez minutos después de la primera. Me echo hacia delante y me abrazo al vientre, mientras el agua caliente me cae sobre la espalda. Cuando la contracción está llegando a su fin, oigo que se abre la puerta del baño.

—¿Estás en la ducha? —me pregunta extrañado—. Lily, sal de la ducha. ¡Vámonos!

—Pásame una toalla.

La mano de Ryle aparece tras la cortina de la ducha segundos más tarde. Es raro ocultarle tu cuerpo a tu propio marido.

La toalla no me tapa del todo. Me tapa las tetas, pero luego se me abre sobre el vientre, formando una uve.

Me asalta una nueva contracción justo cuando estoy saliendo de la ducha. Ryle me da la mano y me ayuda a respirar para superarla antes de acompañarme al dormitorio. Estoy eligiendo la ropa que voy a ponerme para ir al hospital cuando me vuelvo y lo encuentro con la mirada fija en mi vientre. No soy capaz de descifrar la expresión de su cara.

Cuando me mira a los ojos, dejo lo que estaba haciendo. Durante unos instantes no soy capaz de decir si está a punto de fruncir el ceño o de sonreír. Hace una mueca que es una combinación de ambas cosas. Luego suelta el aire bruscamente y vuelve a mirarme el vientre.

—Estás preciosa —susurra.

Siento una punzada de dolor en el pecho que no tiene nada que ver con las contracciones. Me doy cuenta de que es la primera vez que me ve así; con el bebé creciendo en mi interior.

Me acerco a él y le tomo la mano. La coloco sobre mi vientre y la sostengo allí. Él me sonríe, acariciándolo con el pulgar. Es un instante precioso; uno de nuestros mejores momentos.

—Gracias, Lily.

Lo leo en su rostro, lo noto en su manera de tocarme, en su mirada. No me está dando las gracias por esta escena en concreto; me está agradeciendo que le permita pasar tiempo con su hijo.

Yo gruño, doblándome hacia delante.

—Me cago en la puta.

«Se acabó el momento bonito.»

Ryle me ayuda a vestirme. Coge todo lo que le indico y nos dirigimos al ascensor. Despacio. Tengo una contracción a mitad de camino.

—Deberías avisar a Allysa —le digo cuando salimos del aparcamiento.

—Estoy conduciendo; la llamaré cuando lleguemos al hospital. Y a tu madre.

Asiento con la cabeza. Podría llamarlas yo, pero prefiero asegurarme de que llegamos al hospital primero, porque tengo la sensación de que este bebé ha puesto la directa y de que no le importaría llegar al mundo aquí mismo, en el coche.

Ya en el hospital, las contracciones se suceden con menos de un minuto entre ellas. Cuando el médico está listo y me han trasladado a una cama, estoy dilatada de nueve centímetros. Cinco minutos más tarde, me piden que empuje. Todo sucede tan rápido que a Ryle no le da tiempo de llamar a nadie.

Cada vez que empujo, aprieto la mano de Ryle. Durante un momento pienso en lo importante que es esa mano para su carrera, pero él no se queja. Me permite que se la apriete tan fuerte como quiera, y eso hago.

—La cabeza ya está casi fuera —anuncia el doctor—. Unos cuantos empujones más.

No sé cómo describir los siguientes minutos. Son un torbellino de dolor, jadeos, ansiedad y una innegable euforia. Y presión. Mucha presión, como si estuviera a punto de explotar. Y entonces...

—¡Es una niña! —exclama Ryle—. ¡Lily, tenemos una hija!

Abro los ojos y veo que el médico la sostiene en alto. No la veo en detalle porque tengo los ojos llenos de lágrimas. Cuando me la colocan sobre el pecho, es el momento más maravilloso de mi vida. Le toco los labios rojos, las mejillas y los deditos.

Ryle corta el cordón umbilical y, cuando se la llevan para limpiarla, me siento vacía.

Poco después, vuelve a estar sobre mi pecho; esta vez envuelta en una manta.

No puedo dejar de contemplarla.

Ryle se sienta en la cama, a mi lado, y le retira la manta de la carita para poder vérsela mejor. Le contamos los dedos de las manos y de los pies. Cuando ella trata de abrir los ojos, nos parece lo más gracioso que hemos visto nunca. Y cuando bosteza, los dos sonreímos, y nos enamoramos un poco más de ella.

Cuando la última de las enfermeras sale de la habitación y nos quedamos a solas, Ryle me pregunta si puede cogerla. Incorpora el cabezal de la cama, para que nos sea más fácil. Después de dejarla en sus brazos, apoyo la cabeza en su hombro y seguimos contemplándola; no podemos parar.

—Lily —susurra—. ¿La pura verdad?

Yo asiento.

—Sin rodeos.

—Es mucho más bonita que la hija de Marshall y Allysa.

Me echo a reír y le doy un codazo.

—Es broma —susurra.

Sé a lo que se refiere. Rylee es un bebé precioso, pero nadie llegará nunca a la suela de los patucos de nuestra hija.

—¿Cómo vamos a llamarla? —me pregunta.

Durante el embarazo, nuestra relación no fue demasiado fluida, y no habíamos sacado aún el tema del nombre.

—Me gustaría ponerle el nombre de tu hermana —le digo, mirándolo—. O tal vez de tu hermano.

No sé qué le va a parecer la idea. Personalmente, pienso que ponerle a nuestra hija el nombre de su hermano podría resultarle sanador, pero tal vez él no lo vea de la misma manera.

Él me devuelve la mirada, sorprendido.

—¿Emerson? Pues como nombre de chica no me desagrada. Podríamos llamarla Emma. O Emmy. —Sonríe orgulloso mientras la contempla—. Me parece que le queda perfecto. —Inclinándose sobre ella, le da un beso en la frente.

Después de un rato, me separo de su hombro para contemplarlo a él con la niña. Es bonito verlo interactuar así con ella. No puede disimular el amor que siente por esta pequeña a la que acaba de conocer. Se nota que haría cualquier cosa por protegerla. Cualquier cosa.

Y, en este preciso momento, tomo una decisión sobre él.

Sobre nosotras.

Sobre lo que es mejor para nuestra familia.

Ryle es una persona excepcional en muchos aspectos. Es amable, compasivo, se preocupa por los demás; es inteligente, carismático, resuelto. Mi padre era así en algunas cosas. No era especialmente caritativo, pero a veces, cuando nos quedábamos a solas, notaba que me quería. Era inteligente, carismático, resuelto, pero yo lo odiaba mucho más de lo que lo amaba. No podía apreciar sus cualidades, porque era testigo de sus peores momentos. Y cinco minutos de su peor versión no quedaban compensados ni por cinco años de conducta intachable.

Miro a Emerson y miro a Ryle. Y sé que debo asegurarme de que pueda construir una relación sana con su padre. No tomo la decisión pensando en mí ni pensando en Ryle; lo hago pensando en ella.

—Ryle... —Cuando me mira, veo que está sonriendo, pero, al ver mi expresión, se le borra la sonrisa—. Quiero el divorcio.

Él pestañea un par de veces. Mis palabras lo sacuden como una corriente de alto voltaje. Se le escapa una mueca y vuelve a mirar a nuestra hija con los hombros encogidos.

—Lily, por favor, no me hagas esto —me ruega, negando con la cabeza.

No me gusta oírlo suplicar, y odio pensar que ha estado manteniendo la esperanza de volver a casa. Sé que buena parte de la culpa es mía, pero no he sabido qué decisión iba a tomar hasta que he tenido a mi hija en brazos.

—Dame otra oportunidad, Lily, por favor. La última —suplica, con la voz rota.

Sé que le estoy haciendo mucho daño en el peor momento posible. Le estoy rompiendo el corazón cuando debería estar disfrutando del mejor momento de su vida, pero también sé que, si no lo hago ahora, tal vez más adelante no logre hacerle entender que es mejor que no vuelva a casa.

Me echo a llorar porque esto me duele a mí casi tanto como a él.

—Ryle, ¿tú qué harías? —le pregunto, en voz baja—. ¿Qué harías si, un día, esta niñita te mirara y te dijera: «Papá, mi novio me ha pegado»? ¿Qué le dirías, Ryle?

Abraza a Emerson contra su pecho y esconde la cara en la manta.

—Lily, no sigas —me ruega.

Me siento más recta en la cama. Apoyo la mano en la espalda de Emerson y busco la mirada de Ryle.

—Y si viniera y te dijera: «Papá, mi marido me ha tirado escaleras abajo, pero dice que ha sido un accidente. ¿Qué debo hacer?».

Los hombros le tiemblan y, por primera vez desde que lo conozco, veo que está llorando con lágrimas reales que le caen por las mejillas mientras sigue sosteniendo a su hija con fuerza contra su pecho. Yo también estoy llorando, pero sigo hablando. Por el bien de nuestra hija.

—Y si llegara un día... —Se me rompe la voz—. Y si llegara un día y te dijera: «Mi marido ha tratado de violarme, papá. Me aprisionaba, aunque yo le rogaba que parara. ¿Qué debo hacer, papá?».

Él no deja de besarle la frente, una y otra vez, mientras las lágrimas le siguen cayendo por las mejillas.

—¿Qué le dirías, Ryle? Dímelo. Necesito saber qué le dirías a nuestra hija si el hombre al que ama con toda su alma le hiciera daño algún día.

Un sollozo parece partirle el pecho en dos. Se inclina hacia mí y me rodea con un brazo.

—Le rogaría que lo dejara —responde, llorando. Me besa la frente con tanta desesperación que algunas de sus lágrimas van a parar a mis mejillas. Me acerca la boca al oído mientras se mece con nosotras dos en brazos—. Le diría que ella vale mucho más, y le rogaría que no cambiara de idea, sin importar lo mucho que él la amara. Ella se merece mucho más.

Nos convertimos en un amasijo de lágrimas, sollozos, corazones rotos y sueños hechos añicos. Nos abrazamos. Abrazamos a nuestra hija. Y, por mucho que nos cueste, decidimos romper el patrón. Rompemos el círculo antes de que él acabe con nosotros.

Ryle me la devuelve y se seca los ojos. Se levanta de la cama, llorando y tratando de recuperar la respiración normal. En los últimos quince minutos ha perdido al amor de su vida y se ha convertido en padre de una preciosa niñita. Bastan quince minutos para destrozar a una persona.

Bastan quince minutos para salvarla.

Señala hacia el pasillo, indicándome que necesita un tiempo a solas para recuperarse. Nunca lo había visto tan triste como ahora, mientras se dirige a la puerta, pero sé que algún día me lo agradecerá. Sé que algún día entenderá que tomé la mejor decisión pensando en su hija.

Cuando la puerta se cierra, bajo la vista hacia mi bebé. No voy a poder darle la vida que soñé para ella, en un hogar donde su padre y su madre la amen y la eduquen juntos, pero no quiero que pase por lo que yo tuve que pasar. No quiero que vea la peor versión de su padre. No quiero que lo vea perder el control conmigo hasta el punto de no llegar a reconocerlo. Porque no importa cuántos buenos momentos pudiera compartir con él a solas durante su vida; sé por experiencia propia que en su memoria solo permanecerían los peores.

Los círculos viciosos existen porque son tremendamente difíciles de romper. Cuesta una cantidad astronómica de dolor y de valentía romper un patrón conocido. Muchas veces es más fácil mantener los viejos modelos de siempre, con tal de no enfrentarse al miedo de saltar sin saber adónde irás a parar.

Mi madre lo sufrió.

Yo lo sufrí.

Pero ni loca pienso consentir que lo sufra mi hija. Le doy un beso en la frente y le hago una promesa:

—Hasta aquí. Este círculo se rompe aquí y ahora. Tú y yo vamos a ponerle fin. Hasta aquí.

EPÍLOGO

Me abro camino entre la multitud que abarrota Boylston Street hasta que llego al primer cruce. Reduzco la velocidad del cochecito y lo detengo junto al bordillo. Bajo la capota y miro a Emmy. Está dando patadas y sonriendo, como de costumbre. Es un bebé muy feliz. Tiene una especie de energía que relaja a los que están a su alrededor. Es algo adictivo.

—¿Qué tiempo tiene? —me pregunta una mujer que está esperando en el cruce a nuestro lado, mirándola con admiración.

—Once meses.

—Es preciosa. Es igual que tú; tenéis la misma boca.

—Gracias —replico, sonriendo—, pero debería ver a su padre. En los ojos, desde luego, ha salido a él.

El semáforo se pone en verde y trato de adelantar a la multitud mientras cruzo la calle. Voy con media hora de retraso y Ryle ya me ha enviado dos mensajes. Todavía no ha tenido oportunidad de disfrutar de primera mano de las alegrías que dan las zanahorias. Hoy descubrirá lo mucho que lo ensucian todo; le he puesto un montón en la bolsa.

Cuando Emerson cumplió tres meses, me fui del piso que Ryle había comprado. Ahora tengo uno donde vivo sola con Emmy. Está más cerca del trabajo; puedo ir andando, lo que es una gran ventaja. Ryle ha vuelto al piso en el que residíamos. Entre las visitas que hago a casa de Allysa y los días que Ryle tiene a Emerson, me da la sensación de que paso tanto tiempo en ese edificio como en el mío.

—Ya casi llegamos, Emmy. —Giro hacia la derecha con tanto ímpetu que un hombre tiene que apartarse rápidamente y pegarse a la pared para evitar que lo atropelle.

—Perdón —murmuro, agachando la cabeza y rodeándolo.

—¿Lily?

Me detengo en seco y me vuelvo lentamente, porque esa voz me ha llegado tan hondo que me ha bajado resonado hasta los pies. Solo hay dos voces en el mundo que me causen ese efecto, y, de hecho, la de Ryle ya no me llega tan adentro.

Al mirarlo a la cara, veo que está entornando los ojos azules porque tiene el sol de cara. Alza una mano para protegerse del brillo y sonríe.

—Hola.

—Hola —replico, forzando a mi cerebro a aflojar su ritmo frenético para ponerme al día.

Él señala el cochecito.

—¿Es... tu bebé?

Cuando asiento, él se vuelve hacia la parte delantera del cochecito, se arrodilla y le dirige una sonrisa radiante.

—Caramba. Es preciosa, Lily. ¿Cómo se llama?

—Emerson, aunque solemos llamarla Emmy.

Atlas le pone un dedo al alcance de la mano y ella lo agarra. Da patadas con entusiasmo mientras sacude su dedo arriba y abajo. Él la mira sonriendo durante unos momentos y vuelve a levantarse.

—Tienes muy buen aspecto —me dice.

Yo trato de no comérmelo con los ojos, lo que no es fácil. Está tan guapo como siempre, pero esta es la primera vez que no necesito ocultar lo mucho que me gusta esta nueva versión suya. Totalmente distinto del chico sin hogar que se colaba en mi habitación, y al mismo tiempo exactamente la misma persona.

Siento que el móvil me vibra en el bolsillo.

«Ryle.»

Señalo hacia delante.

—Llegamos tardísimo —le digo—. Ryle lleva media hora esperándonos.

Al oír el nombre de Ryle, el brillo de sus ojos se opaca, aunque trate de disimularlo. Asintiendo, se echa a un lado para dejarnos pasar.

—Hoy le toca a él cuidarla —aclaro, diciendo más en esas seis palabras de lo que podría contar en una conversación entera.

Y los ojos de Atlas vuelven a iluminarse con un brillo aliviado. Asintiendo, señala a su espalda.

—Yo también tengo prisa. Abrí otro restaurante en Boylston el mes pasado.

—¡Eh! ¡Felicidades! Tendré que llevar a mi madre para probarlo.

Él sonríe.

—Sin falta. Avísame cuando vayáis a venir y me aseguraré de cocinar para vosotras personalmente.

Se hace una pausa un tanto incómoda y vuelvo a señalar la calle.

—Tenemos que...

—Tenéis que iros, sí —dice él, con una sonrisa.

Asintiendo, agacho la cabeza y sigo caminando. No sé por qué estoy reaccionando así, como si fuera incapaz de mantener una conversación normal. Cuando ya hemos recorrido unos cuantos metros, miro por encima del hombro. No se ha movido. Sigue observándonos mientras nos alejamos.

Al doblar la esquina, veo a Ryle esperando junto a su coche, frente a la floristería. Su rostro se ilumina cuando nos ve llegar.

—¿Has recibido mi correo? —me pregunta mientras se agacha y suelta a Emerson.

—Sí, el de la retirada de parques de bebé defectuosos, ¿no?

Él asiente y la levanta del cochecito.

—¿No le compramos uno de esa marca?

Yo aprieto los botones que permiten doblar el cochecito y lo llevo a la parte trasera de su coche.

—Sí, pero se rompió hará cosa de un mes. Lo tiré a la basura.

Él abre el maletero y acaricia la barbilla de Emerson con los dedos.

—¿Has oído eso, Emmy? Tu mamá te salvó la vida.

Ella le sonríe y le da golpecitos juguetones en la mano. Él la besa en la frente antes de coger el cochecito y meterlo en el maletero. Yo me ocupo de cerrarlo y me inclino hacia Emerson para darle un rápido beso antes de que se vayan.

—Te quiero, Emmy. Hasta la noche.

Ryle abre la puerta trasera para sentar a Emmy en su sillita. Me despido de él y regreso por donde he venido a toda prisa.

—¡Lily! —me grita—. ¿Adónde vas?

Es lógico que pensara que iba a abrir la tienda, ya que llego tarde, y sé que debería hacerlo, pero tengo un cosquilleo en las tripas que no me deja en paz; debo hacer algo. Me doy la vuelta y camino de espaldas.

—¡Me he olvidado de una cosa! ¡Nos vemos esta noche cuando vaya a buscarla!

Ryle levanta la manita de Emerson y los dos se despiden de mí. En cuanto vuelvo la esquina, echo a correr a toda velocidad. Sorteo a algunos transeúntes y choco con otros. Oigo que una mujer se acuerda de mis antepasados, pero todo merece la pena cuando reconozco su cabeza.

—¡Atlas! —grito. Él avanza en dirección contraria a mí, por lo que sigo empujando a la gente para alcanzarlo—. ¡Atlas!

Él se detiene, pero no se da la vuelta. Ladea la cabeza, como si no se atreviera a fiarse de sus oídos.

—¡Atlas! —grito por tercera vez.

Esta vez se gira con ganas. Nuestras miradas se encuentran y durante unos tres segundos nos limitamos a observarnos mutuamente. Luego nos acercamos el uno al otro con determinación. Nos separan veinte pasos.

Diez.

Cinco.

Uno.

Ninguno de los dos da el paso final.

Jadeo, sin aliento, nerviosa.

—Me he olvidado de decirte cuál es el segundo nombre de Emerson. —Me llevo las manos a las caderas y suelto el aire—. Es Dory.

Él tarda unos segundos en reaccionar, pero cuando lo hace veo que le salen arruguitas al entornar los ojos. Los labios le tiemblan, como si se estuviera conteniendo para no sonreír.

—Qué nombre tan perfecto para ella.

Asiento, sonriendo, pero luego me quedo en blanco. No sé cómo seguir. He venido corriendo hasta aquí para decirle esto; necesitaba que lo supiera, pero no he pensado en qué haría o diría después.

Miro a mi alrededor y señalo con el pulgar por encima del hombro.

—Bueno, pues supongo que...

Atlas da un paso hacia mí, me agarra y me atrae con fuerza contra su pecho. Cierro los ojos al notar su abrazo. Me sujeta por la nuca y me mantiene pegada a él en medio de la calle abarrotada, rodeados por el tráfico, las bocinas y la gente que nos roza al pasar con prisa a nuestro lado. Cuando me da un beso cariñoso en el pelo, todo lo demás se desvanece.

—Lily —me dice en voz baja—, siento que mi vida ya es lo bastante digna de ti. Así que, cuando estés lista...

Yo lo agarro por la chaqueta y mantengo la cara tozudamente enterrada en su pecho. De repente me siento como si volviera a tener quince años. Noto el cuello y las mejillas rojos como tomates por sus palabras, pero ya no tengo quince años. Soy una adulta con responsabilidades y una niña a mi cargo. No puedo permitirme el lujo de dejarme llevar por mis sentimientos adolescentes. No sin tomar algunas medidas antes, al menos.

Me aparto un poco para mirarlo a los ojos.

—¿Colaboras con alguna entidad benéfica?

Atlas, que se esperaba cualquier cosa menos eso, se echa a reír.

—Con varias, ¿por qué?

—¿Quieres tener hijos algún día?

Él asiente.

—Por supuesto.

—¿Crees que algún día querrás irte a vivir a otra parte?

Él niega con la cabeza.

—No, nunca. Todo es mejor en Boston. ¿Lo has olvidado?

Sus respuestas me dan la seguridad que necesitaba. Sonriendo, le digo lo que espera.

—Vale, estoy lista.

Atlas me abraza con más fuerza que antes, haciéndome reír. Hemos compartido muchos momentos desde que apareció en mi vida, pero nunca me imaginé un final así. Lo había deseado muchas veces, pero hasta ahora nunca había acabado de creerme que llegaría a suceder.

Cierro los ojos cuando siento sus labios en la clavícula. Me da un beso suave, que me hace viajar al momento en que me besó allí por primera vez. Y luego me susurra al oído:

—Ahora ya puedes dejar de nadar, Lily. Por fin hemos llegado a la orilla.

NOTA DE LA AUTORA

Se recomienda no leer esta sección antes que el libro, ya que contiene spoilers.

Mi recuerdo más antiguo se remonta a cuando tenía dos años y medio. Mi habitación no tenía puerta, solo una sábana clavada en el marco. Recuerdo oír los gritos de mi padre. Me asomé y vi que cogía el televisor y se lo lanzaba a mi madre, quien fue a parar al suelo.

Mi madre se divorció de él antes de que yo cumpliera los tres años. A partir de ese momento, únicamente tengo buenos recuerdos de mi padre. Ni una sola vez perdió el control conmigo ni con mis hermanas, a pesar de haberlo perdido en numerosas ocasiones con mi madre.

Siempre supe que mi padre había maltratado a mi madre, pero ella nunca hablaba del tema. Hacerlo habría supuesto criticar a mi padre, algo que nunca hizo porque quería que nuestra relación con él no se viera afectada por sus problemas. Gracias a mi madre, siento el mayor de los respetos por las parejas que no involucran a sus hijos en los procesos de separación o divorcio.

Una vez le pregunté a mi padre por el asunto. Él me respondió con sinceridad. Durante el tiempo en que estuvo casado con mi madre era alcohólico, y fue el primero en reconocer que no la había tratado bien. De hecho, me confesó que habían tenido que operarle dos nudillos, porque la había golpeado con tanta violencia en la cabeza que se los había roto.

Mi padre se arrepintió hasta el final de lo que había hecho. Me dijo que maltratarla había sido el mayor error que había cometido en su vida y que, aunque muriera muy viejo, sabía que moriría locamente enamorado de ella.

Él lo vivía como un castigo, pero, personalmente, siento que se habría merecido un castigo mucho mayor por lo que mi madre tuvo que aguantar.

Cuando decidí escribir esta historia, lo primero que hice fue pedirle permiso a mi madre. Le dije que quería escribirla para mujeres como ella, pero también para toda la gente que no entiende a las mujeres como ella.

Yo era una de esas personas.

Mi madre no es débil. No era capaz de imaginármela perdonando a un hombre que la maltrató en múltiples ocasiones, pero, al escribir este libro y ponerme en la piel de Lily, me di cuenta de que no todo era blanco o negro, de que era un tema con muchísimos matices.

Durante la escritura del libro quise cambiar la trama más de una vez. No quería que Ryle se convirtiera en la persona que iba a ser, porque me había enamorado de él durante los primeros capítulos, al mismo tiempo que Lily; igual que mi madre se enamoró de mi padre.

El primer incidente que relato entre Ryle y Lily, el de la cocina, es lo que pasó realmente cuando mi padre pegó a mi madre por primera vez. Ella había preparado un guiso y él había bebido. Él lo sacó del horno sin manoplas. A mi madre le pareció gracioso y se le escapó la risa. Cuando quiso darse cuenta estaba en el suelo. Mi padre la había golpeado con tanta fuerza que la había enviado volando a la otra punta de la cocina.

Mi madre lo perdonó porque sus disculpas y su arrepentimiento le parecieron sinceros. Al menos, lo bastante para concederle una segunda oportunidad, ya que la idea de separarse de él le resultaba más dolorosa que los golpes.

Con el paso del tiempo, llegaron otros incidentes, muy parecidos al primero. Mi padre siempre mostraba arrepentimiento y le prometía que no volvería a suceder, pero llegó un punto en que mi madre entendió que sus promesas no tenían ningún valor. Por aquella época, mi madre tenía dos niñas pequeñas y no era independiente económicamente. A diferencia de Lily, mi madre no contó con el apoyo de nadie. En el municipio no había refugios para mujeres maltratadas. El apoyo institucional en aquella época era casi inexistente. Irse de casa significaba arriesgarse a quedarse en la calle, pero al final decidió que no le quedaba otro remedio.

Mi padre murió hace unos años, cuando yo tenía veinticinco. No fue el mejor de los padres y, desde luego, no fue un buen marido, pero, gracias a mi madre, pude mantener una buena relación con él, ya que ella hizo lo que tenía que hacer para romper el patrón antes de que el patrón nos rompiera a nosotras. Y no fue fácil. Se marchó antes de que yo cumpliera los tres años y mi hermana los cinco. Pasamos dos años viviendo a base de macarrones con queso. Era una madre sola, sin educación superior, que crio a dos hijas sin ningún tipo de ayuda. Pero el amor que sentía por nosotras le dio las fuerzas que necesitaba para dar ese paso tan aterrador.

Que nadie piense que pretendo que la historia de Ryle y Lily sirva de modelo para definir la violencia doméstica. Tampoco es mi intención que el personaje de Ryle sirva para definir a los maltratadores. Cada caso es distinto, tiene sus propias características y su propio desenlace. Yo elegí tomar como modelo la historia de mi familia y me basé en mi padre para crear el personaje de Ryle. Los hombres como él suelen ser guapos, amables con los demás, divertidos e inteligentes, pero con momentos en los que su comportamiento es imperdonable.

Me basé en mi madre para crear a Lily. Ambas son mujeres cariñosas, inteligentes y fuertes, que tuvieron la mala suerte de enamorarse de hombres que no se merecían su amor.

Dos años después de divorciarse de mi padre, mi madre conoció a mi padrastro, que resultó ser la encarnación de lo que debe ser un buen marido. Los recuerdos que tengo de aquella época marcaron la pauta para el tipo de matrimonio que busqué para mí más tarde.

Cuando al fin me encontré en capilla, lo más duro de todo fue tener que decirle a mi padre biológico que no me llevaría al altar, porque se lo pensaba pedir a mi padrastro.

Lo hice por varios motivos. Mi padrastro se esforzó por ser el marido que mi madre no había tenido. Luchó para que no nos faltara de nada económicamente, cosa que mi padre nunca hizo. Y nos crio como si fuéramos sus propias hijas, pero sin negarse a que mantuviéramos la relación con nuestro padre biológico.

Recuerdo que me senté en el salón de la casa de mi padre un mes antes de la boda. Le dije que le quería, pero que pensaba pedirle a mi padrastro que me llevara al altar. Me había preparado un montón de argumentos para rebatir sus posibles protestas, pero la respuesta que me dio me tomó por sorpresa.

Asintiendo con la cabeza, me dijo: «Colleen, él te crio; se merece llevarte al altar, y no debes sentirte culpable por ello porque estás haciendo lo correcto». Sé que mi decisión le dolió muchísimo, pero fue lo bastante generoso no solo para respetarla él, sino para ayudarme a que yo misma la respetara.

Mi padre se sentó entre los asistentes a la boda y fue testigo de cómo avanzaba hacia el altar del brazo de otro hombre. Sé que muchos de los invitados se preguntaron por qué no había ido acompañada de los dos, pero al pensar en ello me di cuenta de que lo había hecho por respeto a mi madre.

No tomé la decisión pensando en mi padre ni en mi padrastro. Lo hice pensando en ella. Quería concederle ese honor al hombre que la había tratado como se merecía.

En el pasado he dicho muchas veces que escribo simplemente para entretener, que no pretendo educar, persuadir ni informar a nadie, pero este libro es distinto. Para mí no ha supuesto nada parecido al entretenimiento; ha sido extenuante. A veces tenía muchas ganas de darle al botón de eliminar para borrar el modo en que Ryle trata a Lily. Y quería reescribir las escenas en las que ella lo perdona, para mostrarla como una mujer resiliente, un personaje que tomaba las decisiones adecuadas en los momentos oportunos, pero no eran esos los personajes que estaba construyendo.

No era esa la historia que estaba contando.

Quería escribir algo que reflejara de manera realista la situación que vivió mi madre (y que viven muchas mujeres). Quería desarrollar el amor que viven Lily y Ryle para entender cómo se sentía mi madre cuando tomó la decisión de dejar a mi padre, un hombre al que amaba con todo su corazón.

A veces me pregunto cómo habría sido mi vida si mi madre no hubiera tomado la decisión que tomó. Dejó a alguien a quien amaba para que sus hijas no crecieran pensando que aquel tipo de relación era aceptable. No esperó a que la rescatara otro hombre (un caballero de brillante armadura). Se atrevió a dejar a mi padre por su cuenta, sabiendo que se estaba embarcando en otra lucha, distinta pero igual de dura, ya que iba a tener que vivir como una madre soltera. Para mí era importante que el personaje de Lily personificara ese empoderamiento. Finalmente, Lily decide dejar a Ryle por el bien de su hija. Aunque existiera una pequeña posibilidad de que él hubiera cambiado a mejor, hay algunos riesgos que no merece la pena correr, especialmente si ya has comprobado el precio que hay que pagar por correrlos.

Antes de escribir este libro, sentía un gran respeto por mi madre. Ahora que lo he terminado y me he asomado a una diminuta parte de su dolor y de su esfuerzo, solo puedo decirle una cosa: «Cuando crezca, quiero ser como tú».

ORGANIZACIONES DE AYUDA

Si eres víctima de violencia doméstica o sabes de alguien que necesite ayuda para salir de una situación peligrosa, en esta página web y el siguiente número de teléfono encontrarás recursos a tu alcance si vives en España:

<https://violenciagenero.igualdad.gob.es>

016 (Atención víctimas de malos tratos por violencia de género)

Para solicitar ayuda en caso de personas sin hogar, estos son algunos recursos disponibles:

<https://www.caritas.es/campanas/nadie-sin-hogar/>

<#nadiesinhogar>

O en las oficinas de servicios sociales del municipio en que te encuentres.

AGRADECIMIENTOS

Aunque el nombre que aparece como autora del libro es el mío, no podría haberlo escrito sin las siguientes personas:

Mis hermanas. Os querría igual si no fuerais mis hermanas. Compartir a uno de mis progenitores con vosotras no es más que un aliciente extra.

Mis hijos. Sois mi mayor logro en esta vida. Por favor, no hagáis que me arrepienta de haber escrito esto.

Weblich, CoHorts, TL Discussion Group, Book Swap y todos los demás grupos de internet con los que puedo contar siempre que necesito energía positiva. Sois en gran parte responsables de que pueda dedicarme a esto profesionalmente, así que muchas gracias.

Mis agentes, el equipo entero de Dystel & Goderich Literary Management. Gracias por vuestros ánimos y vuestro apoyo constante.

Todo el equipo de Atria Books. Gracias por hacer que los días de lanzamiento sean memorables y por algunas de las mejores jornadas de mi vida.

Johanna Castillo, mi editora. Gracias por apoyar este libro, por apoyarme a mí y por facilitar que pueda dedicarme a mi trabajo soñado.

Ellen DeGeneres, una de las cuatro personas que espero no

encontrarme nunca. Eres luz que resplandece en la oscuridad. Lily y Atlas están muy agradecidos por tu brillo.

Mis lectoras cero y las lectoras que están esperando el lanzamiento de cada nuevo libro. Vuestros comentarios, vuestro apoyo y vuestra amistad son mucho más de lo que me merezco. Os quiero a todas.

Mi sobrina. Voy a conocerte pronto y no te imaginas la ilusión que me hace. Voy a ser tu tía favorita.

Lindy. Gracias por tus lecciones vitales y por mostrarme lo que es ser una persona que no conoce el egoísmo. Y muchas gracias por una de las citas más profundas que he oído y que se quedará conmigo para siempre: «No hay buenos y malos. Todos somos personas que a veces hacemos cosas malas». Me alegro mucho de que mi hermana pequeña te tenga como madre.

Vance. Gracias por ser el marido que mi madre se merecía y el padre que no tenías por qué haber sido.

Mi marido, Heath. Eres bueno hasta lo más hondo de tu alma. No podría haber elegido una persona mejor para que fuera el padre de mis hijos y para pasar el resto de mi vida a tu lado. Somos muy afortunados de tenerte.

Mi madre. Lo eres todo para todos. Sé que eso puede ser una carga a veces, pero también sé que te tomas las cargas como si fueran bendiciones. Gracias de parte de toda la familia.

Y en último lugar, aunque no por ello menos importante, a mi jodido viejo, mi padre, Eddie. Ya no estarás aquí cuando este libro vea la luz, pero sé que habrías sido su fan número uno. Me enseñaste muchas cosas, la principal de las cuales es que no tenemos por qué acabar nuestras vidas siendo la misma persona que un día fuimos. Prometo no recordarte basándome en tus peores momentos. Lo haré pensando en los mejores, que fueron muchos. Te recordaré como una persona que fue capaz de superar algo que muchas otras personas no superan. Gracias por convertirte en uno de mis mejores amigos. Y gracias por el apoyo que me diste el día de mi boda. Sé que muchos padres no lo habrían hecho. Te quiero. Te echo de menos.